LINA AREKLEW
Schärentod

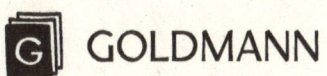 **GOLDMANN**

Buch

An einem Sommertag wird auf der malerischen schwedischen Insel Ulvön eine grausige Entdeckung gemacht: In einer stillgelegten Erzgrube stoßen zwei jugendliche Geocacher auf eine skelettierte menschliche Hand. Der Fund ruft Kommissarin Sofia Hjortén aus der Elternzeit in den Dienst zurück. Handelt es sich womöglich um die Überreste einer jungen Frau, die vor vielen Jahren ihren gewalttätigen Ehemann verlassen wollte? Sie war nie auf dem Festland angekommen und gilt seitdem als vermisst. Bald darauf geschieht ein Mord, der mit dem damaligen Vermisstenfall verbunden scheint, und Sofia muss gefährlich tief in die dunkle Vergangenheit einer Ulvöner Familie und der Insel eintauchen …

Weitere Informationen zu Lina Areklew
sowie zu lieferbaren Titeln der Autorin
finden Sie am Ende des Buches.

Lina Areklew

Schärentod

Kriminalroman

Aus dem Schwedischen
von Angela Beuerle

GOLDMANN

Penguin Random House Verlagsgruppe FSC® N001967

2. Auflage
Deutsche Erstveröffentlichung Mai 2024
Copyright © der Originalausgabe 2023 Lina Areklew
First published by Bazar Förlag, Sweden
Copyright © der deutschsprachigen Ausgabe 2024
by Wilhelm Goldmann Verlag, München,
in der Penguin Random House Verlagsgruppe GmbH,
Neumarkter Straße 28, 81673 München
Published by arrangement with Nordin Agency AB, Sweden
Umschlaggestaltung: UNO Werbeagentur, München
Umschlagmotive: © FinePic®, München
Redaktion: Julie Hübner
KS · Herstellung: ik
Satz: GGP Media GmbH, Pößneck
Druck und Bindung: GGP Media GmbH, Pößneck
Printed in Germany
ISBN: 978-3-442-49525-2

www.goldmann-verlag.de

Für Schwiegermutter Tea

Wir hatten viel zu wenig Zeit zusammen,
doch du hast mich tief berührt und
wirst immer bei mir sein.
Einen der besten Sprüche, die ich jemals gehört habe,
hast du mir beigebracht:

Ich werde dich voller Liebe umbringen,
du Miststück.

Prolog

»Bist du sicher, dass uns niemand gesehen hat?«

Melker duckte sich ins Boot. Die Idee für das Versteck hatten sie schon seit mehreren Monaten, und es wäre sehr ärgerlich, wenn jemand sähe, wie sie den Geocache platzierten. Schließlich könnte man den Cache dann ja loggen, ohne die Koordinaten eigenständig gefunden zu haben.

»Jetzt chill mal.« Hugo packte den Steuerknüppel des Motorboots und drosselte das Tempo. Vor der Insel war das Wasser beinahe hundert Meter tief gewesen, doch hier wurde es plötzlich seicht. »Verdammt.« Er warf den Rückwärtsgang ein, doch zu spät. Schon hörte man das teure Boot seines Vaters über die Felsen schrammen. »Hoffen wir mal, dass Papa das nicht sieht.« Er grinste schief über die Schulter.

Doch wahrscheinlich war es egal, wenn sie den Rumpf des neuen Boots zerkratzten, dachte Melker. Zumindest, solange Hugo seine Position als bester Libero bei den von seinem Vater trainierten Junioren von KB65 verteidigte. Hugo würde der nächste Zlatan Ibrahimović werden, das stand schon fest. Und mal abgesehen von Punktspielen oder Training konnte er tun und lassen, was er wollte. Auch die Noten waren nicht so wichtig, wenn man Fußballstar werden und Millionen verdienen würde. Bei Melkers Eltern sah es anders aus. Sie hatten beide an der Stockholm School of Economics studiert und fanden, dass es nichts Wichtigeres gab als gute Noten. Melkers Vater hatte irgendeinen bedeutenden Bürojob bei Hägglunds, wo sie Antriebssysteme herstellten, und seine Mutter arbeitete bei einer Bank. Sie wollte, dass er, sobald er in die Oberstufe kam, schon mal mit einem Sommerjob bei ihnen anfing. Aber wer zum Teufel wollte schon bei einer Bank arbeiten? Er konnte sich nichts Schlimmeres vorstellen, als eingesperrt in einem staubigen Büro zu sitzen und alten blauhaarigen Omas zu erklären, wie Onlinebanking funktionierte.

Melker wollte Geologe werden. Seit er mit neun Jahren sein erstes Geologie-Kit bekommen hatte, faszinierte ihn die Wissenschaft von der Erde und den verschiedenen Gesteinsarten in allen Facetten – angefangen bei den Bildern von der Erde im Querschnitt bis hin zu den etwas abstruseren New-Age-Strömungen, die davon ausgingen, dass Kristalle besondere übersinnliche Eigenschaften besaßen. Über die Geologie war er per Zufall zum Geocaching gekommen. Als er einmal mit dem Boot rausgefahren war, um den berühmten Nordingrå-Granit – auch Rapakiwi genannt – anzusehen, war er zwei dänischen Geocachern begegnet. Sie hatten ihm erklärt, wie das Spiel funktionierte, und Melker war sofort begeistert gewesen. Hugo hatte sich angeschlossen, und nun waren sie seit beinahe zwei Jahren dabei. Mehrere ihrer Caches waren in schwedischen und ausländischen Geocaching-Foren erwähnt worden. Sie hatten einen gemeinsamen Account und nannten sich »Sons of Rock« – wobei sich eigentlich nur Melker für das Erdinnere interessierte. Zuletzt hatten sie eine Serie von Mystery Caches ausgelegt, und heute würden sie den Bonus Cache platzieren, den nur diejenigen, die ihren Spuren gefolgt waren, suchen konnten.

»Also, das hier wird echt episch.« Hugo sprang behände über die Reling, um festzumachen. Melker klappte den Außenbordmotor hoch, zog den Zündschlüssel ab und legte ihn mit dem Schwimmer aus Kork unter die Sitzbank. Schon seit Kindertagen fuhren die beiden zusammen Boot. Keiner musste mehr sagen, was wann gemacht werden sollte – es war ihnen in Fleisch und Blut übergegangen.

Sie hoben die Wathosen und die Tasche mit der Plastikdose heraus. Der Cache enthielt das obligatorische Logbuch sowie einige Tauschgegenstände. Darunter waren Plastikfiguren aus Kinderüberraschungseiern, einige Aufkleber und Schlüsselringe. Vor allem Familien mit Kindern war es wichtig, Dinge in den Caches zu finden und zu tauschen. Manchmal passierte es zwar, dass Muggels – Leute, die nicht ins Geocaching eingeweiht waren – den Inhalt klauten, aber Melker und Hugo legten trotzdem immer etwas hinein. Allerdings war dieser Cache hier nicht gerade kinderfreundlich, denn schließlich musste man in eine wassergefüllte Erzgrube hineinwaten, um ihn zu finden.

Der alte Fischerort war menschenleer. Knapp fünfzig Meter waren es von den Klippen, an denen sie angelegt hatten, bis zum Eingang der Grube. Der Weg war von Gangart umgeben, der von den Mineralen befreiten Gesteinsmasse, die beim Erzabbau übrig bleibt. Melker schwitzte schon. Er bereute, dass er mit dem Anziehen der Neoprenhose nicht gewartet hatte, bis sie vor Ort waren.

Hugo gab ihm die Hand, und zusammen kletterten sie über den gezackten Felsblock, der den Eingang der Grube halb versperrte. Draußen gab es mehrere Warnschilder, die darauf hinwiesen, dass der Besuch der Grube auf eigene Gefahr geschah. Das sollte Geocacher abschrecken, doch die meisten waren ziemlich hart gesotten und bereit, einiges zu riskieren, um richtig gute Caches zu finden.

Nach nur einem Meter begann der flache, unterirdische See, und Melker und Hugo balancierten mit ausgestreckten Armen in das kalte Wasser hinein. Die Steine unter ihnen waren rutschig, doch das Wasser war kristallklar, und Melker konnte problemlos sehen, wohin er die Füße setzte. Bald wurden sie von der Dunkelheit der Grube verschluckt. Die Kälte drang durch die Wathose, und er schwitzte nicht mehr. In der Höhle hallte das Tropfen von Grundwasser wider. So schnell sie konnten, wateten sie in nördlicher Richtung in die Grube hinein. Zur Linken befand sich ein Steinpfeiler, der das sechzig Jahre alte Grubendach trug.

Bald erreichten sie die große Felsenhöhle, in der sie den Cache verstecken wollten. Ein Stück weiter hatte sich ein Kiesufer gebildet, doch von dort aus ging es steil bergab. Die Suche nach Erz hatte die Bergleute immer tiefer in die Grube hineingeführt, und ganz hinten in dem großen Hohlraum stand das Wasser so hoch, dass sie keinen Grund mehr unter den Füßen haben würden.

»Hier ist es gut«, flüsterte Hugo und zeigte auf einige große Steine, die aussahen, als seien sie von der Decke über ihnen heruntergekracht. Er kniete sich hin und grub ein wenig im Schotter, um die Plastikdose zwischen die Steine zu stecken. Melker versuchte, die Taschenlampe so zu halten, dass Hugo besser sehen konnte. In diesem Teil des Bergwerks war es dunkel, doch der davorliegende Raum wurde von der Sonne, deren Strahlen durch den Grubenschacht drangen, erhellt. Melker fuhr zusammen. Er meinte, einen Schatten am Eingang zu entdecken. Verdammt. Hatte sie doch jemand hineingehen sehen?

»Jetzt wackel mal nicht so mit der Lampe!«, schimpfte Hugo.

»Ich dachte, ich hätte jemanden gesehen«, sagte Melker.

»Ach was. Jetzt, wo die Fabrikferien zu Ende sind, ist auf dieser Seite der Insel doch kein Schwein mehr.«

Hugo verschob einen kleineren Stein, um Platz für die Plastikdose zu schaffen. Melker hielt Ausschau nach dem Schatten am Eingang, konnte aber nichts erkennen. Seit er mit dem Geocaching begonnen hatte, war er schon in einer Menge Höhlen gewesen, aber diesmal hatte er ein ungutes Gefühl.

»Bist du bald fertig?«

»Was ist denn los? Hast du Angst im Dunkeln, oder was?«

Melker drehte sich wieder zum Eingang, und der Lichtkegel der Taschenlampe folgte.

Plötzlich ließ Hugo einen Stein fallen, den er in der Hand gehalten hatte.

»Mensch, was machst du? Was ist los?« Melker machte einen Schritt auf ihn zu.

»Gib mir die Taschenlampe!«, sagte Hugo.

»Jetzt entspann dich. Ich wollte nur nachschauen, ob da jemand ist.«

»Gib sie mir!«

Melker reichte ihm die Taschenlampe und legte ihm die Hand auf die Schulter.

»Komm runter, Mann. Was hast du?«

»Schau!«, sagte Hugo mit zitternder Stimme.

Melker stellte die Plastikdose mit dem Logbuch auf dem Kies ab und beugte sich vor, um zu sehen, wohin Hugo leuchtete.

»Ist das nicht …« Hugo lehnte sich zurück, ließ aber die Taschenlampe weiterhin zwischen den Steinen hindurchleuchten.

Als Melker schließlich sah, was dort lag, lief es ihm kalt den Rücken hinunter.

FREITAG, DER 21. AUGUST 2020

1.

Sofia hörte Astrid schreien. Anhaltend und durchdringend, lauter als jemals, doch dann verstummte sie mit einem Mal. Irgendwas stimmt nicht, dachte Sofia, meine Tochter ist in Gefahr – und im Traum hörte sie Schritte näher kommen. Jemand stand vor der Tür. Sie versuchte aufzuwachen, wollte die Decke wegschieben und zu Astrid laufen, doch es ging nicht. Sie war wie gelähmt, und die Arme klebten am Körper.

Sofia schlug die Augen auf und sah ihren Patenonkel Tord, der sich mit besorgter Miene über sie beugte. Sein Atem roch nach Kaffee. Auf dem Arm hielt er die kleine Astrid. Ihre Fäustchen krallten sich an seinem karierten Hemdkragen fest, als er Sofia am Arm rüttelte.

»Sofia, du träumst.«

Vorsichtig legte Tord das kleine Mädchen neben sie ins Bett. Sofia gähnte, zog die Kleine an sich und atmete den betörenden Duft ihres Kindes ein. Noch immer war Sofia voller Staunen darüber, dass sie schließlich, entgegen aller Wahrscheinlichkeit, Mutter geworden war. Doch schon nach wenigen Sekunden begann Astrid zu arbeiten. Sie schob den Hintern hoch und bohrte ihr ganzes Gesicht in Sofias Brustkorb. Dann stemmte sie sich mit den Händen auf ihren Rippen ab und schaffte es, sich auf die Arme zu stützen. Mit ihrem zahnlosen Mund, in dem der Schnuller hing, grinste sie Sofia breit an, stolz darüber, sich hochgerappelt zu haben.

»Ja so was, mein kleiner Käfer. Willst du nicht ein bisschen mit Mama kuscheln?« Sie küsste Astrid auf die Stirn und versuchte, sich mit ihr auf dem Arm zu erheben. Doch obwohl seit der Geburt inzwischen sechs Monate vergangen waren, hatten die Bauchmuskeln noch nicht wieder zu ihrer alten Form zurückgefunden. Tord nahm ihr die Kleine ab, die sofort begann, die wettergegerbte Haut in seinem Gesicht mit ihren kleinen Händchen zu erkunden. Als könne sie nicht glauben, dass er echt war.

Seit Sofia abgestillt hatte, war Tord der Favorit ihrer Tochter. Ganz gleich, wie viel Sofia mit ihr schmuste, spielte, sie fütterte oder mit dem Kinderwagen spazieren fuhr, er war die große Liebe des kleinen Mädchens. Sobald sie ihn durch die Tür hereinkommen hörte, strahlte sie. In den wenigen Nächten, in denen er in seinem eigenen Haus schlief, dauerte es dreimal so lange, sie zum Schlafen zu bringen.

Trotzdem verspürte Sofia keinerlei Eifersucht darüber, dass ihre Tochter ihr so offensichtlich jemand anderen vorzog. Tord war wie ein Vater für Sofia gewesen, ohne ihn hätte sie die Zeit nach Astrids Geburt nie überstanden. Seit der dramatischen Nacht von Astrids Geburt war kein Tag vergangen, ohne dass Tord in Sofias Nähe gewesen wäre. Anfangs hatten sie zu dritt in dem großen Doppelbett im Obergeschoss geschlafen. Es gab ihr Sicherheit, ihren Patenonkel in der Nähe zu wissen, wenn sie mitten in der Nacht aus ihren Albträumen erwachte. Doch je mehr sie wieder ins Leben zurückkehrte, desto mehr Zeit alleine mit ihrer Tochter hatte er ihr gegeben. Dabei war er immer für sie da. Obwohl er es verabscheute, Ulvön zu verlassen, hatte er Sofia immer ohne Murren nach Örnsköldsvik zu Arztterminen oder zur Therapie begleitet. Dann hatte er den Kinderwagen mit Astrid Runde um Runde durch das Stadtzentrum geschoben, während er auf sie wartete. Danach tranken sie Kaffee in Lundbergs Konditorei und fuhren zum Supermarkt Willys hinauf, um ihre vorbestellten Einkäufe abzuholen, bevor sie die Fähre zurück nach Hause nahmen.

»Es gibt Kaffee«, sagte Tord. »Und gekochte Eier.« Sofia nickte, band das lange blonde Haar zu einem Pferdeschwanz und griff nach ihrem Morgenmantel. Während sie den Gürtel um die Taille schlang, ging sie zu Tord und Astrid, steckte die Nase in die Halsfalte der Kleinen und pustete, sodass ein lautes, pupsendes Geräusch ertönte. Ihre Tochter gluckste vor Lachen und warf den Kopf zurück gegen Tords Schulter. Allein dieser Freudenklang ließ Sofia dahinschmelzen. Auch wenn wahrscheinlich alle Eltern so dachten, war ihr Kind doch wirklich das schönste, das je geboren worden war. Die dunkelbraunen Augen waren groß und rund und schauten immer neugierig. Und um das rosige, babyspeckige Gesicht lockte sich braunes, beinahe schwarzes Haar.

Außer beim Zahnen war Astrid schnell mit allem. Schon im Alter von drei Monaten hatte sie sich das erste Mal auf den Bauch gedreht, und jetzt stand sie schon mit strammen Beinchen auf Mamas oder Tords Schoß, wenn man sie an den Händen hielt. Sofia graute schon vor dem Tag, an dem Astrid anfangen würde zu laufen. Sie hatte das Haus noch nicht kindersicher gemacht, und in ihrem Kopf spielten sich alle möglichen Albtraumszenarien ab. Warum hatte sie sich nicht früher darum gekümmert? Für die Wohnung auf dem Festland hatte Kaj bereits ein ganzes Arsenal an Kindersicherungen und Gittern gekauft.

Sofia hätte gerne gewusst, wie sie selbst als kleines Kind gewesen war. Doch sie konnte niemanden mehr fragen. Ihr Vater Sten hatte vor bald zwanzig Jahren den Kampf gegen den Krebs verloren, und ihre Mutter Claire … Ja, wo die war, wusste Sofia nicht, was allerdings nicht weiter schlimm war, denn auch als sie unter demselben Dach gewohnt hatten, war Claire für Sofia keine wirkliche Mutter gewesen. Seit sie Sofia vor vielen Jahren das Haus auf Ulvön und die Wohnung in Örnsköldsvik überlassen hatte, war der Kontakt abgebrochen. Vermutlich war sie zu ihrer Familie nach Frankreich zurückgekehrt, widmete sich dem Weintrinken und ihrer Porzellanfiguren-Sammlung, den beiden einzigen Dingen, die sie jemals interessiert hatten. Sofia war nie auf die Idee gekommen, sie besuchen zu wollen. Für sie waren schlicht beide Eltern tot.

Tord setzte Astrid wieder richtig auf seinen Arm.

»Margit sagt, dieses Jahr gibt es viele Pfifferlinge. Vielleicht können wir am Wochenende eine Tour machen? Auch Moltebeeren hat sie gesehen.«

»Ah ja?« Sofia begegnete Tords Blick und versuchte, ein Grinsen zu unterdrücken.

»Ach, hör auf!«

Dass zwischen Tord und der Hebamme im Ruhestand, die Sofia und Astrid nach der dramatischen Geburt betreut hatte, eine gewisse Neigung entstanden war, ließ sich nicht übersehen. Seit Tord bei Sofia eingezogen war, machte sich Margit oft die Mühe, nach Astrid zu schauen, obwohl Sofia in Örnsköldsvik gut ärztlich versorgt war.

Tord ging zur Tür und warf ihr noch einen ernsten Blick zu, der keinen Widerspruch duldete.

»Um zehn Uhr fahren wir in die Stadt.«

Sie öffnete den Mund, um zu protestieren, doch Tord hatte das Zimmer bereits verlassen. Alles, was ihr gerade noch so fantastisch erschienen war, fiel innerhalb einer Sekunde zu einem Aschehaufen zusammen – doch sie wusste, sie musste diesen Schritt tun, um wieder arbeiten zu können. Und das wollte sie gerne, auch wenn ihre Chefin, Kriminalhauptkommissarin Vera Nordlund, meinte, es sei doch wohl ein wenig früh, nur ein halbes Jahr nach der Geburt schon wieder in den Dienst zurückzukehren. Doch Sofia vermisste ihre Arbeit – und Tord war da, der sich an den Nachmittagen um Astrid kümmern würde. Und vormittags wollte Sofia vorerst noch zu Hause bleiben. So war es mit allen besprochen. Denn: Wie sehr sie ihre Tochter auch liebte, ihre Arbeit als Polizistin war mehr als nur ein Job und wurde nicht weniger wichtig, weil sie ein Kind hatte. Sie wollte zurück, wollte etwas bewirken und für ihr Kind eine bessere Welt schaffen.

Wenn sie nur dafür nicht Kaj begegnen müsste.

2.

»Weißt du, in welcher Kiste mein Föhn steckt?«

Ida stand vornübergebeugt mitten im Wohnzimmer und frottierte ihr langes, nasses Haar mit einem rosa Handtuch. Sie war nackt, und die Wassertropfen glänzten auf ihrer sonnengebräunten Haut. Fredrik saß auf dem Sofa und wühlte in einem Karton mit der Aufschrift »Vermischtes«.

Sie hatten zuerst seine Wohnung ausgeräumt – was weniger als einen Tag gedauert hatte. Die meisten Möbel waren schon lange verkauft, sodass nur noch ein bisschen Geschirr im Küchenschrank einzupacken gewesen war sowie zwei kleine Fensterlampen seiner Großmutter, die er nie irgendwo neu anbringen würde, die ihm jedoch zu viel bedeuteten, um sie zurückzulassen. Dann waren da noch einige Kisten mit Winterkleidung, Fotoalben und allerlei Papieren auf dem Speicher. Alles Übrige war auf dem Recyclinghof gelandet. Fredrik wollte einen Neuanfang, er wollte nichts behalten, was ihn an sein früheres Leben erinnerte. Ida hingegen wollte alles aus ihrer Wohnung mitnehmen. Selbst gemachte Bettüberwürfe, kuschelige rosa Decken, einzelne Tassen und Gläser vom Flohmarkt, und vor allen Dingen den kirschroten Samtsessel, der so hässlich war, dass es wehtat. Doch er hatte nicht protestiert, sondern eins nach dem anderen eingepackt, ohne den Versuch zu unternehmen, sie zu überreden, etwas wegzuwerfen. Im letzten halben Jahr war sie durch die Hölle gegangen. Wenn es ihr ein Gefühl von Kontrolle und Stabilität vermittelte, allen möglichen Krimskrams zu behalten, war er der Letzte, der ihr dies abschlagen würde.

Fredriks zukünftige Schwiegereltern, Björn und Lotta Niemi, waren außer sich vor Glück gewesen, als sie von dem Umzug erfuhren – und dann auch noch nach Örnsköldsvik! Die Cousine von Idas Vater wohnte in der Stadt, die Familien standen einander sehr nahe und besuchten sich mehrmals im Jahr. Und ganz zufällig war dann auch ein Haus oben auf dem Varvsberg, in der Gegend, die Kusthöjden, »die Küstenhöhe« genannt wurde, aufgetaucht. Björn und Lotta hatten dieses toprenovierte Haus in Hanglage gekauft, mit Terrasse und Balkon auf jedem Stockwerk und einer fantastischen Aussicht über die Bucht von Örnsköldsvik. Das Haus würde umgebaut werden, sodass man das Untergeschoss irgendwann vermieten könnte, und Ida und Fredrik durften, solange sie wollten, in der oberen Wohnung wohnen.

Natürlich war Fredrik dankbar, doch so richtig gut fühlte es sich nicht an. Er hatte angeboten, die Stockholmer Wohnung seiner Großmutter in der Brahegata, in der er die letzten Jahre gewohnt hatte, zu verkaufen, anstatt sie zu vermieten, doch Björn und Lotta wollten davon nichts wissen. Sie waren glücklich über den Umzug, der für ihre Tochter ein Neubeginn sein sollte, und wollten die beiden unterstützen. Und auch wenn zwischen Örnsköldsvik und Övertorneå ganz im Norden noch immer über fünfhundert Kilometer lagen, würde es von ihnen zu ihrer Tochter doch nur noch halb so weit sein. So waren sie, obwohl Fredrik und Ida noch kaum eingezogen waren, schon unterwegs nach Süden zu ihrem ersten Besuch.

Auch Fredriks Ersatzeltern, Inga und Hans, hatten es für keine gute Idee gehalten, seine Zweizimmerwohnung zu verkaufen. Inga hatte vorsichtig angemerkt, sie sollten vielleicht zunächst einmal ausprobieren, wie es war zusammenzuwohnen, bevor er sich der einzigen Verbindung zu seiner Familie entledigte, die ihm noch geblieben war. Halbherzig hatte Fredrik zugestimmt, war jedoch überzeugt, dass ihn in Stockholm nichts mehr hielt. Seine Großmutter lebte schon lange nicht mehr, und die Wohnung auf Östermalm, in der sie zusammen gewohnt hatten, war nach ihrem Tod kein Zuhause mehr für ihn gewesen. An seine Mutter, seinen Vater und den kleinen Bruder Niklas versuchte er so wenig wie möglich zu denken, hatte er doch schreckliche Angst, jetzt, wo sich alles für ihn zum Besseren zu wenden schien, in all das Furchtbare zurückgesogen zu werden, was ihm die letzten Jahre schwer zugesetzt hatte.

Fredrik ließ den Blick über Idas Beine gleiten und verharrte auf ihren Schenkeln. Sie war so schön. Und während des knappen Jahres, das sie sich kannten, hatte sie nie versucht, ihn zu verändern. Sie hatte ihn nie ermahnt oder belehrt. Sie verstand ihn besser als er sich selbst.

Es war Idas Vorschlag gewesen umzuziehen, als er zum Fernstudium an der Polizeihochschule Umeå angenommen worden war. Alle praktischen Studieneinheiten würden auf dem Campus stattfinden, und es erschien logisch, sich dort eine Wohnung zu suchen. Doch als Ida ein Angebot für eine begehrte Stelle als Logopädin am Krankenhaus von Örnsköldsvik bekam, hatten sie neu überlegt. In Örnsköldsvik wohnte man viel billiger, und von dort bis nach Umeå war es auch nur eine Stunde mit dem Zug. Diese Entscheidung war Fredrik zunächst verrückt vorgekommen. Wie sollte er an einem Ort, an dem er beinahe sein Leben verloren hatte, einen Neuanfang machen können? In der Stadt, in der Sofia wohnte. Doch er war so voller Freude darüber gewesen, dass ihm ein Ausbildungsplatz als Polizist angeboten worden war, dass er diesen Gedanken weggeschoben hatte. Und tatsächlich hatte sich alles auf wunderbare Weise gelöst. Er war verliebt und würde heiraten, Ida hatte eine Stelle bekommen, die Großzügigkeit der Familie Niemi hatte ihnen einen Platz zum Wohnen ermöglicht, und sein Traum, Polizist zu werden, würde endlich in Erfüllung gehen.

Und dennoch dachte er manchmal an das Kind. Das kleine, neugeborene Kind, das er in jener eiskalten Nacht im März in seinem Arm gehalten hatte. Sofias Tochter. Sie war nach der Entbindung im Schock gewesen und hatte ihm die Kleine einfach rübergereicht, eingewickelt in ein weißes Frotteehandtuch. Sie hatte nichts gesagt, doch Fredrik hatte die Ähnlichkeit gesehen. Er hatte olivfarbene Haut. Er hatte dunkelbraunes Haar. Kaj nicht.

Als er Sofia später angerufen hatte, wollte sie über die Sache nicht mit ihm reden. Sie hatte erklärt, dass Kaj Marklund, ihr verheirateter Ex-Liebhaber, die Vaterschaft bereits offiziell anerkannt habe. Fredrik hatte protestiert, allerdings nicht so lautstark, wie er es hätte tun müssen. Zu dem Zeitpunkt war mit Ida alles so heikel, und er musste seine Diskussionen mit Sofia hinter ihrem Rücken führen. Als er so nicht weiterkam, hatte er schließlich Kaj angerufen, der, sobald er hörte, wer am Apparat war, bat, ihn nie wieder zu kontaktieren und auflegte. Kurze Zeit später war ein DIN-A4-Brief mit zwei Dokumenten auf seiner Fußmatte gelandet: eines, das zeigte, dass Kaj zum rechtsmedizinischen Vaterschaftstest gebeten worden war, und eines mit dem Testergebnis, bezeugt und unterschrieben. Die Untersuchung zeigte, dass Fredrik sich getäuscht hatte. Kaj war der biologische Vater des Kindes. Mehrere Wochen lang hatte er sich damit herumgeschlagen, diesen Bescheid zu akzeptieren. Einerseits war er erleichtert. Er wäre ohnehin nicht in der Lage gewesen, sich um ein Kind zu kümmern, schließlich hatte er gerade erst gelernt, für sich selbst zu sorgen. Andererseits war er tief enttäuscht.

Fredrik verscheuchte die Gedanken an Sofia und das Kind. Er war jetzt mit Ida zusammen, und das würde er weiterhin sein. Als ob sie seinen Blick im Nacken gespürt hätte, hörte sie auf, sich die Haare abzutrocknen, sah ihn über die Schulter an und lächelte.

»Hör mal, du Spanner! Ich brauche meinen Föhn. Gleich kommen meine Eltern.« Sie warf das lange dunkle Haar über den Kopf zurück, sodass es mit einem klatschenden Geräusch auf dem nackten Rücken landete. »Und wenn wir es noch schaffen wollen, Ordnung in dieses Chaos zu bringen, haben wir keine Zeit für irgendwelche Ablenkungen.«

»Ablenkungen? Wen bezichtigst du der Ablenkung?« Er sprang vom Sofa auf, fasste sie um die Taille und zog sie an sich. Ida lachte und tat so, als versuche sie, sich loszureißen.

Als sie aufgehört hatte zu lachen, legte sie ihm die Arme um den Hals und schmiegte sich an ihn. Er spürte, wie sein Körper sogleich darauf antwortete.

»In Ordnung«, sagte sie und lächelte. »Eine kleine Pause können wir uns vielleicht gönnen.«

Die Armbanduhr zeigt Viertel nach zwölf. Bald ist es Zeit für den Mittagsimbiss. Ich streiche mit dem Finger über das Zifferblatt und spüre die kleinen Kratzer, die sie mit den Jahren abbekommen hat. *Für Ragna* steht auf der Rückseite. Bertil hat die Uhr gekauft. Es war, als habe sie mich angezogen, aus der roten Schmuckkassette ganz hinten im Schrank. Eigentlich dürfte ich sie nicht tragen, doch ich glaube nicht, dass Bertil etwas gemerkt hat. Sie ist zu schön, um verborgen in einem Kästchen zu liegen. Ich ziehe die Pulloverärmel über die Knöchel und stecke dann die Hände in die Achselhöhlen. Wenn man windgeschützt sitzt, wärmt die Sonne schon, doch heute ist der Wind in den dichten Wald vorgedrungen und pfeift um das rostige Blechdach über dem Fördergerüst.

Eben erst sind wir drinnen im Bergwerk gewesen. Wir standen dort zusammengedrängt im Geruch von Staub und Holz und dem muffigen und strengen Dunst aus dem Grubenloch. Elf Personen, die in das über hundert Meter tiefe Bohrloch starrten, während ein Mann, dessen Namen ich nicht kenne, in einem großen Metalleimer nach unten gelassen wurde. Langsam verschwand der Laternenschein in den Berg hinab, und etwas später war das knatternde Geräusch einer Druckluft-Bohrmaschine zu hören. Direktor Erlandsson von Höganäs-Billesholm war aufgeregt. Als wäre der Grubenarbeiter zu einer bedeutenden Raumfahrtmission aufgebrochen. Als würden wir hier den reinsten Sputnik bewundern.

Alle auf der Insel sind selig über den Bergbau und preisen das an Vanadium reiche Erz, das Glanz und Reichtum bringen und den Fischern, deren Fang mit jedem Jahr kleiner wird, Arbeit geben soll. Die Wohltaten des Bergbaus scheinen unendlich. Ich finde, das Loch ähnelt in erster Linie einem dunklen Schlund direkt in die Hölle.

Sobald der Mann wieder oben angekommen ist, sollen wir alle den steilen Weg nach Kolkajen hinuntergehen und uns auf die nördliche Insel begeben, um dort etwas zu essen. Zwei Holzboote mit je einer Bank auf jeder Seite werden die Besucher zum Mittagsimbiss ins Hotel bringen. Vornehm wird es sein. Obwohl wir sonst nie das Hotel besuchen oder überhaupt etwas zu Mittag essen. Frühstück und Abendessen sind genug, pflegt Bertil zu sagen. Zu Mittag essen nur die feinen Leute.

Außer Direktor Erlandsson mit seiner Frau und seinen erwachsenen Kindern sind unsere Familie und zwei weitere Personen dabei. Der eine Mann stammt von hier, der andere arbeitet bei Höganäs-Billesholm. Als Ingenieur oder Geologe, glaube ich. Wir haben ein paar Worte gewechselt. Er ist nett, kommt aus Norrbotten. Während wir darauf warteten, in die Grube hineingehen zu dürfen, führte er mir verschiedene Vogelrufe vor, die er imitieren konnte. Das konnte er richtig gut.

Eigentlich weiß ich nicht, warum wir hier sind. Aber Bertil will uns wohl den Leuten aus Südschweden vorführen. Er besitzt nämlich sowohl Grund und Boden als auch eine tüchtige Familie. Dass sein erwachsener Sohn eigentlich völlig unbegabt für den Bergbau ist, erzählt Bertil natürlich nicht. Auch nicht, dass seine hübsche, junge Frau zu schwache Nerven hat, um den Haushalt zu führen. Wir sind die Versager, mit denen Bertil geschlagen ist und die ihm das Leben schwer machen. Er lässt keine Gelegenheit aus, uns daran zu erinnern. Mit Fäusten und mit Worten. Aber nie vor anderen. Vor Publikum treten wir als vorbildliche Familie auf, die unser einflussreiches Familienoberhaupt unterstützt, wenn Höganäs-Billesholm Gold aus seinem Boden schürfen will. Dass er selbst eigentlich ein Bauer in fünfter Generation ist, der nur das Glück hat, genau die Erdscholle zu besitzen, in der die Bergbaugesellschaft graben möchte, erwähnt er auch nicht. Das Land ist natürlich verkauft. Niemand auf der Insel besitzt die Mittel, um in die Maschinen und Werkzeuge investieren zu können, die benötigt werden, um ein Bergwerk zu eröffnen. Oder die aufbereiteten und zerkleinerten Erzstücke zur Verarbeitung aufs Festland zu schaffen.

Bertil spreizt sich wie ein Pfau und kriecht dann wieder förmlich vor Direktor Erlandsson. Auf beinahe komische Weise reibt er die dicken Finger aneinander. Als wäre er ein Schurke im Film, gierig und missgünstig, obwohl es uns besser geht als den meisten auf der Insel. Wir besitzen Land – sowohl auf dem Festland als auch auf den Inseln. Kostbares Land, von dem Bertil hofft, dass er darauf eines Tages ein eigenes Bergwerk eröffnen kann. Doch er ist kein Steiger, auch wenn er irgendwo in Südschweden einmal einen Kurs besuchen durfte. Meist steht er da und schaut zu, wie andere arbeiten. Auch vom Wald hat er profitiert, denn der Grubenbetrieb benötigt Holz für Stützpfeiler und Loren. Wenn mit dem Erzabbau alles funktioniert, wird Bertil einer der reichsten Männer der Insel werden. Trotzdem wird es nicht genug sein. Er wird immer mehr haben wollen. Schon der geringste Verdacht, irgendwo anders könnten ebenfalls Erzvorkommen entdeckt worden sein, bringt ihn auf.

Und dann kann nur der Alkohol Linderung bringen.

3.

Kaj stand am Köpmanholms-Kai bereit, als die *M/F Ulvön* anlegte. An seiner Seite stand Mette, in einen schreiend rosa Hosenanzug und eine geblümte Odd-Molly-Strickjacke gekleidet. Die hintere Beifahrertür ihres weißen Lexus' stand bereits offen, als solle Astrid direkt auf den Rücksitz geladen und davongefahren werden.

Sofia saß auf dem Achterdeck, ihre Tochter auf dem Schoß. Bei dem Gedanken, sie Kaj und Mette für eine Kennenlernzeit zu übergeben – wie Mette es ausgedrückt hatte – zog sich ihr Magen zusammen. Nach der fürchterlichen Geburt, bei der sowohl Astrid als auch Sofia beinahe ums Leben gekommen waren, mochte sie das Kind nicht aus den Augen lassen. Der Einzige, dem sie ohne Weiteres erlaubte, sich um Astrid zu kümmern, war Tord. War sie mit ihrer Tochter allein, hatte sie die Kleine nur manchmal, wenn sie vor Müdigkeit völlig fertig gewesen war, in das Gitterbett gelegt. Doch es hatte immer damit geendet, dass sie ihre Tochter trotz aller Einwände der Hebamme wieder zu sich ins Bett geholt hatte.

Ihr tat alles weh bei dem Gedanken, sich von Astrid trennen zu müssen. Doch in Tränen auszubrechen und sich zu weigern, das Kind zu übergeben, war schließlich auch keine Lösung. *Also, Schluss jetzt.* Es ging doch nur um ein paar Tage. Am Montag nach der Arbeit würde sie Astrid wieder mit nach Hause nehmen, und Kaj und Mette würden in ihre Wohnung in Stockholm zurückkehren und erst am folgenden Donnerstag wiederkommen. Sie hatten abgesprochen, so anzufangen, und wenn Astrid etwas größer war, wochenweise zu wechseln. Kaj, der als Profiler arbeitete, war in den Teilruhestand gegangen, und Mette hatte für das kommende Jahr sämtliche Schauspielengagements abgelehnt. Sofia würde bis zum nächsten Jahr, wenn Astrid in die Krippe kam, in Teilzeit arbeiten.

Eine optimale Übereinkunft – auf dem Papier. Doch jetzt gerade fühlte sich der Plan einfach nur fürchterlich an. Wäre sie überhaupt auf die Idee gekommen, wieder zu arbeiten, wenn sie gewusst hätte, wie es sich anfühlen würde, Astrid wegzugeben? Beschämt musste sie einsehen, dass die Antwort Ja lautete. Polizistin zu sein, war für sie eine Berufung. Etwas, das sie brauchte, um als Mensch funktionieren zu können. Es gab ihr innere Ruhe und ein Gefühl von Kontrolle, das ihr die meiste Zeit ihrer Kindheit und Jugend gefehlt hatte.

Astrid bewegte sich in ihrem Arm. Sie drehte ihre Tochter zu sich und schaute in ihre dunklen Augen. Würde sie es verstehen und sich bei Kaj und Mette sicher und geborgen fühlen? Die beiden waren viele Male draußen auf der Insel gewesen, hatten Astrid jedoch nie über Nacht gehabt. Und wegen des Virus, der die Welt fest im Griff hatte, war es deutlich seltener gewesen und nicht wie ursprünglich geplant jedes zweite Wochenende. Wofür Sofia insgeheim dankbar war. Die erzwungene Einsamkeit, die Corona für viele bedeutet hatte, war für sie ein Segen gewesen. Niemand hatte erwartet, dass sie mit einem Neugeborenen im Land herumreisen würde, nur weil der Vater zufällig in einer anderen Stadt wohnte. Meist kamen Kaj und Mette zu ihr nach Ulvön und blieben den Tag über. Übernachten durften sie nicht, doch sie erlaubte ihnen, in der Dreizimmerwohnung an der Viktoriaesplanade zu wohnen, wenn sie in Örnsköldsvik waren. Das Arrangement hatte eine Reihe skeptischer Blicke zur Folge gehabt, doch sie kümmerte sich nicht darum, was andere dachten.

Anfangs war die Atmosphäre steif gewesen, und niemand hatte gewusst, wie sich verhalten. Doch bald hatte Mette das Kommando übernommen, Astrid verhätschelt und mit ihr gespielt, als sei sie eine Puppe. Und sie hatte immer Kleider dabei. Hässliche, rüschige rosa Kreationen, die sie Astrid unbedingt anziehen wollte, sobald sie zur Tür hereingekommen war. Da half es auch nichts zu sagen, dass das Kind frisch gewickelt und angezogen war. Sofia fragte sich, wie Astrid aussehen würde, wenn sie zurückkam.

Sie hängte sich die Wickeltasche um und gab Tord, der mit dem Kapitän sprach, ein Zeichen, dass sie an Land gehen würde. Sobald sie die Füße auf festen Boden setzte, war Kaj bei ihr und streckte seine Hände nach Astrid aus.

»Komm zu Papa, mein süßer, kleiner Spatz!«

Astrid sah ihn skeptisch an und kroch enger in Sofias Arme hinein.

»Vielleicht kannst du einen Moment warten«, begann Sofia, doch Kaj nahm Astrid und hob sie entschieden zu sich herüber.

»Kinder brauchen Klarheit und nicht so viel Gepimpel«, antwortete er und hob Astrid über seinen Kopf. »Oder, mein kleines Herzchen?«

Sofia stand wie versteinert und erwartete, dass ihre Tochter anfangen würde, laut zu brüllen, doch zu ihrem Erstaunen huschte der Kleinen ein Lächeln über das Gesicht. Kaj streichelte ihr über die dunklen Locken und nickte Sofia zu.

»Mach dir keine Sorgen. Es wird alles gut gehen. Wir werden in die Stadt hinunterspazieren und ein Eis essen, dann schauen wir einen Zeichentrickfilm und haben es einfach nett miteinander.«

Sie wollte gleich sowohl gegen den Film als auch gegen das Eis protestieren, doch Mette kam ihr zuvor.

»Also Kaj, dir ist doch wohl klar, dass ein sechs Monate altes Baby nicht Eis essen und Fernsehen schauen soll?«

Doch Kaj hörte nicht zu. Er war schon ganz auf Astrid fixiert und ging, ohne zu antworten, zum Auto, um seine Tochter im Kindersitz festzuschnallen.

»Habt ihr milchfreien Brei gekauft?« Sofia eilte hinter Kaj her. »Manchmal verträgt sie den besser als den normalen. Wenn sie nicht schlafen kann, hilft es, ihr das Wolfslied von *Ronja Räubertochter* vorzusingen. Du weißt, das hier …« Sie begann, das Lied zu summen, aber Kaj war ganz damit beschäftigt, die Schnalle von Astrids Sicherheitsgurt zu schließen. Mette kam und legte ihr die Hand auf den Arm.

»Mach dir keine Sorgen, Sofia, es klappt schon alles. Ich verstehe, dass es für dich nicht einfach ist.«

Das tust du überhaupt nicht, du frigide, kinderlose Kuh, wollte Sofia ihr ins Gesicht schreien, doch stattdessen lächelte sie steif.

»Es ist nur, weil es das erste Mal ist, dass …«

Mette nahm sie in den Arm und hielt sie kräftig und lange fest, als wäre das etwas ganz Normales. Widerwillig umarmte Sofia sie zurück und versuchte, die Tränen zurückzuhalten. Sich vor Kaj und Mette hinzustellen und zu heulen, war das Letzte, was sie tun wollte.

Kaj war endlich fertig mit dem Anschnallgurt.

»Du rufst an, wenn etwas ist, ja?«, fragte sie.

Kaj drehte sich zu ihr.

»Glaubst du nicht, dass wir das schaffen?«

Doch, das glaubte sie. Kaj war ein vollkommen fähiger Mensch, und sie vertraute seinem Urteil blind, auch wenn die Vaterschaft ihn erstaunlich albern hatte werden lassen. Was Mette betraf, hatte sie nicht den geringsten Zweifel, dass sie es mit Astrid nur gut meinte. Astrid war wie eine eigene Tochter für sie, und Mette würde sie wenn nötig mit Leib und Leben verteidigen.

»Wir rufen jeden Abend an, damit ihr euch Gute Nacht sagen könnt«, sagte Mette und schaute Sofia mitleidig an. »Und du fängst doch am Montag sicher nicht vor neun Uhr an zu arbeiten, oder?«

Sofia nickte.

»Komm vorher vorbei, dann könnt ihr ein bisschen kuscheln. Wir sorgen für das Frühstück.«

In dieser Sekunde liebte sie Mette. Obwohl die Familienkonstellation mehr als unkonventionell war, hatte es zwischen ihr und der Ehefrau ihres Ex-Freundes nie irgendwelche Eifersucht gegeben. Kaj und Mette hatten die Übereinkunft einer offenen Ehe, und solange beide anständig damit umgingen, war es ihnen selbst überlassen, was sie nebenher noch veranstalteten. Mette war durch ihren Beruf als Schauspielerin im Lauf der Jahre vielen Männern und Frauen begegnet, ohne dass es ihre Beziehung beeinträchtigt hätte. Sofias Schwangerschaft jedoch hatte ihnen einen ziemlichen Schlag versetzt, obwohl Sofias und Kajs Verhältnis zu dem Zeitpunkt bereits vorbei gewesen war. Sofia hatte Kaj deutlich gemacht, dass sie überhaupt nichts von ihm erwartete, doch er hatte unverrückbar darauf bestanden, ein präsenter Vater zu sein – und so war es dann auch. Genau zur ersten Ultraschalluntersuchung hatten Mette und er durch intensive Paartherapie wieder zueinandergefunden, und Mette, die keine eigenen Kinder hatte, war mit ganzem Herzen in ihrer Rolle als Stiefmutter aufgegangen.

Sofia wandte sich um, als sie das metallische Kratzen der Laufplanke auf dem Kai hörte. Mit verkniffener Miene kam Tord auf sie zu. Er nickte Kaj zu, während er ein Snus-Päckchen zurechtdrückte und unter die Oberlippe schob. Kaj erwiderte das Kopfnicken in derselben höflichen, doch reservierten Art. Tord hatte Kaj nie gemocht, und das Gefühl beruhte auf Gegenseitigkeit. Seit Astrids Geburt knirschte es noch deutlicher zwischen ihnen. Sofia wusste sehr wohl, weshalb. Tord war nicht dumm. Und auch wenn er nichts gesagt hatte, war ihr klar, dass er Bescheid wusste.

»Tord!« Andere hatten sich wegen der Ansteckungsgefahr angewöhnt, sich mit den Ellenbogen zu begrüßen, doch Mette umschlang den Alten stattdessen mit einer viel zu langen Umarmung. Unangenehm berührt schaute Tord über Mettes Schulter zu Sofia.

»Wie schön, dich wiederzusehen. Und ich muss dir wirklich danken für das, was du für Sofia und unsere kleine Astrid getan hast.«

Tord schob den Snus unter der Lippe wieder zurecht und nickte.

»Jo.« Der kurze norrländische Laut von zwischen den Zähnen eingesogener Luft musste als Antwort genügen.

Mette schien es nicht übel zu nehmen. Sie strahlte über das ganze Gesicht und hing noch immer an Tord, obwohl die Umarmung vorbei war. Unterschiedlicher als Mette Severin Marklund und Tord Grändberg konnten zwei Menschen nicht sein. Dennoch hatten sie eines gemeinsam: Sie scherten sich überhaupt nicht um irgendwelche Sitten und Gebräuche. Sie hatten ihre eigenen Schritte im sozialen Tanz kreiert, und diesen folgten sie, ob es den anderen gefiel oder nicht. Wie die Leute in ihrer Umgebung sie beurteilten, schien sie einen feuchten Kehricht zu kümmern.

Kaj schloss die Autotür und räusperte sich.

»Ja, wir sollten dann vielleicht mal los? Ihr fahrt wohl mit demselben Schiff zurück?« Er nickte mit dem Kopf zur Fähre hinüber.

Mette drückte noch einmal Tords Arm und fasste dann Sofias Hände.

»Es wird prima funktionieren. Mach dir keine Sorgen.«

4.

Gleich nachdem Sofia wieder in ihrem Haus in Norrbysbodarna auf Ulvön angekommen war, lief sie hinunter zum Anleger, um »das Pferd«, die Riva Ariston ihres
Vaters, loszumachen. Schon jetzt vermisste sie Astrid
so sehr, dass es in der Seele wehtat, und sie musste wieder aufs Meer hinaus, obwohl sie gerade von dort kamen. Das dunkel gebeizte italienische Motorboot war
der Schatz ihres Vaters gewesen. Scherzhaft hatte er
gesagt, es habe das Temperament eines jungen Fül-
lens – bald sanft, bald widerspenstig, aber wenn es sich
ins Zeug legte, schnell wie der Wind. Tord war unter
dem Vorwand losgezogen, sich um die Zimmerpflan-
zen und die Post in seinem Zuhause zu kümmern, das
er seit Astrids Geburt mehr oder weniger aufgegeben
hatte. Sofia vermutete allerdings, dass er sich mit Margit traf. Diese Nacht würde die erste seit Langem sein,
in der er nicht bei ihr im Haus übernachtete.

Sofia blinzelte in die starke Augustsonne hinein. Es
war windstill, und die Luft schmeckte nach Salz. Nur
das Motorengeräusch war zu hören, als das Boot die
Wellen teilte. Vorhin, als sie mit der Fähre angekommen
waren, hatten sich unten bei der Hafeneinfahrt von Ulvön die Boote gedrängt. Sonntag war der letzte Ferien-

tag, und alle Sommerhausbesitzer würden Kühlschränke und Gefriertruhen leeren und einen letzten Abend auf der Insel genießen, bevor Schule und Arbeit wieder begannen. Den ganzen Küstenstreifen entlang würden auf den Bootsstegen Lichter entzündet werden. Das war eine schöne Tradition, die sie in den vergangenen Jahren kaum gepflegt hatte. Doch dieses Jahr hatte sie mehrere Packungen Fackeln gekauft und ein schönes Essen geplant. Tord würde Maränen räuchern, und sie hatte sein Lieblingseis besorgt.

Bei Marviksgrunnan, wohin Sofia unterwegs war, würde es trotzdem menschenleer sein. Die zwei Familien, die dort im frühen Sommer gewesen waren, kamen aus Südschweden und würden dieses Jahr nicht noch einmal den weiten Weg hinauf machen. Ulvön war klein genug, dass sich all diejenigen, die auf der nördlichen und südlichen Insel wohnten oder Ferien machten, kannten. Bei dem alten Fischerort Marviksgrunnan gab es insgesamt um die zehn Häuser. Es waren allesamt umgebaute Kochhäuser und Fischerhütten ohne ständige Bewohner.

Als sie sich Marviksgrunnan näherte, lag eine fast unheimliche Stille über dem Ort, was wohl an dem Gegensatz von sommerlichem Idyll und Menschenleere lag. Ein einzelnes, vergessenes Bettlaken hing wie eine verlassene Fahne zum Trocknen vor einem der rot gestrichenen Häuser.

Sofia schaute zur Fischerkapelle hinauf, dem schlichten, holzverkleideten Gebäude auf der Anhöhe oberhalb der engen Einfahrt zu der Reihe von Bootshäusern. Vor ungefähr zehn Jahren war die Kapelle renoviert worden, und jetzt leuchtete sie weiß mit einer senfgelben Tür. Sten hatte sich gewünscht, dass sein Trauergottesdienst dort stattfinden sollte. Als er noch ein Junge gewesen war, hatte es zu seinen Aufgaben gehört, sich um die Kapelle zu kümmern. Geduldig war er mit seinem einfachen Boot losgetuckert, um aufzuschließen, wenn Gottesdienste abgehalten wurden. Sorgfältig hatte er danach aufgeräumt und wieder abgeschlossen. Für seine Arbeit hatte er nicht viele Kronen bekommen, doch er hatte Sofia erzählt, dass er die Stille in der Kapelle immer geliebt hatte. Da sie sich nicht erinnern konnte, dass Sten jemals irgendein gesteigertes Interesse für das Spirituelle gezeigt hatte, nahm sie an, dass ihn eher die Natur bei Marviksgrunnan gereizt hatte. Das Göttliche in dem dunkelgrünen Wald und dem blauschwarzen Meer.

Claire hatte gegen Stens Wunsch protestiert und gefunden, der Trauergottesdienst solle in der alten Kapelle in Ulvöhamn abgehalten werden, doch er hatte sehr deutlich gemacht, wie er zu seiner letzten Ruhe geleitet werden wollte. Erst sollten die nächsten Angehörigen den Gottesdienst in Marviksgrunnan feiern, dann sollten sie mit Booten zum Steg unterhalb ihres Hauses in Norrbysbodarna fahren, um dort Surströmming und Schnaps zu sich zu nehmen. Bei der Zeremonie in der Kapelle sollten die Beatles und Bach gespielt werden, und später sollte dann die Asche zwischen der Insel Ronö und der Nordseite von Ulvön ins Meer gestreut werden. Und so war es dann auch geschehen – ohne den Surströmming. Zum Zeitpunkt von Stens Tod war alles vereist und an ein Fest am Steg nicht zu denken gewesen. Im darauffolgenden Sommer hatten Sofia und Tord seine Asche ins Wasser gestreut und danach mit O. P. Andersson-Aquavit angestoßen, während sie Surströmming mit Kartoffeln, Zwiebeln und saurer Sahne auf Knäckebrot bei Sonnenuntergang genossen. Das gehörte zu Sofias schönsten Erinnerungen. Claire war nicht dabei gewesen.

Sofia fuhr langsamer und steuerte auf die alten Kochhäuser unterhalb der Kapelle zu. Sie betrachtete das Kreuz auf dem Dachfirst, bis ihr plötzlich etwas auffiel. Unterhalb der Kapelle standen zwei Personen. Die eine hielt etwas auf ausgestreckten Händen vor sich hin. Irgendetwas war seltsam an ihnen. Als sie ihr Boot herankommen sahen, drehten sie um und liefen schnell in die andere Richtung. Sofia nahm Fahrt auf und fuhr um die Klippen herum, um anzulegen. An einem Metallhaken, der in einem flachen Felsen steckte, war ein modernes Motorboot festgemacht. Als die Personen, zwei Teenager, merkten, dass sie nicht vor ihr ins Boot gelangen würden, hob einer von ihnen die Hand und winkte etwas unbeholfen. Sofia legte an und sprang aus dem Boot. Die beiden kamen ihr über den treppenartigen Felsabsatz entgegen. Sofia fiel auf, dass sie Wathosen trugen. Einer der beiden hatte eine Sonnenbrille in die Haare gesteckt, der andere trug eine umgedrehte Kappe vor sich her, in der etwas lag. Sie konnten nicht älter sein als fünfzehn, sechzehn Jahre. Den Jungen mit der Sonnenbrille erkannte sie, seine Familie hatte ein Ferienhaus in Fjären.

»Hi, Jungs, was macht ihr hier?«

Der Junge mit der Kappe kam noch ein paar Schritte näher. Er war bleich im Gesicht.

»Wir wollten einen Cache verstecken, also, wir machen Geocaching.« Er sprach schnell, ohne ihrem Blick zu begegnen. »Also, eigentlich darf man natürlich nicht in die Grube hineingehen, aber wir dachten, also, es war ja niemand da ...«

»Wart ihr in der Grube?«, unterbrach Sofia ihn.

Das erklärte die Wathosen. Die stillgelegte Erzgrube stand, seit sie sich erinnern konnte, voller Wasser. Sten hatte erzählt, dass die Bewohner der Ferienhäuser im Fischerort die Grube früher als Kühlraum benutzt hatten, aber sie wusste nicht, ob das stimmte. Heutzutage leitete man durch einen dicken Schlauch Frischwasser von dort zu den Ferienhütten.

»Ja, aber wir wollten keine Dummheiten machen«, sagte der Junge mit der Kappe, noch immer, ohne sie anzusehen. Sofia ging ein paar Schritte näher. Als er endlich ihrem Blick begegnete, waren seine Pupillen groß und die Augen rot. Sein Verhalten weckte die Polizistin in ihr. Hatten die beiden Drogen genommen?

»Was hast du in der Kappe?«

Widerwillig hielt er sie ihr entgegen, den schwarzen, breiten Schirm mit Daumen und Zeigefinger haltend, intensiv darauf bedacht, selbst nicht hineinzusehen.

Sofia wusste nicht warum, aber aus irgendeinem Grund hatte sie angenommen, ein Vogeljunges würde darin liegen. Vielleicht weil sie als Kind selbst manchmal aus dem Nest verstoßene Vogeljunge aufgenommen hatte. Und selbst jetzt, als Erwachsene, hielt sie auf ihren Lauftouren an, wenn sie ein verletztes Tier entdeckte, wickelte es in einen Pullover oder eine Mütze und trug es nach Hause.

Doch auf dem Boden der schmutzigen, schwarz-weißen Kappe lag kein Vogeljunges.

Stattdessen lag dort etwas, das aussah wie eine abgehackte Hand.

5.

»Konntest du nicht wenigstens bis zu deinem ersten Arbeitstag warten, bevor du eine Ermittlung lostrittst?« Kriminalhauptkommissarin Vera Nordlund gluckste am anderen Ende der Leitung.

»Glaub mir, ich hätte mich sehr über ein ruhiges Wochenende gefreut.«

Das war nicht die ganze Wahrheit. Dieser unerwartete Schnellstart entzündete in Sofia etwas, doch das wollte sie Vera nicht verraten. Es kam ihr fast unanständig vor, sich so darüber zu freuen, wieder zu arbeiten.

Sofia hatte den Inhalt der Kappe fotografiert und die Bilder an Vera geschickt. Die Vernehmung der beiden Jugendlichen war kurz ausgefallen, doch soweit sie verstanden hatte, war ihr Plan gewesen, in der Grube eine Plastikdose mit einer Art Logbuch zu verstecken, als Teil der Schatzsuche beim Geocaching. Sofia wusste nicht so viel über dieses Spiel, hatte aber mitbekommen, dass es darum ging, mithilfe von GPS-Koordinaten verschiedene Dinge zu finden und zu loggen. Die Jungs waren an der Absperrung beim Grubeneingang vorbeigegangen und dann durch das knapp ein Meter tiefe Wasser an der linken Wand der Grube entlang gewatet, um zu der Höhle weiter innen zu kommen. Dort hatten sie angefangen, zwischen einigen heruntergefallenen Steinen nach einem guten Versteck zu graben und dabei die Reste einer menschlichen Hand gefunden.

»Wie auch immer«, fuhr Vera am Telefon fort. »Johan ist in einer Stunde bei dir draußen und beginnt mit der kriminaltechnischen Untersuchung. Rolf und Rodde sind ebenfalls unterwegs, nehmen aber ihr eigenes Boot.«

Die Hundestreife hatte den Ruf, ein fantastisches Team zu sein. Sofia hatte noch nicht mit ihnen gearbeitet, jedoch viel von ihnen gehört. Sie waren nicht allein deswegen berühmt, weil der Spürhund eine ausgesprochene Hilfe war, wenn nach Leichenflüssigkeit oder Blut gesucht wurde, sondern auch, weil der Hundeführer so etwas wie ein Star war. Er war Schauspieler gewesen und hatte nach einer langen Reihe von schwedischen und internationalen Filmerfolgen zum Polizisten umgesattelt.

»Hast du irgendeine Möglichkeit, behelfsmäßig abzusperren?«, fragte Vera.

Sofia ließ den Blick über den menschenleeren Fischerort schweifen. Das Boot der beiden Jungen lag noch neben ihrem an den Klippen, doch niemand war zu sehen. Seitdem sie an Land gekommen war, hatte es sich bewölkt, und die schöne Spätsommerwärme war von kaltem Meereswind abgelöst worden. Am Nachmittag würde es ein Unwetter geben, das war schon jetzt zu spüren. Vielleicht ein letztes Sommergewitter, bevor die Herbstkälte kam.

»Das ist nicht nötig, ein Ansturm von neugierigen Gaffern ist ziemlich unwahrscheinlich. Ich bleibe hier, bis Johan kommt, und werde dann noch einmal mit unseren Zeugen, Hugo und Melker, sprechen, danach wollte ich sie ziehen lassen. Die beiden Jungs scheinen mit dem Fund nichts zu tun zu haben, auch wenn es natürlich ein Fehler war, dass sie die Hand nicht liegen gelassen und die Polizei gerufen haben. Ich werde mit den Eltern darüber reden.«

Noch während Sofia sprach, ging sie zur Kapelle hinauf.

Vera brummte zustimmend.

»Dennoch verdammt seltsam. Was haben sie da drinnen gemacht?«

»Geocaching.«

»Und was ist das für eine beknackte Erfindung?«

Veras Ausdrucksweise war während Sofias Abwesenheit offensichtlich nicht milder geworden. Dahingegen hatte Sofia, als sie einmal mit Astrid zusammen die Wache besucht hatte, eine neue Fröhlichkeit bei ihrer Chefin wahrgenommen. Vor der Scheidung war Vera schroff und im Umgang vollkommen unmöglich gewesen. Jetzt erschien sie ruhiger, bedächtiger, auch wenn die Sprache noch immer farbkräftig war. Wie es mit Kicki Bjurvall lief, der Frau, der Vera nach ihrer Scheidung begegnet war, wagte Sofia nicht zu fragen. Im letzten Winter war die Rede davon gewesen, dass Kicki, im schlimmsten Fall dauerhaft, Sofias Platz im Ermittlerteam übernehmen würde, doch dann war sie stattdessen aushilfsweise durch einen Kollegen aus der Region Bergslagen vertreten worden. Er würde schon am Montag seinen Dienst beenden.

»Geocaching ist ein Spiel, bei dem man Hinweise und kleine Schätze versteckt, die andere mithilfe von Koordinaten suchen, so in der Art. Kannst du googeln.«

Vera schnaubte am anderen Ende der Leitung. »Wie geht es den Jungs denn jetzt?«, fragte sie mit einer Mischung aus Ärger und Besorgnis.

Sofia schob die Tür zur Kapelle auf. Sie hatte den beiden durchgefrorenen und leicht unter Schock stehenden Jugendlichen eine rot karierte Decke geliehen, die sie unter einer der Bänke im Boot gehabt hatte, und jetzt saßen sie darin eingewickelt dicht nebeneinander in der Kapelle.

»Sie haben einen Schreck bekommen, sind aber okay. Ich nehme die Kontaktdaten der Eltern auf und rufe sie an, dann können sie die beiden abholen. Eine der Familien hat ein Ferienhaus in Fjären, diesen Jungen kann ich im schlimmsten Fall auch selbst nach Hause fahren«, sagte sie zu Vera und zeigte an die Jungs gewendet zum Telefon. Die beiden nickten, und Sofia ging wieder nach draußen, ließ die Tür zur Kapelle jedoch offen stehen.

Die Kappe mit der abgetrennten Hand lag noch wie eine seltsame Opfergabe vor der Öffnung zum Kirchenraum. Ringfinger und kleiner Finger fehlten, doch die übrige Hand hielt durch die getrockneten Weichteile zusammen. Einige Knochenstücke hatten sich gelöst und lagen verstreut am Boden der Kappe wie schmale weiße Hölzchen. Das Handgelenk war intakt, und es war deutlich zu sehen, wo die Hand direkt am Übergang zum Arm vom restlichen Körper abgetrennt worden war.

»Und du übernimmst dann die Ermittlung, oder?«, fragte Vera jetzt.

Obwohl Sofia ihren Dienst offiziell noch nicht wieder angetreten hatte, war das keine Frage, sondern eine Feststellung.

»Ich habe genug mit dieser Vergewaltigung in Svartby zu tun, Per ist noch im Urlaub, und Karim hat einen Fall von Körperverletzung, bei der eine höllische Menge von Zeugen zu vernehmen ist. Marie ist im Übrigen krankgeschrieben«, fügte Vera hinzu.

»Was hat sie denn?«

»Sie ist während des Urlaubs in der Plicht des Segelbootes gestürzt. Ein Bein ist gebrochen, und sie ist von der Leiste bis unten eingegipst.« Sofia konnte aus Veras Stimme eine gewisse Schadenfreude heraushören. Dass Maria Fransson und sie nicht besonders gut miteinander auskamen, war weithin bekannt. Vera war nicht begeistert davon, auf den zweiten Platz verwiesen zu werden, wenn die kleine und zutiefst gläubige Ermittlungsleiterin aus der Abteilung »Gewaltverbrechen« aus Sundsvall angefahren kam. Doch offenbar würden sie dieses Mal ohne sie auskommen müssen.

»Wie lange ist sie krankgeschrieben?«

»Mindestens sechs Wochen. Hast du den Dienstlaptop zu Hause?«

Sofia versuchte sich zu erinnern, wo er sein könnte, doch vor ihrem inneren Auge erschienen nur Wäscheberge aus Kinderkleidern auf dem Sofa, Breiflaschen in der Spüle und Chaos auf dem Küchentisch. Hatte sie überhaupt daran gedacht, den Computer mit nach

Hause zu nehmen? Himmel, war sie wirklich so langsam im Kopf? Als wäre ihr Gehirn halbiert worden, seit sie in Elternzeit war.

»Ja, doch, irgendwo habe ich den Laptop.«

»Gut, schreib eine Meldung. Morgen Vormittag will ich eine Aktennotiz haben. Ich habe Eva gebeten, die Vermisstenanzeigen in der Region durchzuschauen. Je nachdem, was Rolf und Rodde finden, kommt vielleicht auch Fridell.«

»Für eine Hand?«

»Du weißt doch, wie sie ist«, antwortete Vera.

Gerichtsmedizinerin Caroline Fridell war erst kürzlich wieder an ihrem Arbeitsplatz in der Gerichtsmedizin in Umeå zurückgekehrt, nachdem sie Mutter von Drillingen geworden war. Sofia war ihr früher schon ein paarmal begegnet. Im Unterschied zu ihr war Caroline sehr offen, was ihr Privatleben anging. Der halbe Landkreis wusste, dass die Drillinge durch künstliche Befruchtung zustande gekommen waren, nachdem sie und ihr Mann viele Jahre lang gegen ungewollte Kinderlosigkeit gekämpft hatten.

Sie beendeten das Gespräch, und Sofia ging wieder zu Hugo und Melker hinein, die beide noch mit gesenkten Blicken dasaßen.

Sie nahm die Kappe mit den Überresten und nickte in Richtung Grube.

»Mir ist klar, dass das hier ziemlich hart ist, aber meint ihr, dass einer von euch in der Lage wäre, uns zu zeigen, wo ihr die Hand gefunden habt?«

6.

Als Johan ankam, grollte bereits erster Donner. Kleine
Regentropfen fielen, und ein milchig-weißer Nebel
hatte sich über das Meer gelegt. Die Küstenwache, die
der Polizei manchmal mit Fahrten zwischen den Inseln
behilflich war, ließ Johan bei laufendem Motor an Land
gehen und legte dann wieder ab. Normalerweise hatte
Johan seine ältere Kollegin Yvonne dabei, doch sie war
seit einer Woche mit Corona zu Hause. Sofia hatte versprochen, ihn zurück aufs Festland zu bringen, wenn sie
irgendwann fertig waren. Je nachdem, was sie fanden,
würde er sonst auch bleiben und in einem Hotel auf der
Nordinsel übernachten.

Sofia ging zu den Felsen hinunter, um Johan zu helfen, die schweren Taschen mit der Ausrüstung zu tragen, doch er hielt die Hand hoch, um anzuzeigen, dass
es nicht nötig sei. Er war wie immer sonnengebräunt
und sah aus, als habe er, seit sie sich das letzte Mal begegnet waren, ordentlich trainiert. Die große und
schlanke Surfer-Figur war durch einen beinahe lächerlich breiten Nacken auf ebenso breiten Schultern ersetzt
worden. Das weiße Muschelarmband war verschwunden, aber den blonden Man-Bun im Nacken gab es
noch. Er stellte die Taschen ab, umarmte sie fest und

ließ den einen Arm um ihre Schultern liegen. Um so etwas wie Abstandsregeln kümmerte er sich offenbar nicht.

»Wahnsinn, cool, dich wiederzusehen, Sofia! Wie geht es dir? Du siehst superfit aus. Wo hast du denn die kleine Astrid gelassen, wenn du jetzt wieder arbeitest? Wie alt ist sie jetzt?« Die Fragen sprudelten nur so aus ihm hervor, während er die schweren Taschen hochhob, als wären sie aus Styropor. Er stiefelte los, den regennassen Weg hinauf zum Grubeneingang. Sofia musste auf dem rutschigen Wurzelholz beinahe rennen, um mit ihm Schritt zu halten.

»Ja, doch, danke, mir geht es gut. Und Astrid auch. Sie ist jetzt sechs Monate alt. Alles ist wunderbar.«

Johan drehte sich um und warf ihr über die Schulter einen amüsierten Blick zu.

»Es ist also gut, ja?«

Johan verwirrte sie immer ein wenig. Sein direktes Auftreten und die Selbstverständlichkeit, mit der er seinen Platz einnahm, war ihr vollkommen wesensfremd. Als habe er von vorneherein beschlossen, dass sie Freunde sein würden, auch wenn ihr nicht klar war, wie er darauf kam. Eigentlich wusste Sofia nicht viel über ihn, außer dass er viel reiste, surfte und sich eine Wohnung in einem der neu gebauten Mehrparteienhäuser unten am Hafen in Örnsköldsvik gekauft hatte. Offenbar wohnte er im selben Haus wie irgendein Spieler der örtlichen Eishockey-Mannschaft, dessen Namen sie vergessen hatte. Dass Johan sein Aussehen wichtig war, ließ sich auf den ersten Blick erraten, doch welchen

Hintergrund er hatte, ob es Frau und Kinder gab, wusste sie nicht. Sie hatten gerade mal einen Monat zusammengearbeitet, bevor Astrid geboren wurde, doch er verhielt sich, als würden sie sich seit Jahren kennen.

Sie liefen an den Überresten einer ehemals zur Grube gehörigen Schmiede vorbei und trafen auf Melker, der unruhig vor dem Grubeneingang hin- und herlief und trotz der karierten Decke, die er noch um die Schultern trug, zu frieren schien. Während Sofia auf Johan gewartet hatte, waren Hugos Eltern schon gekommen, um ihren Sohn abzuholen, samt dem Motorboot, das die Jungen unerlaubterweise geliehen hatten. Sie hätte gerne noch mehr mit Hugo gesprochen, doch der Vater hatte das Gespräch schnell beendet. Er war sichtlich aufgebracht darüber gewesen, dass sich sein Sohn, statt sich auf ein – wie es klang – lebensentscheidendes Fußballspiel vorzubereiten, aufs Meer hinausbegeben hatte. Dass mit größter Wahrscheinlichkeit ein Mensch in der Grube sein Leben verloren hatte, schien ihn nicht zu kümmern.

Melkers Eltern hingegen waren offen entsetzt über das Vorgefallene, konnten jedoch trotzdem nicht kommen, um ihren Sohn abzuholen. Beide saßen in Besprechungen fest.

Ein Motorboot war zu hören, und Melker schaute hinunter zu dem breiten Aluminiumboot, das in langsamem Zickzack-Kurs in die Bucht einfuhr. Ein schwarzer Schäferhund lag auf dem Vorschiff und sah aus, als würde er bereits über die Wasseroberfläche Witterung aufnehmen. Der Hundeführer legte direkt neben Sofias Boot an und zog seinem Hund und sich selbst die Schwimmweste aus. Sobald er dem Hund Erlaubnis gegeben hatte, an Land zu gehen, lief dieser los, ihnen entgegen.

Johan stellte die Taschen wieder ab und umarmte sowohl Hund als auch Hundeführer mit derselben Begeisterung wie eben noch Sofia. Als seien sie alle zu einem geselligen Picknick gekommen und nicht, um nach weiteren Körperteilen in einem wassergefüllten Grubenloch zu suchen.

»Auf dem Weg hierher hat er nicht markiert«, sagte der Hundeführer und wies mit der Hand über die Bucht. »Weißt du genauer, wie tief es dort draußen ist, Sofia?«

»Zwischen vierzig und hundert Meter.«

Melker stellte sich zwischen sie und betrachtete den Hund, der über Johans Zärtlichkeitsbeweise in Ekstase geraten war.

»Darf ich ihn auch streicheln?«

Sofia legte dem Jungen eine Hand auf die Schulter.

»Das ist Melker Wikman. Er und sein Freund haben die … Überreste gefunden.« Dann wies sie auf Hund und Hundeführer.

»Und das hier sind Rolf und Rodde. Sie werden mit dir und Johan in die Grube hineingehen, damit du genau zeigen kannst, wo ihr sie gefunden habt.«

Der Junge nickte. Angesichts des Hundes, der sofort begann, seine Hand zu lecken, schien er sich ein bisschen zu entspannen.

»Hallo, Rodde. Was bist du für ein feiner Kerl!«

Sofia grinste breit und begegnete dem Blick des Hundeführers.

»Rodde, das bin ich«, sagte er und streckte Melker, der peinlich berührt aufsah, die Hand entgegen.

»Ach so, ich dachte der Hund würde ...« Die Wangen waren rot, und er traute sich nicht, dem Blick des Hundeführers zu begegnen.

Rodde lachte.

»Alles gut. Du bist nicht der Einzige, der findet, dass Rolf ein seltsamer Name für einen Hund ist.«

Melker lächelte vorsichtig und nahm seine Hand.

»Rodrigo Galvez heiße ich, aber alle nennen mich Rodde.« Er nickte zum Eingang der Grube hinüber.

»Führst du mich und zeigst mir, wo ihr die Hand gefunden habt?«

7.

Idas Eltern waren gerade erst angekommen, doch Fredrik war schon erschöpft. Björn Niemi saß zurückgelehnt auf dem Sofa, die Füße auf einem Umzugskarton, und gab einen nie versiegenden Strom von Fragen, ungebetenen Ratschlägen und Lebensweisheiten von sich. Auf seiner breiten Brust hatte er eine von Idas gehäkelten rosa Decken, und darauf thronte der fünfzehn Wochen alte Chihuahua mit Namen Bear. Während Björn redete, kraulte er das braune Fell. Der gesamte Hund passte in seine riesige Pranke. Fredrik verstand nicht, was die Niemis dazu gebracht hatte, sich so einen kleinen Hund anzuschaffen. Zu Idas Vater, dem man ansah, dass er in der Vergangenheit einmal geboxt hatte, würde ein großer Rottweiler oder ein Schäferhund sehr viel besser passen.

»Na, Fredrik. Wie fühlt man sich denn so vor Schulbeginn?« Der breite Dialekt klang Respekt einflößend und führte dazu, dass Fredrik sich klein fühlte.

»Ein bisschen nervös, muss ich zugeben.«

Lotta lächelte ihm zu, streckte die Hand aus und legte sie ihm aufs Knie.

»Du wirst das großartig machen, Fredrik. Wir sind sehr stolz auf dich, da kannst du sicher sein.«

Björn nickte zustimmend, sah jedoch nicht genauso begeistert aus. Ida hatte erzählt, dass ihr Vater gegenüber dem Staat und der Macht, die dieser über seine Mitbürger ausübte, nicht vollkommen positiv eingestellt war. Soweit Fredrik verstanden hatte, hing das mit den samischen Wurzeln der Familie zusammen.

»Dennoch seltsam. Im Fernstudium Polizist zu werden.« Björn lachte auf, und der kleine Hund auf seinem Brustkorb zuckte zusammen. »Schicken sie dir dann eine Pistole mit der Post nach Hause, und du musst in der Stadt herumrennen und Schießübungen machen?«

Ida verdrehte die Augen.

»Ist doch wohl klar, dass das so nicht gemacht wird. Die praktischen Teile werden schließlich auf dem Campus unterrichtet.«

Björn hob die Augenbrauen, fragte aber nicht weiter.

»Und die Hochzeit? Wie läuft die Planung?«, schob Lotta ein.

Ida strahlte.

»Wir haben noch keinen Termin festgelegt«, sagte Fredrik.

»Doch wir dachten, nach Weihnachten, vielleicht Neujahr«, ergänzte Ida. »Wir werden in der Kirche von Övertorneå heiraten. Und wir wollten fragen, ob wir dann bei euch zu Hause feiern könnten.«

Es wurde still. Dann brach Lotta in ein kleines Freudengeschrei aus und schlug begeistert die Hände zusammen.

»Vater und ich haben schon so oft darüber geredet, aber wir wollten euch ja auch nicht in irgendeiner Weise drängen. Natürlich könnt ihr bei uns zu Hause feiern! Schließlich haben wir Platz für Übernachtungsgäste, und das Essen können wir dann in der Scheune machen. Das Catering bestellen wir bei Huuva Hideaway. Die haben alle typischen Gerichte aus Norrbotten. Die Tochter meiner Cousine hat das Essen von dort liefern lassen, und es war absolut magisch.«

Während Lotta weiter über Schnittchen aus landestypischem Rieska-Brot redete und Sima, finnischem Met, als Aperitif, zoomte sich Fredrik langsam aus dem Gespräch raus. Das Essen und der Ort waren ihm egal. Er wollte einfach nur mit Ida verheiratet sein. Könnte er entscheiden, hätte die Trauung, wenn überhaupt, auf dem Flughafen Arlanda stattgefunden, und dann hätten sie alles Geld für eine lange Hochzeitsreise verwendet.

Doch es machte nicht gerade den Eindruck, als habe er noch irgendetwas mitzureden.

Nach einer gefühlten Ewigkeit endlosen Geredes über die Hochzeit entschuldigten Idas Eltern sich und gingen hinunter ins Gästezimmer. Sie waren lange Auto gefahren und wollten sich vor dem Abendessen etwas ausruhen.

Ida lag auf dem Sofa und schaute auf ihr Handy. Fredrik saß daneben, kam aber nicht zur Ruhe. Es stresste ihn, dass die Hochzeit Idas Vorstellung nach so bald stattfinden sollte und sie bereits einen Ort festgelegt hatte. Bei Ida musste immer alles sofort passieren. Der Umzug, die Arbeitsstelle und die Hochzeit. Es war, als dürfe man keine Zeit verlieren. Er liebte sie und wollte sie glücklich machen, aber er wünschte, sie könnte etwas warten. Warum konnten sie nicht erst ein wenig ihr Zusammensein genießen? Natürlich, sie waren mehr als alt genug, um erwachsene Verbindlichkeiten einzugehen, doch musste man dafür ständig planen? Im Moment schienen sie mit nichts anderem beschäftigt zu sein. Manchmal rief Ida vom Einkaufen aus an, um zu sagen, dass sie einen guten Weißwein und Meeresfrüchte gekauft hätte. Solche Abende waren dann den Gesprächen über die bevorstehende Hochzeit gewidmet. Im schlimmsten Fall holte sie noch beim Essen den Computer, während er schweigend dasaß und in Krebsen und Hummern stocherte. Sie zeigte Bilder von Kleidern und errechnete die Kosten für Gedecke, fragte ihn zu seiner Meinung über Tischdekorationen und Schuhe und welche Musik er für den ersten Tanz wollte. Und er traute sich nicht zu protestieren, traute sich nicht, sie zu bitten, den Computer beiseitezulegen, und ihr zu sagen, dass er nichts anderes wollte als einen ruhigen Abend, an dem sie miteinander reden und … ja, was noch? Vielleicht, Begierde verspüren würden. Dieses brennende Gefühl im Inneren, das alle anderen Gefühle übertönte und zwei Menschen wie Magneten zueinander zog. Sie hatten häufig Sex, aber dieses intensive Begehren hatte es zwischen Ida und ihm nie gegeben.

Nach der Kieferverletzung, die er sich im vorigen Sommer zugezogen hatte, war Ida in der Reha seine Logopädin gewesen. Sie hatte ihn ins Leben zurückgeführt und ihn durch physische und psychische Probleme begleitet. Die Freundschaft war in Verliebtheit übergegangen, doch als ihm klar geworden war, dass sie mehr für ihn fühlte, als er für sie, hatte er versucht, die Beziehung zu beenden. Ihr Selbstmordversuch kurze Zeit darauf hatte bei ihm schreckliche Schuldgefühle hervorgerufen und außerdem die Erkenntnis, dass seine Gefühle für sie stärker waren, als er gedacht hatte. Sie hatten wieder zueinandergefunden. Seitdem war alles so schnell gegangen, dass er nicht wirklich wusste, ob er selbst überhaupt daran beteiligt gewesen war und irgendwelche Entscheidungen getroffen hatte. Er hatte um ihre Hand angehalten, und Ida hatte ohne eine Sekunde zu zögern Ja gesagt. Björn und Lotta hatten ihn aufgenommen wie einen Sohn, und wie von Zauberhand hatte er eine neue Familie bekommen. Sie war kein Ersatz für die Familie, die er in jener Nacht auf der sinkenden *Estonia* verloren hatte, doch zum ersten Mal seit vielen Jahren fühlte er sich geliebt, geborgen und respektiert. Und nicht genug damit, außerdem war es ihm noch gelungen, wieder zu der Laufbahn zurückzukehren, die er sich selbst ausgesucht hatte, bevor alles den Bach runtergegangen war. Es machte nichts, dass er die ganze Ausbildung noch einmal von vorne beginnen musste. Er würde Polizist werden.

Begehren oder nicht, zwischen Ida und ihm gab es ein starkes Band. Sie war freundlich und umsichtig und kümmerte sich um ihn. Er hatte alles, was er sich wünschen konnte. Dennoch war er unruhig. Es ging alles so schnell. Und jetzt diese Hochzeitsfeier, die bei Idas Eltern in Övertorneå gefeiert werden sollte. Sie hatte mit ihm nicht darüber gesprochen, bevor sie die Eltern fragte. Oder doch? Vielleicht hatte er nicht zugehört.

Er zuckte zusammen, als Ida seine Wange streichelte.

»Woran denkst du?« Sie hatte das Handy weggelegt und sah ihn an. Er zuckte mit den Schultern, merkte aber gleich, dass das die falsche Antwort war.

»Bist du böse?«, fügte sie hinzu.

Die Frage kam in letzter Zeit immer öfter. Sobald er still oder unkonzentriert war.

»Nein, aber …«

»Aber was?« Die Angst in ihrer Stimme weckte sein schlechtes Gewissen. Er wusste, dass sie nach dem, was im letzten Winter geschehen war, seiner Liebe nicht traute. Es war seine Schuld, dass sie permanent nach seiner Aufmerksamkeit dürstete.

»Ich war etwas erstaunt, als du deine Eltern gefragt hast, ob wir das Hochzeitsfest bei ihnen feiern könnten. Das hatten wir ja so noch nicht besprochen.«

Ida riss die Augen auf, und die weichen Lippen spannten sich an.

»Ich habe dich doch vor zwei Wochen gefragt. Du hast gesagt, es sei eine gute Idee.«

Als er nicht antwortete, fuhr sie fort: »Ich muss eine Menge Freunde und Verwandte einladen, und du hast nur drei. Es macht keinen Sinn, dass alle meine Gäste nach Stockholm reisen, nur weil deine dort wohnen.«

Fredrik hörte, dass sie schon mit den Tränen kämpfte.

»Sicher, aber du weißt doch, dass einer von ihnen nicht gerne reist. Erst recht nicht jetzt … nach allem, was passiert ist.«

Sein bester Freund Philip hatte vor einem halben Jahr seine erste und einzige Freundin verloren. Nach einem

Dasein in Angst vor der Außenwelt hatte er sich von ihr in die Realität hinauslocken lassen, war ihm das Leben glänzend erschienen. So glänzend, wie es nur sein konnte, für einen bald vierzigjährigen, autistischen Kauz. Dann war alles danebengegangen. Philip war wieder zurück in der Kellerwohnung seiner Eltern und saß dauerhaft festgeklebt vor seinen Computerbildschirmen. Er hatte kaum reagiert, als Fredrik von seinem Umzug nach Örnsköldsvik erzählte.

»Ich spreche mit Mama und Papa.« Ida legte sich wieder aufs Sofa. Er konnte sehen, dass die Unterlippe zu zittern begann.

»Ach, du.« Fredrik rutschte näher und streichelte ihr über das Bein. »Vergiss es. Natürlich feiern wir bei ihnen, wenn du das willst. Philip würde ohnehin nicht kommen, selbst wenn wir im Garten von Hans und Inga heiraten und in seinem Schlafzimmer feiern würden.«

Ida lachte unsicher und schaute ihn an.

»Sicher? Du bist also nicht böse?«

Er zog sie an sich.

»Nein, Liebling. Ich bin nicht böse.«

8.

Sofia fror, wie sie da im Eingang zur Grube stand. Immerhin war sie vor dem Regen geschützt. Das Unwetter hatte sich über die Insel geschoben, und der folgende Sturzregen war inzwischen von hartnäckigem Nieselregen abgelöst worden. Fünfzehn Minuten waren vergangen, seit Johan sich in seine mitgebrachten Wathosen gezwängt hatte und zusammen mit Melker, Rolf und Rodde in der Grube verschwunden war. Anfangs konnte sie die drei noch über den glatten, steinernen Untergrund balancieren sehen, der bald in meterhohes Wasser übergehen würde, doch dann gerieten sie außer Sichtweite. Nun sah sie nur noch ab und zu das Licht ihrer Taschenlampen aufleuchten. Zwar hallte das Echo ihrer Stimmen von den Bergwänden wider, verstehen konnte sie jedoch nichts. Hundegebell war keines zu hören, doch Sofia wusste nicht, ob das überhaupt zum Suchvorgang gehörte. Manche Spürhunde legten sich hin oder markierten auf andere Weise, dass sie etwas gefunden hatten.

Sie hatte damit gerechnet, dass Melker, gleich nachdem er den anderen den Fundort gezeigt hatte, zurückkehren würde, doch stattdessen blieb er weiter in der Grube. Sie bezweifelte stark, dass es den Vorschriften entsprach, einen fünfzehnjährigen Jungen bei der Suche nach menschlichen Körperteilen dabeizuhaben, und sie nickte Rodde dankbar zu, als er schließlich mit dem Jungen vor sich her durch das Wasser gewatet kam.

»Sofia kümmert sich jetzt um dich«, sagte er und klopfte Melker beruhigend auf den Rücken, bevor er mit dem Hund an seiner Seite in die Grube zurückkehrte.

Melker war bleich und presste die Zähne aufeinander.

»Setz dich wieder oben in die Kapelle, damit dir ein bisschen wärmer wird.« Sie wies den Berg hinauf. »Ich habe ein Handtuch hingelegt und etwas Warmes zu trinken organisiert. Willst du Gesellschaft, oder soll ich deine Eltern noch mal anrufen?«

Melker schüttelte den Kopf und lief schnell durch den Regen zur Kapelle hinauf.

Während die anderen sich in der Grube aufhielten, war Sofia zu einem der alten Kochhäuser hinuntergegangen. Der Schlüssel hatte säuberlich an einem Nagel neben der Tür gehangen. Das war einer der Gründe, weshalb sie Ulvön liebte. Man vertraute einander. In der Küche hatte sie Kaffeepulver und Würfelzucker gefunden. Sie hatte eine Thermoskanne mit Kaffee gefüllt und ein paar Plastikbecher herausgesucht. Sie wusste nicht, ob Melker schwarzen Kaffee trank, doch es war besser als nichts. Auch ein Päckchen weich gewordener Butterkekse hatte sie in der Speisekammer entdeckt. Auf dem Weg hinaus hatte sie einige Frotteehandtücher mitgenommen, dann sorgfältig hinter sich abgeschlossen und den Schlüssel wieder an den

Nagel gehängt. Die Eigentümer des Häuschens würden nicht merken, dass sie sich Kaffeepulver genommen hatte, und die Handtücher würde sie waschen und zurücklegen, bevor sie nächsten Sommer wiederkamen.

Jetzt massierte Sofia ihre verfrorenen Oberarme. Sie dachte an Astrid. Wie es ihr wohl bei Kaj und Mette erging? So gerne sie anrufen und nachfragen wollte, ob alles funktionierte, hielt sie sich doch zurück. Sie wollte nicht den Eindruck vermitteln, als würde sie den beiden nicht vertrauen.

Nach gefühlt mindestens einer Stunde im Regen – der Uhr auf ihrem Handy zufolge war es nur eine weitere Viertelstunde – kam Rodde zurück. Er watete voran, die Arme ausgestreckt, um das Gleichgewicht zu halten, während Rolf keine Schwierigkeiten zu haben schien. Er sprang und schwamm abwechselnd mit wedelndem Schwanz dem Eingang der Grube zu. Als er die kantigen, aufgesprengten Steine draußen erreichte, kletterte er hoch, blieb stehen und schüttelte sich heftig. Wasser und Steine flogen in einer Kaskade um ihn her, und Sofia musste sich umdrehen, um nicht alles abzubekommen.

»Rolf!« Der Hund hörte sofort auf und wandte sich zu seinem Herrchen. »Du kannst da weiter runtergehen und dich schütteln.« Rodde sprach mit dem Hund, als sei er ein Mensch, und Rolf schien es zu verstehen, denn er trabte an Sofia vorbei, den steinigen Abhang zum Strand hinunter, wo er stehen blieb und weitermachte.

Sofia ging zum Eingang der Grube und reichte Rodde eine Hand. Er fasste sie und zog sich mit ihrer Hilfe aus dem Wasser. Seine Hand war eiskalt.

»Wie lief es?«

Der Hundeführer schüttelte den Kopf.

»Rolf hat sich für einige Orte interessiert, aber nirgendwo konkret markiert. Johan ist noch immer mit der Spurensicherung beschäftigt.«

Sofia nahm die starke Taschenlampe entgegen, die Rodde ihr reichte, und schaltete sie aus. Sie gab ihm ein verwaschenes hellrosa Handtuch, und Rodde nahm es dankbar entgegen. Bevor sie sich abwandte, sah sie, wie er sich die sehnigen Unterarme abtrocknete und dann das kurz geschnittene dunkle Haar trocken rubbelte.

Als er fertig war, pfiff er nach dem Hund, der in vollem Lauf die Kuppe hinaufkam und sich dann neben sein Herrchen stellte. Fragend hob Rodde das Handtuch. Sofia nickte, und er begann, das schwarze Fell zu trocknen.

»Meine Vermutung ist, dass die Zerstückelung woanders geschehen ist«, sagte er. »Rolf hätte angeschlagen, wenn in der Nähe des Fundortes frischeres Blut oder andere Körperflüssigkeiten gewesen wären. Wir müssen weitermachen und die Gegend im Umkreis absuchen.«

Sofia hob die Thermoskanne.

»Willst du Kaffee?«

Rodde nickte, und er begann, sich aus den nassen Kleidern zu winden und trockene aus der dunkelblauen Sporttasche zu holen, die er mitgebracht hatte. Der Hund setzte sich und starrte unverwandt seinen Herrn an, der ein Kleidungsstück nach dem anderen auszog und auf einen Haufen am Boden warf. Sofia schenkte Kaffee in einen Plastikbecher und versuchte, nicht auf die Muskeln zu schauen, die unter der hellbraunen Haut von Roddes Rücken spielten. War sie wirklich schon so lange mit keinem Mann mehr zusammen gewesen, dass sie dem Kollegen beim Umziehen nicht zusehen konnte, ohne verlegen zu werden? Sie hatte seit der Entbindung kein einziges Mal an intime Begegnungen gedacht – als wäre mit Astrids Geburt ein Teil von ihr gestorben. Doch jetzt traf es sie mit voller Wucht. Sie wusste nicht, ob es Rodde war, oder ob er nur zufällig zum unschuldigen Gegenstand ihrer aufgestauten Begierde wurde. Wie auch immer: Es war denkbar unpassend. Als wäre es noch nicht genug, drehte Rodde sich plötzlich um und sah, wie sie auf seine Bauchmuskeln starrte und auf den dünnen Streifen dunkler Haare, der in seinen Shorts verschwand.

Schweigend zog er sich ein trockenes T-Shirt und eine schwarze Kapuzenjacke an.

Sofia wich seinem Blick aus und reichte ihm den Plastikbecher mit Kaffee.

»Also, ja …«

Rodde nahm den Kaffee entgegen.

»Ich wollte nicht …«, versuchte sie.

Im selben Augenblick, als Rodde mit einem Lächeln zu ihr aufsah, kam Johan durch das Wasser in der Grube gewatet.

»Ich habe die Finger gefunden!«

Die Serviette auf den Knien und den Blick artig niedergeschlagen sitzen wir bei Tisch. Natürlich geht es um den Grubenbetrieb und das kostbare Erz, das losgeschlagen und aufbereitet werden soll. Die Männer reden von Diamantbohrungen und metallurgischen Untersuchungen.

Der Ingenieur rechts neben Bertil lässt sich wortreich über das Titan- und Vanadium-reiche Eisenerz aus, was es beinahe nirgendwo sonst im Land gibt. Mit jedem Schluck, den Bertil nimmt, wird die Stimme lauter, und die Behauptungen werden kühner. Er schmatzt beim Hering in Aspik und Sahnesoße, belädt dreieckige Brote mit Salzfleisch, redet mit offenem Mund und zermust die Kartoffeln mit Butter, ohne zu merken, dass alle anderen sie stattdessen in Stücke zerteilen. Er prahlt und reißt das Maul auf, tut so, als würde er die Zukunft der Insel eigenhändig zum Besseren wenden. Niemand soll von ärmlichem Fisch leben müssen. Der große Steiger Bertil Sondell wird wahrlich dafür sorgen, dass die Inselbewohner durch das Bergwerk fett werden. Natürlich redet er über sich selbst. Er, der kaum einen Finger heben würde, um einem anderen zu helfen. Dafür ist er zu geizig.

Der Direktor stimmt zu, begnügt sich jedoch mit Äußerungen wie: »Wir müssen darauf hoffen, dass die Funde so reichlich sind, wie Sondell behauptet«, oder: »Kommt Zeit, kommt Rat«.

Eine junge Frau mit kurz geschnittenem Haar läuft zwischen den Tischen umher und füllt Schnaps- und Biergläser nach. Manche trinken Milch oder Dünnbier. Ich betrachte die festen Locken um ihr Gesicht. Das Haar wurde auf Lockenwickler gedreht, dann ausgebürstet und toupiert, um Volumen zu erhalten. Sie sieht frisch und modern aus. Ein Großstadtmädchen. Ich frage mich, was sie hier macht. Sie passt ganz und gar nicht zu den Waldarbeitern, Grubenarbeitern und Fischern. Obwohl, natürlich. Wahrscheinlich muss sie nur heute Leuten wie uns servieren. Sonst sind es Touristen und feine Leute, die raus auf die Schären kommen, um Surströmming zu kosten und das Freiluft-Leben zu genießen. Die Männer sehen der Bedienung hinterher, als sie den Tisch verlässt. Bertil kommentiert ihren Hintern, laut genug, dass sie es gehört haben muss. Die anderen lachen.

Ich lege die weiche Leinenserviette auf den Tisch und entschuldige mich, um aufzustehen. Ich ertrage es nicht, noch mehr von dem Gerede zu hören, und mache mich bereit, den Stuhl nach hinten zu schieben und den Tisch zu verlassen, mit der Entschuldigung, dass ich auf die Toilette muss – als eine Hand sich auf meine Schulter legt. Ich drehe mich um, will schauen, wer es ist. Vor mir steht Gunnar, der jüngste Sohn von Direktor Erlandsson. Bertil hat verkündet, dass er im Sommerhalbjahr bei uns wohnen wird. Er soll in der neuen Grube bei Myresön arbeiten, auf dem Land, das die Bergwerksgesellschaft Bertil abgekauft hat. Dort soll er den Beruf von der Pike auf lernen. Wie er von Bertil irgendetwas lernen soll, ist mir ein Rätsel, doch vielleicht braucht es gar nicht so viel. Vielleicht soll Gunnar auch nur dastehen und nicken und in das tiefe Grubenloch hinuntersehen und von Dingen reden, die er nicht versteht. Dass Bertil vom Direktor gebeten wurde, seinen Sohn aufzunehmen, ist auf jeden Fall eine Ehre, die den Status unserer Familie noch weiter hebt.

Ich schüttele ihm die Hand und heiße ihn auf der Insel willkommen, während ich zugleich zu Bertil hinüberschiele. Er findet oft, dass ich ihn blamiere, wenn ich mit Fremden rede. Manchmal nur durch meine bloße Existenz. Doch jetzt gerade ist er so damit beschäftigt, seinem Tischherrn zuzuprosten, dass der Schnaps über den Glasrand auf das weiße Tischtuch schwappt.

Gunnars Hand ist warm und trocken. Weich. Viel zu weich für die Bergwerksarbeit. Er schaut mir in die Augen. Seine sind groß und hellblau, mit dunklen Wimpern. Er ist groß, sicher wäre er einen Kopf größer als ich, wenn ich mich hinstellen würde. Die blonden Haare hängen ihm jungenhaft in die Stirn, und er streicht sie mit den Fingern zur Seite.

»Ich wollte mich dafür bedanken, dass ich den Sommer über bei euch wohnen darf. Das ist sehr großzügig.«

Ich nicke, weiß nicht, was ich antworten soll.

Gunnar hält mir ein Zigarettenpäckchen hin. John Silver ohne Filter.

»Möchtest du eine?«

Einige am Tisch rauchen bereits, obwohl Maizena-Pudding mit Fruchtsoße zum Kaffee aufgetragen wurde. Gerne würde ich eine Zigarette nehmen, damit Gunnar noch ein Weilchen hier stehen bleibt. Doch Bertil mag es nicht, wenn ich rauche, daher lehne ich ab. Gunnar steckt das Päckchen wieder in die Brusttasche, hält meinen Blick dabei aber so lange fest, bis ich tief unten im Bauch etwas flattern spüre. Dann legt er mir wieder die Hand auf die Schulter. Sie brennt durch den dünnen Kleiderstoff hindurch.

»Dann werden wir uns im Sommer ja häufig sehen.«

9.

Allmählich wurde es Abend, und noch immer waren keine Eltern gekommen, um den jungen Zeugen abzuholen. Melker hatte den ganzen Tag mit ihnen draußen bei der alten Erzgrube verbracht, und Sofia fragte sich unweigerlich, was für Menschen das wohl waren, die ihren Sohn nach dem, was er erlebt hatte, den ganzen Tag in der Obhut fremder Leute ließen. Sie war ärgerlich über sich selbst, dass sie auf die Eltern gewartet hatte, statt den Jungen sofort nach Hause zu fahren.

Die Hand war in einen kleineren Leichensack für Körperteile verpackt worden, die Finger ebenso. Rodde würde sie bei der Wache abliefern, zum Weitertransport in die Rechtsmedizin in Umeå. Der Hund hatte große Teile der südlichen Insel abgesucht, den ganzen Küstenstreifen von den Ferienhäusern und der Kapelle bis hinunter zur Südspitze, sowie alle Stellen, die sie in dem wassergefüllten Bergwerk erreichen konnten. Die Spurensuche hatte nichts ergeben. Weder Blut noch irgendetwas anderes, was darauf hindeutete, dass in der Grube oder in der Gegend von Marviksgrunnan kürzlich ein Menschenkörper zerteilt worden war. Doch auf irgendeine Weise war die Hand dort hingekommen, und der Rest des Körpers musste gefunden werden. Die Leichenteile mussten dann, wenn möglich, identifiziert werden – für die Ermittlung in einem möglichen Verbrechen, aber auch, um die Angehörigen zu informieren.

»Bist du für heute fertig?«, fragte Sofia.

Rodde schüttelte den Kopf.

»Rolf und ich müssen noch weiter. Eine verschwundene Dreiundsiebzigjährige irgendwo in Skuleskogen. Eine Pilzsammlerin.«

Sofia lächelte mitleidig und schielte zum Himmel hinauf, dessen dichtes Grau stellenweise in etwas hellere Flecken überging. Der Regen hatte nachgelassen.

»Sieht zumindest so aus, als würde das Wetter besser.«

Rodde nickte.

»Und ich bin von dort aus schnell zu Hause.«

Er erzählte von dem Haus am Skulesjö, das er von seiner Großmutter geerbt hatte. Es hatte einige Jahrzehnte leer gestanden, ohne dass jemand sich darum kümmerte, bis er sich entschieden hatte, seine Schauspielerkarriere aufzugeben, Polizist zu werden und Stockholm zu verlassen. Nach der Abschlussprüfung hatte er seine Dreizimmerwohnung auf Kungsholmen voll möbliert verkauft und, ohne sich noch einmal umzuschauen, die Hauptstadt verlassen. In den ersten Nächten hatten Rolf und er in einem Feldbett von Ikea geschlafen, das Wasser tropfte von der Decke, und eine Symphonie von Mäusepfoten in den Wänden hatte den Hund bis aufs Blut gereizt. Zwei Jahre hatte Rodde gebraucht, um die vermoderten Bretter zu ersetzen, das Dach neu zu decken und die verrosteten Wasserleitungen auszutauschen, doch jetzt war das Haus fertig. Der nächste

Nachbar wohnte einen halben Kilometer entfernt, was Hund und Herrchen gut passte, da sie beide morgens gerne nackt schwimmen gingen. Letzteres fügte Rodde mit einem schiefen Lächeln hinzu, was Sofia erröten ließ.

»Und selbst?«

»Ich werde erst Melker heimbringen und dann Johan aufs Festland fahren.«

»Ich hätte gerne auf Johan gewartet«, sagte Rodde und nickte zur Grube hinüber, wohin Johan zurückgekehrt war, um die kleinen Fahnen wegzuräumen, mit denen die Fundorte markiert worden waren. »Aber … na ja.«

Sofia verstand. Hundeführer waren in dieser Gegend rar, und sie vermutete, dass sein Terminkalender dauerhaft übervoll war. Rodde rief den Hund mit einem Pfiff zu sich und ging zum Boot.

»Kein Problem«, rief Sofia ihm scherzhaft hinterher. »Ich habe ohnehin nichts Besseres zu tun, als Taxi zu spielen.«

Leider stimmte das. Hier gab es nichts, was sie gerade tun konnte, keine Zeugenvernehmungen durchzuführen, keine Spuren zu verfolgen. Nichts, womit sie die Rückkehr in das leere Haus in Norrbysbodarna hinausschieben konnte.

Nachdem Johan zum letzten Mal kontrolliert hatte, ob die Bilder in der Systemkamera etwas geworden waren, befand er die Arbeit für beendet. Auch er bekam einen Becher Kaffee und ein trockenes Handtuch, doch Sofia achtete gut darauf, ihn nicht anzusehen, als er sich das nasse T-Shirt auszog, das an seinen schwellenden Muskeln klebte. Stattdessen holte sie Melker, der mit dem Handtuch als Decke in der Kapelle eingeschlafen war. Als sie seine Schulter berührte, setzte er sich schlaftrunken auf.

»Zeit, nach Hause zu fahren.«

Im Boot dann reichte sie ihm die einzige Schwimmweste, die sie hatte. Ohne zu murren, zog er sie an.

»Soso, die Frau Polizistin fährt ohne Schwimmweste?«, meinte Johan und schüttelte gespielt vorwurfsvoll den Kopf. »Was sagen eigentlich die Verkehrs- und Sicherheitsregelungen im Seeverkehr dazu?«

Sofia fuhr zwischen den Felsen hinaus, und sie ließen Marviksgrunnan hinter sich. In nur fünfzehn Minuten waren sie oben in Fjären, wo sie Melker absetzten, mit eindringlichen Ermahnungen, niemandem gegenüber zu erzählen, was er den Tag über erlebt hatte. Er versprach hoch und heilig, kein Wort darüber zu verlieren, aber obwohl er ein zuverlässiger und umgänglicher junger Mann zu sein schien, fürchtete Sofia doch, dass er sein Versprechen nicht halten würde. Wobei die Frage war, ob es für die Ermittlungen von Bedeutung wäre. Bislang hatten sie keinerlei Anhaltspunkte und auch keine vernünftige Erklärung dafür, wie die abgetrennte Hand in die Grube geraten sein könnte. Verbreitete sich die Nachricht, würden sich schlimmstenfalls Neugierige dorthin begeben. Die Warnschilder vor dem Eingang hatten die Jugendlichen nicht abgehalten, und vermutlich würden sie das auch bei anderen wissbegierigen Inselbewohnern nicht tun. Hätte sie vielleicht einen uniformierten Kollegen anfordern sollen, um die Grube zu bewachen? Andererseits gab es keinen Grund, den Ort abgesperrt zu halten. Alle kriminaltechnischen Untersuchungen, die vorgenommen werden konnten, waren abgeschlossen.

Sie wandte sich Johan zu, um zu fragen, ob sie Köpmanholmskajen oder den Hafen von Örnsköldsvik ansteuern solle, doch er unterbrach sie.

»Ich finde, wir trinken jetzt im Hotel ein Bier.«

10.

Nur halbherzig hatte Sofia gegen Johans Vorschlag von einem Bier im Ulvö-Hotel protestiert, doch bald eingesehen, dass sie sehr viel lieber dort mit ihm, als alleine zu Hause saß. Körper und Seele sehnten sich danach, Astrids kleinen, warmen Körper im Arm zu halten. Während sie darauf wartete, dass Johan seine Kriminaltechniker-Taschen in einen abgeschlossenen Gepäckraum im Hotel brachte, hatte sie Mette eine SMS geschickt, um zu fragen, wie es lief. Die Antwort kam sofort. Astrid hätte ein einziges Mal geweint und sei dann ohne Weiteres auf Kajs Arm eingeschlafen. Sofia war nicht sicher, ob Mette nur ihre Gefühle schonen wollte oder ob ihre Tochter tatsächlich zufrieden damit war, bei ihnen zu sein. Keine der beiden Varianten fühlte sich so richtig gut an. Sie beschloss, die Gedanken an Astrid nach Möglichkeit wegzuschieben und die Abendsonne und die Gesellschaft zu genießen.

»Wie wäre es hier?«

Sofia nickte und folgte der blonden Bedienung in hellgrauer Bluse und schwarzer Schürze auf die Terrasse hinaus. Vom Tisch hatten sie Aussicht über den Pool und den Sporthafen. Die Bedienung wischte die Pfützen, die der früher am Tag gefallene Regen hinterlassen

hatte, vom Tisch und stellte die kleine Vase mit Wiesen-
blumen und Blattgrün zurück.

»Möchten Sie einen Blick in die Weinkarte werfen?«

»Gerne nur zwei Bier«, antwortete Sofia und beschat-
tete die Augen mit der Hand, um den Blick der jungen
Frau zu erwidern. »Und ein paar Nüsse.«

»Nüsse haben wir leider nicht«, antwortete sie. »Doch
wir haben eine Fleischplatte, wenn Sie etwas Kleines zu
sich nehmen möchten? Die kann ich wärmstens emp-
fehlen, besonders die Elchpastete.«

Sofia hatte nicht vorgehabt, so lange zu bleiben.

»Das klingt gut«, antwortete Johan, der hinter ihr aufgetaucht war. »Könnten wir die Speisekarte bekommen?
Ich bin hungrig wie ein Wolf.«

Er setzte sich und befestigte seine Piloten-Sonnen-
brille am Halsausschnitt. Statt seines dunkelblauen
Piqué-Pullovers mit dem Polizei-Emblem trug er nun
ein weißes T-Shirt mit V-Ausschnitt, das über der Brust
spannte, dazu rote Segelshorts mit Taschen.

Die Bedienung war beinahe augenblicklich mit ihren
Bieren und der Speisekarte zurück.

»Verdammt, wie schön es hier draußen ist!« Johan
wies mit der Hand über den Hafen. »Beinahe wie an der
Riviera.«

»Jetzt übertreibst du vielleicht ein bisschen, oder?«

Sofia liebte ihre Insel, aber der Vergleich mit der Riviera war vielleicht ein bisschen hoch gegriffen.

Johans Blick aus den tiefblauen Augen bohrte sich in
ihren. Er lächelte.

»Was denkst du über den Fund?«, fragte sie und

schaute in den Bierschaum, um seinem Blick zu entkommen.

»Das war eindeutig kein Unfall. Wir müssen natürlich die Knochenstücke noch genauer untersuchen, um zu bestimmen, mit was für einem Werkzeug sie abgetrennt wurden. Soweit ich das beurteilen kann, macht es den Eindruck, als sei es ein glatter Schnitt gewesen. Fridell wird mehr dazu sagen können.« Johan kniff die Lippen zusammen und fuhr mit gesenkter Stimme fort: »Es ist nicht einfach, einen Menschenkörper zu zerstückeln, das sage ich dir. Das ist nichts, was man einfach so tut. Und es gibt eine ziemliche Sauerei. Wenn es doch in der Grube geschehen sein sollte, könnten die Gase dort drinnen die Gerüche in irgendeiner Weise überdeckt haben, sodass der Hund nichts finden konnte. Oder aber es ist schon vor langer Zeit geschehen.«

»Rodde schien der Ansicht, dass der Fundort nicht der Tatort war«, sagte Sofia.

»Das kann stimmen«, gab Johan zu.

»Denkst du, wir haben zu wenig für eine Feststellung der Identität?«

Johan schüttelte den Kopf.

»Das müsste gehen. Wie du gesehen hast, war getrocknetes Bindegewebe vorhanden, das vielleicht verwendbar ist, aber höchstwahrscheinlich wird man für die DNA-Gewinnung und die zeitliche Bestimmung des Fundes die Skelettteile nehmen. Dann brauchen wir nur noch einen entsprechenden Treffer bei uns im System.«

Sofia wollte gerade fragen, wie der Abgleich funktionierte, doch Johan unterbrach sie.

»Genug von Körperteilen. Sag doch mal, wie ist das Mutterleben?« Er nestelte die Sonnenbrille vom Ausschnitt, blinzelte gegen das Licht und setzte sie dann auf. »Bist du dabei, vor Müdigkeit in Stücke zu gehen? Weinst du bei Werbefilmchen und rufst beim kleinsten Huster den Arzt an? Du musst mich nicht mit Details verschonen. Meine Schwester hat letztes Jahr ein Kind bekommen, und ich weiß alles über Nachgeburt, trockene Schleimhäute und Heulattacken.«

Sofia lachte. Es war ein nervöses und viel zu lautes Lachen. »Danke, sehr nett von dir, aber diese Geschichten erspare ich dir und mir besser. Erzähl lieber, wie es in den letzten Monaten bei der Arbeit war.«

Johan hob sein Bierglas zu einem Prosit, bevor er zwei große Schlucke nahm. Er wischte mit dem Daumen ein wenig Schaum von der Oberlippe und lehnte sich im Stuhl zurück.

»Ja, also. Was ist in der Polizeizentrale passiert?« Während er nachdachte, verschränkte er die Arme. Die Muskeln spielten unter der Haut. Sie hatte keinen Muskelfetisch, doch es fiel ihr schwer, den Blick von Johan zu nehmen. Ihre schlummernde Libido schien mit Macht erwacht zu sein, und erstaunt spürte sie, wie ihr ganzer Körper reagierte. Sie nahm einen weiteren Schluck Bier.

»Mattias ist gekündigt worden.«

»Echt jetzt?«

Der ehemalige Kollege hatte es geschafft, nicht nur im Ermittlerteam in Örnsköldsvik unbeliebt zu sein, sondern sich, Johan zufolge, auch bei der Kommunikationsabteilung der Polizei in Umeå einen ähnlichen Ruf zu erarbeiten.

»Es stellte sich heraus, dass er den Medien gegenüber mit Informationen zu laufenden Ermittlungen wohl etwas unvorsichtig war – im Austausch gegen das eine oder andere. Das kam nicht so gut an.«

»Ist ja verrückt«, erwiderte Sofia, obwohl es sie eigentlich nicht wunderte. Mattias Wikström hatte immer seine eigenen Interessen über die der Arbeit gestellt.

»Und Kicki hat aufgehört, aber das weißt du vielleicht schon?«

Sofia schüttelte den Kopf, lehnte sich aber interessiert vor. Johan tat das Gleiche und schob sein Bier zur Seite, um die Ellenbogen auf den Tisch stützen zu können.

»Die Leitung war nicht so super begeistert, dass Vera sie statt deiner ins Team holen wollte. Nicht im Hinblick auf … ja, du weißt schon.«

»Sie sind also noch zusammen?«

Johan nickte.

»Aber warum musste sie dann gehen? Hätte sie nicht anderswo eingesetzt werden können?«

Er zuckte die Schultern und leerte das halbe Glas mit ein paar Schlucken.

»Sie arbeitet Vollzeit auf irgendeinem Bauernhof, den die Familie oben in Mellansel besitzt. Karim und Per haben sie vor Kurzem zufällig getroffen. Sie engagiert sich weiterhin bei ›Missing People‹.«

»Und Vera?«

»Ja, keine Ahnung. Du weißt doch, wie sie ist, oder?«

Das wusste Sofia. Wenig Menschen schirmten ihr Privatleben so ab wie Kriminalhauptkommissarin Vera Nordlund. Doch letztes Frühjahr, bevor Sofia in Elternzeit gegangen war, hatte sie eine 180-Grad-Wendung gemacht und ihr anvertraut, dass sie sich in Kicki verliebt hatte. Sofias Reaktion damals war von den Hormonen beeinflusst gewesen sowie von dem Gefühl, wegen der Schwangerschaft ständig benachteiligt zu werden – doch jetzt verspürte sie nichts als Freude darüber, dass ihre Chefin die Liebe gefunden hatte.

Johan griff nach der Speisekarte und ließ den Blick über die Seiten schweifen. Es schien bereits abgemacht, dass sie zusammen essen würden. Für sich bestellte er einen Heringsteller mit Schnaps, und als Sofia nicht protestierte, für sie ebenso, mit der Begründung, dass am folgenden Tag Samstag war und er ein Zimmer im Hotel gebucht habe. Sie suchte nach einer versteckten Botschaft in dieser Aussage, fand aber keine. Als die Bedienung gegangen war, um ihre Bestellungen weiterzugeben, zog er die Sonnenbrille ab, legte sie zwischen ihnen auf den Tisch und nahm Sofia ins Visier.

»Und bei dir, Fräulein Hjortén? Wie steht es bei dir denn so mit der Liebe?«

SAMSTAG, DER 22. AUGUST

11.

Sofia erwachte von der Sonne, die durchs Fenster auf das Sofa schien, auf dem sie lag. Sie streckte sich nach dem Handy, das auf dem Wohnzimmertisch lag, nur um festzustellen, dass neun Uhr bereits vorbei war. So lange hatte sie zuletzt geschlafen, als die Schwangerschaftsmüdigkeit sie im Griff gehabt hatte. Wann war sie gestern nach Hause gekommen? Nicht spät, um elf vielleicht. Nach dem Hering, dem Bier und dem Schnaps hatte Johan eine Flasche Wein bestellt und diese Fleischplatte, die von der Bedienung empfohlen wurde. Es war nett gewesen. Wirklich. Sie hatte sich nicht bemühen müssen, etwas zu sagen oder auf das von Johan Gesagte zu reagieren. Die Ungezwungenheit, die er ausstrahlte, hatte sich allmählich auch auf sie übertragen, und ehe der Abend vorbei war, hatte sie von sich gesprochen, von Sten, der an Krebs gestorben war, und ihrer Sorge, wie es ihr so ergehen würde, als Mutter und Polizistin. Johan wiederum hatte von seiner Dyslexie erzählt, und dass er an Flugangst litt, was wirklich sehr ungünstig war, da er liebend gerne reiste. Sie erfuhr, dass er als Jugendlicher American Football, Hockey und Golf gespielt hatte, dass er dann bei einem Besuch in Australien das Surfen ausprobiert hatte und daran hängen geblieben war.

Überflüssigerweise hatte er erwähnt, dass er seit einigen Jahren im Fitnessstudio trainierte, und Sofia hatte sich in ihre schmalen Oberarme gekniffen und gesagt, dass sie auch endlich anfangen müsste zu trainieren. Das fand Johan nicht – sie sei genau richtig, wie sie sei. Dieses Flirtige hätte sie vielleicht abstoßen müssen, doch seine vollkommene Aufrichtigkeit machte es ihr leicht, Lob und Komplimente entgegenzunehmen. Er war spontan begeistert über die Umgebung, das Essen, sie und die Aussicht. Das Positive sprudelte nur so aus ihm heraus, und es schien, als habe er in seinem ganzen Leben noch keinen schlechten Tag gehabt. Sofia hatte sich mitreißen lassen, und der gestrige Abend war der schönste seit Langem gewesen. Doch jetzt hatte sie ein schlechtes Gewissen. So viel Alkohol hatte sie seit Jahren nicht mehr getrunken, und zu Hause angelangt, war sie auf dem Sofa tief eingeschlafen, ohne einen Gedanken an Astrid zu verschwenden. Was für eine Mutter war sie eigentlich?

Das Handy in ihrer Hand klingelte. Tords Nummer.

»Guten Morgen, Schlafmütze!«

Sie wickelte sich aus der Decke, die sie im Laufe der Nacht über sich gezogen haben musste.

»Nett gewesen, gestern Abend?« Tords amüsierter Tonfall machte deutlich, dass sie ihm nicht erzählen musste, was sie unternommen hatte und mit wem. Die Information war bereits von Ort zu Ort bis zu Ulvöns Oberhaupt gelangt. Niemand kannte so viele auf der Insel wie Tord, er wusste alles von Bedeutung, und das noch Generationen zurück.

»Ja, doch, danke. Überraschend nett, tatsächlich. Aber …«

»Mach dir wegen Astrid keine Sorgen«, unterbrach Tord, als habe er ihre Gedanken gelesen. »Es geht ihr gut bei Mette und dem Schutzmann.«

Als Sofia noch mit Kaj zusammen gewesen war, hatte Tord offen und laut vernehmlich sowohl wegen seines Alters als auch wegen der Tatsache, dass er verheiratet war, protestiert. Seit Astrids Geburt musste er Kaj als einen Teil ihres Lebens akzeptieren, doch er weigerte sich, ihn anders zu nennen als »den Schutzmann«.

»Fährst du heute aufs Festland?«

Sofia rieb sich die Augen.

»Ja, doch, werde ich wohl.«

Sie hörte, wie Tord den Deckel seiner Snus-Dose öffnete.

»Ja, ihr habt jetzt sicher einiges zu tun, wo jemand Körperteile über die halbe Insel verteilt?«

Sofia seufzte. Natürlich war auch diese Information zu Tord durchgedrungen, sie hatte nichts anderes erwartet. Ein Wort über den Zaun, von einem Nachbarn zum anderen, und schon brodelten die Gerüchte. Noch hatte niemand sie angerufen, um Informationen aus erster Hand zu bekommen, doch es war nur eine Frage der Zeit, bis irgendein Bekannter, entfernter Verwandter oder Jugendfreund von Sten sich melden würde.

In nächster Zeit würde der Fund von der abgehackten Hand höchste Priorität haben. Sie mussten die Überreste identifizieren und die Angehörigen informieren.

Wahrscheinlich würde eine Mordermittlung eingeleitet werden.

»Habt ihr irgendwelche Theorien?«

»Noch nicht. Wir durchsuchen Listen mit verschwundenen Personen. Doch das behältst du für dich.«

Im Handy piepte es. Sofia nahm es vom Ohr und stellte fest, dass Vera ihr geschrieben hatte, die natürlich wollte, dass sie auf die Wache kam.

»Am besten machst du voran, wenn du zur Wache willst. Es wird ein Weilchen dauern, bei dem Wind und mit dieser Holzwurst.«

Sofia stand auf und schaute durch das Wohnzimmerfenster hinaus zu dem Boot, das am Steg vertäut war.

»Papa würde dir die Ohren lang ziehen, wenn er hörte, wie du von seinem Pferd sprichst.«

Sie hörte Tord am anderen Ende der Leitung lachen.

»Ja, das würde er wahrscheinlich tun.«

12.

»Noch Kaffee?«

Lotta hielt den Perkolator über den Tisch, und Fredrik nickte. Das silberfarbene Teil, in dem es ihm selbst nie gelang, einen anständigen Kaffee zu kochen, war ein Symbol für alles geworden, was in Norrland gut war. Die Kaffeezubereitung mit dem Perkolator dauerte bestimmt genauso lange wie mit einer normalen Kaffeemaschine, doch das Geräusch des Wassers, das um das Kaffeepulver herumblubberte, hatte etwas Beruhigendes.

»Durch das Fenster im Gästezimmer zieht es«, sagte Björn und rieb sich die muskulösen Arme. »Das muss ich reparieren, wenn ich das nächste Mal komme.« Fredrik war, was praktische Arbeiten anging, bereits für untauglich erklärt worden, und das zu Recht.

Seine zukünftigen Schwiegereltern würden am übernächsten Tag nach Övertorneå zurückkehren, doch vorher kam die Tochter von Björns Cousine samt Kind zum Essen vorbei.

In Idas Kindheit hatten die Familien nur ein paar Häuser voneinander entfernt gewohnt, und Lotta bezeichnete die Cousine ihres Mannes, Vanja Branth, als die beste Freundin, die sie je gehabt hatte. Ida war mit

Vanjas Tochter Rebecka bis Ende der Mittelstufe in dieselbe Klasse gegangen, und sie schienen enge Freundinnen gewesen zu sein. Dass sie nun wieder in derselben Stadt gelandet waren, freute die Eltern offenbar ebenso wie Ida. Rebecka und sie hatten sich während der letzten Schuljahre auseinandergelebt und waren dann beide von Övertorneå weggezogen, um an Universitäten in unterschiedlichen Landesteilen zu studieren. Während Ida Logopädin geworden war, hatte Rebecka Jura studiert, was in ihrer Familie Tradition war. Nun unterhielt sie im Zentrum von Örnsköldsvik ein erfolgreiches Anwaltsbüro, zusammen mit ihrer Mutter, obwohl Vanja längst das Pensionsalter erreicht hatte. All das erzählte Lotta, während sie für Björn und sich selbst Brotscheiben mit Butter bestrich und liebevoll mit Aufschnitt und Gemüse belegte. Ab und zu ließ sie ein Stück Schinken oder Käse zu Bear auf den Boden fallen, der unten in Habachtstellung auf Leckereien wartete. Warum Idas Vater seine Brote nicht selbst schmieren konnte, verstand Fredrik nicht, doch seit sie zusammengezogen waren, hatte er Lottas Verhalten auch bei Ida beobachten können. Sie tat gerne Dinge für ihn, leerte seine Sporttasche, nachdem er im Fitnessstudio gewesen war, holte nachts ein Glas Wasser, wenn er Durst bekam. Manchmal hatte sie ihm sogar morgens, bevor sie zur Arbeit ging, Hemd und Jeans auf die Bank im Flur gelegt. Früher hatte er das gemocht und es als liebevolle Geste betrachtet. Inzwischen war er sich da nicht mehr so sicher. Die ganze Betüddelei gab ihm das Gefühl, nicht in der Lage zu sein, für sich selbst zu sorgen. Und das war so ziemlich das Letzte, was er gebrauchen konnte, nachdem er so hart darum gekämpft hatte, sich vor seinem Studienbeginn wieder aufzurappeln.

Wieder zu studieren, machte ihn nervös und aufgeregt zugleich. Die Frau bei der polizeiärztlichen Untersuchung hatte beteuert, dass sie mehrere Bewerber in seinem Alter hatten, doch er vermutete, dass die meisten seiner Kommilitonen halb so alt waren wie er selbst und bestimmt sicherer im Umgang mit den digitalen Anforderungen des Studiums. Auch wenn er den größten Teil der Ausbildung bereits einmal absolviert hatte, fürchtete er, dieses Wissen würde ihm nichts mehr nutzen. Das meiste war von einem Haufen angstdämpfender Medikamente aus dem Kopf vertrieben worden und das Übrige inzwischen bestimmt veraltet.

Außerdem machte er sich Sorgen über ihre finanzielle Situation. Ida verdiente gut, und die neue Stelle hatte ihr eine willkommene Gehaltserhöhung eingebracht. Doch er wollte nicht auf ihre Kosten leben. Noch weniger auf die seiner zukünftigen Schwiegereltern, obwohl sie mehrfach angeboten hatten, ihnen während seines Studiums finanziell unter die Arme zu greifen. Fredrik hatte nach einem Nebenjob gesucht und einige Bewerbungen losgeschickt. Am liebsten wollte er etwas machen, was zu seiner Ausbildung beitrug, vielleicht etwas mit Jugendlichen oder in der Gefangenenbetreuung, doch das war schwierig ohne Berufserfahrung. Er hoffte, bald etwas zu finden.

Im letzten Halbjahr hatte er durchweg Glück gehabt. Aufgrund der Pandemie war er um die physischen Tests vor der Zulassung zur Polizeihochschule herumgekommen. Sie würden in den ersten Wochen der Ausbildung auf dem Campus nachgeholt werden. Das hatte ihm ausreichend Zeit gegeben, Kraft und Kondition aufzubauen.

Er würde sich den Ausbildungsweg erneut erobern, den er vor fünfzehn Jahren hatte verlassen müssen. Dieses Mal würde er ihn zu Ende gehen. Doch auch wenn er sich meilenweit von dem Zustand entfernt fühlte, in dem er vor nur einem Jahr noch gewesen war, wusste er, wie schnell ein Rückschlag kommen konnte.

Er versuchte bewusst, nicht an Niklas zu denken. Der Bruder, den er gleichzeitig mit seinen Eltern verloren hatte, als die *Estonia* in dieser Nacht im September 1994 auf der Ostsee gesunken war. Dennoch war die Hoffnung tief in ihm drin noch nicht erloschen. Niklas und er hatten es in ein Rettungsboot geschafft und einander bis weit in den Morgen an den Händen gehalten. Doch nur Sekunden bevor sie aus dem Wasser gerettet werden sollten, wurde das Boot von einer eiskalten Welle überspült, die seinen kleinen Bruder mitriss. Seitdem hatten eine Reihe verschiedener Psychologen und Ärzte versucht, Fredrik zu der Einsicht zu bringen, dass sein Bruder für immer verloren war und dass es keinen Sinn hatte, nach ihm zu suchen. Dennoch hatte er es getan, hatte Passagierlisten, Berichte und Zeugenaussagen des Rettungspersonals durchgesehen. Andere Boote und Fähren waren in der Nähe gewesen und hatten sich an der Rettungsaktion beteiligt. Jahrelang hatte Fredrik sich geweigert, die Hoffnung aufzugeben. Bis zu dem

Tag, an dem er gemeint hatte, Niklas mitten im Zentrum von Stockholm zu sehen. Er war high gewesen von den Beruhigungsmitteln, und die Entscheidung, ihm zu folgen, erschien ihm sonnenklar. Alles, was darauf folgte, hatte zu einem mentalen Kollaps epischen Ausmaßes geführt. Er hatte nicht nur sich selbst, sondern auch andere in Lebensgefahr gebracht.

Fredrik hatte geschworen, sich nie mehr in dieses Lotteriespiel aus Hoffnung, Verzweiflung, Beruhigungstabletten und falschen Entscheidungen hineinziehen zu lassen. Er wollte in seinem Leben nach vorne schauen. Daher war es ein Schock, als sich im letzten Jahr herausstellte, dass Ida noch intensiver als er zum Untergang der *Estonia* geforscht hatte. Die ganz unglaubliche Auskunft, die sie zu Tage gefördert hatte, nämlich, dass in dieser Nacht ein Junge von ungefähr zehn Jahren von der M/S Isabella gerettet worden war, hatte ihm den Boden unter den Füßen weggezogen. Er war so berührt gewesen von ihrer Hingabe, dass er ihr sogleich einen Heiratsantrag gemacht hatte. Sie hatte ihm eine Tür zu neuer Hoffnung gezeigt. Eine Tür, von der er selbst entscheiden musste, ob er sie öffnen wollte.

Ein halbes Jahr später lag das Material, das Ida ausfindig gemacht hatte, noch immer unberührt da. Erstmals in seinem Leben hatte Fredrik ein normales Dasein mit einer Verlobten, einem Haus und bald sogar einer Ausbildung. Was würde passieren, wenn er sich wieder dem Glauben hingäbe, dass Niklas überlebt hatte? Würde es enden wie beim letzten Mal, mit einem

Totalzusammenbruch, bei dem das Leben nur noch am seidenen Faden hing?

Bears Bellen zu Fredriks Füßen riss ihn aus den Gedanken.

»Still!«, ermahnte Ida, doch der Namensvetter des Hundes auf der anderen Seite des Tisches – Björn – lachte.

»Hast du immer noch Hunger? Ja, das hast du. Genauso wie dein Herrchen.« Björn hob den hellbraunen Hund hoch und setzte ihn auf seinen nicht unbedeutenden Bauch. Dort durfte er dann sitzen bleiben, und Björn fütterte ihn direkt von seinem Teller.

»Aber Papa.« Ida schaute ergeben auf den Hund, der nach Herzenslust den Teller abschleckte. »Ihr verwöhnt ihn. Er wird unausstehlich werden.«

Lotta stand auf und begann, das Frühstück abzuräumen. Fredrik folgte ihr, um der unappetitlichen Fütterung zu entgehen, die an seinem Küchentisch stattfand, wurde aber sofort von Lotta und Ida wieder in den Stuhl gedrückt.

»Bleib du sitzen und trink deinen Kaffee aus. Wir machen das schon.«

13.

Vor der Polizeiwache blieb Sofia eine Sekunde lang stehen und atmete die spätsommerlichen Düfte ein. In der Nacht war der Regen auch über das Festland gezogen, doch jetzt schien die Sonne. Es roch nach feuchtem Asphalt und nassem Gras. Eine wohlbekannte Mischung, die sie etwas wehmütig stimmte, kündigte dieser Geruch doch mit übergroßer Deutlichkeit die baldige Ankunft des Herbstes an.

Sie dachte an ihre Tochter. So war es also, Mutter und Polizistin zugleich zu sein. Es fühlte sich genauso an wie zuvor, und doch auch wieder nicht. Würde es jemals wieder so werden wie vor Astrid?

Kaj hatte morgens weder angerufen noch eine SMS geschickt, um zu erzählen, wie die Nacht gewesen war. Das ärgerte sie. Zugleich musste sie sich selbst an all die Male erinnern, an denen sie Kaj außen vor gehalten hatte. Wie er darum gebeten hatte, zu Besuch kommen zu dürfen, während sie Erkältungen, das Corona-Risiko oder Müdigkeit vorgeschützt hatte.

»Na, alles in Ordnung?«, fragte Johan, der geduldig neben ihr wartete. Er griff nach ihrer Hand, und zu ihrem Erstaunen ließ sie es zu. Als wären sie ein Paar. »Es wird super klappen. Du bist bereit.«

Sofia hatte Johan am gestrigen Tag mehr über sich erzählt als irgendeinem anderen ihrer Kollegen. Wie es sich anfühlte, Astrid wegzugeben, von ihrer Sehnsucht, zur Arbeit zurückzukehren, aber auch von der Sorge, wie es funktionieren würde als berufstätige, alleinerziehende Mutter. Er hatte zugehört und direkte Fragen gestellt, doch nichts im Gegenzug erwartet oder in irgendeiner Weise den Eindruck erweckt, er wolle mehr als reden. Als der Abend zu Ende war, hatte er sich bedankt, sie hatten die Rechnung geteilt, und er hatte sich in sein Hotelzimmer zurückgezogen. Sie hatte das Boot nach Hause genommen, obwohl ihr Körper mit größter Wahrscheinlichkeit mehr als den erlaubten Promillewert aufwies. Und das war alles.

Nach dem Frühstück hatte sie ihn vom Hotel abgeholt, um ihn mit zum Festland zu nehmen, und er war genauso nett wie immer. Er schien ihr vertrauliches Gespräch in keiner Weise zu bereuen. Wenn überhaupt, wirkte er noch entspannter und redete ein wenig über das Wetter, den Wind und die Ermittlungen, als wäre ihr Kontakt die natürlichste Sache der Welt. Vielleicht war es für ihn auch genauso. Doch für sie war es besonders und ungewohnt. Das letzte Mal hatte sie etwas in der Art im letzten Sommer erlebt, an dem Abend, den sie mit Fredrik Fröding auf der Terrasse verbracht hatte. Er hatte über seinen Bruder und die furchtbare Nacht auf der *Estonia* gesprochen. Sie hatte versucht, ebenfalls etwas von sich selbst zu erzählen, doch es war nicht genauso leicht gewesen wie mit Johan. Dennoch hatten sie etwas geteilt. Einen kurzen Moment der Vertrautheit.

Peinlich berührt ließ sie Johans Hand los und machte einen Schritt auf den Eingang zu. Nach der Luftschleuse und den automatischen Türen hörten sie Evas Stimme von der Rezeption. Offenbar war sogar die Assistentin am Wochenende einberufen worden, um ihnen zu helfen, die Vermisstenanzeigen zu durchforsten.

»Sofia!«

Die blonde kurzhaarige Frau öffnete die Glastür zwischen Rezeption und Wartebereich mit der Karte und rauschte geradewegs auf sie zu.

»So schön, dich wieder hier zu haben.« Die Umarmung war lang und herzlich. »Gleich mittenrein ins Geschehen, wenn ich richtig gehört habe?«

Sofia nickte.

»Ja, das kann man wohl sagen.«

Erst jetzt schien Eva Johan zu bemerken. Es war nur ein kurzer Blick, doch Sofia sah, wie in ihrem Kopf die Räder zu schnurren begannen.

»Johan und ich waren bis gestern Abend spät am Fundort. Er hat im Hotel übernachtet und ist dann bei mir mitgefahren. Rodde und Rolf waren gestern auch da und …« Doch die Erklärung war überflüssig. Eva war, was die Ermittlung anging, bereits voll im Bilde.

»Hast du etwas für uns?«, fragte Johan ungerührt. Wie bei allem anderen auch war ihr gemeinsamer Auftritt im Büro nichts, was aus seiner Sicht irgendeiner Erklärung bedurfte.

»Warte einen Moment.«

Eva zog wieder ihre Karte durch und verschwand hinter dem Rezeptionstresen. Eine Sekunde später öffnete sich die elektronische Glastür, und sie hielt ihnen ein Bündel Papiere entgegen.

»Vera und Karim warten in der Bibliothek.«

»Sofia!« Karim Jansson kam ihr mit offenen Armen entgegen und drückte sie – die vierte Person, von der sie in den letzten vierundzwanzig Stunden umarmt wurde, obwohl es gegen alle Restriktionen verstieß. Hatte die Schwangerschaft den Blick der Kollegen auf sie verändert? In den ersten Jahren war Sofia außen vor gewesen und hatte sich einige Sticheleien über Stockholm-Verhaltensweisen anhören müssen. Doch nachdem Mattias Wikström nach Umeå verschwunden war, hatte die Dynamik sich verändert, und sie hatte ihren Platz im Team gefunden. Umarmt worden war sie allerdings noch nie.

»Wie schön, dass du wieder da bist.« Karim sah aus, als meinte er das auch so. Der vierfache Vater iranischen Ursprungs hatte sie immer freundlich behandelt und war einer der nettesten Menschen, denen Sofia je begegnet war. Korrekt und sprachgewandt, mit der Fähigkeit, auch in heftigsten Diskussionen beruhigend auf alle einzuwirken. Und davon gab es viele, wenn man mit Vera Nordlund zusammenarbeitete.

Die Kriminalhauptkommissarin war ganz die Alte, wie sie da zurückgelehnt im Stuhl in der Bibliothek saß, die Arme über dem voluminösen Busen verschränkt, die Lesebrille hochgeschoben wie ein Diadem auf dem kurz geschnittenen, pflaumenrot gefärbten Haar. Sie machte keine Anstalten, sich zur Umarmung zu erheben, und Sofia ließ sich dankbar an der Längsseite des Tisches nieder.

»Ja, willkommen zurück.« Vera rang sich ein Lächeln ab, bevor sie dazu überging, den Fall zu besprechen. »Die Hand, die von den Jugendlichen in der Grube gefunden wurde, ist samt den Fingern in die Rechtsmedizin geschickt worden. Fridell wird sich so bald wie möglich darum kümmern.« Sie wandte sich an Johan, der sich gerade neben Sofia niedergelassen hatte. »Was sagst du dazu?«

»Die Hand war glatt abgetrennt. Aber welches Werkzeug verwendet wurde, dazu muss sich die Rechtsmedizin äußern.«

Karim lehnte sich im Stuhl zurück und strich mit der Hand über den gepflegten Bart.

»Ich habe in meinen Jahren im Polizeidienst einiges gesehen, aber Zerstückelung ist wohl das Schlimmste. Was bringt einen Menschen nur dazu, einen anderen zu zerstückeln?«

Niemand sagte etwas. Sofia starrte auf die Tischplatte. Auf diese Frage gab es viele Antworten. Es konnte im Affekt passieren, wenn der Täter die Absicht hatte, das Opfer zu quälen und die Person auf besonders demütigende Weise umzubringen. Doch meist geschah es defensiv, weil der Mörder die Tat vertuschen und die Leiche beseitigen wollte. Mord durch Zerstückelung war ausgesprochen selten. Sofia hatte noch nicht einmal am Rande mit einer Ermittlung zu tun gehabt, in der es darum gegangen war.

»Und wie groß ist die Chance, weitere … Körperteile zu finden?«, fragte Vera und unterbrach die betroffene Stille. »Wenn wir zum Beispiel Taucher in die Bucht vor Marviksgrunnan schicken würden?«

Johan ordnete den Haarknoten im Nacken.

»Der Hund hat dort nicht angeschlagen, und Rodde zufolge hat er bereits Leichen erschnüffelt, die in mehr als dreißig Metern Tiefe lagen.«

Vera nickte beeindruckt.

»Die Frage ist, ob wir es nicht dennoch untersuchen sollten.« Sie beugte sich über den Tisch, während sie ihre Lesebrille auf die Nase schob. »Ich will, dass alles nach den Regeln der Kunst geschieht. Sobald herauskommt, dass wir einen potenziellen Mord mit Zerstückelung am Hals haben, werden die Medien uns in Stücke reißen.«

Johan begegnete Sofias Blick und grinste über das Wortspiel, das Vera offenbar nicht bewusst verwendet hatte.

»Was hatten die Jugendlichen zu sagen, Sofia?«, fuhr ihre Chefin fort.

»Nicht viel. Wie ihr schon wisst, wollten sie in der Grube so einen Geocache, eine Plastikkiste, verstecken. Einer der Jungs war als Kind einmal dort gewesen und wusste, dass es in dem mit Wasser gefüllten Raum trockene Bereiche gab. Als sie zwischen ein paar Steinen gruben, um die Plastikkiste hineinzulegen, fanden sie die Hand.«

Interessiert schaute Karim auf.

»Darüber hinaus irgendwelche Beobachtungen?«

Sie schüttelte den Kopf.

»Alle Feriengäste sind schon abgereist, und dauerhaft wohnt da draußen niemand. Trotzdem werde ich natürlich diejenigen, die über den Sommer dort gewesen sind, kontaktieren und fragen, ob sie etwas gesehen oder gehört haben.«

Vera seufzte frustriert und wandte sich wieder an Johan.

»Was meinst du zum Alter?«

»Es war jedenfalls kein Kind. Die entsprechenden Vermisstenanzeigen können wir aussortieren, auch wenn es wahrscheinlich nicht so viele sind.«

Sofia wusste, was er meinte. Sobald ein Kind verschwand, wurden enorme Ressourcen für die Suche aufgewendet, und nur eine kleine Zahl wurde nie wiedergefunden. Meist ging es dann um Mordverdacht oder Sorgerechtsstreitigkeiten, bei denen ein Elternteil das Kind ins Ausland mitgenommen hatte.

»Ich meinte, wie lange die sterblichen Überreste dort gelegen haben«, verdeutlichte Vera.

»Schwer zu sagen«, antwortete Johan und kratzte sich an der Wange. »Das Tempo der Verwesung hängt stark von der Umgebung ab, wie offen die Leiche daliegt und ob sie für Tiere erreichbar ist oder nicht. In diesem Fall müssen wir dann auch die Kälte und Feuchtigkeit der Grube miteinberechnen.«

»Ja, aber was würdest du schätzen?«, sagte Vera ungeduldig.

»Mindestens drei bis vier Monate, würde ich denken. Wir werden sehen, was Fridell sagt. Doch wir können sowohl das Bindegewebe, das die Hand zusammenge-halten hat, als auch die Skelettteile untersuchen. Und was die Identifizierung betrifft, müsste es möglich sein, daraus DNA zu gewinnen.«

Vera nickte.

»Dann müssen wir für genauere Details auf Fridells Bericht warten. Ich habe Eva gebeten, zunächst einmal die Vermisstenmeldungen der letzten zwei Jahre aus der Region und anderen Landesteilen herauszusuchen. Wenn nötig, könnte sie auch morgen kommen.« Vera grinste. »Offenbar hat sie Kinder und Enkelkinder zu Besuch und nach eigener Aussage keine Lust mehr, sich als Cateringfirma und Babysitterin zu betätigen.«

Sie griff nach dem Papierbündel, das Johan von der Rezeption mitgebracht hatte.

»An zwei Vermisstenfälle der letzten Jahre musste ich sofort denken.« Sie rückte ihre Lesebrille zurecht und blätterte, bis sie das Gesuchte gefunden hatte. »Diese Frau hier«, sie drehte das Blatt so um, dass alle das Bild sehen konnten, »Marja Juhlin, verschwand letztes Jahr in der Nacht zum Mittsommertag. Sie wurde erst eine Woche später als vermisst gemeldet, und da waren wir voll beschäftigt mit einer Mordermittlung.«

Alle außer Johan waren an der Suche nach dem Mör-der beteiligt gewesen, der in der Gegend gewütet hatte, und sie wussten noch sehr genau, wie viele Ressourcen das verschlungen hatte.

»Die Ermittlung wurde ziemlich schnell einge-stellt«, fuhr Vera fort, »da sowohl der Ehemann als auch die erwachsene Tochter bezeugten, dass Marja suizidal gewesen war und regelmäßig starke angst-dämpfende Medikamente eingenommen hatte.«

»Warum sollte die gefundene Hand gerade von ihr stammen?«, fragte Karim.

»Weil die Tochter sich letzte Weihnachten gemeldet und erzählt hat, dass sie in der Vernehmung nicht ganz die Wahrheit gesagt hatte. Offenbar hatte der Vater die Mutter ihre ganze Kindheit über psychisch und physisch misshandelt, und die Tochter dachte, dass vielleicht irgendein Streit aus dem Ruder gelaufen sei. Doch wir hatten nicht ausreichend in der Hand, um die Ermittlung wieder aufzunehmen.«

»Hatte die Familie eine Verbindung zu Ulvön?«, fragte Sofia und las das Blatt, das Vera herüberreichte.

»Ja, sie besaßen ein Ferienhaus in Sandviken und waren an dem fraglichen Wochenende dort.«

»Und die andere Person?«, fragte Johan.

Vera blätterte den Stapel weiter durch und zog schließlich ein weiteres Papier hervor.

»Jörgen Johansson, zweiunddreißig Jahre alt. Verschwand, nachdem er mit Freunden auf einer Restaurant-Terrasse im Hafen von Örnsköldsvik gesessen hatte. Ratet, wohin sie wollten?«

»Nach Ulvön?«, fragte Karim.

»Genau.« Vera ließ den Blick über die Runde schweifen. »Wir müssen in dieser Sache so schnell wie möglich handeln. Ein nicht bestimmtes Opfer eines Stückelmordes wird eine verdammte Menge Staub aufwirbeln. Karim, kannst du dafür sorgen, dass wir, sobald es so weit ist, die entsprechenden Proben vorliegen haben, um den

Fund sowohl mit Jörgen Johansson als auch mit Marja Juhlin abzugleichen?«

Er summte bejahend.

Vera stand auf, um klarzumachen, dass die Besprechung zu Ende war.

»Sofia, wir beiden gehen weiter die Vermisstenanzeigen durch. Ich werde Fridell Dampf machen und schauen, ob sie herausbekommen kann, wem diese verdammte Hand gehört.«

14.

Auf dem Küchentisch standen die Reste des traditionellen Norrbottnischen Büfetts, das Ida zusammen mit ihrer Mutter zum Abendessen zubereitet hatte. Fredrik hatte angeboten zu helfen, war aber umgehend aus der Küche verscheucht worden.

Nun saß er dort an dem Platz, der an dem neu gekauften Tisch zu seinem geworden war. Es störte ihn, dass er auf diese Weise den Herd und den Schrank mit Besteck und Tellern im Rücken hatte, als sei bereits abgemacht, dass von ihm nicht erwartet wurde, aufzustehen, um etwas zu holen oder wegzuräumen. Björn, der neben ihm saß, schien die Platzierung nicht sonderlich unangenehm zu finden, zufrieden versorgte er sich mit weiteren Häppchen. Ida und Lotta waren den ganzen Tag beschäftigt gewesen, hatten Kochbücher gewälzt und waren zum Laden gefahren und wieder zurück, um vergessene Zutaten einzukaufen.

»Himmel, wie lecker!« Rebecka Branth wischte sich den Mund mit einer weißen Leinenserviette ab, die Fredrik noch nie zuvor gesehen hatte, und nahm sich einen weiteren weichen Brotfladen, den sie in den Rest des Kartoffelgratins mit Lachs und Eiern auf ihrem Teller tunkte. »Du musst mir das Rezept davon geben, Lotta!«

Fredriks zukünftige Schwiegermutter nickte zufrieden und hielt ihm die Platte hin.

»Probier das hier, Fredrik, das ist Rieska mit Lachs, Crème fraîche und Kaviar. Ich dachte, das wäre vielleicht eine schöne Vorspeise bei der Hochzeit?«

Er wusste nicht, was Rieska war, nahm aber gehorsam eine Schnitte und steckte sie in den Mund.

Ansonsten hatten Ida und Lotta den ganzen Vormittag vor Idas Laptop verbracht. Dass die Hochzeitsfeier auf ihrem Hof stattfinden würde, schien Lotta eine neue Existenzberechtigung gegeben zu haben. Jeder zweite Satz aus ihrem Mund drehte sich um Tischdekoration und Schnittblumen, obwohl noch nicht einmal ein Datum festgelegt war. Die Pläne für das Catering waren allem Anschein nach abgeblasen worden. Lotta würde alles Essen selbst zubereiten. Fredrik wäre gerne in die Planung mit einbezogen worden, doch war er noch nicht einmal gefragt worden. Wie bei so vielem anderen, was die Hochzeit betraf, schien Ida auch dies ausschließlich als ihre Aufgabe anzusehen. Stattdessen hatte er sich zurückgezogen und versucht, die Umzugskisten im Schlafzimmer und seinem Arbeitszimmer auszupacken. Er hatte einen Schreibtisch von Ikea zusammengeschraubt und einen Drucker angeschlossen. Björn hatte ab und zu hereingeschaut und gefragt, ob er Hilfe brauche, doch Fredrik hatte freundlich abgelehnt, obwohl es ihn einen halben Tag gekostet hatte, auch nur die Bauanleitung zu verstehen. Das Ergebnis war etwas instabil geworden, wobei sein Verdacht war, dass die Handvoll übrig gebliebener Holzdübel etwas mit der Sache zu tun hatte. Doch das würde er seinem superpatenten zukünftigen Schwiegervater gegenüber nie zugeben. Lieber kaufte er einen neuen Schreibtisch.

»Also, Fredrik«, sagte Rebecka und wandte sich ihm zu, während sie ihr Haar richtete, das zu einem strammen Knoten zusammengebunden war.

»Erzähl von dir. Wer ist denn eigentlich dieser mystische, dunkelhaarige Mann, der unsere Ida zu Fall gebracht hat?«

Ida lächelte und wandte sich von ihrem Platz am Tischende zu ihm. Sie umfasste seinen Arm und lehnte den Kopf an seine Schulter.

»Der beste Kerl, den man sich vorstellen kann.«

Fredrik lächelte angestrengt, als er die angeekelte Miene von Rebeckas Teenager-Tochter an der gegenüberliegenden Seite des Tisches sah. In ihren Augen sahen sie wohl aus wie zwei Rentner, die miteinander rummachten. Und wer stellt so eine Frage? Er spürte eine instinktive Abneigung gegenüber Rebecka, gegen ihre Art, ganz selbstverständlich in ihr Haus hineinzumarschieren und alles, vom Parkettboden bis zur Farbe der Badezimmerhandtücher zu kommentieren, im Zimmer umherzuschweifen und sich über die Einrichtung und den Grundriss auszulassen. Außerdem lachte sie unnötig viel. Sowohl über ihre eigenen Scherze als auch über die anderer. Besonders Björns. Und wie sie mit ihrer Tochter umging! Zur Vorstellung schubste Rebecka das blonde Mädchen in Emo-Klamotten mehr oder weniger in Fredriks Richtung, und als die Tochter ihren Namen nicht laut genug sagte, verdeutlichte Rebecka:

Juni, wie der Monat. Fredrik hatte höflich genickt und war dem Blick des verdrießlichen Teenagers begegnet.

»Ich bin so froh, dass ihr hierher gezogen seid«, fuhr Rebecka fort, ohne darauf zu warten, dass Fredrik von sich erzählte. »Dort, auf der anderen Seite wohnen wir.« Sie zeigte durch das Panorama-Fenster zum Örnsköldsviksfjärd hinaus. »In Laufnähe zu Junis Schule, es sind nicht mehr als fünf Minuten dorthin – oder, Juni?« Auch die Antwort ihrer Tochter wartete sie nicht ab, sondern nickte Lotta aufmunternd zu, nachdem sie einen Schluck Cava getrunken hatte, wie um auch die Wahl des Getränks positiv zu bewerten.

»Doch jetzt gerade ist so schrecklich viel los«, fuhr sie fort. »Die Kanzlei bezieht neue Büros, und die Baufirma, die die Räume renoviert, ist so chaotisch. An einem Tag sollen sie kommen und Leitungen verlegen und tauchen nicht auf, am nächsten Tag müssen sie eine ganze Wand einreißen, die erst kürzlich gebaut worden war, und die Rohre noch einmal neu verlegen. Ich frage mich langsam, ob wir jemals fertig werden.«

Ida öffnete den Mund, um etwas zu sagen, kam aber nicht dazu.

»Und Mutter will natürlich überall die Finger mit im Spiel haben. Sie traut niemandem auch nur eine einzige vernünftige Entscheidung zu. Außerdem redet sie mir Fransen ans Ohr, dass wir den Namen der Firma ändern sollen.«

Lotta lächelte amüsiert.

»Ach ja, Vanja ist also immer noch nicht darüber hinweggekommen?«

Rebecka griff nach der Cava-Flasche und schenkte sich nach.

»Mutter ist so unglaublich dickköpfig«, sagte sie, nachdem sie einen Schluck getrunken hatte.

»Du weißt, wie das mit uns alten Leuten ist«, sagte Lotta, obwohl sie noch nicht einmal siebzig war. »Wir wollen hier auf der Erde etwas hinterlassen, wenn wir weiterziehen. Deine Mutter möchte wohl, dass euer Lebenswerk auch wirklich von euch ist und nicht, na ja, von Peter.« Sie warf einen Blick auf Juni, die dem Gespräch nicht zu folgen schien, sondern uninteressiert dasaß und mit der Gabel im Essen stocherte. Ihr Teller war mehr oder weniger unberührt.

»Wir haben keine Heimlichkeiten voreinander«, lächelte Rebecka. »Oder, Juni?« Sie sah Fredrik vielsagend an. »Mein Mann und ich sind uns an der Universität begegnet. Sobald wir fertige Juristen waren, haben wir uns in Mutters Kanzlei eingekauft, und da wir verheiratet waren, erklärte sie sich einverstanden, den Namen von Anwaltskanzlei Branth zu Karling & Branth zu ändern.«

Fredrik nickte und versuchte, interessiert auszusehen.

»Peter arbeitet mit Umweltfragen innerhalb der EU-Kommission. Er hat mich mit einer zehn Jahre jüngeren Kollegin betrogen und wohnt jetzt mit ihr zusammen dauerhaft in Brüssel«, fügte sie hinzu.

Am Tisch wurde es still, obwohl alle außer Fredrik die Geschichte seit Langem zu kennen schienen.

»Aber warum sollten wir deswegen den Namen ändern? Himmel, meine Tochter heißt doch auch Karling.

Außerdem ist die Kanzlei jetzt unter diesem Namen bekannt.«

Lotta lächelte nachsichtig und lud sich eine Menge Geschirr auf, wie ein Schild gegen die unangenehme Situation.

»Na, dann werde ich mich wohl mal um den Nachtisch kümmern. Brotkäse mit Moltebeerenmarmelade.«

Rebecka lächelte und nickte.

»Das klingt herrlich, Lotta.« Sie nahm einen weiteren Schluck Cava und schaute zu Ida. »Ach übrigens, ihr könntet morgen nicht zufällig beim Umzug helfen?«

Fredrik hörte die Haustür hinter Rebecka und Juni zuschlagen und seufzte erleichtert auf. Der Umzug, in den er nun hineingeraten war, würde bereits um acht Uhr morgens losgehen, und glücklicherweise hatte sich das Abendessen nicht so lange hingezogen. Lotta war mit dem Abwasch beschäftigt, und Björn hatte sich samt Hund zurückgezogen, obwohl es noch nicht einmal acht Uhr war. Er konnte nicht verstehen, was die Familie Niemi in Rebecka Branth sah. Sie war so unglaublich von sich selbst eingenommen. Was für Gemeinsamkeiten hatten Ida und sie als Kinder wohl gehabt? Und ihre arme Tochter. Sie war das ganze Essen über nicht zu Wort gekommen. Dafür hatte ihre Mutter eine Peinlichkeit nach der anderen von sich gegeben, ohne irgendeine Rücksicht darauf zu nehmen, dass der Teenager neben ihr offenbar am liebsten im Boden versunken wäre.

Ida erschien in der Tür zu ihrem Schlafzimmer, in

dem er Zuflucht gesucht hatte. Sie blieb stehen und sah sich zwischen den Kartons um.

»Hast du meine Handcreme gesehen? Die, die ich sonst immer auf meinem Nachttisch habe? Ich glaube, ich habe sie in eine der Bücherkisten gepackt.«

Das war so typisch Ida. Alles aus ihrer Wohnung war irgendwie durcheinander in den Kisten gelandet, und beinahe nichts war beschriftet worden. Fredrik schloss die Augen und murmelte irgendetwas zur Antwort, in der Hoffnung, dass sie nicht weiterfragen würde. Er war mehr als genervt darüber, dass Ida zugesagt hatte, beim Umzug mitzuhelfen. Sie hatten selbst einen ganzen Haushalt auszupacken und kaum Zeit dafür, jemand anderem zu helfen.

»Aber, verdammt …« Ida wühlte und räumte in den Kartons herum, die vor dem Bettende standen. Er seufzte innerlich. Er wollte nicht. Konnte nicht. Wusste, dass all der Ärger, der in ihm gärte, herauskommen würde, wenn er gezwungen würde, suchen zu helfen. Doch bald würde sie jeden einzelnen Karton im Schlafzimmer durchgewühlt haben, und er wäre dann derjenige, der alles wieder aufräumen musste.

Fredrik riss einen Karton heftiger an sich, als nötig war.

Ida hielt mitten in der Bewegung inne.

»Was ist los?«

Fredrik verdrehte die Augen.

»Nichts. Außer, dass das ganze Haus ein einziges Chaos ist. Warum müssen wir dieser eingebildeten Diva beim Umzug helfen, wenn wir mit unserem noch nicht einmal fertig sind? Und diese ganze Hochzeit. Ich dachte, *wir* würden das zusammen planen. Nicht du und Lotta!«

Verletzt ließ Ida die Tüte mit Kleiderbügeln, die sie aus einem der Kartons geholt hatte, auf den Boden fallen. Das Geschepper ließ Bear unten im Gästezimmer losbellen. Sie starrte auf die Unordnung und schien vergessen zu haben, wonach sie suchte. Als sie aufsah, hatte sie Tränen in den Augen.

»Ich rufe Rebecka morgen an und sage, dass wir nicht kommen können. Dann werde ich mit Mutter reden. Sie freut sich so, dass wir heiraten und …« Die Stimme brach, Fredrik umrundete das Bett und nahm sie in den Arm. Sie drückte sich gegen ihn und umarmte ihn fest.

»Weine nicht. Entschuldige, Ida. Ich bin einfach nur müde und angespannt vor dem Studienbeginn. Natürlich soll Lotta bei der Planung der Hochzeit dabei sein.«

Ida sah ihn durch Tränen an, und Zärtlichkeit erfüllte ihn.

»Ich will doch nur ein bisschen zu zweit mit meiner fantastischen Freundin zusammen sein. Mich mit ihr um unser Haus kümmern und unsere Hochzeit besprechen.«

Sie wischte sich die Nase ab und nickte, ließ ihn jedoch nicht los.

»Rebecka ist weniger verrückt, wenn man sie besser kennenlernt, ich verspreche es.«

Fredrik lachte auf und spürte, wie sie sich entspannte.

»Ganz bestimmt.« Er küsste sie aufs Haar. Dann nahm er ihr Gesicht zwischen seine Hände und sagte scherzhaft: »Wir werden noch die allerbesten Freunde, da kannst du sicher sein.«

15.

Sofia legte am Steg an und machte die Riva fest. Die Luft war warm und schwül, obwohl die Sonne im Begriff war unterzugehen. Sie war müde, hatte Kopfschmerzen und wollte am liebsten nur noch ins Bett. Den ganzen Tag hatten sie damit verbracht, Vermisstenanzeigen durchzulesen und nach Alter, Geschlecht und Jahr des Verschwindens zu sortieren. Außer Marja Juhlin und Jörgen Johansson hatten sie zwei weitere vermisste Personen gefunden, die zumindest eine Verbindung zur Insel hatten. Eine Frau aus Sundsvall, die zusammen mit einer Freundin eine Reise nach Ulvön geplant hatte, doch als die Fähre ablegen sollte, nicht am Kai erschienen war, sowie ein Mann in den Achtzigern, der nach einer Angeltour verschwunden war. Er hatte ein Ferienhäuschen auf Strängön besessen, einer Insel an der Route der Ulvö-Fähre. Sofia dachte an all die Männer und Frauen, junge wie alte, von denen sie an diesem Tag gelesen hatte. Beerensammler, Orientierungsläufer, Drogenabhängige, zerstrittene Paare, Jugendliche, die sich mit ihren Eltern verkracht hatten. Es war eine trostlose Arbeit. So viele Menschen, die spurlos verschwanden. Wo waren sie geblieben? Die Theorien waren mehr als niederschmetternd. *Drogenabhängig, vermutlich gestorben. Suizidal, ver-*

mutlich gestorben. Betrunken, vermutlich verunglückt. Immigrantin, vermutlich mit Gewalt zur Heirat in die Heimat verbracht. Menschenschicksal um Menschenschicksal, in einem Polizeibericht abgelegt und dann vergessen. Wie viele solcher vergessenen Menschen gab es dort draußen? Und wie viele Angehörige saßen da und warteten auf Antworten, die sie wahrscheinlich nie bekommen würden?

Als sie die Grasböschung hinaufkam, sah sie Tord mit bloßem Oberkörper am Grill stehen, ein Bier in der Hand. Auf dem Gartenstuhl daneben saß Margit mit einem Glas Rosé.

»Ihr lasst es euch hier gut gehen, während wir anderen schuften und uns abplagen.«

Tord trank einen Schluck aus der grünen Glasflasche und nickte.

»Kann nicht klagen.«

Margit schien die Situation unangenehm zu sein, als habe Sofia sie bei etwas Verbotenem erwischt.

»Wir dachten, du bist nach dem heutigen Tag vielleicht müde und schaffst es nicht zu kochen.«

Sofia lächelte dankbar.

»Willst du ein Glas?« Margit hob die Flasche, die im Schatten der Rattanbank stand.

Sofia lehnte ab. Sie spürte noch immer den Schnaps und das Bier von gestern im Kopf.

Sie ging in die Küche, hängte ihre Windjacke an einen Stuhl und goss sich ein großes Glas Wasser ein. Sie hatte einen Bärenhunger. Der Kater war im Lauf des Tages heftiger geworden, sie war nicht mit zur Mittagspause gegangen und hatte sich stattdessen zwei Aspirin eingeworfen.

Fridell hatte versprochen, sich spätestens morgen Vormittag mit einem Gutachten zu der abgetrennten Hand zu melden. Die Rechtsmedizin hatte eine Vergewaltigung reinbekommen, die sie bevorzugt behandeln mussten. Der Mann war auf frischer Tat in einem Gebüsch ertappt worden, wohin er ein sechzehnjähriges Mädchen verschleppt hatte, das auf dem Heimweg von ihrem ersten Sommerjob war. Der Gedanke betrübte Sofia. Alle diese Frauenleben, die zerstört wurden, bevor sie überhaupt begannen. Die junge Frau hatte eine brutale Misshandlung überlebt, und der Mann würde hoffentlich eine lange Gefängnisstrafe bekommen. Doch was half ihr das? Er würde in ein paar Jahren wieder draußen sein, und sie würde sich den Rest ihres Lebens nicht mehr sicher fühlen.

Als Vera von dem Vorfall erzählte, hatte Johan scherzhaft bedauert, dass ihre Dienstwaffen registriert waren. Sonst könnte er in der Freizeit ein bisschen Abschaum beseitigen, so meinte er. Die Aussage hatte eine hitzige Diskussion in Gang gesetzt, in der Karim und Vera beide fanden, dass ein Polizist so etwas weder denken noch sagen dürfe. Sofia hatte schweigend dabeigesessen. Wie viele Male hatte sie nicht einen Mann, der Frauen misshandelt oder vergewaltigt hatte, in Handschellen in den Polizeigewahrsam gebracht, wo er ein oder zwei Nächte blieb, bis sein Verteidiger seine Freilassung erwirkte? Und dann war er frei, sich weiter über Frauen herzumachen. Es war manchmal eine frustrierende Aufgabe. Doch sie hatte keine andere Wahl, als ihr Vertrauen in das Rechtssystem zu setzen, wie hoffnungslos es sich auch immer anfühlen mochte.

Tord rief von der Terrasse, Sofia schenkte sich mehr Wasser ein und ging zu ihnen hinaus. Margit hatte Teller und Besteck gedeckt, und auf dem Tisch stand eine ihr unbekannte blaue Schüssel mit Deckel.

»Ich habe einen Salat mitgebracht«, sagte Margit und nahm den Deckel ab. Für eine Sekunde verspürte Sofia einen Stich von Eifersucht. Dabei mochte sie Margit. Doch jetzt, wo Tord jemanden hatte, merkte sie erst, wie allein sie eigentlich war.

Sofia nahm den Teller mit gegrilltem Lachs von Tord entgegen und stellte ihn sich auf den Schoß. Der niedrige Couchtisch war nicht dazu geeignet, daran zu essen, doch er stand eben auf der Seite der Terrasse, wo spät im Sommer die letzte Abendsonne hinkam.

»Wie geht es denn mit dem Stückelmord?«, fragte Tord.

Margit, die gerade dabei war, sich Salat aufzutun, hielt mitten in der Bewegung inne.

»Wir wissen noch nicht mit Sicherheit, dass es sich um einen Mord mit Zerstückelung handelt«, erwiderte Sofia schnell. »Zum jetzigen Zeitpunkt wissen wir gar nichts.«

»Aber ihr habt doch Körperteile in der Grube gefunden, oder?«, fragte Margit und schluckte heftig.

»Dazu darf ich nichts sagen«, sagte Sofia.

Sie schaute Tord vorwurfsvoll an, der in einer entschuldigenden Geste die Hände hob.

Bislang war der Polizeieinsatz unten bei Marviksgrunnan noch nicht zu den Medien durchgedrungen, doch auf der Insel wusste man bereits von dem Fund. Entweder hatten die Jungs nicht den Mund gehalten oder aber ihre Eltern.

»Kann es jemand von der Insel sein, den ihr gefunden habt?«

»Wir wissen noch nicht, worum es dabei geht«, wiederholte Sofia.

Es irritierte sie, dass Margit so viel fragte. Ihr musste doch klar sein, dass Voruntersuchungen der Schweigepflicht unterlagen?

»Hast du Sofia von dem Moltebeeren-Moor erzählt, das du gefunden hast?«, versuchte Tord, das Gesprächsthema zu wechseln. Doch Margit ging nicht darauf ein.

»Als ich elf Jahre alt war, ist ein Cousin von mir verschwunden«, fuhr sie fort und nahm einen Bissen von dem Salat. »Er wollte nach Långskäret rudern. Sie haben ihn nie gefunden.«

Sofia nickte, erwiderte aber nichts.

»Er war genauso alt wie ich.« Margit schaute Sofia an und zeigte mit der Gabel auf sie, bevor sie ein Stück Lachs aufspießte.

»Könnte er es vielleicht sein?«

Johan war sicher gewesen, dass es kein Kind war, doch das konnte Sofia natürlich nicht erzählen.

Sie sah, wie Tord sich nervös über den Tisch lehnte und die Weinflasche hob.

»Willst du nicht doch ein Glas, Sofia? Jetzt, wo du kinderfrei hast und so?«

Sofia hielt ihr Glas vor und lächelte steif, während Tord einschenkte. Eigentlich sollte sie nicht schon wieder Alkohol trinken, wo sie noch einen Kater hatte, doch vielleicht würden die hämmernden Kopfschmerzen dann endlich verschwinden.

Tord wandte sich an Margit, in einem neuen Versuch, das Gespräch in eine andere Richtung zu lenken.

»Erzähl jetzt, Margit. Wie war das mit dem Moltebeeren-Moor?«

Die Stimmung beim Abendessen ist gedrückt. Vier Seelen, die unfreiwillig am selben abgenutzten Kiefernholztisch gelandet sind. Oder vielleicht auch nur drei – denn dass Bertil so etwas wie eine Seele hat, glaube ich eigentlich nicht.

Wir essen Frikadellen mit geschmorten Zwiebeln in Bratensaft. Das einzige Gericht, das ich wirklich gut zubereiten kann. Gunnar versucht, Konversation zu machen. Wir antworten auf seine höflichen Fragen zur Insel und zur Bergwerksindustrie, doch zwischen den Fragen versiegt das Gespräch. Bertil ist betrunken. Oder hat einen Kater. Er spricht undeutlich, schwadroniert vom Krieg und der glänzenden Vergangenheit. Darüber, dass früher alles besser war. *Nicht wahr, Gunnar? Außer natürlich die stärkeren Restriktionen beim Alkoholkauf damals*. Er lacht, und der Speichel sprüht über den Teller. Dann erzählt er Gunnar vom Vanadium, diesem begehrten Metall, das den Stahl stabil und wärmeresistent macht. Ein Gottesgeschenk für die Stahlindustrie – und damit die Kriegsindustrie. Er redet davon, wie das Vanadium während des Krieges die ganze Insel hätte retten können, hätte der Grubenbetrieb nur besser funktioniert. Und er spricht von Hitler, der seiner Meinung nach wahrlich wusste, was er tat. Gunnar versucht, die Fassung zu wahren, er stellt Fragen zum Fischfang und ob jemand von uns nach dem Essen vielleicht zu einer Angeltour mitkommen wolle. Für den Sommer auf der Insel hat Gunnars Vater ihm ein Boot gekauft, nichts Besonderes, ein Holzboot mit Außenbordmotor. Dennoch scheint das Bertil zu wurmen. Sein eigenes, heruntergekommenes Fischerboot liegt seit vorletztem Jahr an Land. Eine Weile sprechen sie über Boote. Ich merke, dass Gunnar Schwierigkeiten hat, Bertil zu verstehen. Nicht nur, weil er undeutlich spricht, sondern auch, weil die Dialekte so verschieden sind.

Ich versuche, Gunnar nicht anzusehen, konzentriere mich auf mein Essen, bekomme aber nichts hinunter. Ich bin fasziniert davon, wie er seine Kartoffel schält und die Schale dann mit dem Messer am Tellerrand abstreift. Seine Hände sind braun gebrannt und glatt, die Unterarme sehnig.

Sie sprechen immer noch über das Boot, und Bertil berichtet, dass der Motor immer Schwierigkeiten macht und er ihn, obwohl er es in den letzten Monaten mehrfach versucht hat, nicht in Gang kriegt. Gunnar bietet an, sich das Boot anzusehen. Bertil grunzt, dass das nicht nötig sei, doch ihm scheint kein guter Grund einzufallen, es abzulehnen.

»Schließlich will ich mir meinen Aufenthalt hier verdienen«, sagt Gunnar. Sicherlich hat er nicht damit gerechnet, dass dies sofort passieren soll, doch Bertil kratzt die Reste auf seinem Teller zusammen und leert das Milchglas.

»Sollen wir dann los?«

Gunnar nickt und schaufelt eilig in sich hinein, was er noch übrig hat.

Er sieht mich an.

»Wirklich sehr lecker, danke.«

Ich nicke. Gern geschehen. Alle erheben sich vom Tisch und räumen zusammen. Alle, außer Bertil, der in die Diele hinausstiefelt. Ich höre, wie er den Sekretär im Flur nach dem Bootsschlüssel durchsucht.

Als ich den Milchtopf in den Kühlschrank stellen will, stoße ich aus Versehen mit Gunnar zusammen. Er entschuldigt sich und lacht kurz auf. Ich lächele dumm. Als er an mir vorbeigeht, rieche ich schwach den Duft seines Rasierwassers. Wer legt an einem ganz gewöhnlichen Wochentag Rasierwasser auf? Bertil zumindest nicht. Es riecht würzig. Ich will mich vorbeugen und seinen männlichen Duft einatmen – tue es natürlich nicht.

»Kommen Sie, oder was?«, brüllt Bertil aus der Diele.

Gunnar stellt seinen Teller in die Spüle. Sie ist schmuddelig und voller weiß geränderter Wasserflecken. Die ganze Küche ist in schlechtem Zustand. Die gelb geblümte Tapete hinter Bertils Platz hat Flecken, und die Vorhänge müssten gewaschen werden. Bertil rührt natürlich keinen Finger, um bei Haushaltsdingen zu helfen. Allein die Speisekammer, die er für Ragna und ihre Einmachgläser gebaut hatte, bevor sie starb, ist in gutem Zustand. Sie war die Frau, die er wirklich geliebt hat. Darin stehen Gläser und Flaschen ordentlich in Reih und Glied, mit Etiketten, die den Inhalt anzeigen sowie Monat und Jahr, in dem etwas eingekocht, Marmelade, Kompott oder Saft hergestellt worden war.

Ich höre, wie Gunnar die Schuhe anzieht und die Haustür öffnet. Ich atme eine Sekunde aus, doch zu früh, wie sich zeigt. Denn gerade als ich Gunnar vor dem Küchenfenster vorbeigehen sehe, höre ich, wie Füße auf dem Boden im Flur scharren. Bertil ist noch im Haus. Er wirft einen Blick in die Küche und sieht mich an, als könne er meine Gedanken über Gunnar lesen. Oder missfällt ihm einfach alles, was ich tue?

»Willst du hier den ganzen Abend nur verbummeln? Dauert es so verdammt lange, das bisschen Essen vom Tisch zu räumen?«

Da ist er wieder, der verärgerte Blick. Die Unfähigkeiten seiner Frau und seines Sohnes reizen Bertil dermaßen, und sie werden immer bestraft. Mit einer Ohrfeige, einem harten Faustschlag in die Rippen oder einem Tritt, wenn man schon so viele Schläge bekommen hat, dass man zu Boden gegangen ist.

»Oder denkt ihr vielleicht, dass die Tiere kein Futter brauchen?«

Ich weiß sehr gut, was nun kommt. Wenn wütende Befehle durch sanfte Fragen ersetzt werden, gibt es kein Entkommen. *Ihr meint vielleicht, dass ich euch nicht ausreichend versorge? Dieses Haus ist vielleicht nicht gut genug für dich?* Wenn diese Fragen kommen, gibt es keine richtigen Antworten mehr.

Bertil macht einen Schritt in die Küche. Ich schaue auf den gelb und grün karierten Linoleumboden hinab, sehe seine Gummistiefel näher kommen. Sie sind bedeckt von Schafsmist und dem Staub der Holzgerüste für das Heu, die er vor der Mahd Ende des Sommers sauber gemacht hat. Die Faust ist schon geballt. Weiße Knöchel. Ich stehe ihm am nächsten und werde den ersten Schlag abbekommen.

Doch er hält inne.

Denn die Tür hinter ihm öffnet sich, und Gunnar tritt wieder in die Diele.

»Kommen Sie, Bertil?«

SONNTAG, DER 23. AUGUST

16.

Nachdem sie Björn, Lotta und Bear zum Abschied nachgewinkt hatte, fuhr Ida aus der Einfahrt. Der verhältnismäßig neue Volvo war das Einzige von Wert, das Fredrik mit in die Beziehung gebracht hatte. Dennoch durfte er ihn nur selten fahren. Unten in der Stadt angekommen, stellten sie den Wagen im großen Parkhaus am Einkaufszentrum »Oskargallerian« ab und spazierten hinunter zu Karling & Branths derzeitigen Räumlichkeiten in der Läroverksgata. Ida nahm seine Hand, und sie genossen die Morgensonne und den frischen Wind, der von der Meeresbucht unterhalb der Stadt hinaufwehte. Der gestrige Streit war vergessen, und Fredrik freute sich ehrlicherweise, für einen Tag ihr Chaos zu Hause zu verlassen, wenn auch nur, um beim Umzug von jemand anderem mitzuhelfen. Und er war auch froh, seine zukünftigen Schwiegereltern wieder los zu sein. Obgleich er Björn und Lotta wirklich mochte, lösten sie immer irgendwie Schuldgefühle bei ihm aus, als verdiene er ihre Fürsorge nicht wirklich. Was vielleicht daran lag, dass er ohne Eltern aufgewachsen war und diese Art selbstloser Liebe nicht gewohnt war. Großmutter war schon liebevoll gewesen, aber auch hart. Sie hatte ihn unter Druck gesetzt, ein besserer Mensch zu werden und alles zu geben. Idas Eltern waren manchmal so sanft und großzügig, dass er das Gefühl bekam, in ihrer Fürsorglichkeit zu ertrinken. Oder war er undankbar? Doch Ida ging es zurzeit gut, und ihm somit auch. Seit festgestanden hatte, dass Ida die Stelle im Krankenhaus von Örnsköldsvik bekommen hatte und sie umziehen würden, war sie aufgeblüht. Sie fühlte sich stark und war voller Vorfreude ihrem neuen Leben gegenüber. Auch wenn sie sich seiner noch immer nicht sicher war, und das mit vollem Recht. Er war sich ja selbst über seine Gefühle nicht im Klaren. Doch alles hatte sich in so guter Weise gelöst, dass er beinahe nicht wagte, sich darüber zu freuen.

»Woran denkst du?« Ida streichelte ihm über die Wange. »Die Hochschule?«

Er zuckte mit den Schultern, und sie fasste seine Hand fester.

»Es wird schon alles gut gehen. Du hast es doch schon einmal hinbekommen. Du wirst es wieder schaffen, Liebling.«

Fredrik lächelte.

Sie bogen von der Läroverksgata ab und blieben an einem alten, dreistöckigen roten Holzhaus stehen. Es hatte Sprossenfenster und grün gestrichene Fensterläden und lag eingekeilt zwischen den neueren Klinkerhochhäusern mitten im Stadtzentrum.

»Na, da seid ihr ja!« In einem der Fenster im Erdgeschoss erschien Rebeckas Kopf. Sie winkte ihnen zu hereinzukommen, und gehorsam gingen sie zur Eingangstür. Dann kamen sie in ein offenes Großraumbüro mit drei Schreibtischen, die jetzt mit Kartons beladen an die Wand geschoben waren. An ihrem ursprünglichen Platz war der blaue Teppichboden abgenutzt. Ein paar große Grünpflanzen schmückten das Büro, und in einem Teil des Raumes, der offenbar das Wartezimmer gewesen war, blubberte ein Salzwasser-Aquarium, in dem farbenfrohe Fische ruhig umherschwammen. Hoffentlich musste nicht auch das umgezogen werden, dachte Fredrik.

»Es beruhigt die Klienten«, sagte Rebecka, als sie seinen Blick bemerkte. »Manchmal setze ich mich selbst davor und schaue, wie sie herumschwimmen, ohne von der Welt um sie herum etwas mitzubekommen. Das muss herrlich sein.«

Fredrik sah sie erstaunt an. Die Rebecka, die er gestern kennengelernt hatte, war eine ganz andere als die Person, der er gerade begegnete. Vielleicht hatte Ida recht. Sie schien mehr Seiten zu haben als die aufgesetzte Primadonna, als die sie ihm am vorigen Abend erschienen war.

»Komm, ich stelle dir meine Mutter vor.« Sie schob ihn weiter in das Büro hinein. In einer hellen Sitzgruppe saß eine Frau in eng anliegender Yogahose und weißen Nike-Turnschuhen. Sie war klein und untersetzt, doch für ihr Alter gut trainiert. Neben ihr lungerte Juni, die Nase im Smartphone. Sie trug eine schwarze Jeans und einen schwarzen langärmeligen Pullover mit einem auf dem Kopf stehenden Kreuz darauf.

»Ida!« Mit erstaunlicher Leichtigkeit erhob die Frau sich vom Sofa und umarmte Ida, die noch immer ihre

Hand in Fredriks hatte. »Dass ihr beide, Rebecka und du, wieder in derselben Stadt gelandet seid! Das muss Schicksal sein.«

Sie begrüßte Fredrik und stellte sich als Vanja Branth vor.

Rebecka zog ein paar Stühle zu einem der Schreibtische.

»Wir haben gerade Kaffee gekocht. Leif ist losgegangen, um ein paar belegte Brote zu besorgen.«

»Das ist Großmutters junger, flinker Freund«, sagte Juni grinsend, ohne jedoch den Blick vom Handy zu nehmen.

Vanja schnaubte.

»Was du immer redest. Und so wahnsinnig jung ist er auch nicht. Wir sind nur sechs Jahre auseinander.«

Juni sah vom Handy auf und schaute ihre Großmutter an.

»Wenn er nicht dein Freund ist, was ist er dann?«

Vanja reckte die Nase in die Luft.

»Ein männlicher Bekannter.«

»Mit dem du seit fünfzehn Jahren zusammenwohnst?«

»Setz dich hierher, Mutter«, unterbrach Rebecka und zog einen Stuhl heraus, doch Vanja ignorierte sie und nahm neben Ida Platz.

Fredrik und Rebecka setzten sich ebenfalls, und bald erschien Leif in der Tür. Er stellte eine Tüte auf den Schreibtisch, aus der es herrlich nach frisch gebackenem Brot duftete, begrüßte sie höflich und ging dann in die Küchenecke hinter ihnen, um sich um den Kaffee zu kümmern.

»In ungefähr einer halben Stunde holt Leif den Umzugswagen«, sagte Rebecka und griff sich ein belegtes Brötchen aus der Tüte. Sie hob die obere Hälfte hoch, fischte eine Scheibe grüne Paprika heraus, die sie auf eine Serviette legte, und biss dann kräftig hinein. Dann sagte sie, die Hand vor dem noch halb vollen Mund: »Wir brauchen nur Hilfe, um die Kartons und die Schreibtische zum Transporter zu tragen und sie in dem neuen Büro hinten im Bankhaus wieder nach oben zu schleppen.«

»Es wäre besser gewesen, wenn du dafür gesorgt hättest, dass wir die Schlüssel schon früher bekommen«, beschwerte Vanja sich und sah Rebecka vorwurfsvoll an. »Jetzt wird alles wahnsinnig stressig. Gegen Mittag kommt die *Örnsköldsviks Allehanda* zum Fotografieren.«

»Warum das?«, fragte Ida.

Vanja nahm einen Kaffeebecher von Leif entgegen und hielt ihn hoch, um ihn sich auffüllen zu lassen.

»Hast du ihnen das nicht erzählt?« Vanja sah Rebecka an.

Fredrik versuchte zu sortieren, was Rebecka am vorigen Tag alles erwähnt hatte, konnte sich aber an nichts dergleichen erinnern.

Entschuldigend schüttelte Rebecka den Kopf. Vanja stellte ihren Becher auf den Tisch und setzte zu einer kleinen Rede an: »Die neuen Räume werden nicht nur die Anwaltskanzlei Karling & Branth beherbergen. An den Abenden und am Wochenende wird der Frauenschutzverein Kvinnojouren das Büro nutzen, und einmal pro Woche haben wir eine Psychologin und eine Allgemeinmedizinerin vor Ort, um Frauen kostenlose Beratung und medizinische Versorgung zu ermöglichen.«

»Wirklich?« Ida legte Vanja ihre Hand auf den Arm. »Das ist ja großartig! Du bist eine echte Heldin.«

»Ach.« In gespielter Bescheidenheit schlug Vanja die Augen nieder. Ihr Blick blieb an Rebeckas Knie hängen, und sie beugte sich vor, um etwas Mehl, das von dem Brötchen auf der schwarzen Hose gelandet war, abzuwischen. »Aber es hat eine Ewigkeit gedauert, denn unsere Schlampeliese hier hat es versäumt, die entsprechenden Anträge bei der Gemeinde zu stellen.«

Sie lachte versöhnlich.

»Doch das ist noch nicht alles«, fuhr Vanja fort. »In dieser Woche fahren wir noch raus nach Björna, um eine alte Jugendherberge anzuschauen. Und da hat Rebecka wirklich tolle Arbeit geleistet. Sie hat das Haus gefunden und dafür gesorgt, dass wir investieren können. Es wird ein Haus für verfolgte Frauen werden, die nachts ein Dach über dem Kopf brauchen.« Sie machte eine Kunstpause und schaute Ida an. »*Sonjagård* soll es heißen.«

Ida neigte den Kopf zur Seite und legte die Hand vor den Mund.

»Aber ... oh«, sie klang, als würde sie gleich weinen. »Wie toll, Vanja.«

Vanja wandte sich an Fredrik.

»Sonja war meine große Schwester. Ihr Mann hat sie ermordet.«

Um den Kaffeetisch herum wurde es still. Leif starrte in seinen Kaffeebecher, und Rebecka räusperte sich diskret.

»Wir wissen nicht, ob es so war.«

»Na klar, ich weiß es«, antwortete Vanja in hartem Tonfall und schaute zwischen ihrer Tochter und Fredrik hin und her, als habe er in dieser Frage Entscheidungsgewalt.

»Was ist denn passiert?«, fragte er widerwillig, als keiner etwas sagte.

»Sie hat versucht, ihren Mann zu verlassen. Da hat er sie erschlagen.«

Rebecka schaute zu Boden.

»Auch das wissen wir nicht.«

»Aber wie furchtbar«, rief Fredrik aus, ehrlich entsetzt. »Wurde sie gefunden?«

Ida begegnete seinem Blick und schüttelte den Kopf.

Vanja atmete tief ein.

»Sonja war eigen«, fuhr sie fort. »Sie war still und blieb gerne für sich. Sie war am liebsten zu Hause, auch wenn sie sich für den Haushalt nicht sonderlich interessierte, doch sie war schön und freundlich. Und Bertil war gut gestellt, was Land und Vieh anging, also willigten unsere Eltern in ihre Heirat ein. Und wir wissen ja, was dabei herausgekommen ist …« Sie wischte sich mit einer Serviette unter der Nase entlang. »Dieses Schwein hätte schon längst umgebracht werden müssen.«

»Aber Mutter!«, entfuhr es Rebecka.

»Ich sage nur, wie es ist«, schnaubte Vanja wütend. Doch hinter ihrer Wut vernahm Fredrik einen Schmerz, der ihm so wohlbekannt vorkam. Die Trauer über den plötzlichen Verlust eines nahestehenden Menschen. Die zehrende Ungewissheit. War Vanjas Leben von denselben sinnlosen Hoffnungen umgeben wie seines? Würde er so enden? Als ein runzliger, alter Mann, der noch immer mit dem Peitschenschlag des Schicksals haderte?

»Also, dann legen wir mal los«, sagte Leif und knüllte die Brötchentüte zusammen. »Wir wollen schließlich zum Sonntagsbraten wieder zu Hause sein.«

Fredrik schaute Ida an. Von irgendeinem Sonntagsessen war keine Rede gewesen.

Vanja fixierte ihn mit ihrem Blick.

»Komm nicht auf die Idee, das abzulehnen. Das ist das Mindeste, was wir tun können, wenn ihr uns schon beim Umzug helft.«

17.

Auf dem Weg zur Polizeiwache konnte Sofia sich nicht länger zurückhalten. Am gestrigen Abend hatten Mette und Kaj einige SMS mit Bildern von Astrid geschickt. Süße Bilder, wie sie mit Mini-Sonnenbrille auf Kajs Schoß saß, und kurze Videos, wie sie in dem schicken Kinderwagen schlief, den Mette gekauft hatte und zwischen Stockholm und Örnsköldsvik hin- und hertransportieren wollte.

Margit und Tord wollten sich die Riva für einen Ausflug nach Norrfällsviken leihen, daher hatte Sofia die Fähre nach Örnsköldsvik genommen. Sie griff nach dem Rucksack und holte ihr Handy heraus. Es war erst neun Uhr morgens, aber sie wusste, dass ihre Tochter wach war. Und tatsächlich ging Mette nach dem ersten Klingeln ran.

»Oh, Sofia. Sie ist wirklich süß. Sie hat die ganze Nacht zwischen Kaj und mir geschlafen.« Keine einleitenden Phrasen. So typisch Mette.

»Hat sie den milchfreien …«, begann Sofia, wurde aber abrupt von einem lauten Lachen im Hintergrund unterbrochen.

»Die beiden machen Quatsch«, erklärte Mette und stimmte in das Lachen ein. »Warte, dann siehst du es.«

Sofia versuchte zu protestieren, doch Mette hatte schon die Kamera eingeschaltet. Kaj erschien im Bild, auf dem zotteligen Knüpfteppich sitzend, mit nichts als einer Boxershorts bekleidet. Vor ihm auf dem Teppich lag Astrid und lachte über das ganze Gesicht strahlend zu Kajs Späßen. Sie trug Windeln und einen kurzärmeligen Body, den Sofia nicht kannte. Wahrscheinlich eines der hundert Kleidungsstücke, die Mette gekauft hatte.

»Willst du mit Mama reden?«, fragte Mette mit Babystimme und hielt das Handy so, dass Sofia ihre Tochter richtig sehen konnte. Kaj winkte im Hintergrund und unternahm keine Anstalten, sich zu bedecken.

Es zerriss ihr das Herz, ihre Tochter zu sehen. Aus Sehnsucht und aus Scham. Sie hatte Astrid so sehr vermisst – doch zugleich war es herrlich gewesen, eine Weile alleine zu sein, wieder zu arbeiten. Einfach Sofia zu sein und nicht nur Mutter.

»Hallo, mein Käfer.« Sie winkte in die Kamera, doch mehr fiel ihr nicht ein.

Mette drehte das Handy, sodass ihr Gesicht wieder erschien. Ohne die ganze Schminke sah sie anders aus.

»Kommst du morgen zum Frühstück?«

Sofia nickte.

»Wann müsst ihr wieder los nach Hause?«

»Wir haben keine Eile«, sagte Mette.

Kaj erschien neben ihr, Astrid auf dem Arm. Er klang außer Atem, nachdem er vom Boden aufgestanden war.

»Ich habe von der Ermittlung gehört.«

Sofia erstarrte. Kaj würde doch wohl nicht mitarbeiten? Sie hatten kaum mit den Voruntersuchungen begonnen, und Vera hatte wegen einer abgetrennten Hand sicher nicht die Profiler-Gruppe angefordert, oder?

»Wenn du Hilfe brauchst, weißt du, dass wir die Kleine gerne nehmen, ja?« Mette schaute beinahe bittend, und Sofia bekam ein schlechtes Gewissen, da ihr erster Gedanke nicht der Versorgung ihrer Tochter gegolten hatte, sondern der Tatsache, dass sie möglicherweise wieder mit Kaj zusammenarbeiten musste.

Sie nickte mit aufeinandergepressten Lippen.

»Das weiß ich.«

»Dann sehen wir uns morgen«, sagte Mette, drehte die Kamera zu Astrid und sprach wieder mit Babystimme.

»Tschüs, Mama!«

Alle waren schon in der Bibliothek versammelt, einschließlich Rodde und Rolf. Als Sofia hereinkam, lief der Hund sogleich zu ihr und wedelte mit dem Schwanz. Vera und Karim saßen vor ihren aufgeklappten Computern, und Johan und Rodde hatten eine Karte zwischen sich liegen. Der Rest des Gebäudes war leer. Wie immer am Wochenende oder in der Ferienzeit war es stickig und roch muffig. Hinter Sofia kam Eva mit Kaffee und belegten Brötchen.

»Johan und ich hatten gerade eine kurze telefonische Besprechung mit Fridell«, sagte Vera und griff nach der Kaffeekanne. »Sie wollte heute Vormittag die rechtsmedizinische Untersuchung vornehmen.«

»Die rechtsmedizinische Untersuchung?«, fragte Karim. »An einer Hand?«

Vera zuckte mit den Schultern.

»So sagte sie zumindest. Ich nehme an, es ist dasselbe Verfahren, als wenn sie einen vollständigen Menschen hereinbekommen.«

Eva, die dabei war, die Brötchen auf dem Tisch zu platzieren und Kaffeebecher hinzustellen, kräuselte angeekelt ihre Oberlippe.

»Es scheint nicht so wahnsinnig leicht zu sein, bei dieser Art von menschlichen Überresten eine Altersbestimmung durchzuführen«, fuhr Vera fort und schaute Johan an, der bestätigend nickte.

»Dazu braucht man eine Spezialkompetenz, die nicht in allen gerichtsmedizinischen Abteilungen vorhanden ist. Fridell wird eine erste Untersuchung vornehmen, doch eine definitive Antwort bekommen wir erst, wenn sie einen Forensischen Anthropologen zu Rate gezogen hat.«

Eva stellte das Tablett auf den Tisch und schloss eilig die Tür hinter sich.

»Was macht so jemand?«, fragte Sofia.

»Die sind darauf spezialisiert, Leichen oder Leichenteile zu identifizieren, bei denen die Verwesung schon stark fortgeschritten oder nur noch das Skelett übrig ist«, sagte Johan. »In Schweden gibt es nur drei Experten. Einer ist offenbar beurlaubt, und eine ist in Elternzeit. Der dritte war in Süditalien in den Ferien, ist aber jetzt auf dem Weg nach Hause und wird voraussichtlich heute Nachmittag landen. Sofort nach ihrer Untersuchung wird Fridell die Überreste per Boten zur weiteren Examination nach Stockholm schicken. Hoffentlich kann der Forensische Anthropologe sowohl DNA gewinnen als auch den Fund datieren.«

Vera griff nach ihrem Notizblock und zog die Lesebrille auf die Nase.

»Jedenfalls war Fridell nach dem ersten Blick ganz Johans Meinung. Ihrer Beurteilung nach wurde die Hand durch eine Waffe mit scharfer Klinge abgetrennt, und sie meinte, dass es sich nur um einige wenige Hiebe gehandelt haben dürfte. Mehr kann sie erst sagen, wenn sie die Knochenkanten mit dem Mikroskop untersucht hat.«

»Also hat jemand das Opfer in Stücke gehackt«, stellte Karim fest.

»Wie lange hat die Hand denn ihrer Meinung nach in der Grube gelegen?«, fragte Sofia.

»Ohne Hilfe der Forensischen Anthropologie ist das unmöglich festzustellen, doch sie hat dennoch eine äußerst vorläufige Schätzung gewagt. Sie hält es für wahrscheinlich, dass es sich um mehrere Jahre handelt.«

Sofia sah Vera niedergeschlagen an.

»Das begrenzt unsere Suche ja nicht sonderlich. Was bedeutet das? Zwei Jahre, fünf?«

»Verdammt, was weiß denn ich«, fauchte Vera. »Wir müssen wohl warten und sehen, was dieser Forensische Anthropologe dazu sagt.«

»Konnte sie sonst noch etwas feststellen?«, fragte Karim. »Zu Alter oder Geschlecht der Person?«

Vera schüttelte den Kopf.

»Das wird selbst mithilfe der Forensischen Anthropologie schwer herauszufinden sein. Doch sie war der gleichen Ansicht wie Johan, dass die Hand keinem Kind gehörte.«

Nachdenklich strich sich Karim den Nacken. Er schaute Johan an.

»Gibt es irgendeine andere Möglichkeit, wie wir die Identität des Opfers rauskriegen können?«

Johan reckte sich über den Tisch und nahm einen der Kaffeebecher.

»Am schnellsten lässt sich jemand über das Zahnschema identifizieren, doch ohne Kiefer ist das schwierig.«

Rodde, der bislang schweigend dagesessen hatte, wandte sich an Vera.

»Rolf und ich fahren gerne noch mal raus und versuchen, weitere Körperteile zu finden, aber ich bin mir nicht so sicher, ob das was bringt. Wobei wir natürlich den Suchradius ausweiten könnten.« Er schob die Karte in die Tischmitte, damit alle sehen konnten.

»Diesen Teil haben wir bereits abgesucht.« Er zeichnete mit dem Finger einen Kreis um Marviksgrunnan. »Dann haben wir hier an der Landzunge sowie im Wald um das Grubengelände weitergemacht.«

Rodde sah wieder zu Vera.

»Vielleicht sollten wir die Suche weiter im Norden der Insel fortsetzen? Ich habe schon öfter erlebt, dass Leichenteile mehrere Kilometer voneinander entfernt gefunden wurden. Wenn die Verwesung einsetzt, können Tiere leicht einzelne Körperteile abreißen und mitschleppen, um sie woanders zu fressen. Auch Vögel können Stücke, die sich gelöst haben, aufpicken und durch die Luft weit weg vom Rest des Körpers transportieren. Wenn es sich um Zerstückelung handelt, was wahrscheinlich ist, war die Leiche außerdem schon von Beginn an zerteilt und konnte leicht von Tieren mitgenommen werden.«

Vera nickte. Sie schob ihre Lesebrille wieder auf den Kopf und griff nach einem belegten Brötchen. Roddes Ausführungen über verweste Leichen hatten ihren Appetit offenbar nicht beeinträchtigt. Sofia hingegen musste kämpfen, den Kaffee hinunterzubekommen.

»Ich fahre heute im Lauf des Tages zu den Familien von Jörgen Johansson und Marja Juhlin raus, um Speichelproben zu nehmen«, erklärte Karim. »Die Frau aus Sundsvall hingegen und der Mann mit dem Ferienhaus auf Strängön haben nichts ergeben. Die Frau soll wieder aufgetaucht sein, ohne dass wir davon etwas erfahren haben, und der alte Mann war den Angehörigen zufolge auf einer Angeltour weit entfernt von Ulvön, als er vermisst gemeldet wurde.« Er begann, seine Sachen auf dem Tisch zusammenzusuchen.

»Wir müssen weiter die Vermisstenanzeigen nach verschwundenen Personen durchgehen und schauen, ob wir etwas Interessantes finden«, sagte Vera mit vollem Mund. »Hoffentlich bekommen wir bald Nachricht aus der Gerichtsmedizin, wie alt der Fund ist, damit wir uns auf Vermisstenanzeigen aus dem richtigen Zeitraum konzentrieren können. Nach der Mittagspause werde ich auch mit der *Örnsköldsviks Allehanda* sprechen. Die haben offenbar von dem Fund Wind bekommen und heute Morgen angerufen. Sie wollen ein Interview für die Printausgabe, die morgen rauskommt. Vielleicht bringt uns das ja ein paar Hinweise.«

Sie biss ein weiteres Mal von ihrem Brötchen ab.

»Fahr noch mal mit dem Hund raus, Rodde, vielleicht ergibt sich ja was. Sofia, fahr du mit und rede mit den Leuten, die weiter oben auf der Insel Häuser haben. Vielleicht hast du größere Chancen, Antworten zu bekommen als so ein geschniegelter Fremdling.«

Sie lächelte den Hundeführer an.

»No offense.«

Er lächelte zurück und stand auf. Rolf folgte ihm sogleich.

»None taken.«

18.

Sofia saß im Vorschiff auf Roddes Boot, Rolf fest zwischen ihren Knien. Der Hund weigerte sich, bei seinem Herrchen am Steuerpult zu liegen. Auch wenn es sich überflüssig anfühlte, aufs Festland gekommen zu sein, um gleich wieder umzukehren und zurückzufahren, war sie doch Veras Meinung, dass es etwas bringen könnte, mit den Leuten von der Insel zu reden. Sie hatte Tord über seine Meinung dazu befragen wollen, doch es wurde immer schwerer, ihn unter vier Augen zu sprechen. Margit schien immer in der Nähe zu sein.

Obwohl Rodde ohne Eile fuhr, schlugen die Wellen ins Boot und spritzten Sofia und den Hund nass. Die windstillen Tage mit spiegelblankem Meer waren dem raueren Wetter des Spätsommers gewichen. Bald würde der Herbst ganz da sein, und sie freute sich nicht darauf. Sie hatte die Dunkelheit noch nie gemocht. Und auf Ulvön wurde es im Winterhalbjahr so dunkel, wie man es sich nur vorstellen konnte. Tord hingegen liebte den Winter, den Schnee und die Abwesenheit der Touristen. Sofia zog die helleren Jahreszeiten vor, wobei auch sie gerne auf die Touristen verzichtet hätte. Menschenhorden, die Eispapier und Bierdosen in der Fußgängerzone von Ulvöhamn verstreuten, die Bootsbesitzer und Badegäste im Ulvösund mit ihren Jetskis tyrannisierten und auf den Terrassen des Hotels und des Almagränds-Restaurants ein ständiges Gegröle von sich gaben. Doch die Insel lebte vom Tourismus, es blieb also nichts anderes übrig, als die Situation zu akzeptieren.

»Er scheint dich zu mögen.«

Rolf begriff, dass sie über ihn sprachen und sah zu Sofia hoch. Sie drückte ihn mit den Knien und kraulte ihn unter dem Kinn – und hätte schwören können, dass er lächelte. Eigentlich war sie kein Hundemensch. Sie bevorzugte kleinere Tiere. Als Kind hatte sie eine Katze gehabt, doch die war eher wild als zahm gewesen und hatte fortwährend tote Vögel und Ratten nach Hause geschleppt.

Mit Hunden hatte sie es nie so gehabt. Die waren so direkt und offen in ihrem Kontakt. Besonders große Hunde machten ihr etwas Angst. Sie musste an Johan denken. Auch er war groß und direkt im Kontakt und hatte ihr zunächst ein unangenehmes Gefühl vermittelt. Jetzt konnte sie nicht mehr sagen, wie sie sich in Bezug auf ihn fühlte. Nach dem Essen und dem vertrauten Gespräch glaubte sie, dass er sie als eine Freundin betrachtete, doch gleichzeitig war er ihr beinahe eifersüchtig vorgekommen, weil sie Rodde auf eine erneute Suche begleiten sollte.

Rolf knuffte Sofias Hand, um sie daran zu erinnern, ihn weiterzukraulen. Sie streichelte die schwarze Nase und die weichen Ohren. Rodde sah sie an und lächelte. Er war der Gegensatz zu Johan, sowohl im Aussehen als auch in der Art. Klein und sehnig, mit beinahe goldfarbener Haut, das Haar dunkel und lockig. Er sah wirklich aus wie ein Filmstar. Sofia kannte allerdings keinen der Filme, in denen er mitgespielt hatte, bevor er Polizist geworden war, und sie konnte ihn nur schwer in einer anderen Rolle sehen. Es war seltsam sich vorzustellen, dass er eine andere Person, einen anderen Charakter spielen konnte. Dass er so tun könnte, als sei er wütend, verzweifelt, fröhlich. Hatte er auch Sexszenen gespielt? *Hör jetzt auf.*

Was war bloß mit ihr los? Sie hatte beinahe ihr ganzes Leben ohne Liebesbeziehungen gelebt. Doch jetzt kam es ihr vor, als ob jeder Mann, der ihr über den Weg lief, im Hinblick auf eine potenzielle Partnerschaft von ihr bewertet wurde. Als möglicher Sexualpartner. Daran waren bestimmt die Hormone schuld, versuchte sie sich einzureden. Ihr Körper spielte ihr einen Streich, nachdem er so lange mit Schwangerschaft und Stillen beschäftigt gewesen war. Doch nie wieder würde sie sich auf eine Beziehung mit einem Arbeitskollegen einlassen. Oder überhaupt mit jemandem. Ein Mann war das Letzte, was sie brauchte, auch wenn ihr Körper anderer Meinung zu sein schien. Sie würde sich auf Astrid konzentrieren, auf die Arbeit und die kleine Familie, die sie zusammen mit Tord geschaffen hatte.

Früher einmal hatte sie geglaubt, Fredrik sei der Mann, mit dem sie ihr Leben teilen wolle, doch er war weitergegangen, hatte eine Freundin gefunden, eine neue Familie. Es war kindisch, doch ab und zu schaute sie auf seine Facebookseite, um mitzubekommen, wie sich die Liebesbeziehung zwischen ihm und seiner

Freundin entwickelte. In die richtige Richtung, den Bildern nach zu urteilen. Mindestens einmal pro Woche lud Ida Niemi neue Bilder hoch und taggte Fredrik. Man konnte sehen, wie sie in Decken gehüllt auf Restaurantterrassen saßen, in Övertorneå mit ihrer Familie Ski liefen oder im Kungsträdgård in Stockholm unter Kirschbäumen spazieren gingen. Die Bildunterschriften quollen über vor Liebeserklärungen. *Kann man sich mehr vom Leben wünschen? #blessed #bestboyfriend. Spa mit Liebstem. #lebedasleben.* Jedes Mal, wenn sie Fredriks lächelndes Gesicht für ein weiteres Selfie an Idas gedrückt sah, wurde Sofia übel vor Eifersucht. Der Sturm ihres kurzen Verhältnisses hatte sie leer und kaputt zurückgelassen. Zerfetzt bis in die Seele. Er war gekommen und gegangen, und jetzt war er für immer verschwunden und dabei, sich zu verheiraten. Während sie diese Erkenntnis quälte, war sie zugleich dankbar dafür, dass er so schnell aufgegeben hatte. Sie war sicher gewesen, dass auch er es begriffen hatte, in der Nacht, in der Astrid geboren wurde, aber vielleicht hatte sie sich getäuscht? Oder aber es interessierte ihn nicht. Der Gedanke schnürte ihr die Kehle zu. Auch wenn sie auf keinen Fall wollte, dass Fredrik Ansprüche auf Astrid erhob, schmerzte es doch, dass sie ihm vielleicht egal war. Zugleich wusste sie, dass sie dankbar sein sollte. Solange Fredrik Fröding sich von ihr fernhielt, konnte alles genauso weitergehen wie bisher.

Rodde machte an derselben Stelle fest, wie Sofia vor zwei Tagen. Das flache Aluminiumboot schrammte gehörig über den steinernen Grund, doch Rodde reagierte

146

nicht. Im Unterschied zu ihrer Riva Ariston war dieses Boot hier ein Arbeitsgerät und durfte grob behandelt werden. Rolf blieb noch zwischen ihren Beinen sitzen, während sein Herrchen das Boot an dem im Felsen eingelassenen Metallhaken befestigte. Dem Hund hing die Zunge aus dem Maul, und er hechelte aufgeregt. Sofia spürte seinen Eifer durch das warme Fell. Er würde arbeiten dürfen.

Als Rodde fertig war, gab er dem Hund ein Zeichen, an Land zu gehen, und die Hundetatzen kratzten über den geriffelten Bootsboden.

Genau wie beim letzten Mal fiel Sofia die seltsame Stille auf, die über dem alten Fischerort lag. Dennoch sah alles aus wie immer. Die roten Fischerhäuser säumten die enge Einfahrt, und die flachen Felsen glichen Walrücken im schimmernden Meerwasser. Wenn die Sonne schien, war es idyllisch wie eine Postkarte, doch an einem grauen Tag wie heute lag der Ort leer und karg vor ihnen.

Sofia erhob sich mit wackeligen Beinen. Rodde reichte ihr eine Hand, und sie kletterte über die Reling. Rolf war schon halb den Weg hoch, der zum Grubenloch führte. Sie folgte dem schwarzen Hund mit dem Blick, als er an der Steinruine vorbeikam, in der sich früher einmal die Schmiede befunden hatte. War es der Gedanke an die stillgelegte Grube, der die Ruhe bedrückend erscheinen ließ? Ihr fielen die Geschichten ein, die Tord erzählt hatte. Über all die zerstörten Hoffnungen auf den nie versiegenden Stahlbedarf der Kriegsindustrie. Die Träume, dass der Bergwerksbetrieb die

Inselbewohner versorgen und der Abwanderung Einhalt gebieten würde. Die Fischer, die umsonst in Abbaurechte investiert und um Erlaubnis, eine Grube zu eröffnen, angesucht hatten. Die ihre Seelen und zusammengekratzten Ersparnisse in das Projekt gegeben hatten, das später abgewickelt wurde. Jetzt war nichts mehr übrig.

Rodde unterbracht ihre Gedanken.

»Hier und da drüben habe ich das letzte Mal gesucht.« Er zeigte vom Eingang der Grube auf die Fischerhäuser und Richtung Süden. »Ich denke, wir gehen Richtung Norden und dann quer über die Insel. Wie weit ist es bis zur anderen Seite?«

Sofia hielt schützend die Hand gegen die Sonnenstrahlen, die sich inzwischen durch die Wolken kämpften.

»Nicht weit, vielleicht zwei Kilometer bis Rensviken.«

Rodde setzte seinen Rucksack auf und zog die Riemen fest. Rolf kam sofort angelaufen und setzte sich neben ihn.

»Dann lass uns gehen.«

19.

»Hier ist es.« Ida zeigte auf das gelb gestrichene, zweigeschossige Jahrhundertwende-Haus mit Sprossenfenstern. Um das Haus herum lief ein schwarzer gusseiserner Zaun, und dahinter wuchs eine Hecke aus Rotbuche. Auf der Einfahrt stand ein metallicblauer Kia neueren Modells und daneben ein Motorrad, dessen Marke Fredrik nicht erkennen konnte.

Der Umzug hatte den ganzen Tag gedauert, und morgen würde das Semester beginnen. Er hatte versucht, eine Gelegenheit zu finden, mit Ida unter vier Augen zu sprechen, um das Abendessen abzuwenden, doch fortwährend kam etwas oder jemand dazwischen. Er wollte nichts anderes als nach Hause, eine Pizza bestellen und sich auf das Sofa legen. Doch ein Sonntagsessen bei Vanja Branth war offenbar nichts, was man ablehnte.

Vier Stunden später saßen sie noch immer in dem großen Esszimmer. Doch die Mahlzeit war vorzüglich gewesen, und auch über die Gesellschaft konnte Fredrik sich nicht beklagen. Vor allen Dingen nicht über die der fünfzehnjährigen Juni. Sie war ein schräger Vogel in der Familie, aber er schätzte das Mädchen. Auf irgendeine Weise erinnerte sie ihn an Philip. Juni beteiligte sich nur sporadisch am Gespräch, doch dann beinahe enthusiastisch. Besonders, wenn die Sprache auf Politik kam. Sie war belesen und über die Lage der Welt informiert, und es war interessant, ihre Perspektive auf das Leben zu hören. Auch Vanja war unterhaltsam. Sie erzählte von ihren und Leifs Reisen und stellte Fragen zu Idas und Fredriks Leben.

Als es draußen dunkel wurde, entzündete Vanja die Kerzen in hohen, auf dem geölten Holzfußboden aufgestellten Leuchtern. Auf dem Tisch standen die Reste vom Nachtisch auf Goldrand-Geschirr. Selbst gemachter Rhabarberkuchen und Eis. Fredrik war so satt, dass er den obersten Knopf der Jeans hatte öffnen müssen. Das Essen hatte aus Topinambursuppe mit selbst gebackenem Brot als Vorspeise, Lachs mit Kartoffelpüree und zerlassener Butter als Hauptspeise bestanden – und trotzdem hatte er es geschafft, noch den Nachtisch in sich hineinzubekommen. Wenn er so weitermachte, würde er bei der Sportprüfung Schwierigkeiten bekommen. In Gedanken nahm er sich vor, die geplanten Joggingrunden bereits morgen beginnen zu lassen.

»Himmel, bin ich satt!«, sagte Ida, lehnte sich im Stuhl zurück und hielt sich den flachen Bauch. »Du bist wirklich eine fantastische Köchin, Vanja.«

Vanja lächelte und tupfte sich den Mund mit der Serviette.

»Diese Ehre gebührt leider nicht mir. In diesem Haushalt ist Leif für die Essenszubereitung zuständig. Ich kann kaum Eier kochen.«

»Nein, eine Küchenmama warst du nie«, sagte Rebecka und fing sich sogleich einen missbilligenden Blick von Vanja ein. Verlegen sah sie auf ihren Teller. »Aber ich habe lieber eine Mutter, die Karriere macht, als eine, die zu Hause sitzt und darauf wartet, ihren Kindern die Nase zu putzen, sobald sie von der Schule kommen.«

Vanja drehte sich zu Ida, deren Mutter einige Jahre als Kindergärtnerin gearbeitet hatte, die Arbeit jedoch an den Nagel gehängt hatte, um sich um ihren Mann und ihre beiden Töchter zu kümmern.

»So meinte ich es nicht, ich meinte nur, dass ...«, versuchte Rebecka sich herauszureden.

Juni sah aus, als wolle sie im Boden versinken. Taktgefühl schien nicht Rebeckas starke Seite zu sein, doch Ida schüttelte abwehrend den Kopf.

»Kein Problem. Ich verstehe das. Ich wäre auch stolz, hätte ich eine Mutter wie deine.«

Dankbar legte Vanja ihre Hand auf Idas braun gebrannten Arm.

»Danke, du Liebe. Ich habe während meiner ganzen Laufbahn hart für die Rechte der Frauen gekämpft. Endlich den *Sonjagård* Wirklichkeit werden zu sehen, ist die Erfüllung eines Traumes. Ich bin so dankbar, das erleben zu dürfen, solange ich noch auf beiden Beinen stehen kann. In meinem Alter ist es keine Selbstverständlichkeit, dass es ein Morgen gibt.«

Rebecka lachte auf und griff unbeholfen nach der Rotweinflasche, die Leif geöffnet hatte. Nach dem Dessert würde es Käse geben, teilte er mit, und begann abzudecken, während die anderen am Tisch sitzen blieben.

»Du wirst uns noch alle überleben, Mama«, sagte Rebecka und schenkte besänftigend ihrer Mutter und sich selbst ein, dann, ohne zu fragen, auch Fredrik und Ida. Heute würden sie mit dem Taxi nach Hause fahren müssen. Sie hatten sowohl einen Aperitif als auch Weißwein zum Fisch gehabt, und jetzt Rotwein. Fredrik wusste, dass er eigentlich nicht trinken sollte. Selbst wenn er aufgehört hatte, angstdämpfende Tabletten zu schlucken, war es für einen ehemaligen Abhängigen kaum empfehlenswert, solche Mengen Alkohol in sich hineinzuschütten. Auch war es nicht sonderlich passend, den ersten Tag seiner Polizeiausbildung mit einem Kater zu beginnen. Zugleich genoss er das Gefühl, ein normales Leben zu führen. Bei Hans und Inga hatte es auch Sonntagsessen gegeben, doch da war er immer alleine gewesen. Jetzt war Ida bei ihm.

Vanja hob einen Finger. »Ich bin nicht mehr so jugendlich, wie ich einmal war. Der *Sonjagård* wird ehrenamtlich betrieben werden, und wir werden viel Hilfe brauchen.« Sie schaute Fredrik und Ida an. »Ihr könntet viel Gutes tun, wenn ihr wollt.«

Fredrik öffnete den Mund zum Protest. Er würde kaum Zeit haben für ehrenamtliche Arbeit, wenn er es schaffen wollte, zu studieren und zugleich noch einen Nebenjob zu finden.

»Ja, aber natürlich«, platzte Ida heraus. »Oder, Fredrik? Das ist doch klar, dass wir mithelfen wollen.«

Er lächelte mühsam.

»Auf jeden Fall.«

Vanja sah zufrieden aus.

»Danke. Ihr werdet bei einem sehr wichtigen Projekt dabei sein. Lebenswichtig, wenn ihr mich fragt.«

Ida stimmte eifrig zu und lobte noch einmal Vanjas Engagement. Die schien das Lob zu genießen. Sie sah es offensichtlich als selbstverständlich an, im Mittelpunkt zu stehen, und versäumte keine Gelegenheit, an ihre Vortrefflichkeit zu erinnern. Im Vergleich zu ihrer Mutter war Rebecka beinahe bescheiden in ihrem Auftreten, dachte Fredrik.

Einen Moment wurde es still um den Tisch. Nur Leifs Werkeln in der Küche war zu hören. Juni reckte sich nach ihrem Handy, das auf der Spitzendecke lag. Träge scrollte sie, bis etwas so sehr ihre Aufmerksamkeit einfing, dass sie beinahe ins Handy kroch.

»Oh verdammt!«

»Was ist denn das für eine Sprache?«

Vanja schaute aufgebracht zu Rebecka.

»Leg dein Handy weg, solange wir am Esstisch sitzen«, sagte Rebecka, ohne den Blick von Vanja zu wenden.

»Zu meiner Zeit …«, begann Vanja, wurde jedoch sogleich von Juni unterbrochen.

»Aber das ist ja vollkommen wahnsinnig.«

»Leg das Handy weg!«, wiederholte Rebecka und griff über den Tisch, um es ihrer Tochter abzunehmen. Juni parierte gewandt die ausgestreckte Hand und lehnte sich in den Stuhl zurück, das Handy an die Nase gedrückt.

»Du kennst doch Melker aus meiner Klasse, Oma?«

Vanja schüttelte den Kopf.

»Jedenfalls, er und Hugo, der in meine Parallelklasse geht, haben ein Ferienhaus auf Ulvön. Also Melkers Familie, nicht Hugos. Melker schreibt auf Snapchat, dass sie unterwegs waren zum Geocachen, und wisst ihr, was sie gefunden haben?«

Vanja nahm einen Schluck Wein.

»Was ist Geocachen?«, fragte Rebecka, wurde von ihrer Tochter aber ignoriert.

»Nein, was?«

»Eine Hand!« Juni sah sich aufgeregt am Tisch um. »Versteht ihr? Eine Menschenhand. Die Polizei war da und alles.«

Ida rümpfte die Nase.

»Pfui Teufel, wie unschön.«

Mit einem Knall stellte Vanja das Weinglas ab und schaute Rebecka an.

»Das ist Sonja.«

Rebecka legte den Kopf schief.

»Aber Mutter, das kann doch sonst wer sein.«

Vanjas Augen wurden schmal. Sie schüttelte den Kopf und zeigte auf Junis Handy.

»Steht da noch mehr?«

Juni scrollte.

»Nur, dass die Polizei da gewesen ist. Und ein Polizeihund. Melker durfte so ungefähr den ganzen Tag mit dabei sein. So verdammt cool!«, sagte sie selig.

»Wo auf der Insel war das?«

Mit beiden Daumen auf dem Display schrieb Juni schnell eine Nachricht. Nur ein paar Sekunden später bekam sie Antwort.

»Bei Marviksgrunnan. In einer stillgelegten Grube.«

Die Geräusche aus der Küche waren verstummt, und Fredrik sah Leif in der Tür stehen, mit einem Tablett voll mit Käse und Obst.

Vanjas Stimme hatte all ihre Kraft verloren und war jetzt kaum noch ein Flüstern.

»Bertil hatte mit dem Bergwerksbetrieb auf Ulvön zu tun.«

MONTAG, DER 24. AUGUST

20.

Als die Fähre anlegte, musste Sofia sich zurückhalten, um nicht die Laufplanke hinunterzurennen. Auch wenn die vergangenen Tage ereignisreich gewesen waren, hatte sich die Zeit ohne ihre Tochter wie eine Ewigkeit angefühlt. Der gestrige Abend mit der Feier des Sommerferienendes und den vielen Lichtern auf dem Bootssteg war fantastisch gewesen. Sie hatten wie geplant die geräucherten Maränen gegessen. Margit war dabei gewesen, und obwohl Sofia es noch etwas ungewohnt fand, dass Tord nun nicht mehr alleine war, hatten sie nun zu dritt einen schönen Abend gehabt. Bis zehn Uhr hatten sie in Decken gewickelt draußen gesessen.

Auf der Fähre waren mehrere Leute zu Sofia gekommen, um ihr Fragen zu den Ermittlungen zu stellen. Am Morgen hatte die Nachricht in *Örnsköldsviks Allehanda* gestanden, und viele waren entsetzt zu hören, dass auf der kleinen Insel ein Mord mit Zerstückelung geschehen war. Sie antwortete wie üblich, dass sie zu den laufenden Ermittlungen nichts sagen konnte.

Heute würde Astrid endlich wieder bei ihr zu Hause sein. Ihr war so leicht zumute wie seit Monaten nicht mehr. Mit Mette und Kaj in gemeinsamer Elternschaft zusammenzuarbeiten, ging nicht ohne Reibungen ab, doch jetzt hatten sie die erste Probe bestanden. Sie hatten beschlossen, das Frühstück ausfallen zu lassen, damit Sofia noch den ganzen Tag arbeiten konnte. Stattdessen würden Mette und Kaj mit Astrid zur Wache kommen, wenn sie fertig war. Noch acht Stunden, dann würde sie ihre Kleine wieder bei sich haben. Es flatterte ihr im Magen bei dem Gedanken, die Nase in die weiche Grube zwischen Hals und Schulter ihrer Tochter bohren und den bezaubernden Duft einatmen zu können.

Als sie die Polizeiwache von Örnsköldsvik betrat, wartete Eva an der Rezeption auf sie.

»Kein Johan heute?«

Sofia verdrehte die Augen und lächelte.

»Das hättest du wohl gerne, was?«

Eva, die sich sehr wohl im Klaren war über ihren Ruf als Tratschtante der Wache, grinste.

»Ihr würdet wunderbar zusammenpassen.«

Sofia schüttelte den Kopf.

»Mit Männern bin ich fertig.«

Eva lachte.

»Glaub du das nur. Du hast doch das ganze Leben noch vor dir. Und siehst außerdem noch gut aus. Natürlich wirst du einen Mann finden!«

Sofia holte die Schlüsselkarte heraus, hielt sie an das Lesegerät und ging zur Treppe, die in die Ermittlungsabteilung führte.

»Selbst wenn ich *kann*, dann *will* ich vielleicht nicht.«

Auf dem Weg die Treppe hinauf hörte sie Eva hinter sich kichern.

»Das wollen wir mal sehen.«

Oben in der Bibliothek warteten Karim, Vera und Rodde. Johan, der aus Technikersicht bis auf Weiteres nichts zu den Ermittlungen beizusteuern hatte, war nicht da. Der Hundeführer stand an der Whiteboard-Tafel, von der Vera verlangte, dass sie zwischen ihrem Büro und dem Bibliotheksraum, in dem das Ermittlerteam sich zeitweilig einquartiert hatte, hin- und hergerollt wurde. Nur selten ließ Vera jemand anderen die Tafel anfassen, Rodde musste sich also einen besonderen Platz in ihrem Herzen erobert haben.

Sobald Rolf Sofia entdeckte, hob er den Kopf und stand von seinem Platz auf. Rodde schaute sie an, und sie nickte, dass es in Ordnung sei, den großen schwarzen Schäferhund loszulassen. Er galoppierte an Vera und Karim vorbei, sprang hoch und legte die Vorderpfoten an ihren Brustkorb. Sofia musste einen Schritt zurücktreten, um das Gleichgewicht zu halten.

»Runter, Rolf!«, rief Rodde, doch der Hund tat, als höre er nicht. Er leckte Sofia überall ab, wo er hinkam, unter dem Kinn, über dem einen Ohr. Und er schnappte nach ihrem langen blonden Pferdeschwanz. Erst als Rodde ein paar wütende Schritte auf ihn zumachte, hörte er damit auf und trottete zurück auf seinen Platz unter dem Tisch. Dabei vermied er, sein Herrchen anzusehen.

»Alter Köter!« Mit gespielter Wut drohte Rodde dem Hund. »Du hast einen schlechten Einfluss auf ihn, Sofia. Wenn er so weitermacht, muss er in Rente gehen.«

»Ach was, er hat einfach einen guten Geschmack«, sagte Sofia und war selbst erstaunt über ihre Forschheit.

Rodde lächelte und begegnete ihrem Blick. Die dunklen Augen lösten ein seltsam drängendes Gefühl in ihrem Bauch aus.

»So wird es sein.«

Sie spürte die Röte auf ihren Wangen, als sie sich setzte. Vera sah skeptisch von ihr zu Rodde und dann auf den Hund.

»Ach ja, wie ist es gestern denn gelaufen?«

»Schlecht.« Rodde zeigte auf die Karte an der Tafel. »Wir haben im Prinzip alles nördlich von Marviksgrunnan abgesucht, ohne etwas zu finden. Nada.«

Vera seufzte und lehnte sich im Stuhl zurück. Sie rieb sich die Augen.

»Wir haben also nichts Neues, das uns helfen kann, die Identität des Opfers herauszufinden?«

»Die südliche Insel ist in der Mitte dünn besiedelt, aber ich habe mit ein paar Ferienhausbesitzern oben am Sund gesprochen«, sagte Sofia. »Niemand hat irgendwelche interessanten Beobachtungen gemacht. Und ich habe mit einer Frau telefoniert, die im Sommer bei Marviksgrunnan war, aber auch sie hat nichts Außergewöhnliches bemerkt oder gesehen. Sie hat erzählt, dass an Mittsommer eine Touristengruppe die Kapelle besucht hat, doch sonst waren wohl nur ihre Verwandten in der Gegend. Sie war natürlich entsetzt über den Fund. Vor allen Dingen, weil sie ihr Trinkwasser aus dem Bergwerk beziehen.«

Vera rümpfte angeekelt die Nase.

»Ja, pfui Teufel! Daran hatte ich noch gar nicht gedacht.« Sie wandte sich an Karim. »Was habt ihr zu

Marja Juhlin und Jörgen Johansson herausgefunden?« Dabei griff sie nach ihrem Notizbuch und schlug es auf.

Leicht resigniert zuckte Karim mit den Schultern. »Darüber gibt es nicht viel zu sagen. Gestern Nachmittag war ich unterwegs, um mit den Familien zu sprechen. Marjas Tochter bestätigte die Geschichte, die sie früher schon erzählt hatte, dass die Mutter tatsächlich suizidal war, dass aber der Vater sie während all der Jahre physisch und psychisch misshandelt hat. Nach dem Verschwinden der Mutter haben Vater und Tochter jeglichen Kontakt zueinander abgebrochen, die Tochter konnte mir daher nichts Persönliches von Marja geben. Doch ich habe eine Speichelprobe von ihr genommen, wir können also hoffentlich versuchen, einen Abgleich mit der DNA der Hand zu machen. Das Gleiche gilt für Jörgen Johanssons Mutter, auch von ihr habe ich eine Speichelprobe genommen. Wir brauchen also DNA, um sie damit zu vergleichen. Hat dieser Forensische Anthropologe sich übrigens gemeldet?«

Vera schüttelte den Kopf.

Kriminaltechnik war nicht gerade Sofias Stärke. Tote Körper und die Analyse von Flüssigkeiten, biologischen Spuren und Überresten schreckten sie ab. Johan hingegen, dessen Arbeit darin bestand, Blut, Sperma, Hirnsubstanz und wer weiß was noch alles zu sammeln, schien nicht im Geringsten berührt gewesen zu sein. Er hatte die abgetrennte Hand behandelt, als sei sie ein Füller oder Pfannenwender. Vollkommen unbeeindruckt davon, dass sie einmal zu einem lebenden Menschen gehört hatte.

Vera schaute Rodde an. »Was denkst du, ist es sinnvoll, weitere Versuche zu unternehmen oder Taucher einzusetzen?«

Er schüttelte den Kopf.

»Solange Rolf vom Boot aus nicht angeschlagen hat, würde ich keine Taucher rausschicken.«

»Wie sicher bist du, dass das nicht nötig ist?«

Er lächelte.

»Sehr sicher.« Rodde tätschelte den Hund am Kopf. »Sein Geruchssinn ist fantastisch. Beinahe tausendmal besser als unserer. Was es zu finden gibt, hat er bereits gefunden.«

»Okay. Dann müssen wir darauf vertrauen, dass der Hund recht hat«, stellte Vera fest. »Nach der Mittagspause werde ich eine Pressekonferenz abhalten. Das wird eine ziemlich kurze Geschichte, da wir im Prinzip überhaupt nichts wissen. Aber wir können damit rechnen, danach einige Hinweise zu bekommen.«

Es klopfte an der Tür, und Eva steckte den Kopf herein.

»Ich habe eine Frau am Telefon, die mit dir sprechen will, Sofia.«

Vera forderte sie mit einem Nicken auf, das Gespräch anzunehmen.

»Wir sehen uns am Nachmittag wieder hier für einen weiteren Durchgang.«

21.

Fredrik blieb lange unter der Dusche stehen. Der Abend bei Vanja und Leif war viel länger gegangen als geplant, und er verspürte leichte Anzeichen von einem Kater, obwohl er nach dem Aufwachen gleich ein paar Kopfschmerztabletten genommen hatte. Auch Ida war ein bisschen beschwipst gewesen, als sie mit dem Taxi nach Hause gefahren waren. Sobald sie zur Tür hereingekommen waren, hatte sie die Arme um seinen Hals geschlungen und ihn mit sich ins Schlafzimmer gezogen. Zum ersten Mal war der Sex leidenschaftlich und laut gewesen, und danach war Ida beinahe sofort eingeschlafen, die Arme fest um ihn gelegt. Fredrik hatte wach gelegen und darüber nachgedacht, wie gut sein Leben war. Wie weit er gekommen war seit der Katastrophe und den Jahren voller Angst und Tablettenabhängigkeit. Er hatte eine Freundin, eine neue Familie, ein Haus, und am Horizont lockte eine berufliche Laufbahn. Dennoch tauchten, als er unter dem warmen Wasserstrahl stand, die Gedanken an Sofia wieder auf. Wie wäre es gelaufen, wenn aus ihnen beiden etwas geworden wäre? Wenn sich herausgestellt hätte, dass Astrid von ihm war? Hätten sie dann eine gemeinsame Zukunft gehabt? Wahrscheinlich nicht. Sofia und Ida waren vollkommen verschieden. Sofia war eine Einzelgängerin mit einer kantigen Sicht auf das Leben. In ihrer Welt gab es keinen Platz für Fehler. Das hatte sie ihm mehrmals zu verstehen gegeben. Ida war genau umgekehrt. Sie war sanft und verzeihend. Vielleicht fehlte ihrem Leben diese brennende Begierde, die zwischen Sofia und ihm gewesen war, doch nach den Übungen der letzten Nacht schien es, als ließe sich selbst das noch hervorlocken.

Nachdem er aus der Dusche gestiegen war, hörte er, dass Ida aufgewacht und in der Küche beschäftigt war. Er zog sich an, hielt auf dem Weg zum Arbeitszimmer inne, gab ihr einen Kuss auf die Wange und nahm einen Becher Kaffee entgegen, den sie ihm reichte. Bei jedem Schritt pochte es in seinem Kopf, und wie angenehm der Abend auch gewesen war, bereute er es doch, dieses letzte Glas Wein getrunken zu haben.

Fredrik schaltete den Computer ein und griff nach dem Informationsbrief mit den Angaben zu Log-in-Daten und Zeiten der Campusvorlesungen. Es würde heftig werden, aber das war es wert, um ein weiteres Mal die Polizeiuniform tragen zu dürfen und diese Zugehörigkeit zu verspüren, die er in seiner kurzen Zeit als Aspirant schon einmal erlebt hatte. Diesmal würde er es nicht vermasseln. Er dachte an all die Jahre in dem monotonen und uninspirierenden Job auf der Pass-Stelle in Sollentuna. Jahre, in denen abends nur eine leere Wohnung und Tabletten auf ihn gewartet hatten. Er versuchte das Gefühl des Versagens abzuschütteln. Jetzt war alles anders. Er tippte die Log-in-Daten ein, und eine grau-blaue Plattform wurde sichtbar, mit allen Kursen, die zur Ausbildung gehören würden, samt Diskussionsforum, eine Seite zum Einreichen der Hausarbeiten und vielem mehr.

Einige Minuten später klopfte es an die Tür, und Ida kam herein. Auf einem Tablett transportierte sie Tee, ein helles Brötchen mit Sonnenblumenkernen und daneben platziert Salami, Käse, Gurke und ein Stückchen Butter. Es duftete herrlich. Sie stellte das Tablett auf den Schreibtisch.

»Bist du jetzt fertiger Polizist?«

Er lachte und zog sie auf seinen Schoß.

»Schön wär's. Ich habe mich gerade erst eingeloggt.«

»Worum geht's beim ersten Kurs?«

»*Die Polizei in der Gesellschaft,* 7,5 Credit Points.«

Ida zupfte sich ein Stück Brötchen ab, stopfte es in den Mund, stand auf und angelte nach seinem leeren Kaffeebecher. Sie küsste ihn auf die Stirn, drehte sich um und wollte gerade das Zimmer verlassen, als Fredriks Handy klingelte. Er antwortete über die Computerlautsprecher, wie er es immer tat, wenn sie in der Nähe war. Es war ein weiteres Mittel, sie seiner Offenheit und Ehrlichkeit zu versichern.

»Hallo, hier Ylva Tillander. Ich bin Einsatzleiterin der Polizeiwache Örnsköldsvik.«

Ida sah ihn fragend an.

»Sie haben sich bei Securitas für einen Job als Wachmann beworben.«

»Ja, das ist richtig.«

»Wir suchen Leute für den Polizeigewahrsam, und ich habe mit Roland Björk gesprochen, der sich bei Securitas um die Einstellungen kümmert. Er bat mich, Sie anzurufen. Wir brauchen jemanden, der Wochenenddienste übernehmen kann. Sind Sie interessiert?«

»Okay«, war alles, was Fredrik herausbekam. Die Polizeiwache von Örnsköldsvik war kein Ort, den er unbedingt als Arbeitsplatz haben wollte. Er musste nicht zweimal nachdenken, um zu wissen, dass es Ida genauso ging.

»Könnten Sie vielleicht vorbeikommen, damit wir uns kennenlernen und ein wenig unterhalten können?«

Er schaute Ida an. Mit über der Brust verschränkten Armen stand sie da.

»Eventuell könnte ich heute Nachmittag vorbeikommen. So gegen 15:30 Uhr …«

Idas Mund wurde zu einem Strich.

»Das ist perfekt. Dann sehen wir uns später. Ich hole Sie an der Rezeption ab.«

Er beendete das Gespräch und wollte Ida berühren, doch sie wich zurück.

»Wirst du dort arbeiten? Auf der Polizeiwache Örnsköldsvik?«

»Ich muss das Studiendarlehen etwas strecken, und was die Erfahrung anbelangt, wäre die Arbeit auf der Polizeiwache tatsächlich perfekt. Aber wenn sich das für dich nicht gut anfühlt, kann ich natürlich weitersuchen.«

Er sah schon die Tränen kommen.

»Wenn du im selben Haus arbeiten willst wie Sofia, dann lass dich von mir nicht abhalten.«

»Aber, aber …«

Fredrik stand auf und wollte sie umarmen, doch sie hatte schon die Tür hinter sich zugeknallt.

Drei Wochen sind vergangen, seit Gunnar auf den Hof gekommen ist. Drei Wochen vollkommener Seligkeit. Oder überwältigenden Schauderns. Es ist schwer, die Gefühle auseinanderzuhalten. Alles ist verändert, ist neu, verboten. Eine plötzlich aufflammende Begierde, beinahe lähmend in ihrer Intensität. Etwas, das ich nie für möglich gehalten habe zu erleben. Erstaunlich, wie stark Lust sein kann. Alles, was ich weiß und was ich habe, würde ich opfern für diese eine Berührung. Diesen Kuss. Der ganze Körper wird warm bei dem Gedanken, Gunnar küssen zu dürfen. Ich muss mit diesen Fantasien aufhören. Himmel, was würde Bertil sagen, wenn er davon wüsste? Was würde Bertil *tun*, wenn er davon wüsste? Das Warme und Sanfte verbleicht bei den Gedanken an Bertil. Was bringen Träume von Begierde und Küssen, wenn die Wirklichkeit aus Spott und Schlägen besteht? Strafe und Hohn.

Bertil ist beim Waldhang ganz am Ende der Ländereien. Ich höre das eintönige Geräusch der Motorsäge, die Stamm um Stamm zerteilt. Solange dieses Geräusch in die Sommernacht hinaushallt, sind wir alle sicher. Auf Gunnar stürzt er sich nicht, doch Frau und Sohn kann er leicht eine Abreibung verpassen, wenn es ihm nötig erscheint. Ich weiß, dass Gunnar weiß. Dass er sieht: Wir sind eine Familie in ständiger Bereitschaft. Doch in diesen Momenten, in denen Bertil

Holz sägt oder unten bei der Grube ist, oder, besser noch, über dem Schnaps eingeschlafen ist, können wir aufatmen. Diese kurzen Augenblicke geben mir die Kraft weiterzumachen. Ich weiß genau, wie lange er braucht, um über die Felder hierherzukommen und die wertvolle Motorsäge in den Stall zurückzubringen. Wenn etwas passiert ist, wenn er wütend ist, geht es schneller. Dann kann es sein, dass er die Motorsäge nicht zurückbringt, sondern sofort ins Haus hinaufkommt. Ich riskiere es nie. Sobald es ruhig wird, lege ich fort, was ich in den Händen hatte, mache das Licht aus und verkrieche mich.

Halte den Atem an.

Heute Abend wird er lange draußen bleiben. Gunnar und er verbinden das Holzhacken mit dem Versuch, das Boot zu reparieren. Leise schließe ich meine Zimmertür von innen ab und hole die Pappkiste hervor, die ich unter dem Bett aufbewahre. Dort habe ich Sachen versteckt, von denen ich weiß, dass Bertil sie nicht mag: Zeitschriften, Bestellkataloge, Zigaretten und ein elegantes, goldfarbenes Feuerzeug. Und Bücher, vor allen Dingen Liebesromane. Auch einige Liebesbriefe habe ich aufgehoben. Von meinem Brieffreund Erik, der einen einzigen Sommer lang auf der Insel war. Ich versuche zu erspüren, ob ich Erik begehrt habe. Nein, wir waren so jung. Doch ich erinnere mich an die Berührung. Wie unsere Hände zufällig aneinanderstießen, während wir durch den dichten Wald gingen. Seine sonnenwarme Hand auf meinem nassen Rücken nach einem der vielen abendlichen Schwimmausflüge in jenem Sommer. Danach hatte er sich vorgebeugt, um mich zu küssen, doch ich traute mich nicht. Das bereue ich bis heute. Danach, beinahe ein Jahr lang, schrieben wir uns. Ungeschickte Versuche jugendlicher Liebesbekenntnisse füllen die Briefseiten. Große Worte über Dinge, von denen eigentlich keiner von uns etwas wusste.

Ich frage mich, ob ich jemals echte Liebe erleben werde.

Zumindest nicht hier, nicht bei Bertil Sondell.

22.

»Mit wem spreche ich?«

Die Frau, mit der Eva sie über die Telefonzentrale verbunden hatte, klang fordernd und verletzlich zugleich.

»Kriminalkommissarin Sofia Hjortén.«

»Mein Name ist Vanja Branth«, fuhr die Frau fort.

Der Name kam Sofia bekannt vor, aber sie konnte ihn nicht zuordnen.

»Ich rufe wegen dieser Hand an, die gefunden wurde.«

Sofia zog den Bürostuhl hervor und setzte sich, während sie versuchte, ein Seufzen zu unterdrücken. Wie hatte das durchsickern können? In der Zeitung hatte nur »Körperteile« gestanden. Das musste von den Jungs gekommen sein, natürlich. Dank der sozialen Medien würden bald alle in der Region Örnsköldsvik über Fundort und Fund informiert sein.

»Leider kann ich nichts zu dem sagen, was wir gefunden haben.«

Die Frau schnaubte.

»Nun weiß ich zufällig bereits, dass es sich um eine Hand handelt, und ich habe einen starken Verdacht, von wem sie ist.«

Sofia klemmte den Telefonhörer zwischen Schulter

und Ohr und griff nach einem Post-it-Block und einem Stift. Sie dachte an Judith Nordin, der sie bei einer Ermittlung im vergangenen Winter begegnet war. Erst hatte sie die Zeugin als alt und paranoid abgetan, doch es hatte sich herausgestellt, dass sie der Schlüssel zu dem ganzen Fall war. Diesen Fehler würde sie nicht noch einmal machen. Sie würde sich anhören, was die Frau zu sagen hatte, egal, ob es etwas brachte.

»Von wem denn?«

»Von meiner Schwester Sonja. Sonja Branth. Verheiratet Sondell.«

Sofia notierte.

»Können Sie mir die Personennummer nennen?«

Vanja ratterte die Ziffern herunter.

»Weshalb glauben Sie, die Hand, die gefunden wurde, gehöre Ihrer Schwester?«

»Meine Schwester ist verschwunden.«

Das Bild einer älteren Beerensammlerin tauchte vor Sofias innerem Auge auf. Es wäre nicht das erste Mal gewesen, dass jemand sich auf der Suche nach Beeren im Wald verirrte und starb. Sollte das der Fall sein, würde es ihr schwerfallen, einen Zusammenhang zu einem tief drinnen im Bergwerk bei Marviksgrunnan gefundenen Körperteil zu sehen. Sie kam nicht dazu, die Frage zu stellen, als Vanja sie schon beantwortete.

»Ihr Mann Bertil hatte mit dem Grubenbetrieb auf dem südlichen Teil der Insel Ulvön zu tun. Ich glaube, er hat sie ermordet.«

Bertil Sondell, dachte Sofia. War das derselbe Bertil Sondell, der oben in Sörbyn einen Hof hatte? In dem

Fall wusste sie genau, wer der Mann war. Ein alkoholisierter Griesgram, an den sie sich aus ihrer Kindheit erinnerte. Er hatte seine Kühe zum Weidewechsel über den Schotterweg getrieben, der an ihrem Haus vorbeiführte. Sofia hörte noch immer das pfeifende Geräusch der Birkenreiser, die er als Peitsche benutzte, und wie die Kühe vor Schmerz brüllten.

»Aber Moment mal.« Sofia legte den Stift ab und lehnte sich im Stuhl zurück. »Die infrage kommende Grube war doch seit den späten Fünfzigerjahren nicht mehr in Betrieb. Sie meinen, das Ganze hier wäre vor über fünfzig Jahren passiert?«

»Eher sechzig«, berichtigte Vanja. »Und ja, das meine ich. Sonja ist im Sommer 1959 verschwunden.«

Sofia fragte sich, ob das Archiv bis zu einem Zeitpunkt so weit zurück überhaupt schon digitalisiert war. Sie weckte den Computer aus dem Stand-by und versuchte, »Sonja Branth« im System nachzuschlagen. Nichts. »Sonja Sondell« hingegen landete einen Treffer. Geboren 1934, für tot erklärt 1969. Zehn Jahre, nachdem sie verschwunden war. Irgendeine Anzeige über das Verschwinden oder eine Ermittlung war nicht zu finden.

»Es ist Sonja«, stellte Vanja fest.

»Wir können nichts sagen, bevor wir nicht das Alter der Überreste bestimmt und eine verwertbare DNA bekommen haben.«

»Soll ich Speichel für eine Vergleichsprobe abgeben?« Die Frage erstaunte Sofia.

»Ich habe mein ganzes Leben als Juristin gearbeitet«, sagte Vanja, als habe sie Sofias Gedanken gelesen. »Ich weiß, wie das vonstattengeht. Und ich bin mir voll und ganz bewusst, dass es dauern wird, bevor Sie meine Theorie bestätigen können, doch es gibt Ihnen eine Richtung, in die Sie die Ermittlungen lenken können.«

»Warum meinen Sie, dass Sonjas Mann sie ermordet hat?«

Sofia griff wieder nach dem Stift.

»Sie wollte die Ehe verlassen, hatte versprochen, aufs Festland zu kommen, um bei meinen Eltern zu wohnen, doch sie kam nie an. Wir sind auf die Insel hinausgefahren, doch da war sie verschwunden. Auch einige ihrer Sachen fehlten, doch die meisten Kleider waren noch da.«

»Und was hat ihr Mann gesagt?«

»Dass sie ihn verlassen habe.«

»Wohin wäre sie in dem Fall gegangen?«, fragte Sofia. »Da sie nicht zu Ihnen nach Hause gefahren ist, meine ich?«

Vanja schien zu überlegen, ob sie antworten sollte oder nicht, entschied sich jedoch letztlich dafür.

»Auf der Insel ging das Gerücht um, dass Sonja und Bertils Lehrling ein Verhältnis gehabt hätten. Gunnar hieß er, glaube ich. Ich bin ihm nie begegnet.«

»Hatten sie das?«

Sie hörte Vanja verärgert schnauben.

»Ganz sicher nicht. Meine Schwester hätte nie ihre Ehe entweiht.«

»Selbst wenn es so wäre, würde die Polizei kein Urteil darüber fällen«, versicherte Sofia. Sie traf nicht zum ersten Mal auf eine Angehörige, die sich weigerte, etwas Schlechtes über ihre Lieben zu denken.

Vanja erhob die Stimme.

»Ich kann Ihnen versichern, dass es nicht der Fall war. Sonja war noch da, nachdem der Lehrling die Insel schon verlassen hatte.«

Sofia notierte noch einige Zeilen.

»Wir werden mit Bertil Sondell sprechen. Danke, dass Sie angerufen haben, Vanja.«

»Wird er nun verhaftet?«

Sofia schaute aus dem Fenster zu den Häusern auf der anderen Seite der E4. Dafür, dass sie Juristin war, schien Vanja nur lückenhafte Kenntnisse darüber zu haben, wie ein hinreichender Tatverdacht für eine Festnahme aussah.

»Wir haben zum jetzigen Zeitpunkt keinerlei Beweise, die zu einer Festnahme führen können.«

»Sie werden also nichts tun?«

»Schon, doch wir werden ihn nicht festnehmen.«

Vanja schnaufte wütend.

»Dieses Aas soll also davonkommen und keine Strafe bekommen für das, was er Sonja angetan hat?«

Sofia schloss die Augen und zählte still bis drei, um nicht in ein Wortgefecht mit dieser aufgebrachten Frau hineingezogen zu werden.

»Er hat sie geschlagen, wissen Sie. Fast direkt nachdem sie ihn geheiratet hatte, begann er, sie zu schlagen.« Die Stimme klang jetzt weicher. Resigniert.

Sofia öffnete den Mund, um in mildestem Tonfall zu versuchen, sie davon zu überzeugen, dass sie in der Sache nach allen Regeln der Kunst ermitteln würden.

Doch Vanja Branth hatte bereits aufgelegt.

23.

Sofia schaute auf die Uhr, die über dem Türrahmen ihres Büros hing. Es war bald vier. Der ganze Tag war vergangen, ohne dass sie Nachricht vom Forensischen Anthropologen erhalten hatten. Die Hand war in Solna in Empfang genommen worden, aber die Untersuchung des Fundes war zugunsten eiligerer Fälle aufgeschoben worden. Es machte nicht den Eindruck, als würde die abgetrennte Hand vorrangig behandelt.

Die Nachmittagsbesprechung war abgesagt worden, da niemand etwas Neues zu berichten hatte. Sie brauchten die Information von der Gerichtsmedizin, um weiterzukommen. Doch Sofia musste immer noch an das Gespräch mit Vanja Branth denken. Was diese behauptete, war sehr weit hergeholt, doch zugleich der einzige Hinweis mit einer Verbindung zur Grube von Marviksgrunnan, den sie bislang hatten. Und irgendetwas an Vanjas Erzählung von ihrer Schwester hatte Sofia berührt. Doch es war ihr nicht gelungen, noch mehr über Sonja Sondells Verschwinden oder darüber, was die Todeserklärung veranlasst hatte, herauszufinden. Schließlich war sie ins Archiv im Keller hinuntergegangen und hatte in den verstaubten Dokumentenkisten gesucht, auch dort jedoch nichts gefunden.

Sofia wusste nicht, wie die Abläufe bei Ermittlungen in den Fünfziger- und Sechzigerjahren ausgesehen hatten, doch so groß konnte der Unterschied ja nicht sein. Es musste irgendwo Ermittlungsakten geben. Denn die Polizei konnte wohl nicht eine Person für tot erklärt haben, ohne in der Sache zu ermitteln, nicht einmal damals, oder?

Sie dachte an Fredrik. An seine Erzählung von der Nacht auf der *Estonia* und wie er seine Eltern verlassen musste, um zu überleben. Er war gerettet und ins Krankenhaus gebracht worden, doch seinen kleinen Bruder hatte man nie gefunden. Wie war es Fredrik wohl danach gegangen, als die Berichte von den wenigen Überlebenden der Katastrophe erschienen waren? War seine Hoffnung jedes Mal wieder neu geweckt und dann enttäuscht worden, immer wieder? Vielleicht war es auch für Vanja so gewesen. Und für alle, die noch keine Gewissheit über das Schicksal ihrer Nächsten hatten.

Sie betrachtete den Stapel mit ungelösten Vermisstenfällen, den sie nach dem Anruf von Vanja beiseitegelegt hatte. Wie kam man mit der Ungewissheit zurecht? Jahr um Jahr zu warten, zu hoffen? Nicht richtig trauern zu können, da noch immer eine Möglichkeit offen war? Sie wusste, wie Fredrik damit umgegangen war, und obwohl er ihr leidtat, konnte sie das nicht akzeptieren. Sie hatte gesehen, wie ihre Mutter ihr ganzes Leben lang durch Alkohol der Realität entflohen war. Nichts wurde davon besser. Im Gegenteil.

Sofia schüttelte die Gedanken ab, klickte auf ein Bild der abgetrennten Hand in einer der Ermittlungsakten und zwang sich, es genau zu betrachten. Das darauffolgende Bild zeigte die beiden Finger, die ebenfalls in der Grube gefunden worden waren. Es war unglaublich schwer vorstellbar, dass sie einmal zu einem lebenden Menschen gehört hatten. Zu jemandem, der gearbeitet und Träume gehabt hatte, vielleicht jemanden geliebt hatte. Geliebt worden war.

Es klopfte an der Tür, und Vera steckte den Kopf herein.

»Wie läuft es?«

Die Mittagspause war vergangen, ohne dass Sofia die Polizeiwache verlassen hatte. Jetzt spürte sie, wie ihr Magen nach etwas zu essen schrie.

»Schleppend. Ich glaube, ich bin in eine Sackgasse geraten.«

Vera, die über Vanja Branths Anruf informiert war, brummte nachdenklich.

»Hast du schon im Staatsarchiv geschaut? Ab und zu bekommt jemand hier auf der Wache einen Aufräumanfall und sortiert die alten Dokumente da unten aus.« Sie zeigte Richtung Keller.

»Gute Idee. Das mache ich.«

Vera räusperte sich.

»Solange wir auf die Antwort aus der Gerichtsmedizin warten, muss ich Karim zurück zu seiner Ermittlung wegen der Körperverletzung lassen. Kommst du alleine mit den Anzeigen und den möglicherweise eingehenden Hinweisen zurecht?«

Sofia nickte.

»Wie lief die Pressekonferenz?«

Vera zuckte mit den Schultern.

»Same old, same old. Die Journalisten wiederholen die Fragen, die wir nicht beantworten können, und dann muss man einen ordentlichen Schluss hinbekommen, ohne dass irgendjemand sehr viel klüger geworden wäre. Arbeitest du morgen Nachmittag von zu Hause aus?«

Sie hatten besprochen, dass Sofia anfangs nur an den Nachmittagen arbeitete, vormittags würde sie noch in Elternzeit sein.

»Ja. Tord kümmert sich nachmittags um Astrid.«

Sie klappte den Laptopdeckel zu und steckte das Gerät in den Rucksack. Mette hatte eine SMS geschickt, dass sie unterwegs waren, und Sofia konnte es kaum erwarten, ihre Tochter in den Arm schließen zu können.

Auch Vera hatte ihre Sachen dabei, und gemeinsam gingen sie die Treppe zur Rezeption hinunter. Unterwegs stießen sie beinahe mit Johan zusammen, der gerade aus seinem Büro getreten war und die Tür abschloss.

»Seid ihr auch fertig für heute?« Er nickte mit dem Kopf zum Fenster hinten im Gang. »Super Wetter heute. Vielleicht drehe ich eine Runde mit dem Boot.«

Vera hielt ihnen die Tür zum Treppenhaus auf. Als sie auf der untersten Treppenstufe angelangt waren, blieb Johan stehen und wandte sich an Sofia.

»Kommst du mit?«

»Mit wohin?«

»Raus mit dem Boot?«

Er zog die Passierkarte und öffnete, um sie hinauszulassen.

»Nein, ich kann nicht, ich werde …« Die Tür stieß an etwas, und als sie in die Rezeption hinauskam, sah sie, dass es Astrids Kinderwagen war. Vor ihr stand Kaj mit ihrer Tochter auf dem Arm.

»Aber wer kommt denn da: Da ist ja die Mama!«

Astrid strahlte wie eine Sonne, sobald sie Sofia erblickte.

Sofia spürte, wie ihr ganzer Körper sich freudig entspannte. Kaj hob das Mädchen herüber, und sie bohrte das Gesicht in das dunkle, lockige Haar.

»Hej, Mamas kleiner Käfer.«

Vera, die als Letzte die Treppe hinuntergekommen war, räusperte sich diskret, um an ihnen vorbeizukommen. Sie blieb stehen, begrüßte Kaj und Mette und lächelte dann pflichtschuldig Astrid zu. Sofias Chefin hatte nie einen Hehl daraus gemacht, dass sie auf Kinder nicht sonderlich versessen war, und Astrid schien keine Ausnahme zu sein. Johan hingegen stiefelte in seiner üblichen forschen Art direkt vor und streckte die Hände nach Astrid aus.

»Bitte, darf ich sie halten? Ich liebe Babys!«

Sie übergab ihm ihre Tochter, die nichts dagegen zu haben schien, wie ein Wanderpokal herumgereicht zu werden, und Johan begann mit ihr zu schäkern. In seinen riesigen Armen sah sie aus wie eine kleine Puppe. Als er sie in ihren knuffigen Babybauch pikte, lachte sie so, dass sie sich beinahe verschluckte. Doch dann verstummte sie und schaute fasziniert auf etwas hinter seinem Rücken. Johan wandte sich um, und da stand Rodde in Uniform, mit Rolf an seiner Seite.

»Siehst du den Hund? Willst du dem Hund Hallo sagen?«

Ohne zu fragen, ging er zu den beiden hin. Sofia sah gerade noch, wie Kaj einen Finger hob, um etwas zu sagen, doch sie waren schon angekommen, und Rolf begann, Astrids Füße zu beschnuppern.

Ist das okay?, fragte Rodde mit stummen Mundbewegungen über Johans Schulter hinweg, und Sofia nickte.

Vera unternahm einen weiteren Versuch, an der Volksversammlung vor der Rezeption vorbeizukommen, doch alle waren ganz damit beschäftigt, das süße Baby und den süßen Polizeihund zu bewundern. Mette holte den Kinderwagen, und Johan setzte Astrid widerwillig hinein.

»Wie süß sie ist«, sagte Rodde und schaute von Astrids dunklem Schopf zu Sofias flachsblonden Haaren. »Was für dunkles Haar sie hat.«

Kaj lächelte angestrengt und fuhr nervös mit der Hand über sein grau gesprenkeltes, aber genauso blondes Haar.

»Danke.«

Rodde schaute sie fragend an. Johan, der die Stimmungsänderung nicht mitbekommen hatte, klopfte Kaj auf den Rücken, als seien sie schon seit einer Ewigkeit gute Freunde.

»Ja, da darf man doch gratulieren. Wie ist es, auf seine alten Tage noch Vater zu werden?«

»Schön, sehr schön.«

»Bleibt ihr noch länger hier in der Gegend?«

»Wir fahren heute Abend zurück«, sagte Mette und schaute bekümmert auf Astrid im Wagen.

»Wie schade. Das Wetter ist ja super. Ich wollte Sofia zu einer Bootstour überreden, aber es wird vielleicht ein bisschen schwierig, den Kinderwagen mit einzupacken.« Johan lachte.

Sofia spürte, wie ihre Wangen heiß wurden. Kaj und Rodde schauten sie an. Der eine verwundert, der andere vorwurfsvoll. Jetzt war auch noch Eva hinter dem Rezeptionstresen hervorgekommen, was für Sofia der Tropfen war, der das Fass zum Überlaufen brachte. Vera arbeitete sich mit den Ellenbogen durch die Gruppe hindurch und hob die Hand, um zu zeigen, dass sie gehen wollte. Sofia sah ihre Chance und griff nach dem Kinderwagen, um ihr zu folgen. Mette ließ ihn widerwillig los.

»Ich muss noch ein paar Worte mit Vera reden, bevor sie geht. Ich rufe euch später an«, sagte Sofia. Kaj warf Astrid ein paar Kusshände zu und übergab die Übernachtungstasche. Sofia hatte solche Eile wegzukommen, dass sie mit dem Wagen beinahe über Rolfs Schwanz gefahren wäre.

Vera war bereits ein ganzes Stück die Straße hinaufgegangen. Sofia musste in die andere Richtung, doch etwas brachte sie dazu, sich umzudrehen. Vera war stehen geblieben und redete mit jemandem. Sofia sah nur den Rücken der anderen Person. Der Mann trug ein schwarzes Poloshirt und eine hellblaue Jeans. Der Körperbau kam ihr bekannt vor. Sie schüttelte den Kopf.

Wenn sie es nicht besser wüsste, hätte sie schwören können, dass es Fredrik Fröding war.

24.

»Ich habe einen Termin mit Roland Björk und Ylva Tillander«, sagte Fredrik, als die Glasscheibe vor dem Rezeptionstresen zur Seite geschoben wurde.

»Sie kommt gleich«, sagte die Rezeptionistin, die kurzes blondes Haar hatte. »Sie können sich so lange hin-
setzen und warten.«

Fredrik setzte sich auf einen der Besucherstühle. So
richtig gut fühlte es sich nicht an. Er war schon einmal
hier gewesen, doch unter sehr viel dramatischeren Umständen. Damals war die Polizei sein Gegner gewesen.
Jetzt würde er einer von ihnen werden.

Während er wartete, beobachtete er einen dunkelhaarigen Mann in seinem Alter, der dort stand und
mit einem jüngeren blonden Muskelpaket sprach,
der das typische Poloshirt der Polizei trug. Der Dunkelhaarige trug Uniform, und an seiner Seite saß ein
schwarzer Schäferhund. Irgendetwas an dem Mann
kam ihm entfernt bekannt vor. War er ihm im Ver-
lauf der Ermittlungen auf Ulvön, in die er unfreiwillig hineingeraten war, einmal begegnet? Oder hatte er
einfach diese Art von Gesicht, die einem bekannt vorkam?

Fünfzehn Minuten nach der verabredeten Zeit kam

Ylva Tillander endlich, um ihn abzuholen. Sie drückte ihm kräftig, aber eilig die Hand.

»Entschuldigen Sie meine Verspätung. Wir hatten einen Insassen, der Krach geschlagen hat, weil sein beschlagnahmtes Eigentum nicht zurückgegeben wurde und, ja …« Sie wedelte mit der Hand zur Treppe, um zu zeigen, dass er ihr folgen solle.

»Roland ist schon vor Ort.«

Während sie zu der entsprechenden Abteilung hinaufgingen, hielt Fredrik den Kopf gesenkt. Er wusste sehr genau, wo Sofia ihr Büro hatte, auch wenn er annahm, dass sie noch in Elternzeit war.

In Ylvas Zimmer wartete bereits Roland Björk, ein rundlicher Mann um die fünfundvierzig. Er reichte ihm eine feuchte Hand und zeigte Fredrik dann, wo er sitzen konnte.

»Also, Fredrik«, sagte Roland, nachdem sie sich gesetzt hatten. Er nahm sich die Ausdrucke mit Fredriks Lebenslauf und Referenzen, die auf dem Schreibtisch lagen. »Wie Sie wahrscheinlich bereits wissen, kümmert die Securitas sich um das Wachpersonal für den Polizeigewahrsam. Sie werden, wenn Sie den Job bekommen, von uns angestellt, doch das hier wird Ihr Arbeitsplatz.«

Fredrik nickte widerwillig. Als er sich auf einen Job als Wachmann beworben hatte, war er darauf eingestellt gewesen, vielleicht abends und an Wochenenden in irgendeinem Industriegebiet herumzulaufen, doch nicht, auf einer Polizeiwache zu sein.

»Während meiner Ausbildung zur Polizistin habe ich selbst beim Polizeigewahrsam gearbeitet«, sagte Ylva, als spüre sie sein Zögern. »Der Job bringt einem viele Erfahrungen mit der Welt, mit der Sie es später zu tun haben werden.«

»Die Arbeitsschichten können sehr verschieden ausfallen, je nachdem, wer festgehalten wird«, fuhr Roland fort. »Die Aufgabe der Wachleute im Polizeigewahrsam besteht darin, die vorläufig festgenommenen Personen zu bewachen – also Personen, die unter Einfluss von Betäubungsmitteln oder Alkohol stehen oder von der Polizei gefasst wurden, da sie eines Vergehens verdächtigt werden. Den Großteil Ihrer Zeit werden Sie sich um die Insassen kümmern. Meist sind sie anständig, können manchmal aber auch gewalttätig werden. Wer betrunken ist oder unter Drogen steht, ist in der Regel weder anständig noch angenehm oder reinlich, und es ist Ihr Job, dafür zu sorgen, dass sie ihren Rausch ausschlafen und sich nicht dabei umbringen.« Er schaute auf und begegnete Fredriks Blick, um seine Reaktion zu sehen.

»Das werde ich schon hinbekommen«, antwortete Fredrik mit einer Sicherheit, die er ganz und gar nicht empfand. Auf der Pass-Stelle konnten Leute zwar auch ausfällig werden, doch selten oder nie kam jemand herein, der betrunken oder bedrohlich war. Für eine Sekunde durchfuhr ihn Angst. Wenn er nicht bereit dazu war, mit den Suffköppen dort umzugehen, wie sollte er dann mit Mördern, Vergewaltigern und anderen Verbrechern draußen auf der Straße zurechtkommen? Doch da würde er nicht allein sein. Er hätte seine Kollegen dabei, die alle dieselbe Ausbildung hinter sich hätten und zusammen die Gesellschaft ein bisschen besser machen wollten. Das war es, was ihn von vornherein am Polizeiberuf angezogen hatte: die Gemeinschaft.

Roland schrieb etwas auf einen Block und schlug dann ein paarmal mit dem Füller gegen die Schreibtischkante, bevor er fortfuhr.

»Um beim Polizeigewahrsam zu arbeiten, müssen Sie eigentlich eine Wachmann-Ausbildung durchlaufen sowie ein Praktikum von hundertsechzig Stunden vollendet haben …«

Fredrik öffnete den Mund, um zu sagen, dass er den Job unter diesen Umständen nicht machen konnte. Er hatte bereits sein Vollzeitstudium an der Polizeihochschule und würde zu mehr nicht kommen.

»Aber«, fuhr Roland fort, »zurzeit haben wir bei Securitas Arbeitskräftemangel, weshalb wir damit zufrieden sind, wenn Sie an der zweitägigen Wachmann-Ausbildung der Polizei teilnehmen. Die offizielle Security-Ausbildung können wir dann noch etwas aufschieben. Wie klingt das?«

»Gut«, antwortete Fredrik, ohne eigentlich zu verstehen, was er da antwortete. Auch später würde er keine Zeit für irgendeine offizielle Ausbildung haben, aber wenn sie bereit waren, ihm eine Chance zu geben, würde er sie ergreifen. Er brauchte das Geld.

»Ja, dann ist alles geklärt«, sagte Roland und schob Fredriks Lebenslauf in eine Plastikmappe. Das Vorstellungsgespräch war offenbar beendet, Roland stand auf und reichte ihm die Hand.

»Wir melden uns.«

25.

Tord hob den Kinderwagen aus dem Gepäckraum im Achterdeck. Die Freude, die Astrid gezeigt hatte, als sie Sofia sah, war nichts gegen ihre Begeisterung, als sie Tord erblickte. Ihr ganzes Gesicht zog sich vor Freude zusammen, und sie streckte ihre knubbeligen Hände nach ihm aus.

Er hob die Taschen ins Auto, während Sofia das Kinderwagengestell zusammenklappte. Ein Vorteil daran, dass Tord Margit getroffen hatte, war, dass er sein altes Lastenmoped stehen ließ und stattdessen Sofias roten Golf als ständiges Transportmittel auf der Insel nutzte.

»Wollt ihr mit zu Margit zum Essen kommen?«, fragte Tord, als sie sich ins Auto setzten.

Sofia sehnte sich nur danach, nach Hause zu kommen und mit ihrer Tochter auf dem Sofa zu kuscheln.

Tord sah vom Fahrersitz bittend zu ihr herüber.

»Es würde mir sehr viel bedeuten, wenn ihr euch anfreunden würdet, Margit und du.«

So hatte Sofia ihren Patenonkel noch nie gesehen. Er sah beinahe aus, als würde er anfangen zu weinen.

»Na klar, aber wir bleiben nicht so lange. Ich bin nach diesem Tag vollkommen erledigt.«

Bei Margit zu Hause saß Sofia mit Astrid auf dem Schoß auf der weiß gebeizten Küchenbank. Der Raum war gemütlich in Weiß- und Naturtönen eingerichtet. In einer Vase auf dem Tisch standen einige der letzten Lupinen des Sommers. Im Ofen brutzelte ein Kartoffelgratin, und auf dem Herd köchelte eine rötliche Soße.

»Margit hat Elchbraten gemacht«, sagte Tord und strich ihr stolz über den Rücken. Es war das erste Mal, dass Sofia so etwas wie Zärtlichkeit zwischen den beiden wahrnahm, und ihr blieb nichts anderes übrig, als zu akzeptieren, dass dies offenbar eine echte Beziehung war. Sie wusste nicht so recht, wie sie sich dazu verhalten sollte.

»Ich habe ihn selbst geschossen«, sagte Margit und richtete sich ein wenig auf.

»Beeindruckend. Seit wann jagst du?«, fragte Sofia. Frauen, die typische Männertätigkeiten ausübten, hatten sie schon immer fasziniert. Genauso wie Menschen, die Dinge immer noch in »Frauentätigkeiten« und »Männertätigkeiten« einteilten. Sofia wiederum hatte immer schon einen großen Teil ihrer Freizeit mit Orientierungslauf und Hechtangeln verbracht. Letzteres ließ Leute, meist Männer, die Augenbraue hochziehen. Doch wenn sie sahen, was sie aus dem Wasser holte, klangen sie plötzlich ganz anders.

»Seit meinem fünften Lebensjahr bin ich mit Vater zusammen auf Elchjagd gegangen«, erzählte Margit, während sie gefaltete Servietten in die Gläser steckte. Sofia sah, wie viel Mühe sie sich gegeben hatte, es schön zu machen, und fühlte sich schäbig, weil sie eigentlich nicht hatte kommen wollen.

»Was wollen alle trinken? Limonade? Wein?«

»Gerne Limonade«, sagte Sofia, und Margit verschwand die Kellertreppe hinunter, wo sie wahrscheinlich wie die meisten auf der Insel eine kühle Vorratskammer hatte.

Tord nahm Astrid auf seinen Schoß, und Sofia reichte ihm aus der Wickeltasche ein Gläschen mit Obstbrei.

»Wie laufen die Ermittlungen?«, fragte er und öffnete das Gläschen.

»Schleppend. Wir warten noch immer auf Nachricht aus der Gerichtsmedizin und wissen nichts hinsichtlich Geschlecht oder Alter oder wie lange die Knochen dort gelegen haben. Wir versuchen weiterzukommen, indem wir die Vermisstenanzeigen durchschauen, doch wenn ich ehrlich sein soll, fühlt sich das ziemlich sinnlos an. Wir haben keine Ahnung, um wen es sich handelt.«

»Glaubt ihr, es könnte jemand von der Insel sein?«

»Ich weiß nicht, wer sollte das sein? Ständige Bewohner haben wir doch so wenige, dass wir es wüssten, wenn jemand verschwunden wäre? Es könnte höchstens ein Tourist sein.«

Tord schöpfte ein bisschen Brei auf einen Plastiklöffel und fütterte Astrid.

»Doch heute haben wir tatsächlich einen Hinweis auf eine Inselbewohnerin bekommen, die vor langer Zeit verschwunden ist«, fuhr Sofia fort. »Eine Sonja Sondell aus Sörbyn.«

Tord nickte.

»Ihre Schwester hat angerufen.«

»Vanja?« Tord sah nicht sonderlich erstaunt aus. »Sie hat das all die Jahre herumposaunt. Sie ist überzeugt davon, dass der Ehemann dahintersteckt. Den Gerüchten zufolge soll Sonja untreu gewesen sein, bevor sie verschwunden ist.«

»Mit jemandem namens Gunnar?«, fragte Sofia.

Tord begegnete ihrem Blick und nickte kurz.

»War an der Sache mit der Untreue etwas dran?«

Er zuckte mit den Schultern und belud einen weiteren Löffel mit Brei.

»Er war ein ansehnlicher Kerl, der Gunnar. Ich kann mir absolut vorstellen, dass sie lieber ihn haben wollte als einen zwanzig Jahre älteren Alkoholiker, der sie und den Sohn schlug. Nicht einmal zu den Tieren war er gut.« Tord schauderte bei dem Gedanken. Er setzte Astrid zurück auf Sofias Schoß und fütterte sie weiter.

»Angeblich hat Gunnar einen Tag, bevor Sonja verschwand, die Insel verlassen. Das könnte wohl darauf hinweisen, dass da irgendwas zwischen ihnen passiert ist.«

Er nickte vielsagend.

»Weißt du denn, wie dieser Gunnar mit Nachnamen hieß?«

Tord holte die Snus-Dose heraus und klatschte sie gegen die Handfläche, während er nachdachte. Dann schüttelte er den Kopf.

»Leider nein, ich war damals erst fünfzehn Jahre alt. Doch ich erinnere mich, dass er aus Südschweden kam. Er war nicht länger als einen Monat hier, aber wir haben uns ein paarmal gesehen. Das Land, auf dem Bertils Kühe weideten, grenzte an den Wald meines Vaters. Wir sind uns also manchmal begegnet, wenn er bei den Tieren war und ich im Wald mithalf. Axel im Übrigen auch.«

»Das war der Sohn?«

»Ja, er fuhr zur See. Irgendein polnisches Schiff, glaube ich.«

»Meinst du, Bertil könnte Sonja getötet haben?«

Tord überlegte eine Weile.

»Er war richtig ekelhaft zu ihr. Ich traue es ihm auf jeden Fall zu. Vor allem, wenn er herausgefunden hätte, dass sie ihm untreu war. Doch die Frage ist, ob er mental wirklich in der Lage wäre davonzukommen, ohne entdeckt zu werden. Er war schließlich schwerer Alkoholiker und schaffte es schon da an manchen Tagen kaum, seine Hose selbst zuzuknöpfen.«

Sofia dachte über das nach, was Tord gesagt hatte. Andererseits brauchte es nicht sonderlich viel Intelligenz, um ein paar Körperteile draußen in der Natur zu verstreuen. Wasser, Wind und Tiere taten das ihre, und nach kurzer Zeit wären alle Spuren vernichtet. Wenn stimmte, was Vanja glaubte, nämlich dass Sonjas Überreste in der Grube gefunden worden waren, wäre es nach so langer Zeit wahrscheinlich unmöglich, Bertils Schuld zu beweisen.

»Haben sie nach Sonja gesucht?«

»Die Polizei war hier draußen und hat ein paar Fragen gestellt, aber Bertil behauptete, sie sei mit Gunnar verschwunden. Die meisten glaubten ihm.«

Sofia sah ihre Tochter an, die sich gierig nach dem leeren blauen Plastiklöffel in Tords Hand reckte.

»Dann ging es nur noch abwärts«, fuhr Tord fort. »Aus dem Erzabbau wurde ja nichts, und alle Abbaurechte, die Bertil auf der südlichen Insel hatte, verloren ihren Wert. Ich weiß, dass mein Vater ein Stück Land auf dieser Seite hier kaufte, um ihm zu helfen, seine Schulden zu bezahlen. Sonst hätte er den Hof verloren.«

Tord fütterte Astrid mit einem weiteren Löffel.

»Tragisch, wenn man bedenkt, wie das Leben von jemandem so vollkommen den Bach runtergehen kann. Als seine erste Frau Ragna noch lebte, war er ein anständiger Familienvater. Nicht von der liebevollen und fürsorglichen Art, doch ein rechtschaffener und guter Kerl. Er brannte zu Hause Schnaps und verkaufte ihn an die Alten im Dorf. Und manchmal fischte er wohl auch verbotenerweise, aber er war harmlos.«

Tord schüttelte den Kopf und sah Sofia an.

»Wie kommt es, dass ich nie von Sonjas Verschwinden gehört habe?«, fragte Sofia.

Sie kannte Sondells Hof und Bertil, hatte aber nie etwas davon gehört, dass seine Frau verschwunden war. Dabei war die Insel so klein, dass man die Verwandtschaftsverhältnisse und Lebensgeschichten der Bewohner kannte. Bei den Sommergästen fehlte einem vielleicht der Überblick, nicht aber bei denen, die seit Generationen ein Haus auf der Insel hatten.

»Es wurde nicht viel darüber geredet. Nachdem die Familie ihn verlassen hatte, wurde Bertil ein Sonderling. Dass er sich noch nicht totgesoffen hat, ist ein Wunder.

Er ist ein richtiger Dickkopf. Weigert sich, am Leben in angemessener Weise teilzunehmen, aber sterben will er auch nicht.«

Tord zählte stumm an den Fingern ab.

»Er muss jetzt weit über neunzig sein. Dem Tode nahe, wenn ich richtig gehört habe. Versorgt sich weiter selbst, obwohl er sowohl COPD als auch ein Lungen-emphysem hat. Er will keine häusliche Pflege oder so etwas.«

Margit erschien auf der Kellertreppe. In der einen Hand trug sie eine Weinflasche, eine PET-Flasche mit Mineralwasser in der anderen.

»Kannst du mir helfen, die Getränkekisten hochzu-tragen?«

Tord reichte Sofia Gläschen und Löffel und ging hin-ter Margit her in den Keller. Sofia konnte sie auf dem Weg die Treppe hinunter reden und lachen hören. Sie schaute ihre Tochter an. Vielleicht war es gar nicht so schlimm, dass Margit in ihr Leben gekommen war. Musste viel-leicht eher sie umdenken und Menschen willkommen heißen, statt sie auszuschließen? Sie versuchte sich vor-zustellen, wie es wäre, wenn sie jemandem begegnete, mit dem sie ihr Leben teilen wollte. Würden sie zu viert beim Essen zusammensitzen? Tord und Margit und sie und ... ja, wer? Sie probierte es im Kopf mit verschiedenen Per-sonen, als wären sie Anziehpuppen. War es Johan? Eine muskulöse, gut gelaunte, offenherzige Person, die sie zum Lachen brachte und Babys liebte? Oder war es Rodde? Ein ruhiger, zurückgezogener Tierfreund, dessen Blick sie dahinschmelzen ließ?

Doch warum sollte es überhaupt einer von den beiden sein? Die einzigen zwei Single-Männer, denen sie begegnet war, seit sie wieder zu arbeiten begonnen hatte, und schon war sie dabei, sie für Familienessen einzuplanen.

Astrids dunkelbraune kleine Augen betrachteten sie erwartungsvoll, als sie den Löffel hob. Sie ähnelte ihrem Vater so sehr. Was konnte Sofia tun, um nicht jedes Mal an ihn zu denken, wenn sie ihre Tochter ansah?

26.

Fredrik lief langsam den sehr steilen Abhang hinauf, am Bahnhof vorbei, Richtung Kusthöjden. Auf dem Weg kam er an der berühmten Skisprung-Schanze vorbei. Statt nach dem Vorstellungsgespräch direkt nach Hause zu gehen, war er planlos in der Stadt herumgewandert. Noch kam ihm nichts vertraut oder heimisch vor, und er erwischte sich dabei, wie er Stockholm vermisste.

Auf die Begegnung mit Ida freute er sich nicht. Sie hatten den ganzen Tag nicht mehr miteinander geredet, und als er das Haus verließ und sie zum Abschied küssen wollte, hatte sie demonstrativ das Gesicht weggedreht.

Als Fredrik die Haustür öffnete, hörte er Ida bei den Umzugskartons in der Küche herumräumen. Das Geräusch des Spülmaschinen-Korbs, der mit größerer Kraft als nötig herausgezogen wurde, ließ ihn die Augen schließen. Im Magen begann es zu ziehen. Sie war wütend. Oder schlimmer noch, enttäuscht.

Er stellte die Schuhe ins Schuhregal und ging in die Küche, hob, ohne etwas zu sagen, einen Karton hoch und begann auszupacken. Manchmal funktionierte es bei Ida, so zu tun, als sei nichts gewesen.

»Du bist aber spät«, stellte sie fest.

»Ja, es hat sich hingezogen«, antwortete er ausweichend.

»Wie lief es?« Sie klang kurz angebunden.

»Gut, denke ich.«

Ein scharfes Einatmen von Ida sagte ihm, dass das nicht die Antwort war, die sie hatte hören wollen.

»Gestern bei Vanja und Leif war es wirklich nett«, begann er versuchsweise, um das Thema zu wechseln. »Rebecka kam mir ganz anders vor als letztes Mal.«

Ida lehnte sich zurück, sodass ihr Gesicht hinter dem offenen Küchenschrank sichtbar wurde.

»Das habe ich ja gesagt. Rebecka hat nach außen hin eine Fassade, aber wenn man sie dann kennenlernt, dann … ja, dann entdeckt man, dass sie ziemlich unsicher ist. Sie war schon immer so.«

Fredrik wickelte einen etwas unförmig aussehenden Keramikbecher, den Ida getöpfert hatte, aus dem Zeitungspapier und stellte ihn in den Hängeschrank über dem Spülbecken.

»Wart ihr als Kinder eng befreundet?«

Ida schloss die Schranktür und zog eine Kiste hervor, um noch mehr Besteck auszupacken, obwohl der Karton mit den Gläsern auf dem Küchentisch erst zur Hälfte ausgeräumt war.

»Sehr. Wir sind schließlich Nachgeschwister.«

»Was ist das denn, Nachgeschwister?« Ida verwendete immer mehr regionale Ausdrücke, seit sie hier in den Norden gezogen waren. Als sie zusammen in Stockholm gelebt hatten, war ihm bei ihr kein Dialekt aufgefallen.

»Na ja, Cousinen, enge Verwandte.« Sie klang noch immer verstimmt, doch die Taktik hatte funktioniert. Sie war auf eine neue Spur gekommen, und er hatte die Kollision vermeiden können.

»Rebecka und ich haben vom Kindergarten bis in die Mittelstufe zusammengehangen. Sie war die Beliebte, die immer im Zentrum stand, und ich die stille Freundin daneben.«

Fredrik wusste, dass Ida es in ihrer Kindheit und Jugend schwer gehabt hatte, akzeptiert zu werden. In der Unterstufe war sie gemobbt worden und hatte nicht sonderlich viele Freunde gehabt. Ob Rebecka dabei hilfreich oder störend gewesen war, wusste er nicht, doch er wollte Ida jetzt, wo sie aufgetaut war, nicht danach fragen.

»Rebecka stand oft in Vanjas Schatten«, fuhr Ida fort. »Wenn sie dann die Chance bekam, im Mittelpunkt zu stehen, ergriff sie sie.«

»Ja, Vanja scheint …« Fredrik wusste nicht, was er sagen sollte. »Sie scheint eine ordentliche Portion Temperament zu haben«, brachte er heraus.

Ida lächelte.

»Sie ist fantastisch. Weißt du, dass sie Jura und Volkswirtschaft zugleich studiert hat? Ich glaube, sie war erst sechsundzwanzig, als sie ihren Abschluss gemacht hat. Dann hat sie allein die Anwaltskanzlei gegründet.«

»Als sie Rebecka bekam, muss sie schon ein bisschen älter gewesen sein, oder?«

»Achtunddreißig. Von irgendeinem verheirateten Typen, dem sie bei einer Konferenz begegnet ist. Rebecka hat ihn nie kennengelernt. Er wollte von Vanja nichts mehr wissen, als sie von ihrer Schwangerschaft erzählt hat.«

»Wie haben die Leute darauf reagiert?«

»In einem kleinen Kaff wie Övertorneå gibt es immer eine Menge Gerede. Schließlich wussten alle Bescheid, aber niemand traute sich, Vanja direkt etwas zu sagen. Sie war in der Gemeinde akzeptiert, half über die Jahre vielen Bedürftigen. Ich erinnere mich, dass, als wir klein waren, immer irgendeine fremde Frau mit einem oder mehreren Kindern zu Hause bei Rebecka gewohnt hat. Ich denke, das ist einer der Gründe, weshalb Rebecka ist, wie sie ist.«

Fredrik schloss den Hängeschrank und hob einige Gläser aus dem Karton, den Ida stehen gelassen hatte.

»Was meinst du?«

»Na ja, du weißt schon. Sie braucht immer Aufmerksamkeit, muss alles und alle kritisieren. Ich denke, sie hat darunter gelitten, in ihrer Kindheit und Jugend ihre Mutter nicht für sich alleine gehabt zu haben«, sagte Ida nachdenklich. »Vanja war immer so mit ihrer Karriere beschäftigt und damit, anderen zu helfen. Manchmal denke ich, dass sie es vor allen Dingen lästig fand, Mutter zu sein.«

»Hat sie nie geheiratet? Vanja, meine ich.«

Ida schüttelte den Kopf.

»Im Lauf der Jahre kamen und gingen verschiedene Männer, doch keiner blieb. Bis sie Leif begegnet ist. Vanja sagt immer, es liege den Frauen der Familie im Blut, die falschen Männer auszusuchen. Sonja wählte

Bertil, der sie geschlagen hat, und Vanja einen verheirateten Mann, der nichts von ihr wissen wollte. Und dann Rebecka, deren Ex-Mann Juni und sie für eine Arbeitskollegin verlassen hat.«

Fredrik schüttelte den Kopf. Er konnte nur zustimmen, dass die Frauen in der Familie Branth kein Glück hatten mit ihren Männern.

In der Küche wurde es still. Als er aufsah, hatte Ida aufgehört, in den Kartons zu wühlen, und stand mit einer Handvoll Gabeln da und schaute ihn an.

»Was ist?«

»Warum sind Männer untreu? Das ist so egoistisch. Nur an seine eigenen Bedürfnisse zu denken.«

Fredrik hob die Hände.

»Das weiß ich doch nicht. Das musst du die fragen.«

Er knüllte weiter Zeitungspapier zusammen und warf es in den Müllsack, der über einem der Küchenstühle hing.

»Versprich, dass du nie untreu sein wirst.«

Ihm war klar, dass das hier mit dem Vorstellungsgespräch an Sofias Arbeitsplatz zu tun hatte. Doch Ida war es gewesen, die darauf bestanden hatte, nach Örnsköldsvik zu ziehen, und sie waren sich einig darin gewesen, die Hauptstadt hinter sich zu lassen und ein neues Leben zu beginnen.

Im Normalfall wäre er zu Ida hingegangen und hätte sie in den Arm genommen, hätte geflüstert, dass sie niemals an seiner Liebe zweifeln müsse, doch jetzt gerade konnte er das einfach nicht. Er hatte angefangen zu studieren und war bei einem Vorstellungsgespräch gewesen, das Haus sah aus wie mitten in einem Inferno von Kartons und blauen Ikea-Taschen, und statt sich um seine eigenen Angelegenheiten kümmern zu können, hatte er beinahe den ganzen gestrigen Tag damit verbracht, Menschen beim Umzug zu helfen, die er kaum kannte.

Also stellte er das Glas, das er gerade ausgepackt hatte, mit einem Knall auf die Spülbank. Ida zuckte zusammen, als hätte er sie geschlagen.

»Hör jetzt auf.« Er war selbst erstaunt, wie kalt seine Stimme klang. Sie öffnete den Mund, um etwas zu sagen, doch er hielt die Hand hoch. »Ich halte es nicht aus, schon wieder darüber zu sprechen. Du musst mir entweder glauben, wenn ich sage, dass ich nicht untreu sein werde, oder wir müssen irgendeine andere Lösung finden. Ich ertrage es nicht mehr, immer wieder diese Diskussion zu führen.«

Das hatte er noch nie gesagt. Jetzt würde zweifellos ein Abend mit Weinen und unendlichen Diskussionen über Gefühle folgen. Etwas, worauf er überhaupt nicht scharf war. Doch sie sagte nichts, nickte nur und wandte den Blick ab. Dann zog sie eine neue Schublade heraus und ließ alle Gabeln mit einem Scheppern hineinfallen.

Er wusste, dass er das hier später bereuen würde.

DIENSTAG, DER 25. AUGUST

DIENSTAG, DER 23. AUGUST

27.

Sofia goss Kaffee aus dem Perkolator und warf ein Auge auf Astrid, die gestützt von Kissen im Kinderstuhl saß und mit einer Maiswaffel beschäftigt war. Sofia setzte sich an den Küchentisch und schlug die Zeitung auf. In großen, schwarzen Lettern schrie es von der ersten Seite: **Bei Ermittlung in Stückelmord auf Ulvön keine Spur.** Das Gerücht war bereits in mehreren Runden um die Insel gegangen. Außer Vanjas Anruf hatten sie keine brauchbaren Hinweise bekommen. Sofia war gestern nicht dazu gekommen, beim Staatsarchiv anzurufen, würde sich aber am heutigen Tag darum kümmern. Vielleicht konnte die alte Ermittlung im Fall Sonja Sondell ein neues Licht auf die Geschichte werfen. Doch Sofia bezweifelte, dass Sonjas Verschwinden wirklich etwas mit ihrem Fall zu tun hatte.

Sie blätterte weiter, trank ihren Kaffee und versuchte, nicht an die Arbeit zu denken. Jetzt gerade hatte sie frei als Teil ihrer Elternzeit, doch nach dem Mittagessen würde Tord ihre Kleine übernehmen. Sie war sich nicht sicher, ob es funktionieren würde, die Tage in dieser Weise aufzuteilen, wenn sie mitten in einer Ermittlung steckte, hatte aber mit Vera abgesprochen, es zumindest zu versuchen. Ihre Chefin hatte gelobt, nur anzurufen, wenn es unbedingt notwendig war, und Sofia hatte sich selbst versprochen, den Dienstlaptop nicht vor dem Nachmittag zu öffnen.

Tord hatte heute nicht bei ihnen übernachtet. Als sie mit Astrid von Margit nach Hause ging, war er dort geblieben, und sie hatte den Verdacht, dass er das noch immer war. Sie musste sich allmählich daran gewöhnen, dass sich die Familie durch Margit jetzt erweitert hatte. Doch schließlich war sie beinahe vierzig und Mutter eines kleinen Kindes. Mit der Zeit würde sich alles zurechtruckeln.

Sie gab Astrid ein weiteres Stück Maiswaffel und schaute zu, wie ihre Tochter nach bestem Vermögen versuchte, Hände und Mund zu koordinieren, um die neutral schmeckende Gaumenfreude, von der sie offenbar nie genug bekommen konnte, in sich hineinzubekommen.

Sofia trank noch einen Schluck Kaffee und blätterte weiter zur Mitte der Zeitung, wo eine der Rechtsanwältinnen der Stadt breit in die Kamera grinste, hinter sich ihre elegante Kanzlei im Bankhaus am Marktplatz. **Karling & Branth bieten Frauensprechstunde in neuem Büro an.** Sie las weiter über die Kanzlei, die sich größere Büroräume zugelegt hatte, die jetzt auch die Telefonzentrale des Frauenschutzbundes beherbergen und sogar ärztliche und psychologische Hilfe für bedrohte Frauen anbieten würde. Auf der nächsten Seite war dieselbe Rechtsanwältin zusammen mit einer älteren Frau auf einer Bank zu sehen. Das Bild war im Örnpark aufgenommen. **Karling & Branth als Grün-**

derinnen: Der Sonjagård soll bedrohten Frauen Schutz bieten. Darunter konnte sie Näheres über Vanja Branths lebenslanges Engagement für die Rechte der Frauen lesen. Weiterhin beschrieb der Artikel, wie Mutter und Tochter auch eine alte Jugendherberge mit unbekannter Adresse erworben hatten. Das Haus sollte renoviert werden, um dann als Frauenhaus zu dienen, in dem Frauen und Kinder für die Zeit wohnen konnten, die sie darauf warteten, woanders hinziehen oder aber eine geschützte Identität erhalten zu können.

Sofia schaute zu Astrid, deren Finger von den aufgeweichten Maiswaffeln klebrig waren, und griff nach einem Feuchttuch. Vanja Branth, dachte sie. Das musste die Frau sein, die sie mit dem Hinweis auf Sonja Sondell angerufen hatte. Natürlich war das Haus nach ihrer verschwundenen Schwester benannt. Das war berührend.

Aus irgendeinem Grund hatte Sofia sich Vanja anders vorgestellt – als eine gebrechliche Dame an die achtzig, die nach dem letzten Strohhalm griff, bevor das Leben vorbei war. Die Frau auf dem Bild sah stark aus. Eine kurzärmelige Bluse zeigte braun gebrannte, gut trainierte Arme, und das Gesicht wirkte glatt für ihr Alter. Das blondierte Haar war zu einem sportlichen Pagenkopf geschnitten. Die Frau neben ihr war größer, hatte dunkelbraunes, stramm frisiertes Haar und trug eine weiße Bluse mit hohem Kragen. Der Bildunterschrift zufolge war das Rebecka Branth, Vanjas Tochter und Teilhaberin der Anwaltskanzlei Karling & Branth.

Sofia dachte daran, was Vanja gesagt hatte – dass Sonja ohne eine Spur verschwunden war. Tord hatte die Geschichte im Wesentlichen bestätigt, doch bislang gab es keinerlei Fakten, die dafür sprachen, dass die aufgefundenen Skelettteile tatsächlich von Sonja waren. Auch das Gerücht von der Romanze mit Bertils Lehrling hatte er bestätigt, auch wenn es nichts anderes war als ein Gerücht. Ob das für den Fall irgendeine Relevanz hatte, wusste sie nicht.

Gerade als sie aufstand, um mehr Kaffee zu holen, klingelte das Handy. Es war Vera Nordlund. Amüsiert schaute Sofia auf die Küchenuhr über dem Kühlschrank. Viertel nach acht morgens. Schon am ersten Tag hatte ihre Chefin das Versprechen gebrochen, nicht außerhalb der Arbeitszeit anzurufen.

»Es tut mir leid, dass ich störe«, begann Vera. »Doch wir haben einen Hinweis bekommen, von einer Frau, die du kennst.«

Sofia klemmte den Hörer fest zwischen Wange und Schulter und schenkte sich Kaffee nach.

»Um wen geht es?«

»Erinnerst du dich an Mona Höglund?«

Sofia hielt inne, den Becher auf halbem Weg zum Mund und den Blick über das Meer gerichtet. Natürlich erinnerte sie sich an Mona. Nach einer Verwicklung in einen früheren Fall hatte sie ihre Stelle als Hotelchefin beim Ulvö-Hotel aufgegeben und die Insel einige Zeit später verlassen. Scham war ein Gefühl, das man nicht unterschätzen sollte. Erst recht nicht in kleinen Gemeinden, wo es nicht möglich war, in den Laden oder an die Tankstelle zu gehen, ohne dass die Leute hinter dem Rücken über das flüsterten, was man getan hatte. Offenbar hatte Mona so etwas erlebt.

»Natürlich erinnere ich mich an sie«, sagte Sofia, während sie zugleich die Lautsprecherfunktion des Handys einschaltete und es auf die Spülbank legte, um sich Butter auf eine Brotscheibe schmieren zu können. Astrid drehte sich um, als sie das Geräusch von Veras Stimme hörte.

»Sie hat auf der Wache angerufen und wollte dich sprechen, aber als Eva sagte, du seist halbtags in Elternzeit, war sie einverstanden, mit mir vorliebzunehmen. Sie behauptete, dass noch jemand aus der Familie von diesem Kerl, über den du gestern gesprochen hast, Bertil Sondell, verschwunden ist.«

»Wer denn?«

»Der Sohn Axel.«

Sofia versuchte, sich an das zu erinnern, was Tord gesagt hatte.

»Er ist zur See gefahren, glaube ich.«

»Laut Mona stimmt das nicht. Er soll gleichzeitig mit Sonja Sondell verschwunden sein.«

Sofia legte das Buttermesser ab.

»Tord sagt, er habe bei irgendeinem polnischen Schiff angeheuert. Das stimmt also nicht?«

»Mona zufolge nicht, nein.«

»Das klingt total seltsam. Hat jemand das Verschwinden angezeigt?«

»Offenbar nicht.«

Astrid begann im Kinderstuhl zu quengeln, und Sofia reichte ihr eine weitere Maiswaffel.

»Aber was sollen wir aus Monas Sicht mit dieser Information anstellen? Wenn es keine Vermisstenanzeige gibt ...«

»Weiß der Teufel«, sagte Vera müde. »Und sie ist schließlich auch nicht unbedingt eine glaubwürdige Zeugin. Es würde mich nicht wundern, wenn sie etwas dabei zu gewinnen hätte, eine Menge Unsinn loszutreten.«

Sofia hatte keine Idee, was das sein könnte, aber Vera hatte recht damit, dass Mona kaum eine vertrauenswürdige Person war. Das hatte sie zur Genüge unter Beweis gestellt.

»Hat sie gesagt, warum sie sich mit dem Hinweis gemeldet hat?«

»Nein«, antwortete Vera kurz. »Sie fand, es sei wichtig für uns, das zu wissen.«

Sofia fragte sich, was das in diesem Zusammenhang für eine Bedeutung haben könnte, doch dass auch der Sohn vermisst sein sollte, klang unleugbar seltsam. Erst recht, wenn niemand diesbezüglich Anzeige erstattet hatte.

»Ich fahre heute Nachmittag zu Bertil Sondell und spreche mit ihm«, sagte sie.

»Ich weiß nicht, ob wir einem Hinweis ausgerechnet von Mona Höglund allzu große Bedeutung beimessen sollten.«

»Es schadet nichts, sich umzuhören.«

Vera schwieg ein paar Sekunden.

»Hältst du es für so eine gute Idee, allein zu einem potenziellen Mörder zu fahren, der seine Opfer zerstückelt?«

Sofia lachte.

»Der Kerl ist beinahe hundert. Ich bin vielleicht nicht in Topform, aber gegen einen hundertjährigen Typen müsste ich mich wohl verteidigen können. Auch wenn er sich als Stückelmörder herausstellen sollte.«

»Okay«, sagte Vera. »Aber sei vorsichtig. Währenddessen werde ich versuchen, die Kollegen aus der Gerichtsmedizin auf Trab zu bringen, damit wir endlich herausfinden, womit wir es hier zu tun haben. Ich kapiere nicht, warum das so ewig dauert. Wie sollen wir unsere Arbeit machen können, wenn alles andere vorgezogen wird? Das ist verdammt noch mal ...«

»Ui, jetzt muss ich Astrid wickeln«, unterbrach Sofia, bevor ihre Chefin wegen der langen Wartezeiten vollkommen runddrehte.

Widerwillig beendete Vera ihre mit Flüchen gespickte Tirade und legte auf.

Wir fahren mit dem Boot raus. Bertil ist ausnahmsweise einmal nüchtern und gut gelaunt. Nachdem er einige Ersatzteile auf dem Festland besorgt hatte, brauchte Gunnar nur ein paar Abende, um das Fischerboot wieder zum Laufen zu bekommen. Tärnströms halfen uns, es zu Wasser zu lassen.

Wir haben belegte Brote mit Salzfleisch und Dünnbier in braunen Glasflaschen dabei. Kein richtiges Bier. Gunnar darf das Boot steuern, und Bertil steht daneben und erzählt von den verschiedenen Inseln der Gegend. Ich liebe das offene Meer. Es gibt einem ein Gefühl von Freiheit, als lägen alle Möglichkeiten gleich hinter dem Horizont, obwohl es eigentlich überhaupt keine Möglichkeiten gibt.

In Baggviken darf ich den Anker werfen, und Gunnar legt gekonnt an. Das Wetter ist herrlich. Wir stellen den Metallkorb mit den Glasflaschen zur Kühlung ins Wasser und breiten die Decken auf dem warmen Sand aus. Wüsste man es nicht besser, könnte man uns für eine ganz normale Familie halten. Eine Mutter, ein Vater und zwei jugendliche Söhne.

Vor uns liegen zwei andere Boote. Einige Jugendliche spielen Akkordeon und sonnen sich. Bald kommt das Paar von dem zweiten Boot zu uns spaziert. Es sind entfernte Bekannte von Bertil von Strängön. Sie setzen sich und fangen sofort an, vom Bergbau zu reden. Dieses Gesprächsthema ist in aller Munde. Bald ist Bertil vollkommen vertieft. Er erzählt von seinen neuen Abbaurechten auf der nördlichen Insel, von denen er sich wirtschaftliche Erfolge erhofft, sobald die Bohrungen auf seinem Land endlich beginnen. Die Gewinne aus den Bodenanteilen, die er an Höganäs-Billesholm verkauft hat, sollen für Abfindungszahlungen anderer Landbesitzer und die Anschaffung von Maschinen und Werkzeugen verwendet werden. Er tut dem Betrieb einen Gefallen, indem er als Obersteiger dabei bleibt, doch in ein paar Jahren wird sein eigener, kleiner Bergbaubetrieb in Gang sein. Das alles erzählt er dem Paar aus Strängön, das mit großen Augen zuhört. Und dabei sicher jedes Wort glaubt, das Bertil von sich gibt.

Ich liege mit geschlossenen Augen auf der Decke, die Hand im Sand neben dem grün karierten Wollstoff. Wieder und wieder lasse ich warmen Sand durch die Finger rinnen. Gunnar putzt die Linse seiner Kamera. Er trägt sie überall mit sich herum. Schon in der ersten Woche hat er gefragt, ob er einen der Kellerräume zum Entwickeln nutzen könne, und zu meinem Erstaunen war Bertil einverstanden. Mehrere Abende pro Woche ist er dort unten und bewegt Bilder zwischen verschiedenen Bädern und Spülungen hin und her. Es riecht beißend von den verschiedenen Flüssigkeiten. Er hat gesagt, er würde mir zeigen, wie das mit dem Entwickeln funktioniert. Ich denke oft daran. Wie würde es sich anfühlen, mit Gunnar dort unten im Keller zu sein? Allein im Dunkeln.

Bertil steht auf und zeigt zum Boot des Paares.

»Wir laufen eine Runde.«

Ich höre sie etwas von Karten sagen. Sie wollen irgendetwas holen.

»Kommst du mit, Gunnar?«, fragt Bertil, während er Sand von den abgenutzten, blauen Stoffturnschuhen bürstet.

Gunnar lehnt dankend ab. Er möchte auf der Insel ein wenig fotografieren.

»Sonja? Axel?«

Ich stütze mich auf den Ellenbogen und sage, dass ich noch etwas schwimmen möchte, bevor wir picknicken. Die anderen gehen alle los, nur Gunnar und ich bleiben zurück.

»Heute ist es warm«, sagt Gunnar, als wir alleine sind.

»Mhm«, antworte ich, lege mich wieder hin und schließe die Augen.

Es wird still. Gunnar geht nicht weg, um zu fotografieren, wie er gesagt hat. Ich tue so, als würde ich mich sonnen.

»Soll ich dich mit Sonnencreme einreiben? Du wirst einen Sonnenbrand bekommen«, sagt er nach einer Weile.

»Ich möchte braun werden«, antworte ich und versuche, lässig zu klingen. Dabei bin ich verlegen, dass er über meinen Körper spricht. Ich wage es nicht, die Augen zu öffnen, um zu schauen, ob er mich ansieht.

Plötzlich spüre ich eine Hand auf meinem Bauch. Federleichte Fingerspitzen, die meine Haut direkt oberhalb der Hüfte streicheln. Nur eine Sekunde, doch es fühlt sich an wie ein Stromstoß. Als würde ich schmelzen und im Sand zerlaufen.

»Hier hast du dich bereits ein bisschen verbrannt.«

28.

Als Fredriks Wecker klingelte, schien die Sonne prall durchs Fenster herein, und er war schweißgebadet. Er warf die Decke von sich und bemerkte, dass Ida bereits aufgestanden war. Sie hätte doch wohl die Jalousie unten lassen können? Das Zimmer glich einer Sauna.

Er lauschte auf Geräusche aus der Küche, doch er hörte nichts. Vielleicht machte sie einen Spaziergang.

Gestern waren sie ohne ein Wort zueinander ins Bett gegangen. Es war das erste Mal, dass Ida nach einem Streit nicht in seine Arme gekrochen war und entweder zu weinen begonnen oder um Entschuldigung gebeten hatte. Er hatte ein schlechtes Gewissen, obwohl er keinen offensichtlichen Fehler gemacht hatte. Ein unbedachtes Wort konnte eine Heulattacke oder eine zugeknallte Tür provozieren, und es begann anstrengend zu werden, die ganze Zeit auf Samtpfoten um sie herumzuschleichen. Und wenn sie selbst die Schuld auf sich nahm, bekam er ein noch größeres schlechtes Gewissen.

Fredrik seufzte und schwang die Beine über die Bettkante. Ein paar Kartons standen noch im Schlafzimmer. Das Arbeitszimmer war beinahe fertig eingerichtet, und er entschied, die letzten Kisten auszupacken, die dorthin mussten, bevor er sich einloggte. Gestern hatten sie eine

Vorstellungsrunde über Videokonferenz gehabt. Heute hatte er seine erste Remote-Vorlesung.

Er zog sich ein T-Shirt und eine graue Jogginghose an und hob dann eine Kiste mit der Aufschrift *Arbeitszimmer* vom Boden.

Da klingelte es an der Tür. Er wartete, um zu hören, ob Ida doch zu Hause war und öffnen würde. Kurz darauf läutete es wieder, und Fredrik wurde klar, dass er allein war.

»Ich komme!«, rief er Richtung Flur.

Draußen im Windfang vor der Tür stand Juni. Sie hatte ihre Haare in zwei Knoten rechts und links auf dem Kopf gebunden, die Augen waren schwarz umrandet.

»Darf ich hereinkommen?«, fragte sie, ohne zu grüßen, als er die Tür öffnete.

Fredrik nickte erstaunt und trat zur Seite, um sie einzulassen.

Juni zog ihre schwarzen Converse aus und stellte sie im Schuhregal neben seine, die gleich aussahen, nur ein paar Nummern größer. Neben ihren sahen seine lächerlich aus.

»Ich habe mich mit meiner Mutter gestritten«, sagte sie und ging dann ohne weitere Erklärungen weiter Richtung Wohnzimmer.

Fredrik wünschte, Ida wäre zu Hause. Er kannte das Mädchen kaum und wusste nicht richtig, was er zu ihr sagen sollte.

»Willst du etwas frühstücken?«, fragte er, da ihm sonst nichts einfiel.

Sie zuckte mit den Schultern in typischer Teenager-Manier und warf sich aufs Sofa, als wäre sie schon hundertmal bei ihnen zu Hause gewesen.

»Gern.«

War er als Jugendlicher genauso gewesen, in der Zeit, bevor Mutter und Vater starben? Hatte er sich benommen, als kreiste die Welt um ihn allein, hatte mit den Füßen aufgestampft und war wegen Kleinigkeiten beleidigt gewesen? Wahrscheinlich, auch wenn er natürlich erst dreizehn gewesen war, als die Katastrophe geschah. Wenn er gewusst hätte, was passieren würde, hätte er sich dann anders verhalten? Als sie mit auf irgendeinen Campingplatz in Dalarna mussten, um dort Mittsommer zu feiern, und Niklas und er sich die ganze Zeit gestritten hatten? Oder beim Großeinkauf im Supermarkt Konsum, als sie mithelfen sollten, Toilettenpapier und Katzensand zu tragen. Alle beide hatten sie gemeckert. Das war in der Woche vor der *Estonia* gewesen.

»Habt ihr Kakao?«

»Ich glaube nicht, sorry«, antwortete er und setzte sich in einen der Sessel. »Ist alles in Ordnung?«

»Bin nervös. So schrecklich langweilig, diese Sommerferien.«

»Nächste Woche fängt die Schule doch wieder an?«

»Ja, aber trotzdem.« Juni legte die Füße auf den Wohnzimmertisch, nahm sie aber gleich wieder runter. Allgemein schien es ihr schwerzufallen, still zu sitzen. Stattdessen begann sie, die Haut an ihren Nägeln hinabzuschieben.

»Wolltet ihr heute nicht zum *Sonjagård*?«

Sie verdrehte die Augen.

»Das Gerede über dieses Haus hängt mir zum Hals raus. Kann es nicht mehr hören.«

»Es gibt einem doch ein gutes Gefühl, etwas Wichtiges zu tun, oder? Dieses Haus wird schließlich einer Menge Menschen helfen.«

»Aber ja, fantastisch«, antwortete sie ironisch.

»Ich habe bald eine Vorlesung, aber wenn dir langweilig ist, kannst du mir auspacken helfen.«

Er zeigte auf die Kartons, die er im Flur abgestellt hatte, als er sie hereingelassen hatte.

Juni seufzte vernehmlich, erhob sich dann aber vom Sofa.

»Na gut.«

Fredrik setzte sich ins Arbeitszimmer und blätterte im Kurshandbuch. Zu seinem Erstaunen erinnerte er sich an mehr, als er geglaubt hatte. An der Sprache und der Thematik war etwas, das sich vertraut und intensiv zugleich anfühlte. Genau das gleiche Gefühl hatte er das letzte Mal auch gehabt. Als sei er in einen Geheimbund aufgenommen worden, dessen Mitglieder nicht nur mehr Befugnisse bekamen als der Rest der Bevölkerung, sondern deren wichtigste Aufgabe es außerdem war, diese zu beschützen. Es war schwer zu verstehen, dass nicht alle Menschen Polizisten werden wollten. Er versuchte, sich nicht selbst zu verfluchen für all die Jahre, die er verloren hatte, nachdem er seine Zeit als Aspirant abgebrochen hatte. *Es ist nie zu spät*, hatte seine Großmutter immer gesagt. Dabei war es natürlich darum gegangen, Bridge oder Salsa zu lernen, doch sie hatte recht gehabt. Nachdem er die Tabletten abgesetzt hatte, schwor er sich, ab sofort immer dieser Lebenseinstellung zu folgen. Eine Zeit lang hatte er überlegt, sich ein Tattoo mit dieser Botschaft zuzulegen, doch Philip hatte sich über die Idee kaputtgelacht. Er dachte an seinen besten Freund und fragte sich, was er so trieb. Seit mehreren Wochen hatten sie nicht mehr miteinander gesprochen. Oder, eigentlich sprachen sie nie. Sie schrieben sich kurze SMS mit Updates dazu, wo sie waren und was in ihrem Leben passierte. So war es immer gewesen, bis Philip im letzten Winter durch den Tod seiner Freundin jäh wieder in die Isolation zurückgestoßen wurde. Fredrik bezweifelte, dass er sich jemals wieder herauswagen würde. Die Einzimmerwohnung in der Nähe seines Elternhauses war gekündigt, und Hans und Inga verzweifelten über den so deutlich schlechteren Zustand, in dem sich ihr Sohn inzwischen befand. Fredrik machte sich eine mentale Notiz, dass er später Philips Mutter Inga anrufen wollte, um zu hören, wie es ihnen allen ging. Auch wollte er sie über die bevorstehende Hochzeit informieren, auf die Inga sich so sehr freute. Ihr Mann Hans würde Fredriks Trauzeuge sein – in Ermangelung von Vater und Bruder. Philip mit hoch in den Norden nach Övertorneå zu bekommen, würde er nicht einmal versuchen. Idas und Lottas Gästeliste wurde bald dreistellig, und für Philip wäre so eine Veranstaltung schlimmer als der Tod. Nein, dem wollte er ihn nicht aussetzen. Nach der Trauung würde er nach

Stockholm reisen und Philip dort besuchen. Vielleicht würde er ihm ein paar Bilder von der Hochzeit zeigen und mit ihm in seinem Zimmer ein Bier trinken. Mehr als das war im Moment nicht zu erwarten.

Irgendwo im Haus hörte er sein Handy klingeln. Ihm fiel ein, dass es noch immer im Schlafzimmer am Ladekabel hing. Er legte das Kursbuch neben den Computer und sprang über einige Umzugskisten voller Bücher. Juni kicherte über ihn, als er an ihr vorbeirannte.

Als er ins Schlafzimmer kam und das Ladekabel herausriss, hatte es bereits aufgehört zu klingeln. Er kannte die Nummer nicht, bemerkte aber, dass Ida schon dreimal angerufen und zwei SMS geschickt hatte. Vielleicht war es für diesmal vorbei, der Tonfall klang so leicht und liebevoll. Sie hatte tatsächlich einen Spaziergang unternommen und würde in einem der vielen Friseursalons in der Stadt bleiben, um ihr Haar auf Vordermann bringen zu lassen, bevor sie nächste Woche mit der Arbeit begann. Nirgendwo in Schweden hatte Fredrik so viele Friseursalons auf so engem Raum gesehen. Jedes zweite Ladenfenster in der Fußgängerzone der Stadt schien ein Friseurschild zu haben. Die Bewohner von Örnsköldsvik waren offenbar sehr auf ihr Aussehen bedacht.

Idas zweite SMS informierte ihn darüber, dass sie am Nachmittag zur Besichtigung des *Sonjagård* mitfahren würden, etwas, wozu er nicht befragt wurde, sondern bei dem erwartet wurde, dass er dabei war. Die Nachricht enthielt auch einen Link zu etwas namens »Pinterest«, wo sie haufenweise Ideen für Hochzeitsbouquets gespeichert hatte. Während er all das las, erschien eine weitere SMS auf dem Display. *Hallo, Fredrik, hier ist Roland von Securitas. Rufen Sie mich gerne so bald wie möglich zurück.* Er wählte die Nummer, und Roland war beinahe sofort dran.

»Wie gut, dass Sie sich so schnell melden.«

Fredrik bedankte sich für das letzte Gespräch und versuchte, nicht nervös zu wirken.

»Ich will es kurz machen: Wenn Sie nach wie vor interessiert sind, würden wir Ihnen gerne eine Stelle als Wachmann im Polizeigewahrsam anbieten. Die Person, deren Job Sie übernehmen, zieht nach Malmö, und Sie müssten bereits nächste Woche einsteigen, um sich einzuarbeiten. Wäre das möglich?«

»Ja, schon. Wann soll ich dann diese zweitägige Ausbildung besuchen?«

»Das regelt Ylva, wenn Sie kommen«, antwortete Roland schnell. »Also, was sagen Sie?«

»Ich möchte die Stelle haben«, antwortete Fredrik. »Doch ich will sicher sein, dass ich dazu in der Lage bin und ...«

»Kein Problem«, unterbrach Roland. »Den größten Teil der Zeit werden Sie ohnehin Bereitschaftsdienst von zu Hause aus haben oder warten, dass jemand, der festgenommen wurde, wieder freigelassen wird. Sie müssen bei der Person dann nur in regelmäßigen Abständen reinschauen, ihr vielleicht Essen bringen und so etwas. Das werden Sie problemlos hinbekommen.«

»Okay«, sagte Fredrik, war sich darüber aber nicht so sicher.

»Klasse! Dann machen wir das so. Ich rufe Sie nächste Woche an«, sagte Roland und verabschiedete sich. Als Fredrik wieder ins Wohnzimmer kam, saß Juni mit dem Rücken zu ihm im Schneidersitz auf dem Boden, Papiere fächerförmig um sich ausgebreitet. Auf dem Couchtisch lagen die Reste eines Käsebrotes neben einer leer getrunkenen Teetasse. Er hatte vergessen, sich um das Frühstück zu kümmern, das er angeboten hatte, doch das hatte sie offenbar selbst geregelt.

»Was machst du?«

Sie antwortete, ohne sich umzudrehen.

»Kisten auspacken. Das hast du doch gesagt.«

Fredrik hatte gedacht, sie würde vielleicht die Bücherkisten nehmen, nicht aber ihre privaten Bankpapiere und Zeugnisse durchsehen. Doch wenn es sie beschäftigte, hatte er nichts dagegen. Er wollte gerade ins Arbeitszimmer zurückkehren, als Juni ihm hinterherrief.

»Fredrik«, sie entknotete sich aus dem Schneidersitz und stand auf, die eine Hand auf dem grauen Stoffsofa. »Was ist das hier?«

Er hielt inne und schloss die Augen, erinnerte sich plötzlich, was in der Kiste war. Als er sich umdrehte, bestätigte sich sein Verdacht.

»*Estonia*. Warst du auf der *Estonia* dabei?«

29.

Der halbe Tag war vergangen, ohne dass Sofia etwas Vernünftiges erledigt hatte. Am Vormittag hatte sie eine Wäsche in die Maschine gesteckt, doch die hatte sie nicht aufhängen können, weil Astrid sich nicht hatte ablegen lassen. Stattdessen hatte Sofia dann begonnen, das Papier in der Abfallkiste unter der Mikrowelle zu sortieren, aber auch dagegen hatte Astrid sogleich protestiert. Die Schlafenszeit am Vormittag hatte eher einem Ringkampf geglichen. Ihre Tochter hatte sich geweigert, neben ihr im großen Bett zu liegen, sie wollte nicht im Gitterbettchen liegen, aber auch nicht in der Babywippe. Schließlich hatte Sofia sie in den Kinderwagen gelegt und einen Spaziergang zum Fjärenkai und zurück gemacht. Auf dem Rückweg, ungefähr zwanzig Meter vor dem Haus, war Astrid eingeschlafen und direkt wieder aufgewacht, als Sofia versuchte, den Wagen auf die Rückseite des Hauses zu bugsieren, damit sie ihn von der Küche aus sehen konnte. In halbwegs geordneter Weise aßen sie zu Mittag, doch sobald ihre Tochter den letzten Löffel Brei geschluckt hatte, begann sie wieder zu quengeln. Nichts von dem, was Sofia an diesem Tag tat, schien richtig zu sein. Sie schielte zu ihrem Handy, das noch auf der Anrichte lag. Sie hatte in einem Elternforum gelesen, dass sogar ganz kleine Kinder eine Fernsehsendung zu mögen schienen, die *Babblarna* hieß. Dass sie mehrere Minuten lang begeistert vor den tanzenden, farbenfrohen Figuren sitzen konnten, während die völlig erledigten Mütter duschen oder eine Tasse Kaffee trinken konnten. Natürlich hatte sich eine Diskussion entsponnen, inwiefern es so kleinen Kindern wirklich guttat, auf einen Bildschirm zu schauen. Der Thread war schnell in persönliche Angriffe und harte Worte ausgeartet. Sollte sie es vielleicht dennoch einmal ausprobieren? Dann könnte sie das Staatsarchiv kontaktieren und schnell einen Blick darauf werfen, was den Tag über ermittlungstechnisch geschehen war. Auch wollte sie zu Axel Sondell recherchieren. 1959 war er um die achtzehn Jahre alt gewesen, ein erwachsener Mann. Konnte er etwas mit Sonjas Verschwinden zu tun haben?

Sofia stand auf, holte das Handy und suchte den Klipp mit den magischen Puppen heraus, die der Legende nach auch die quengeligsten Kinder beruhigen konnten. Und tatsächlich, nur ein paar Sekunden nachdem Sofia das Video gestartet hatte, wurde Astrid im Kinderstuhl mucksmäuschenstill. Begeistert starrte sie auf den kleinen Bildschirm. Sofia beeilte sich, den Laptop zu holen und gab Axel Sondells Namen ein. Auch über ihn gab es nicht viele Informationen. Die Mutter, Ragna Sondell, war als verstorben, Axel selbst als weggezogen registriert, jedoch waren weder eine Jahreszahl noch ein Datum angegeben. Dann stimmte vielleicht doch, was ihr Patenonkel gesagt hatte, dass Axel zur See gefahren war.

Es klopfte an die Tür, und Margit und Tord kamen herein.

»Hallihallo. Stören wir beim Mittagessen?«

Tord strahlte. Sofia konnte sich nicht erinnern, ihn in den letzten Jahrzehnten einmal so leichtfüßig gesehen zu haben. Er schwebte nachgerade über den Küchenteppich. An den Füßen hatte er neue, leuchtend neongrüne Turnschuhe. Er, der sonst nur Holzschuhe oder Gummistiefel trug. Sie nahm an, dass Margit sie ihm gekauft hatte. Am Oberkörper trug er ein kurzärmeliges weißes Baumwollhemd. Auch in diesem Kleidungsstück hatte sie ihren Patenonkel noch nie gesehen. Sogar seine wilden Augenbrauen waren gezähmt.

»Ja also, ist das nicht Fräulein Astrid, das hier sitzt? Komm und gib dem Patenopi ein Knuffelchen.«

Sofia lächelte. Sowohl über den Kosenamen, den Tord sich selbst gegeben hatte, als auch über das Wort für Umarmung, das Tord und Sten gebraucht hatten, seit sie klein war. Er hob ihre Tochter hoch, deren Mund Sofia zwar gründlich abgewischt hatte, die aber noch den ganzen Body voller Tomatensoßenflecken hatte. Sofia hörte Margit hinter ihm Luft holen, um etwas zu sagen, aber schon drückte Tord die Kleine in einer langen Umarmung an sich. Das Ergebnis war ein rotes Leopardenmuster aus Tomatensoße auf seiner weißen Hemdenbrust.

»Au weia«, sagte Tord und warf Margit einen besorgten Blick zu.

Hier war er, der Moment, in dem sich das zukünftige Verhältnis von Sofia zu Margit entscheiden sollte. Hatte sie Tord so weit zurechtgestutzt, dass er von einem selbstständigen Kerl zu einem Pantoffelhelden wurde, der wegen ein paar kleiner Flecken auf dem Hemd bei seiner Freundin um Gnade bitten musste? Zur ihrer Erleichterung antwortete Margit mit lautem Lachen.

»Wie siehst du denn aus, du verrückter Onkel? Man kann dich wirklich nicht unter zivilisierte Leute lassen.«

Sofia sah, wie Tord sich entspannte. Er kratzte ein wenig verlegen an den Flecken herum.

»Los, zieh es aus, dann kann ich es mit Fleckenmittel behandeln.«

Tord reichte Astrid zu Sofia hinüber, deren Pullover Spuren sowohl von Brei als auch vom Mittagessen aufwies, und knöpfte das Hemd auf. Margit nahm es und verschwand Richtung Waschküche, wo Sofia annahm, dass dort Fleckenentferner stand. Sie konnte sich nicht erinnern, so etwas gekauft zu haben, aber Margit schien sich in ihrem Haus schon besser zurechtzufinden als sie selbst.

Tord griff wieder nach Astrid, die sofort anfing, seine Wangen zu tätscheln und an ihnen zu ziehen, wie sie es immer tat.

»Ich will mit dir über eine Sache reden«, sagte Sofia.

Tord hielt Astrids Hand, die fest seine Nase gepackt hielt, und versuchte behutsam, sie wegzuziehen.

»Mona Höglund hat heute auf der Wache angerufen.«

Er schaute sie an.

»Mona? Was wollte sie?«

»Sie behauptete, dass Axel Sondell kurz vor Sonja vom Hof verschwunden sei und dass er keinesfalls auf irgendeinem Schiff angemustert habe.«

Tord zog einen Stuhl heraus und setzte sich, während er zugleich vergebens versuchte, Astrid auf seinem Schoß zum Sitzen zu bekommen.

»Wie seltsam.« Er gab auf, ließ die Kleine auf seinen Oberschenkeln stehen und sein Gesicht erforschen.

Sofia kratzte sich an einem Mückenstich im Nacken.

»Ja, wirklich. Aber ich habe ihn überprüft, und er ist als weggezogen registriert. Ich weiß nicht, wie unsere Abläufe damals waren, aber ich kann mir schwer vorstellen, dass jemand so eine Angabe faken könnte.«

Sie dachte nach.

»Axel wurde 1941 geboren und hat bis 1959 hier auf der Insel gelebt. Obwohl er einiges älter war als du, müsstest du ihn gekannt haben. Erinnerst du dich, wie er war?«

»Aus der Zeit als ich noch jünger war, erinnere ich mich nicht an ihn. Und ab der siebten Klasse mussten wir ja auf dem Festland zur Schule. Ich war bei einer Familie in Sörsvedje in Logis und bin nur ein Wochenende pro Monat auf die Insel rausgefahren. Da haben wir uns, wie gesagt, manchmal gesehen, wenn ich meinem Vater im Wald geholfen habe. Ich erinnere mich an ihn als bleich und zurückgezogen, aber eigentlich kannten wir uns nicht.«

»Du hast also keine Ahnung, wie es ihm zu Hause ging, damals, als Sonja verschwand?«

Tord schüttelte den Kopf.

»Leider nein, an mehr erinnere ich mich nicht.«

30.

Ida fuhr langsam durch die Birkenallee, die zu einem hellgelben, zweistöckigen Holzhaus führte. Der Friseurbesuch hatte bis zum frühen Nachmittag gedauert, und als sie nach Hause gekommen war, hatte sie Fredrik gebeten, sich die Augen zuzuhalten. Als er wieder gucken durfte, präsentierte sie einen kurz geschnittenen Pagenkopf in einem sehr viel helleren Ton als ihre eigentliche Haarfarbe. Das beinahe taillenlange dunkle Haar, das er geliebt hatte, war weg. *Wie findest du es?*, hatte sie gefragt, und er hatte sie in den Arm genommen, um nichts sagen zu müssen. Hinter ihrem Rücken war er Junis Blick begegnet und konnte sehen, dass sie genau wusste, was er dachte.

Während der gut halbstündigen Autofahrt bis nach Björna hatte Ida unablässig davon erzählt, wie der Friseur sie überredet hatte, etwas Neues zu wagen, im Hier und Jetzt zu leben, sich zu befreien und eine Menge anderes Zeug, bei dem Fredrik nicht fand, dass es irgendetwas mit Haaren zu tun hatte. Er versuchte, interessiert zu wirken, doch es war schwer, nicht in Gedanken abzuschweifen. Für Ida schien es gerade nur zwei Zustände zu geben: Entweder in-sich-gekehrt-traurig und klein oder hysterisch-fröhlich und energiegeladen. Verschwunden war die ruhige, haltgebende Frau, in die er sich verliebt hatte. Gerade redete sie aufgekratzt davon, dass sie für das Hochzeitskleid umplanen musste – jetzt wollte sie anstelle des ursprünglich angedachten Boho-Stils eher etwas Moderneres, das zu den Haaren passte. Vielleicht ein Sechzigerjahre-Kleid? Oder gar einen Jumpsuit?

Fredrik hörte nur mit halbem Ohr zu und dachte dabei an sein Gespräch mit Juni, bevor Ida nach Hause gekommen war. Sie hatte Fragen gestellt zu den Papieren, die sie gefunden hatte, und er hatte von dieser Nacht auf der Ostsee und seinen und Idas Nachforschungen erzählt. Nicht dramatisch oder emotional, er hatte nur einfach von Anfang bis Ende berichtet, was mit Mutter und Vater und mit Niklas passiert war. Sie hatte direkte und sachliche Fragen gestellt, die ihn wieder an Philip hatten denken lassen. Danach hatte sie ihn umarmt. Eine tröstende Umarmung von einem Kind für einen Erwachsenen. Lange hatten sie so gesessen und auf irgendeine Weise hatte es sich natürlich angefühlt. Ihre aufrichtige Art zuzuhören, war bemerkenswert. War das vielleicht eine Generationsfrage? Lernte man heutzutage in der Schule, anders mit Gefühlen umzugehen? Er hoffte, Rebecka fand es nicht seltsam, dass ihre Tochter den ganzen Tag mit einem mehr als zwanzig Jahre älteren Mann zusammen gewesen war, den sie kaum kannte – doch etwas sagte ihm, dass Junis Mutter viel zu beschäftigt mit sich selbst war, um überhaupt darüber nachzudenken, was ihre Tochter so trieb.

Sie parkten am Eingang von dem, was der *Sonjagård*

werden sollte, und stiegen zeitgleich mit Rebecka aus, die ihren schwarzen Audi direkt neben ihnen abgestellt hatte. Juni, die bei Fredrik und Ida mitgefahren war, mied den Blick ihrer Mutter. Rebecka lobte die neue Frisur, und Ida begann wieder von dem lebensverändernden Friseurbesuch zu erzählen.

Fredrik ging zum Eingangsbereich, wo Leif sich über eine Rollstuhlrampe beugte, die zur Haustür hinaufführte. Er trug eine dunkelblaue Schreinerhose, und neben ihm auf dem Boden stand eine Tasche, prall gefüllt mit Werkzeugen. Er rüttelte an dem Holzgeländer, und eines der Bretter löste sich sogleich.

»Das hier muss alles abgerissen werden«, stellte er trocken fest und warf das Brett Richtung Hauswand. Er klopfte sich die Hände ab. »Bist du praktisch veranlagt, Fredrik?«

Hinter ihm lachte Ida kurz auf.

»Nicht im Geringsten.« Sie umfasste Fredriks einen Arm mit beiden Händen und sah ihn an. »Seine handwerklichen Fähigkeiten lassen sehr zu wünschen übrig, aber alles andere könnte nicht besser sein.«

Leif schaute sie an und lächelte spöttisch.

»Junge Liebe. So nachsichtig.«

Rebecka, die weder für Liebe noch für Zärtlichkeitsbezeugungen sonderlich viel übrig zu haben schien, sah Ida müde an.

»Komm, wir schauen mal drinnen.«

Vorsichtig gingen sie die Treppe zum Haus hinauf und stellten fest, dass auch dort Teile ausgewechselt werden mussten. Von der weißen Tür blätterte die Farbe.

Rebecka schloss auf, und ein muffiger Geruch aus Staub und Holz wehte ihnen entgegen. Leif wedelte mit der Hand vor seiner Nase herum.

»Jesses, hier muss man lüften.«

Er stiefelte durch die Diele zur gegenüberliegenden Tür. Dahinter befand sich ein Holzpodest neueren Datums, an den Wänden entlang standen die typischen Bänke mit Tischen, wie man sie auch auf Rastplätzen findet. Den klebrigen Bierflecken und Zigarettenspuren auf dem Podest nach zu urteilen, schien der Raum von den Jugendlichen der Gegend genutzt worden zu sein.

»Eine gründliche Reinigung und ein paar Blumen, dann ist das hier perfekt«, sagte Leif, der sich offensichtlich weder von anstehenden Bau- noch von Putzaufgaben einschüchtern ließ.

»Wo ist Mutter?«, fragte Rebecka, die erst jetzt zu bemerken schien, dass Vanja nicht da war.

Leif antwortete, ohne sich umzudrehen.

»Zu Hause. Sie hatte Kopfweh. Ich habe gesagt, dass wir wann anders noch mal herfahren und schauen können.«

Rebecka sah unzufrieden aus.

»Ich hätte gedacht, dass es mehr braucht als Kopfschmerzen, um Mutter davon abzuhalten, den *Sonjagård* das erste Mal zu sehen. Das ist schließlich ihr Projekt«, sagte sie schmollend und schüttelte verärgert den Kopf. Fredrik konnte nicht erkennen, ob aus Sorge um die Mutter oder aus Frustration über das ausgebliebene Lob für das Gebäude, das sie für Vanjas Frauenhaus organisiert hatte.

»Jetzt ist es eben so«, sagte Leif und drängte sich, ohne jemanden anzusehen, an ihnen vorbei.

Nachdem Leif das ganze Gebäude besichtigt und sorgfältig die hintere Terrasse gesäubert hatte, verkündete er, es sei Zeit zum Essen. Er hatte eine Quiche und einen großen Salat mitgebracht. Juni holte Geschirr, und Ida pflückte Blumen, die sie in abgeschnittene PET-Flaschen auf das Holzpodest stellte.

»Eine herrliche Quiche«, sagte Ida nach dem ersten Bissen. »Ich liebe Pfifferlinge.«

Leif nickte zustimmend.

»Ich habe noch nie so viele Pfifferlinge auf einmal gesehen. Sie wuchsen dicht an dicht – wir hatten gar nicht genug Gefäße dabei, um alle mitzunehmen.«

»Auf welcher Insel wart ihr?«, versuchte es Ida, doch Leif legte einen Finger an den Mund.

»Seine Pfifferlingsstellen nimmt man mit ins Grab, das weißt du doch, oder?«

Juni saß neben Fredrik und stocherte in einem Stück Quiche. Sie hatte, zum zweiten Mal an diesem Tag, für alle am Tisch zusammengefasst, was der Klassenkamerad, der den Fund in Marviksgrunnan gemacht hatte, in der Snapchatgruppe erzählt hatte.

»Was, wenn es wirklich die Hand von Großmutters Schwester ist, die sie gefunden haben?«

Rebecka schaute missbilligend auf ihre Tochter.

»In dem Fall ist es eine Tragödie und etwas, das Großmutter sehr unglücklich machen wird.«

Juni rutschte näher an Fredrik heran.

»Aber es ist doch wohl möglich, oder?«

Fredrik zuckte mit den Schultern. Er wusste genauso wenig wie die Übrigen, doch Juni schien zu glauben, dass sein Polizeistudium ihn auf irgendeine Weise zu einem Experten in dieser Frage machte. Sie wollte Kriminaltechnikerin werden, hatte sie gesagt. So arbeiten, wie in der Fernsehserie *CSI*, und Verbrechen mithilfe von DNA und Blutspuren aufklären. Fredrik hatte es nicht übers Herz gebracht, ihr zu sagen, dass *CSI* die Arbeit der Kriminaltechnik kaum repräsentativ wiedergab, auch wenn seine eigenen Erfahrungen damit sich auf das beschränkten, was vor gut fünfzehn Jahren in der Polizeihochschule dazu gelehrt worden war. Seitdem hatte sich sicherlich vieles verändert.

»So, jetzt reicht es für heute – ich muss wieder los«, sagte Leif nach einer Weile, stand vom Tisch auf und angelte dabei die Autoschlüssel aus seiner Schreinerhose.

»Ihr jungen Leute könnt doch aufräumen und hinter euch abschließen?«

»Natürlich«, antwortete Ida und griff nach dem Toilettenpapier, das als Serviettenersatz diente, und wischte sich die Pfifferlingsquiche von den Fingern.

Leif umarmte alle am Tisch und blieb bei Rebecka stehen.

»Kommt Mutter morgen her, um es sich anzuschauen?«, fragte sie. Der Blick war beinahe flehend.

Leif zog die Jacke an und stellte den Kragen auf.

»Wir werden sehen.«

31.

Als Sofia endlich mit allen telefonisch eingegangenen Hinweisen fertig war, ging es auf den Abend zu. Seit der Pressekonferenz waren die Telefone zwar nicht direkt heiß gelaufen, doch einige Anrufe waren hereingekommen. Allerdings war keiner der Hinweise bisher vielversprechend, doch sie mussten alle ernst nehmen. Gerade war sie die Einzige, die in Sachen Stückelmord ermittelte, da Karim sich wieder mit seinem Körperverletzungsfall beschäftigte und Per noch immer im Urlaub war. Vera, formell die Voruntersuchungsleiterin, kümmerte sich um Kommunikation und Koordination mit anderen Einheiten, doch die eigentliche Arbeit lag allein bei Sofia. Gerne hätte sie noch weiter das Mysterium um Axel Sondell erforscht, doch sie war nicht dazugekommen. Wenigstens hatte sie es geschafft, eine E-Mail ans Staatsarchiv zu schicken, um die Ermittlungsakten zu Sonja Sondells Verschwinden anzufordern. Wenn es überhaupt welche gab.

Tord kam ins Wohnzimmer, Astrid auf dem Arm.

»Hast du schon etwas gegessen?«

Sofia schüttelte den Kopf. Eigentlich hätte sie schon vor einer halben Stunde ihre Arbeit beenden sollen. Zu dem Besuch bei Bertil Sondell war sie nicht gekommen, und Tords Babysitterzeit war jetzt vorbei. Mit einem etwas zu lauten Knall schloss sie den Laptop.

»Ich übernehme sie wieder.« Sie stand auf und streckte sich nach ihrer Tochter, die tiefer in Tords Arme kroch. »Ich kann verstehen, wenn ihr los müsst. Wir sind auf der Arbeit personell gerade leider etwas dünn besetzt.«

Tord sah Astrid an.

»Wir sind Rentner. Wir haben nichts anderes zu tun.«

Sofia unternahm einen weiteren Versuch, Astrid aus seinem Arm zu holen, ohne Erfolg.

»Doch Margit und du wollt doch sicher ein bisschen Zeit für euch haben. Ich meine, wir haben diese Vereinbarung ja getroffen, bevor ihr euch begegnet seid, und ich … ich verstehe, wenn es jetzt nicht mehr so gut passt.«

Schon brannten die Tränen hinter den Augenlidern. Verdammt, dass sie so empfindlich war. Sie hatte gedacht, dass diese Empfindlichkeit nach der Geburt wieder weggehen würde, doch es schien ein Fluch zu sein, der nicht so schnell verschwinden wollte. Seit sie Astrid bekommen hatte, fühlte sich alles immer gleich wie auf Leben und Tod an. Das war jetzt Tag zwei nach dem Ende ihrer Elternzeit, und schon fühlte sie sich überfordert damit, Mutter und Polizistin zugleich zu sein. Wie würde sie das hier ohne Tord schaffen?

Er kam zu ihr und zog sie zu sich und Astrid in eine Umarmung.

»Mein Mädchen. Margit liebt Astrid. Sie hat sich doch schon bei ihrer Geburt um sie gekümmert.« Er entließ sie aus seiner Umarmung. »Du hast doch nichts dagegen, dass Margit sich um sie kümmert?« Tord schaute beunruhigt, als sei ihm gerade der Gedanke gekommen, dass er vielleicht etwas Unangebrachtes gesagt hatte.

»Nein, darum geht es nicht.« Sofia trocknete eine Träne, die sich davongestohlen hatte. »Ich komme mir nur vor wie das fünfte Rad am Wagen und denke, dass ihr haufenweise Sachen aufgeben müsst, um euch um mein Kind zu kümmern. Und ich vermisse unsere Zeit zu dritt …«

Tord legte seinen Arm um sie. Astrid, die zwischen ihnen gelandet war, schaute fasziniert zwischen ihrer Mutter und ihrem Idol hin und her.

»Du und Astrid, ihr steht für mich an erster Stelle. Hörst du? Ihr seid das Wichtigste in meinem Leben. Und Margit mag dich sehr.«

Sofia nickte und wischte sich die Nase. Sie schämte sich für ihren egoistischen Anspruch auf ihren Patenonkel.

Er sah ihr in die Augen, grinste schief und wischte ihr über die feuchte Wange.

»Ich habe mit Sten darüber gesprochen …«

So typisch für Tord, über die Toten zu sprechen, als lebten sie noch. Doch Sofia bezweifelte keine Sekunde, dass Tord und ihr Vater noch immer miteinander redeten. Schließlich mussten das Wetter, der Wind, das Angeln und das Leben besprochen werden. Auch wenn einer von ihnen sich auf der anderen Seite befand.

»Er findet auch, dass wir es so betrachten sollten: Du verlierst keinen Patenonkel, sondern du hast jetzt auch noch eine Patentante dazubekommen.«

Sofia lächelte, spürte, wie das, was sie innerlich plagte, dahinschmolz.

»Du bist der Beste, Tord. Weißt du das?«

Fünfundvierzig Minuten später war Sofia in ihrem roten Golf unterwegs Richtung Sörbyn. Sie hatte sich etwas von dem Elchfleisch und dem Kartoffelgratin, die Margit ihr mitgegeben hatte, in der Mikrowelle aufgewärmt. Nach dem Gespräch mit Tord war sie erleichtert. Er und Margit hatten beteuert, es sei überhaupt kein Problem für sie, dazubleiben und auf Astrid aufzupassen, während sie Bertil Sondell einen Besuch abstattete. Sie wollten sich im Fernsehen das traditionelle Musikfest *Allsång* aus dem Stockholmer Freiluftmuseum Skansen ansehen und sich Popcorn machen. Tord, der allmählich schlechter sah, hatte auf dem Festland einen großen LED-Fernseher mit allerlei Funktionen gekauft, als Ersatz für den alten Röhrenfernseher, den Sten hinterlassen hatte. Sofia hatte nie die Ruhe zum Fernsehen und sich daher nicht darum gekümmert, ihn auszutauschen.

Sie fuhr langsam, um die Abzweigung zum Hof nicht zu verpassen. Früher konnte man das Haus von der Straße aus sehen, doch seit etwa zehn Jahren verdeckte Buschwerk die Sicht. Sie bog ab, stellte den Motor aus und stieg aus dem Auto. Die Luft war feuchtkalt, und die Augustdunkelheit begann schon über die Insel zu kriechen. Vor dem Stall, der gegenüber dem Hauptgebäude lag, leuchtete eine einsame Außenlampe mit Plastikschirm. Das Dach war mit den Jahren krumm geworden, und Sofia konnte direkt durch die offene Tür hineinsehen. In den Boxen der Kühe lag noch immer verrottetes Heu, und an der Wand hing eine altmodische Pferdedecke aus Leder mit Glocken daran. Tord hatte viele Geschichten davon erzählt, wie es früher gewesen war, als der Eisbrecher noch nicht regelmäßig gekommen war. Die Leute waren mit Pferd und Schlitten über das Eis gefahren, um aufs Festland zu kommen. Später hatten Motorschlitten und Luftkissenboote die Pferde ersetzt. In der heutigen Zeit kamen selten Luftkissenboote zum Einsatz, der vergangene Winter war eine Ausnahme gewesen.

Sofia ging zum Wohnhaus. Außer der Lampe am Stall gab es kein Lebenszeichen. Sie stieg auf die rostige Veranda aus Metall, die einmal rot gestrichen gewesen war. Nur eine der Seiten saß noch fest an der Hauswand, sie schwankte daher beunruhigend, als Sofia sich darauf bewegte. Die Fensterscheibe in der braun lackierten Kieferntür war kaputt und mit Gaffa-Tape versehen. Ein mit Grünspan überzogenes Schild sagte ihr, dass sie bei Sondells war.

»Hallo? Hier ist die Polizei.«

Sie klopfte fest an die Tür, bekam jedoch keine Antwort. Als sie die Klinke herunterdrückte, wunderte sie sich kaum, dass nicht abgeschlossen war. Niemand außer den Touristen schloss auf der Insel seine Tür ab.

»Bertil Sondell?«, rief sie ins Haus hinein. »Hier ist Sofia Hjortén von der Polizei. Ich bin Stens Tochter«, fügte sie hinzu.

Niemand antwortete. War er vielleicht weg? Doch wie weit konnte ein beinahe hundertjähriger Mann kommen? Vielleicht hatte er sich bereits hingelegt? Sie unternahm noch einen Versuch, rief erneut, doch es blieb still.

Sofia trat in den Flur und behielt die Schuhe an. Sogar im Dunkeln konnte sie die Schmutzflecken auf dem gelben Linoleumboden erkennen. Oben auf der Garderobe lag ein Kanister, und an den Haken hing eine Hundeleine mit Halsband, die aussah, als sei sie seit vielen Jahren nicht mehr benutzt worden. Sie ging weiter in die Küche und rief wieder, fuhr mit der Hand an der Wand entlang und fand einen Schalter. Bei Licht sah das Haus noch heruntergekommener aus. Es roch muffig und ungeputzt. Die Feuchtigkeit war die gelb geblümten Tapeten hinaufgekrochen, und an mehreren Stellen hingen sie wie verwelkte Blätter von der Wand. Wie konnte jemand so leben?

Doch dass jemand es tat, darüber gab es keine Zweifel. Die Spüle war vollgestellt mit schmutzigen Tellern und Verpackungen von Tiefkühl-Fertiggerichten.

In der hinteren Ecke, angrenzend an die Küche, lag ein Raum, der offenbar als Vorratskammer benutzt wurde. Die Tür war aus den Angeln gehoben worden, und Sofia konnte es nicht lassen, hineinzugehen und sich umzuschauen. Die Regalbretter waren mit rosa Schrankpapier bezogen und an den Kanten mit weißem, durch Reißnägel befestigtem Spitzenband verziert. Es war, als trete man in eine Zeitmaschine. Sie sah mehrere uralte Büchsen mit Surströmming sowie eine rote, antiquierte Blechdose mit Kaffeepulver. Auf dem Boden stand eine Kiste Limonade. Mehrere der Flaschen waren ungeöffnet. Auf einem der Bretter ganz unten stand tatsächlich noch eine Packung Kaffee-Ersatz. Himmel, hatte hier seit Jahrzehnten niemand mehr ausgemistet? Die Lebensmittel-Rationierung war doch wohl Anfang der Fünfzigerjahre vorbei gewesen!

Es knackte aus dem Obergeschoss. Bei der kleinsten Bewegung schien das ganze Haus zu jammern. Sofia verließ die Küche und ging weiter in den ersten Stock. Der Rest des Hauses war, wenn möglich, noch verkommener und schmutziger. An den Wänden gestapelt lagen Haufen von Gerümpel. Leere Schnapsflaschen und Bierdosen balancierten auf Zeitungsbergen und Stapeln aus Pornoheftchen. Sie fragte sich, wer den Alkohol für Bertil kaufte. Im Laden unten in Ulvöhamn konnte man Alkohol bekommen, doch sie konnte sich kaum vorstellen, dass Bertil selbst dorthin ging. Vielleicht versorgte ihn jemand, der selbst brannte, mit Schnaps.

Sofia kam an einem Schlafzimmer mit offener Tür vorbei und ging hinein. Auch hier war es, als sei die Zeit stehen geblieben. Auf dem Bett lag eine braune Decke mit einer dicken Staubschicht darauf. Über dem Kopfkissen hingen Befestigungen für ein Hängeregal, doch die Regalbretter fehlten. Auf dem Boden lagen ein umgeworfener Globus und Stapel mit Zeitungen und Büchern, darunter das Tim und Struppi-Heft *Im Reiche des schwarzen Goldes* und einige Jugendzeitschriften von Mitte der Fünfzigerjahre und danach.

Das hier musste Axels Zimmer gewesen sein. Die Wände waren mit Postern beklebt. Sie sah die Schlagersängerin Lill-Babs mit lasziv geöffnetem Mund und tief ausgeschnittenem Hemdkleid, Marilyn Monroe mit einem kirschrosa Satinkleid und passenden Handschuhen und den bekannten Kuss am Strand zwischen Burt Lancaster und Deborah Kerr aus *Verdammt in alle Ewigkeit*.

Jetzt war nur noch ein Zimmer übrig. Sie drückte auf den Lichtschalter im Flur davor, doch nichts passierte. Als sie hochschaute, sah sie, dass die Birne in der Deckenlampe fehlte. Es fühlte sich nicht gut an, ohne Erlaubnis in Bertils Haus herumzustreifen. Wenn er schlief, könnte sie ihn zu Tode erschrecken.

Vorsichtig klopfte Sofia, bevor sie die Tür öffnete. Sofort merkte sie, dass irgendetwas nicht stimmte. Ein unverkennbarer süßlicher, eisenartiger Geruch lag über dem Raum.

Ihr Blick fiel auf ein ungemachtes Bett, darin die Silhouette eines Mannes, der auf dem Rücken lag. Der Oberkörper des Mannes war ein wenig heruntergerutscht, und sein kahler Kopf hing schlaff zur rechten Schulter hin. Der Rumpf war blutüberströmt.

Sie musste Bertil Sondell nicht den Puls fühlen, um zu wissen, dass er tot war.

MITTWOCH, DER 26. AUGUST

32.

Als Johan und Vera die überwachsene Zufahrt hinaufgefahren kamen, ließ Sofia die Schultern sinken. Müdigkeit übermannte sie. Den Abend und die ganze Nacht hatte sie in dem Haus gesessen. Als es anfing zu dämmern, war sie auf die klapprige Veranda hinausgetreten und hatte die Sonne über den taubedeckten Feldern unterhalb des Hofs aufgehen sehen. Mehr als eine Mücke hatte den Weg unter ihren Kapuzenpulli gefunden, und Sofia fror trotz der wärmenden Morgensonne. Doch einer hatte beim Tatort bleiben müssen, bis abgesperrt werden konnte – und das war natürlich Sofia gewesen. Sie war bereits vor Ort, und einen Kollegen rauszuschicken, war daher unnötig erschienen.

Für die Feststellung, dass Bertil Sondell ermordet worden war, brauchte man kein Medizinstudium. Der Hals wies eine tiefe Wunde auf, und im Brustkorb des Mannes steckte noch ein Mora-Messer mit rotem Griff.

Zusammen mit Johan und Vera war die Rechtsmedizinerin Caroline Fridell angekommen, um die Todesursache festzustellen und den Körper vor Ort zu fotografieren. Dann würde die Leiche zur Obduktion in die Rechtsmedizin in Umeå transportiert.

»Hier sitzt du und frierst«, sagte Johan und zog Sofia

hoch. Er hatte eine große Systemkamera um den Hals hängen, die er abnahm und auf eine der Kriminaltechniker-Taschen im Gras stellte. Er legte den Arm um Sofia und rubbelte sie warm. Vera, die zusammen mit Fridell ein paar Meter entfernt stand, schaute zu ihnen hin. Johans Verhalten, dem jegliches Gespür für das menschliche Bedürfnis nach persönlichen Grenzen zu fehlen schien, war für die äußerst zurückgezogene Kriminalhauptkommissarin sicher genauso ungewohnt wie für Sofia.

Als Fridell ihr entgegenkam, löste sie sich vorsichtig aus Johans Umarmung.

»Herzlichen Glückwunsch zum Familienzuwachs«, sagte die Rechtsmedizinerin.

»Danke, gleichfalls«, sagte Sofia. »Drei auf einmal. Ich verstehe nicht, wie du das überlebst. Ich komme kaum mit einem klar.«

Fridell lachte.

»Es war ein Kampf, aber nun bin ich glücklicherweise wieder zurück bei der Arbeit, und meine bessere Hälfte darf sich ein halbes Jahr lang zu Hause abarbeiten. Im Vergleich zu Drillingen ist das hier ja wie Urlaub.« Sie nickte zum Haus hinüber.

Sie standen noch eine Weile draußen, während der Polizeiwagen, der mit der Fähre auf die Insel gebracht worden war, sich die unebene und überwachsene Zufahrt hinaufkämpfte.

Fridell holte eine Snus-Dose aus der Brusttasche, zog den Mundschutz herunter und steckte sich eines der Päckchen unter die Oberlippe.

»Ich musste während der Schwangerschaft ja aufhören und dachte, das Thema wäre für immer erledigt, aber sobald die drei rausgeploppt waren, hing ich wieder dran«, entschuldigte sie sich. Sie hielt Johan die Dose hin, der sich ein Tütchen stibitzte.

»Du nimmst Snus?«, fragte Sofia überrascht.

Johan zwinkerte ihr mit einem Auge zu.

»Es gibt einiges, was du nicht von mir weißt.«

Veras Blick wurde dunkel, und Sofia sah, dass sie heftig schluckte. Offenbar ging Johan ihr auf die Nerven. Oder aber die Tatsache, dass Johan so offen mit Sofia flirtete.

»Übrigens«, sagte Fridell und schaute Vera und Sofia an. »Wo ich euch beide hier sehe: Der Forensische Anthropologe hat gestern Nachmittag eine erste Untersuchung der Handüberreste gemacht. Seiner Beurteilung nach hat sie dort länger gelegen, als wir zunächst angenommen hatten. Das menschliche Skelett ist ja nicht mein Fachgebiet, ich habe mich also von den Einflüssen des Fundortes täuschen lassen.«

Sofia schaute Fridell an.

»Einflüssen?«

»In älteren Knochen trocknet Collagen aus. Sie werden poröser, ungefähr wie getrockneter Zement. Doch da sie in einem feuchten Milieu gelegen haben, kamen sie mir noch ziemlich frisch vor. Es war auch keine Moosbildung auf ihnen festzustellen, was ich als Zeichen dafür gewertet habe, dass die Zerstückelung eher vor Kurzem geschehen ist. Doch wie gesagt, das ist eben nicht mein Spezialgebiet, und es gibt keine standardisierte Methode, um die Verwesungsgeschwindigkeit in Höhlen zu erkennen. Der Forensische Anthropologe meinte jedoch, dass die Teile älter sind als nur ein paar Jahre, dass aber die Zerstückelung nicht in historischer, sondern auf jeden Fall in unserer Zeit stattgefunden hat.«

»Was genau bedeutet das?«, fragte Sofia.

»Schwer zu sagen. Aber er wird die Untersuchungen fortsetzen und euch hoffentlich eine genauere Datierung geben können.«

»Mit anderen Worten: Wir wissen nicht so viel mehr als zuvor«, stellte Vera trocken fest.

»Nein, zumindest jetzt noch nicht.«

Johan hob seine Taschen vom taufeuchten Gras, damit der Polizeiwagen nicht darüberfuhr.

»Sollen wir dann loslegen?«

Er reichte Vera einen weißen Schutzanzug und ein paar lila Plastikhandschuhe. Dann drehte er sich um und hielt Sofia das Gleiche hin, doch sie schüttelte den Kopf.

»Nein du, danke. Ich mache mich jetzt davon. Muss heim zu Astrid.«

33.

Margit saß mit Astrid auf dem Schoß vor ihr und sah Sofia zu, die sich mühte, ein Knäckebrot mit Roastbeef und Kartoffelsalat hinunterzubekommen. Sie schenkte Sofia mehr Saft ein und strich Astrid über das Haar.

»Mama muss essen, damit sie groß und stark wird und viele Bösewichte fangen kann.«

Sofia lächelte. Jetzt, nachdem sie sich mit Tord ausgesprochen hatte, war es leichter, mit Margit zusammen zu sein. Und sie war wirklich eine mütterliche Person. Sofia fragte sich, wie viele Neugeborene sie wohl in den Händen gehalten hatte. Konnte man das noch zählen? Es war interessant, dass Margit selbst nie Kinder bekommen hatte. Sie hätte keine Zeit dafür gehabt, sagte sie, doch Sofia war nicht sicher, ob das die ganze Wahrheit war. Margit war früher einmal verheiratet gewesen, doch nur ein Jahr nach der Hochzeit war ihr Mann bei einem Autounfall ums Leben gekommen, und sie hatte nie wieder geheiratet. Genau wie Tord. Seine Frau Yvonne hatte einen Job in Eskilstuna gefunden und ihn gebeten mitzukommen. Er hatte es versucht, sich jedoch so schrecklich unwohl dort gefühlt, dass er bald wieder zurück auf der Insel gewesen war. Einige Jahre waren sie gependelt, doch dann war alles im Sande verlaufen, und

Yvonne hatte einen neuen Mann getroffen. Sie hatte noch einmal geheiratet und zwei Kinder bekommen. Sofia gönnte Tord die Liebe zu Margit wirklich, auch wenn sie sich damit zuerst etwas schwergetan hatte.

»Bist du müde?«, fragte Margit.

Sofia nickte. Ihr Schlaf war leicht gewesen, kurz und voller Bilder von Bertil Sondells zerschnittenem Hals und dem blutbesudelten Schlafzimmer. Ein paar Stunden hatte sie sich ausruhen können, aber jetzt war es Zeit, aufs Festland zu fahren, um Johans kriminaltechnischen Bericht und Fridells vorläufige Aussagen zur Todesursache zu hören. Sie hatte keinen Zweifel daran, dass die Rechtsmedizinerin zum selben Ergebnis kommen würde wie sie: dass Bertil verblutet war.

»Armer Bertil«, sagte Margit und nahm Astrid, die zufrieden und ruhig auf ihrem Schoß saß, ein wenig fester in den Arm. »So ganz allein zu sterben. Pfui Kuckuck.« Margit fluchte nie. Ihre Eltern waren Pfingstler gewesen und hatten weder unanständige Sprache noch Alkohol zu Hause geduldet. Obwohl die Eltern seit Langem tot waren, konnte Margit es nicht über sich bringen, *gottlos zu reden*, wie sie es ausdrückte. Wohingegen sie kein Problem damit hatte, das Alkoholverbot zu brechen – das hatte sie erzählt, während sie sich an einem Grillabend Rosé nachschenkte. Weder Sofia noch Tord tranken besonders viel. Claire hatte so viel konsumiert, dass es für die Familien Hjortén und Grändberg zusammen reichte. Als Sten krank wurde, war es eskaliert. Statt heimlich zu trinken, hatte Claire fortan offen mehrere Flaschen pro Tag geleert. *So macht man das in*

Frankreich, hatte sie behauptet. Dass Sofia sie mindestens einmal pro Woche voll mit Erbrochenem und Urin vom Badezimmerboden aufsammeln musste – darüber hatten sie nie geredet. Sofia hatte nichts gefühlt, als sie eines Tages, im Alter von dreiundzwanzig Jahren, nach Hause gekommen war und das Haus ohne Claires Sachen vorgefunden hatte. Ja, doch, Erleichterung. Erleichterung darüber, in Ruhe um ihren Vater trauern zu können, ohne irgendwelche Erinnerungen mit ihrer Mutter teilen zu müssen.

»Kommst du heute Abend spät?«, fragte Margit.

Sofia nahm einen Bissen von dem belegten Brot. Die Müdigkeit machte es ihr schwer, etwas hinunterzubekommen. Sie legte den Rest wieder ab und schob den Teller weg, doch Margit schob ihn sofort wieder zurück.

»Du musst essen, wenn du alles schaffen willst.« Sie hob Astrids kleine Arme und tat so, als würde die Tochter ihrer Mutter mit der Faust drohen. »Iss jetzt, Mama! Verflixt noch mal!«

Sofia lachte und griff wieder nach dem Brot.

»Na gut, mein kleiner Käfer, aber nur, weil du so lieb darum bittest.«

Sie hätte alles dafür getan, heute nicht aufs Festland fahren zu müssen. Die Nachtwache am Haus in Sörbyn hatte ihr den Rest gegeben. Man sollte glauben, als frischgebackene Mutter könne sie mit Schlafmangel umgehen, doch so war es nicht. Jedes Mal, wenn Astrid nachts quengelte, war Sofia am nächsten Tag wie ein Zombie. Doch sie würde Tord und Margit ewig dankbar dafür sein, dass sie sich die Nacht über um Astrid gekümmert hatten, damit sie am Tatort bleiben konnte, bis die Ablösung kam. Und wie selbstverständlich hatten sie auch angeboten, am Vormittag nach ihr zu schauen, damit Sofia schlafen konnte, obwohl die Vereinbarung besagte, dass Tord nur nachmittags auf Astrid aufpassen würde.

Sofia hatte erst ein paar Tage gearbeitet, sich jedoch schon mehrmals gefragt, ob es wirklich richtig von ihr war, ihren Patenonkel die Hauptverantwortung für die Versorgung ihrer Tochter tragen zu lassen. Er war schließlich nicht mehr der Jüngste.

»Ja, heute wird es wohl spät«, sagte sie, um Margits Frage zu beantworten. »Hattet ihr irgendwelche Pläne?«

Die Antwort kam sofort.

»Gar nicht. Wir kümmern uns gerne um dieses kleine Schätzchen.« Margit küsste Astrid auf die Wange. »Wenn du willst, kannst du in der Wohnung auf dem Festland übernachten, dann musst du nicht hin- und herfahren und kannst dich richtig ausschlafen. Wir haben für morgen noch nichts vor.«

Der Abend ist mild, und es sind fast keine Mücken da.
Um die dreißig Leute haben sich auf der Weide oberhalb des Malabacken-Hügels versammelt. An einer
langen Tafel haben sie Hering gegessen und Schnaps
getrunken. Die Hausfrauenvereinigung hat Lieder-
hefte verteilt. Allerdings keine Trinklieder. Die müssen die Kerle sich selbst einfallen lassen. Kränze sind
gebunden und um die Mittsommerstange ist getanzt
worden. Die Älteren haben schon begonnen, sich wieder in ihre Häuser zurückzuziehen, doch die Jungen
bleiben noch. Ausgehungert nach Zerstreuung und
Gemeinschaft. Seit einigen Stunden habe ich Bertil
nicht mehr gesehen. Nach dem Essen ist er mit einigen
Kerlen von der Salzerei verschwunden. Sicher, um
eine Flasche Selbstgebrannten im Winkel von irgendjemandes Fischerhütte zu leeren. Bei diesen Gelegen-
heiten ist öffentliches Trinken in Ordnung. Wenn andere es auch tun. Ansonsten behauptet er, dass er nur
äußerst selten einmal an etwas Stärkerem nippt. Ich
habe ihn sogar im Scherz sagen hören, dass er sich
selbst als eine Art Guttempler betrachtet. Schwer zu
verstehen, wie jemand so einfältig sein kann. Glaubt
er wirklich, dass die Leute es nicht wissen? Dass sie
nicht riechen, wie er morgens nach Alkohol stinkt?
Dass sie nicht merken, wie er bereits zur Mittagszeit
torkelt und lallt? Offenbar. In Bertil Sondells Welt ist
er der unumstrittene König, und die übrigen Inselbe-

wohner sind seine Untertanen. Und was sind wir in der Familie? Seine Sklaven vielleicht. Oder seine Narren.

Ich versuche, nicht an Bertil zu denken. Ich genieße es, hier zu sitzen und denen zuzuschauen, die sich vergnügen. Einige tanzen Schottisch, andere versuchen sich an Boogie-Woogie, was zu Akkordeonmusik komisch aussieht. Ich tanze nicht. Gunnar auch nicht. Früher am Abend hat er eine Zeit lang Fußball gespielt, aber jetzt sitzt er auf derselben Bank wie ich und sieht denen zu, die das Tanzbein schwingen.

»Gefällt es dir hier?«, fragt er.

»Hier auf dem Tanzplatz?«, frage ich, obwohl ich weiß, was er meint.

Er lächelt.

»Nein, hier auf der Insel.«

Ich zucke mit den Schultern.

»Darüber habe ich noch nicht nachgedacht. Ich lebe schließlich hier.«

»Ja schon, aber man kann auch an anderen Orten leben. Ein anderes Leben führen.«

Du kannst das vielleicht, denke ich. Ich sitze hier fest. In der Bergwerksfamilie Sondell. Als Bertils Eigentum.

Ein anderes Leben ist schwer vorstellbar. Eine größere Stadt, eine eigene Wohnung, weit weg von Bertils harten Fäusten und gewaltsamen Launen. Ausgehen zu können, zu tanzen, einen Cocktail zu trinken, vielleicht einem Mann zu begegnen. Nein, das ist für mich nicht vorstellbar.

»Ich möchte Fotograf werden. Nach Amerika ziehen.«

Ich werfe ihm einen Blick zu. Er sieht ernst aus. Gibt es so eine Zukunft für manche wirklich?

»Sprichst du Englisch?«, frage ich, da mir nichts anderes einfällt.

Er grinst.

»Ausreichend.«

In irgendeiner Weise tut die Vorstellung weh, dass Gunnar fortziehen wird. In den Wochen, seit er hier ist, sind wir uns nahegekommen. Viel zu nahe. Manchmal berührt er mich. Ein Streicheln über die Hand, ein Arm, der ein wenig zu lang auf meiner Schulter liegen bleibt. Doch natürlich ist das nur eine Zerstreuung, ein schöner Traum, in dem man sich verlieren kann. Wenn der Herbst beginnt, ist Gunnars Zeit als Bertils Lehrling schon vorbei. Dann wird er wieder nach Hause fahren. Was seine Eltern wohl sagen werden, wenn sie erfahren, dass er nicht Ingenieur werden möchte, wie sie es bestimmt haben, sondern stattdessen sein Glück als Fotograf sucht? Doch ich frage nicht danach. Das kommt mir zu persönlich vor.

Gunnar rutscht ein wenig näher zu mir, und ich erstarre, sehe mich um, doch niemand kümmert sich um uns. Alle sind mit ihren Dingen beschäftigt. Kurz darauf spüre ich, wie er seine Hand über meine legt, wie er vorsichtig den Daumen über meinen Handrücken bewegt, hoch über das Handgelenk, das nach Bertils hartem Griff von Grün zu Blau wechselt. Er schaut auf meinen Arm hinunter, den ich ruckartig zu mir ziehe. Ich will nicht, dass er es sieht, doch er bewegt weiter vorsichtig seine Finger über meine Hand.

»Du solltest dies alles hier verlassen. Komm mit mir.«

34.

Fredrik spazierte hinunter zur Polizeiwache. Zwischen dunklen Wolken schien die Sonne hervor. In den letzten Tagen war das Wetter sehr wechselhaft gewesen. Als würden Wärme und Kälte miteinander kämpfen, wer über die Welt herrschen solle. Allerdings sagte das Datum im Kalender, dass die Kälte den Kampf bald gewinnen würde. Fredrik war nicht so sicher, ob er auf den norrländischen Winter vorbereitet war. Vanja hatte erzählt, dass sie im letzten Jahr bis zwanzig Kilometer landeinwärts -34 °C gehabt hatten.

Er war schon heute zu seiner ersten Schicht gerufen worden. Eine Nachmittagsschicht, obwohl es bei dem Job ursprünglich um Wochenenddienste gegangen war. Er war noch nicht einmal dazu gekommen, einen Vertrag zu unterschreiben oder an der versprochenen Ausbildung teilzunehmen, doch Roland von Securitas hatte ihm zugesichert, dass das vor Ort geklärt würde. Ida hatte geschmollt, als er sich zum Gehen bereit machte. Mehr als einmal hatte sie darauf hingewiesen, dass er sich auf sein Studium konzentrieren solle und nicht darauf, nebenher zu arbeiten. Seinem Argument, dass sie das Geld brauchten, war sie mit dem Gegenargument der finanziellen Möglichkeiten der Eltern und deren großzügiger Bereitschaft, ihnen auszuhelfen begegnet. Dass er allein zurechtkommen und nicht auf Kosten seiner zukünftigen Schwiegereltern leben wollte, konnte sie überhaupt nicht verstehen. Sie waren im Streit auseinandergegangen, und die Tür war hinter ihm mit sehr viel mehr Kraft ins Schloss geworfen worden als nötig. Er war noch kaum den Hügel Richtung Bahnhof hinunter, als sie die erste Nachricht mit einer Entschuldigung schickte. Er konnte sich nicht überwinden zu antworten. Daraufhin hatte er vier weitere Nachrichten bekommen, noch ehe er die Innenstadt durchquert hatte. Auch auf diese brachte er es nicht über sich zu antworten.

Fredrik schaute hoch und bemerkte, dass er vor dem Eingang zur Polizeiwache stand. Er fühlte sich nicht bereit. Doch er wollte auf eigenen Beinen stehen, und dafür brauchte er einen Job. Die automatischen Glastüren öffneten sich vor ihm, er holte tief Luft und trat ein.

Anderthalb Stunden später stand er in dem leeren Gang, der die Zellen des Polizeigewahrsams beherbergte, während seine neue Kollegin Aigul losgegangen war, um den Überfall-Alarm für ihn zu holen. Die graue Uniform kratzte, und er fühlte sich verloren. In der Zelle direkt vor ihm saß ein Drogenabhängiger, den die Kollegen mitten auf dem Marktplatz aufgegriffen hatten, während er dabei gewesen war, sich vollständig auszuziehen. Bald würde er stechende Schmerzen in den Beinen bekommen und dann ins Krankenhaus gebracht werden, hatte Aigul erklärt. Als Fredrik sie gefragt hatte, woher sie das wusste, hatte sie geantwortet, er sei ein DG, was, wie er später verstand, »Dauergast« bedeutete. Aigul erklärte ihm, dass er sich in dieser Schicht nur um den DG kümmern müsse, nach dem man – so besagte es ein Zettel, der vor seiner Zelle hing – alle fünfzehn Minuten schauen solle. Der Drogenabhängige würde auch einen Imbiss bekommen, doch das war nicht so wichtig, hatte Aigul gesagt, da Leute auf Drogen nur selten essen wollten. Waren sie gerade dabei, von ihrem Trip runterzukommen, wäre es sogar dumm, ihnen Essen zu servieren. Mehr als einmal wurden Wachleute mit Fleischbällchen und Pfannkuchen beworfen, wenn den Insassen klar wurde, dass sie ihren nächsten Schuss oder ihre nächste Tablette hier nicht bekommen würden. Falls Fredrik ihm doch etwas geben wolle, könne er es mit heißer Schokolade oder einem Zuckerstück versuchen. Das half dem Körper, mit den Entzugserscheinungen klarzukommen.

Aigul kehrte zurück und begann, ihm eine Funkausrüstung umzuhängen.

»Hier«, sagte sie und zeigte auf seine rechte Schulter, »ist der Alarmknopf. Bei Problemen drückst du da drauf, dann kommen Kollegen zur Hilfe. Wenn sie im Haus sind«, fügte sie hinzu.

»Und wenn nicht?«

Sie zuckte mit den Schultern.

»Das hängt ein bisschen von der Situation ab. Entweder kann man noch warten, bis sie zurück sind – und das kann eine ganze Weile dauern –, oder man muss das

Problem eben alleine lösen. Die meisten hier in den Zellen ziehen schnell den Schwanz ein, wenn es drauf ankommt. Man muss nur selten Alarm schlagen.« Sie zeigte im Gang auf einige Alarmknöpfe unter Glas.

»Wenn du deinen Alarmknopf vergessen hast, was du nicht tun solltest«, fügte sie hinzu, »dann kannst du bei einem von diesen hier das Glas zerschlagen. Aber dann muss es ein echter Notfall sein.«

Fredrik schob das Funkgerät auf der Schulter zurecht.

»Manchmal kann es ziemlich turbulent werden«, fuhr Aigul fort. »Aber größtenteils sitzt man einfach seine Zeit ab. Man durchsucht, beaufsichtigt und begleitet die Zellengäste zur Toilette hin und zurück. Wenn bei den Betrunkenen der Rausch nachlässt, werden sie gerne ziemlich weinerlich und wollen dann, dass man zu ihnen hereinkommt, mit ihnen spricht und Händchen hält. Die männlichen Kollegen bleiben meist hart, aber mich kriegen sie immer mal dazu, dann stehe ich vor der Zelle und höre mir irgendeine rührselige Geschichte an, warum ihr Leben so geworden ist, wie es ist.«

»Was macht ihr, wenn sie gewalttätig werden?«

»Du hast doch die Ausbildung gemacht, oder?«

Er war nicht sicher, ob er das Ausbildung nennen sollte. Ylva hatte ihm verschiedene Grifftechniken beigebracht, um jemanden unschädlich zu machen, der gewalttätig wurde, und sie waren den Ablauf durchgegangen, wie man ein Klett-Fesselband anlegt. Er durfte es an einem jungen Mann namens Jimmy ausprobieren, der ebenfalls neu beim Polizeigewahrsam anfing. Danach hatten sie geübt, in welchem Tonfall sie Kommandos aussprechen sollten, damit jemand stehen blieb oder zurücktrat, etwas, das er von der Polizeiausbildung noch kannte. Auch einige Bücher hatte er bekommen, unter anderem die Gesetze der polizeilichen Ingewahrsamnahme und ein Heft zu den Menschenrechten. Das sollte er alles gelesen haben, bevor die versprochene zweitägige Ausbildung begann. Roland war auch das Administrative mit ihm durchgegangen. Gehaltsabrechnung, Schlüsselkarte, Uniform. In seiner Aspirantenzeit hatte er Pfefferspray, Schusswaffe und Schlagstock gehabt. Jetzt bekam er einen mobilen Überfall-Alarm und ein Paar Handschuhe.

Aigul lachte, als sie sah, wie er zögerte.

»Ich weiß. Das mit der Ausbildung ist ein bisschen so lala. War bei mir genauso, aber wenn du erst mal richtig angefangen hast, wirst du schon merken, wie es läuft. So kompliziert ist es nicht. Hauptsache, man bleibt ruhig und macht nicht einen auf Macho. Sonst schaukelt die Stimmung sich hoch, und die Leute fangen an, sich blöd zu benehmen. Hier gibt es ein paar echte Idioten, die sich für so wahnsinnig geil halten, nur weil sie in der Polizeiwache herumlaufen dürfen. Genau die geraten immer wieder in Clinch mit den Insassen. Wie gesagt, bleib ruhig und zeig ihnen, wer das Sagen hat, ohne sie zu schikanieren, dann kommst du gut klar.«

Fredrik betrachtete die zierliche Kollegin. Sie war mindestens einen Kopf kleiner als er und sah aus, als wiege sie ungefähr fünfzig Kilo. Wie sie den Insassen zeigte, wer hier das Sagen hatte, konnte er sich nur schwer vorstellen, doch Ylva zufolge war Aigul ihre bewährteste Wachfrau und arbeitete schon seit vier Jahren auf der Polizeiwache von Örnsköldsvik.

»Was machst du jetzt, wo du hier aufhörst?«, fragte er.

»Ich bin mit meinem Studium in Sozialer Arbeit fertig und ziehe nach Malmö. Mein Freund wohnt dort. Ich bin froh, wenn diese ständige Fahrerei aufhört.«

Aigul nickte zur Zellentür.

»Also dann, bist du bereit, unseren Gast kennenzulernen?«

35.

Sofia war die Letzte in der Bibliothek, wo sich alle zu einem Durchgang vor Ankunft des Staatsanwalts versammelt hatten. Auch Rodde und Rolf waren vor Ort. Nachdem Sofia den Tatort verlassen hatte, war der Hundeführer auf die Insel gekommen und hatte mit Rolf zusammen Bertil Sondells Grundstück und die Gegend drum herum abgesucht. Vera saß wie gewöhnlich am Kopfende des Tisches, neben ihr Karim, der seine eigene Ermittlung erneut vernachlässigen musste. Auch Caroline Fridell war da, teilte jedoch mit, dass sie nur kurz bleiben könne. Bertil Sondells Leiche war schon in der Gerichtsmedizin eingetroffen, und sie wollte die Obduktion sofort erledigen, ehe wieder andere Aufträge hereinkamen.

Sofia war immer schon fasziniert davon gewesen, wie Rechtsmediziner ihre Tätigkeit betrachteten. Oder vielmehr, dass sie diese wie eine jedwede beliebige andere Tätigkeit ansahen, als seien sie Schreiner oder Bodenleger. Mit dem Unterschied, dass ihre Sägen Schädelknochen öffneten und ihre Messer in menschliche Haut statt in Auslegeware schnitten. Natürlich verstand Sofia, dass man sich mit der Zeit daran gewöhnte, doch Fridell schien ihre Arbeit wirklich zu lieben. Jede Leiche war ein neues Rätsel, das gelöst werden musste, und die Arbeit der Gerichtsmedizin war im Ermittlungsprozess von unschätzbarem Wert. Häufig entschied der gerichtsmedizinische Bericht, ob ein Staatsanwalt den Fall vor Gericht bringen konnte oder nicht. Fridell hatte in mehr Verhandlungen ausgesagt, als Sofia selbst erlebt hatte, und sie war immer die Ruhe selbst. Wie provozierend ein Verteidiger auch war, sie bewahrte Haltung und antwortete höflich und korrekt. Nur selten gelang es jemandem, sie in die Ecke zu treiben.

Sofia steuerte den Platz neben Johan an, der ihr sofort den Stuhl herauszog. Rolf drängte sich zwischen ihren und Johans Stuhl und legte die Nase auf ihren Oberschenkel.

Ihr entging nicht, dass Rodde den Blick abwandte, als Johan sich im Stuhl zurücklehnte, um sein langes Haar neu zu ordnen. Das war eine gute Möglichkeit, seinen riesigen Bizeps unter dem dunkelblauen Poloshirt zu präsentieren. Die angespannte Stimmung gab Sofia ein Gefühl von Lebendigkeit. Johan interessierte sich für sie, das hatte er deutlich gezeigt. Und zwischen Rodde und ihr war auch etwas. Und auch wenn es ihr irgendwie peinlich war, machte Veras offensichtliche Missbilligung das Ganze noch spannender. Wie ein Schülerdrama in der Mittelstufe, das in den wenigen Tagen, seit sie wieder auf ihrer Arbeit war, zur vollen Blüte gelangt war. Sofia schämte sich, es zuzugeben, aber sie genoss die Aufmerksamkeit. Es war toll, sich wieder begehrenswert zu fühlen. Nach der Geburt hatte sie ihren Körper kaum wiedererkannt. Gierig hatte Astrid aus den milchgefüllten Brüsten getrunken und zwei kleine A-Cups zurückgelassen. Der Bauch, der wie die Brüste Dehnungsstreifen aufwies, war schnell zurückgegangen, doch wo früher Bauchmuskeln zu sehen gewesen waren, war ihre Haut jetzt weniger straff. Sobald Margit als Hebamme es für in Ordnung befunden hatte, war sie wieder Laufen gegangen, doch sie kam schnell aus der Puste, und auch die Geschmeidigkeit der Schritte fehlte. Also konnte sie sich die Freude, von zwei Männern beachtet zu werden, doch wohl gönnen?

Vera nagelte sie mit dem Blick fest, als könne sie ihre Gedanken lesen.

»Sollen wir anfangen?«

Caroline Fridell räusperte sich.

»Wie wir bereits vermutet haben: Bertil Sondell wurde wohl mit einem Stich durch die Halsschlagader umgebracht. Auch im Brustkorb befindet sich eine tiefe Schnittwunde, in der die Mordwaffe, ein Mora-Messer, noch steckte. Er muss natürlich obduziert werden, damit wir den Tathergang rekonstruieren können, doch an den Händen gibt es keine Abwehrverletzungen, was bedeutet, dass er sich nicht gewehrt hat.«

»War er vielleicht betäubt?«, fragte Karim.

»Möglich«, antwortete Fridell. »Aber wahrscheinlich hat er geschlafen. Wir müssen abwarten, was der toxikologische Befund sagt.«

Johan unterbrach: »Als er angegriffen wurde, lag er auf dem Rücken im Bett.«

Er drehte seinen Laptop und rief ein Bild von dem Doppelbett auf, nachdem Bertils Leiche weggebracht worden war. Dann ein Bild vom Nachttisch neben dem Bett und den gelblich weißen Spitzengardinen am Fenster. Sie waren blutbespritzt.

»Hier kann man Flecken auf dem Nachttisch und dem Bett sehen, selbst auf der Gardine und dem Fensterbrett. Auf dem Bettlaken ist ein blutiger Handabdruck, der darauf schließen lässt, dass Bertil Sondell versucht hat aufzustehen, dann aber liegen blieb und auf der Matratze verblutet ist. Den größten Teil der Blutansammlung sehen wir hier.«

»Die Leichenstarre war vollständig eingetreten«, sagte Fridell. »Ich würde sagen, er hat maximal vierundzwanzig Stunden dort gelegen.«

Sofia beugte sich über den Tisch.

»Braucht man viel Kraft, um einen Stich in den Brustkorb auszuführen?«

»Nicht unbedingt. Aber Entschlossenheit.«

»Habt ihr eine Theorie, warum der Täter die Mordwaffe dagelassen hat?«, fragte Vera.

Johan breitete die Hände aus.

»Keine Ahnung.«

»Verdammt seltsam, das alles.« Vera rieb sich das Kinn. »Erst bekommen wir einen Hinweis, uns Bertil Sondell näher anzuschauen, und dann wird er ermordet. Das kann wohl kaum ein Zufall sein.«

Sofia war derselben Meinung. Der Verdacht, dass die Überreste in der Grube mit dieser Familie etwas zu tun hatten, war eindeutig bestärkt worden.

»Waren Fingerabdrücke auf der Tatwaffe?«

Johan schüttelte den Kopf.

»Nix.«

»Und die Suche mit dem Hund?«, fragte Vera.

»Wir haben vor dem Haus nach Spuren gesucht«, antwortete Rodde. »Da die Untersuchung des Tatorts noch nicht abgeschlossen war, konnten wir nicht hinein. Draußen waren Blutspuren, die zu einem Pfad führten, der wiederum zum Schotterweg vor dem Hof geht, aber dort hat Rolf dann die Witterung verloren. Sobald die Kriminaltechniker fertig sind, fahren wir wieder raus.«

Der Hund reagierte auf seinen Namen und hob den Kopf, blieb jedoch bei Sofia.

»Habt ihr außer den Blutspuren schon irgendwelche Hinweise auf einen potenziellen Täter?«

Johan schüttelte erneut den Kopf.

»Bis wir das Haus ganz durchsucht haben, wird es eine Zeit dauern.« Er wandte sich an Karim, den Einzigen, der nicht dort gewesen war.

»Sammler schlimmster Sorte.«

Sofia nickte. Es war nicht ungewöhnlich, dass sie zu Leuten nach Hause kamen, die irgendeine Art von Sammelleidenschaft hatten. Das konnte alles betreffen, von alten Zeitungen bis hin zu Autos. Je weiter sie gen Norden kamen, desto öfter trafen sie vor allen Dingen Leute an, die außerhalb des Hauses Dinge anhäuften. Wenn sie auf die Dörfer hinauskamen, standen nicht selten zehn bis zwanzig Autowracks in verschiedenen Verfallsstadien auf dem Grundstück. Ein Phänomen, das Sofia aus Stockholm nicht kannte. Vermutlich auch aufgrund des fehlenden Platzes – oder aber es gab in den

Großstädten, in denen man jederzeit alles neu kaufen konnte, eine größere Tendenz zum Wegwerfen. Was Bertil Sondell zum Sammeln verleitet hatte, war schwer zu sagen. Vielleicht hatten die Kriegsjahre ihn so geprägt, dass er es nicht über sich brachte, etwas wegzuwerfen. Oder aber er hatte es schlicht und einfach körperlich nicht mehr geschafft.

»Ich habe zwei Kollegen vor Ort«, fuhr Johan fort. »Sie werden vom Keller bis zum Dachboden durchs Haus gehen, um nach irgendeiner Spur von einem Täter zu suchen.«

»Wo ist die Mordwaffe jetzt?«, fragte Vera.

»Sie ist mit einem Boten unterwegs zum Nationalen Forensischen Institut in Linköping. Doch ich kann schon jetzt sagen, dass es mit Beweisen am Tatort selbst nicht gut bestellt ist.«

Er zeigte ein weiteres Bild auf dem Computer.

»Hier sieht man Sofias Fußspur. Die verschmierte Spur auf dem Boden direkt beim Bett muss vom Täter sein.«

Sofia hatte, bevor sie das Haus verließ, ihre Turnschuhe abfotografieren lassen, damit sie ausgeschlossen werden konnten. Die Sohlen waren blutig gewesen, und nachdem sie nach Hause gekommen war, hatte sie als Erstes die Schuhe in den Müll geworfen.

»Auch in den Beeten vor dem Küchenfenster haben wir Fußspuren gefunden«, sagte Johan, »sowie Fingerabdrücke am Fensterblech.«

»Wann bekommen wir Nachricht, ob wir den Abdrücken jemanden zuordnen können?«

Fridell schaute Vera über den Deckel ihrer Snus-Dose an, während sie ein Tütchen herausfischte.

»Das musst du mit den Kollegen vom Nationalen Forensischen Institut klären.«

36.

Das Telefon klingelte, und Fredrik holte es aus der Tasche. Er musste nicht auf das Display schauen, um zu wissen, dass es Ida war. Den ganzen Nachmittag über hatte er auf keine SMS geantwortet und wusste, dass sie inzwischen verzweifelt war. Er wollte sie nicht vorsätzlich verletzen, aber das ganze Hin und Her machte ihn allmählich müde. Alles, was er wollte, war Ruhe, um sich seinem Studium zu widmen, sein neues Leben aufzubauen und weiterzukommen. Ida schien entweder in der Vergangenheit oder in der Zukunft zu leben. Mit der Gegenwart war es schwieriger. Stehen zu bleiben und das zu genießen, was sie hatte, statt nach immer mehr zu streben, fiel ihr sichtlich schwer. Er wollte keine Dramen, er wollte seine Freundin zurück. Die zuverlässige, fürsorgliche Frau, in die er sich verliebt hatte.

Aigul zeigte mit dem Fuß auf ihn, ohne ihn anzusehen. Sie saß zurückgelehnt, den Blick auf ihrem Handy, in einem grauen Sessel, der schon bessere Tage gesehen hatte.

»Du bist dran.«

Fredrik drückte Idas Anruf weg und steckte das Handy wieder in die Tasche.

»Soll ich allein gehen?«

Ohne aufzusehen, hob sie die Augenbrauen.

»Was meinst du, könnte er tun? Sich durch die Tür auf dich stürzen?«

Widerwillig stand Fredrik auf. Der Mann in der Ausnüchterungszelle tat ihm leid, und es war unangenehm, ihn durch das Guckloch zu überwachen. So unwürdig. Aigul hatte erzählt, dass sie manchmal auch Leute hereinbekamen, die ständige Aufsicht brauchten. Dann mussten sie abwechselnd vor der Tür stehen und die Person permanent anstarren. Manchmal standen sie dann eine ganze Nacht lang so.

Der Drogenabhängige hatte, genau wie Aigul vorausgesagt hatte, bald angefangen zu jammern, dass er stechende Schmerzen in den Beinen hatte und das Atmen ihm schwerfiel. Er verlangte nach einem Arzt und wollte ins Krankenhaus verlegt werden.

»Er weiß, dass er im Krankenhaus nicht gegen seinen Willen festgehalten wird, deshalb will er dorthin«, hatte Aigul trocken festgestellt.

Was sie über die Vorgänge bei der Arbeit erzählte, war zutreffend, dabei aber nicht ohne Anteilnahme. Sie schien sich gewissenhaft um die in Gewahrsam genommenen Personen zu kümmern. Eine Stunde zuvor waren Kollegen mit einem Mann gekommen, der verdächtigt wurde, seine minderjährige Freundin vergewaltigt zu haben. Aigul hatte geholfen, ihn zu durchsuchen, seine Besitztümer aufgenommen und sorgfältig in einem Schrank weggeschlossen, ohne dem tätowierten, mit Steroiden vollgepumpten Mann anders als mit Respekt und Höflichkeit zu begegnen. Dieser war ruhiger gewesen, als Fredrik es erwartet hätte. Kaum hörbar hatte er auf die Fragen der Polizisten geantwortet und war ihnen dann willig in die Zelle gefolgt. Die Kollegen waren dann zu einem weiteren Einsatz geeilt, und Fredrik und Aigul waren mit dem mutmaßlichen Vergewaltiger auf der einen und dem Drogenabhängigen auf der anderen Seite allein geblieben. Während der Drogenabhängige über Schmerzen geklagt hatte, andauernd auf die Toilette wollte und ständig wegen des einen oder anderen Bedürfnisses geklingelt hatte, saß der andere Mann ruhig da und lehnte sowohl Essen als auch einen Toilettenbesuch ab.

Fredrik schaute nach beiden und ging dann zurück in den Wachraum.

»Sie leben und atmen«, sagte er, und Aigul nickte.

»Hast du dich in der Aufsichtsliste vor der Tür eingetragen?«

Fredrik brummte bejahend und setzte sich auf den Sessel neben ihr. Wenn die Arbeit nicht interessanter wurde, würden es lange Tage werden. Zugleich war es leicht verdientes Geld, und wenn er sich ein bisschen eingewöhnt hatte, könnte er die Bücher von zu Hause mitbringen und in ruhigen Zeiten lernen.

Er spürte, dass das Handy in seiner Jacke erneut vibrierte und holte es heraus, um festzustellen, dass es wieder Ida war. Er musste laut geseufzt haben, denn Aigul sah auf und lächelte vielsagend.

»Na, Probleme an der Heimatfront?«

»Ich weiß nicht, ob ich es gleich Problem nennen würde«, erwiderte Fredrik ausweichend. »Eher Kommunikationsschwierigkeiten.«

Sie lachte.

»Das Phänomen kenne ich.«

Aigul schien klug und vertrauenswürdig, doch kam es ihm vor, als würde er Ida hintergehen, wenn er mehr erzählte. Zugleich brauchte er ganz dringend jemanden zum Reden.

»Meine Freundin ist unsicher, was meine Gefühle für sie angeht«, sagte er zurückhaltend und schaute Aigul an.

Ihr Gesicht blieb ausdruckslos.

»Hat sie Grund dazu?«

Fredrik wusste nicht, was er darauf antworten sollte. Er war Ida nie untreu gewesen. Dass er davor jemand anderen geliebt hatte, konnte er nicht ändern. Er war ja auch nicht Idas erste Liebe – was ihn nicht besonders beschäftigte. Er hatte sein ganzes früheres Leben hinter sich gelassen und sich, fünfhundert Kilometer von den einzigen Menschen entfernt, die ihm nahestanden, in einer Stadt niedergelassen, in der sie eine Stelle bekommen hatte und in der ihre Verwandten lebten. Er war in das Haus gezogen, das ihre Eltern ausgesucht hatten und bezahlten. Um all ihre Bedürfnisse nach Bestätigung zu erfüllen, hatte er sein Innerstes nach außen gekehrt. Er ließ sie seine E-Mails und sein Handy durchschauen, sobald sie sich unsicher fühlte, schaltete, wenn das Handy klingelte, immer den Lautsprecher ein, damit sie mitbekam, was gesprochen wurde.

Hatte sie irgendeinen Grund, an seinen Gefühlen zu zweifeln? Fredrik spürte nach. Nein, hatte sie nicht.

Dann musste er an Sofia und das Kind denken. Er hatte Ida nie erzählt, dass er es anfangs für seines gehalten hatte. Eigentlich hatte er vorgehabt, das zu tun, wollte, dass die Beziehung zwischen ihm und seiner zukünftigen Frau auf ehrlichen Füßen stand – doch er hatte sich davor gedrückt und wollte vermeiden, die Wogen noch weiter aufzuwirbeln und das gerade erst zu Wasser gelassene Boot, auf dem Ida und er sich hinausbegeben hatten, ins Schlingern geraten zu lassen. Auch wenn es feige war.

37.

Sofia klickte noch einmal auf »Empfangen«, um zu überprüfen, ob das Staatsarchiv auf ihre E-Mail wegen Sonja Sondell geantwortet hatte, doch ohne Ergebnis. Als sie den Hörer hob, um dort anzurufen, klopfte es an die Tür ihres Büros.

»Kaffee?« Rodde trat mit zwei Pappbechern aus dem Automaten ein. Sofia erwartete, dass Rolf hereingelaufen kam, doch Rodde erklärte, dass der Hund im Auto lag und wartete. Sie würden bald für heute nach Hause fahren. Ohne zu fragen, ob sie Zeit hatte, stellte er die Kaffeebecher auf ihren Schreibtisch und zog den Stuhl heraus.

»Wie läuft's?«, fragte er und schob den einen Becher zu ihr hinüber.

»Gerade versuche ich, die Vermisstenanzeigen auszusortieren, die nicht in den von Fridell genannten Zeitraum passen.«

»Und welcher Zeitraum ist das?«

»Seit Beginn der Neuzeit«, antwortete Sofia ironisch. »Genauer wissen wir es noch nicht. Aus den Informationen des Forensischen Anthropologen schließe ich, dass die Hand zumindest nicht in den letzten Jahren in der Grube gelandet ist, so wie Fridell zuerst dachte. Was bedeutet, dass es sich bei dem Opfer nicht um Jörgen Johansson oder Marja Juhlin handeln kann.«

»Sie kann also zwischen zehn und hundert Jahren dort gelegen haben?« Rodde trank einen Schluck Kaffee.

»So in der Art«, antwortete Sofia.

Er nickte nachdenklich.

»Was denkst du über unseren jüngsten Mord? Warum hat der Mörder die Tatwaffe zurückgelassen?«

Sofia schaute Rodde an. Es kam selten oder nie vor, dass die Hundeführer sich in der Ermittlungsarbeit engagierten. Sie führten ihre Suche durch, oft zusammen mit den Kriminaltechnikern, erstatteten Bericht über das, was sie gefunden hatten, und gingen dann weiter zum nächsten Fall. Doch sie hatte den Verdacht, dass er nicht nur gekommen war, um über die Ermittlungen zu sprechen, sondern auch, weil er ihre Gesellschaft schätzte.

»Das habe ich auch schon überlegt«, gab sie zu. »Und warum macht man sich überhaupt über so einen alten Mann her? Soweit ich weiß, lag Bertil Sondell schon mit COPD und einem Lungenemphysem im Sterben. Warum das Risiko einer langen Gefängnisstrafe auf sich nehmen, um etwas zu tun, wofür die Natur ohnehin in kürzester Zeit gesorgt hätte?«

Rodde legte den Kopf schief.

»Die Leute sind zu allem Möglichen in der Lage, wenn starke Gefühle im Spiel sind. Rache zum Beispiel.«

»Du denkst an Vanja Branth?«

Er zuckte mit den Schultern.

»Warum nicht?«

»Ich kann mir kaum vorstellen, dass eine Person wie Vanja Branth etwas so Voreiliges tut und einen alten Mann ohne Beweise für seine Schuld mit dem Messer umbringt. Sie selbst ist auch nicht mehr unbedingt eine Jugendliche.«

Rodde schüttelte den Kopf.

»Bei Menschen weiß man nie.«

»Unglaublich, wie interessiert du an dem Fall bist«, bemerkte Sofia grinsend.

»Ich sage nur, dass es eine Möglichkeit ist.«

»Vielleicht solltest du die Ermittlungen übernehmen?«

Der Ton war scherzhaft.

Rodde lächelte. Die dunklen Augen blitzten.

»Vielleicht.«

Rodde hatte eine Tiefgründigkeit an sich, die sie ansprach. Seine Stimme war dunkel und fest, seine Haltung gerade, doch entspannt. Seine ganze Art strahlte Ruhe aus. Vielleicht war es das, was ihn zu einem guten Hundeführer machte.

»Darf ich dich etwas fragen?«

»Klar.«

»Warum bist du Polizist geworden?« Für ihre Verhältnisse war das eine ungewohnt persönliche Frage, doch seit der Geburt ihres Kindes hatte Sofia sich eine neue Direktheit angewöhnt. Sie betrachtete die Menschen um sich herum in anderer Weise. Früher war sie so konzentriert gewesen auf sich und das, was die anderen über sie dachten. Beschämt musste sie sich eingestehen, dass sie sich damit sicher zu wesentlichen Teilen selbst zu einer Außenseiterin auf der Polizeiwache gemacht hatte. Sie hatte die anderen auf Abstand gehalten – und nicht umgekehrt.

»Warum wolltest du denn Polizistin werden?«, erwiderte Rodde.

»Du musst nicht antworten, wenn du nicht willst.« Sie hörte selbst, dass sie leicht eingeschnappt klang.

Rodde schien damit kein Problem zu haben.

»Es ist peinlich.« Er schaute verlegen in seinen Pappbecher hinein. »Wenn ich es dir erzähle, darfst du es niemandem weitersagen.« Er sah auf und hielt ihren Blick fest.

»Versprochen.«

»Ich habe einen Polizisten in einer Fernsehserie gespielt.«

Sofia konnte nicht an sich halten. Das Lachen war laut und herzlich.

»Dein Ernst?«

»Jipp. Vor dir sitzt Kommissar Gonzales Vega, ehemaliger Kampftaucher im Amphibien-Bataillon der Küstenwache, inzwischen alleinstehender und leicht versoffener Kommissar bei der Landeskriminalpolizei.«

»Hui«, lächelte Sofia. »Das ist keine schlechte Rolle. Wie hieß der Film?«

»Das war eine Fernsehserie, und keine besonders gute. *Furchtlos* hieß sie. Sie kam nicht über die erste Staffel hinaus.« Er stimmte in das Lachen ein.

»Und dann hast du beschlossen, die erfundene Story Wirklichkeit werden zu lassen?«

»So in etwa. Ich mochte immer schon Tiere. Meine Mutter hat eine Schäferhundzucht. Es lag nahe, Hundeführer zu werden. Obwohl ich natürlich den üblichen Weg gegangen bin. Polizeihochschule, Aspirantendienst, Bereitschaftspolizei – und dann habe ich mich weitergebildet.«

»Ist Rolf dein erster Hund?«

»Mein erster Polizeihund, ja.«

Es klopfte an der Tür, und Johan streckte den Kopf herein, kam aber etwas aus dem Konzept, als er Rodde auf dem Besucherstuhl sitzen sah.

»Vera möchte, dass wir vor Dienstschluss noch einen kurzen Durchgang machen.«

Rodde schaute Sofia an. Sie lächelte nachsichtig.

»Dann sollte ich mich mal bewegen.«

38.

Mit verkniffenem Gesicht hielt Vera Sofia die Tür auf und ließ sie in die Bibliothek vorangehen. Neben Karim am Besprechungstisch saß ein junger Mann mit kurz geschnittenem Haar, Seitenscheitel und einer modischen runden Brille. Sofia hatte ihn noch nie gesehen. Er war schick gekleidet in einen schmal geschnittenen dunkelgrauen Anzug und erinnerte sie auf irgendeine Weise an eine Königskobra. Er stellte sich vor als Erik Holm, Staatsanwalt. Der Dialekt wies darauf hin, dass er kein geborener Norrländer war, sondern aus den südlichen Landesteilen stammte.

»Soweit ich verstanden habe, ist Marie Fransson krankgeschrieben«, begann er. »Das ist bedauerlich. Solch eine Ermittlung muss von höherer Instanz geleitet werden. Nicht von der lokalen Polizei.«

Vera lächelte steif. Sofia betrachtete ihre Chefin von der Seite. Sobald Herr Staatsanwalt Holm den Raum verlassen hatte, würden sie bestimmt erfahren, was sie von ihm hielt.

»Also, was haben wir?«

Erik Holm verlor keine Zeit damit, das Team kennenzulernen, mit dem er arbeiten würde. Johan, der losgegangen war, seinen Laptop zu holen, kam nun ebenfalls in die Bibliothek und setzte sich neben Sofia. Holm ignorierte seine Ankunft.

Vera räusperte sich.

»Wir haben einen ermordeten achtundneunzigjährigen Mann, der erstochen in seinem Bett gefunden wurde. Die Tatwaffe verblieb in der Leiche. Der Täter hat ihn frontal angegriffen, und das Opfer hat keine Gegenwehr geleistet.«

»Warum nicht?«, fragte Holm.

Vera schaute ihn an.

»Weil er achtundneunzig Jahre alt war und vermutlich geschlafen hat.«

»Ja schon, aber das bedeutet ja nicht, dass man sich nicht wehren kann.«

Vera öffnete den Mund, um etwas zu sagen, kam aber nicht dazu, bevor Holm weitersprach.

»Wurde in dem Gebäude etwas gestohlen?«

»Das wissen wir noch nicht«, sagte Johan. »Bertil Sondell war so etwas wie ein Sammler, und es wird mehrere Tage dauern, das Haus durchzusehen. Bislang haben wir keine Wertsachen gefunden und auch keinen Ort, an dem Wertsachen verwahrt worden sein könnten, wie ein Safe oder Ähnliches – es ist also schwer zu sagen.«

»Wie kam der Täter ins Haus?«

»Die Tür war unverschlossen«, antwortete Sofia.

»Woher wissen Sie das?«, fragte Holm und wandte sich ihr zu.

Eine Stille, die nur von Veras angestrengtem Einatmen unterbrochen wurde, legte sich über den Raum. Sofia konnte sich vorstellen, was sie dachte: dass es vielleicht trotz allem nicht so schlecht war, Marie Fransson von der Abteilung Gewaltverbrechen mit ihrer Jesus-Art und ihren Geranien als Puffer vor den Staatsanwälten zu haben.

»Das weiß ich nicht«, sagte Sofia und versuchte, Erik Holm anzulächeln. »Doch die Tür war offen, als ich dorthin kam, und die meisten Leute auf Ulvön lassen ihre Türen unverschlossen. Bertil Sondell war da wohl keine Ausnahme.«

»Wohl?«

Das Lächeln wurde steif.

»Wie gesagt, ich weiß es nicht sicher, doch das ist meine Vermutung.«

»Ich arbeite lieber nicht mit Vermutungen, aber okay, lassen wir das.« Erik Holm schob seine Brille zurecht. »Sie sind also ohne vorher alles zu sichern in das Gebäude hineingegangen und haben den Mann dann ermordet in seinem Schlafzimmer gefunden?«

Sofia nickte und öffnete den Mund, um darauf hinzuweisen, dass es keinerlei Grund gegeben hatte, das Haus abzusichern, da sie nur gekommen war, um ein paar Fragen zu stellen, doch der Staatsanwalt kam ihr zuvor.

»Dann wurde eine erste Tatortuntersuchung vorgenommen, die zeigte, dass Fundort und Tatort identisch waren und die Tatwaffe noch vorhanden war. Direkt bei der Leiche wurden keine weiteren Beweise gefunden, aber im Beet vor dem Küchenfenster wurden Fußspuren und auf dem Fensterblech Fingerabdrücke gesichert. Und Sie haben Blutspuren entdeckt, die vom Haus wegführten.« Holm fuhr fort, mechanisch die Fakten des Falles aufzuzählen. Offenbar hatte er vor der Besprechung das Ermittlungsmaterial genauestens gelesen. »Das Messer, das im Brustkorb des Opfers steckte, wurde zum Nationalen Forensischen Institut in Linköping geschickt«, fügte er hinzu. »Und jetzt warten wir auf Antwort wegen eventueller DNA-Spuren, nicht wahr?«

Veras Mund war jetzt so angespannt, dass man hinter der Unterlippe die Zahnreihe erahnen konnte.

»Korrekt«, antwortete Karim an ihrer Stelle.

»Die Obduktion ist auf morgen verschoben worden. Ich werde dabei sein, zusammen mit Fridell und einem Assistenzarzt«, sagte Johan. »Was Todesursache oder Tathergang angeht, erwarten wir keine wesentlichen Überraschungen.«

»Und wann können wir mit Antwort aus Linköping rechnen?«

Johan schüttelte den Kopf.

»Frühestens in einer Woche, wahrscheinlich dauert es länger.«

Holm schob wieder die Brille zurecht und lehnte sich zurück.

»Also, was sind Ihre Theorien?« Er schaute sich am Tisch um, und Sofia fürchtete, Vera würde sich auf den arroganten Staatsanwalt werfen und ihn erwürgen.

»Bislang noch keine«, antwortete sie mit zusammengekniffenen Lippen. »Der Mann ist erst gestern Abend gefunden worden.«

»Aber irgendwelche Gedanken dazu müssen Sie doch haben?«, beharrte er. »Soweit ich verstanden habe, gibt es einen möglichen Zusammenhang zu den Überresten einer Hand, die früher diese Woche gefunden wurden? Deshalb waren Sie doch wohl da, weil Bertil Sondells Schwägerin angerufen hatte, oder? Sie hätte selbst ein Motiv, haben Sie daran gedacht?«

»Ja, schon«, gab Sofia zu. »Doch das ist eine ziemlich weit hergeholte Theorie, basierend auf der Geschichte einer aufgeregten Angehörigen. Bevor wir das weiterverfolgen, müssen wir vom Forensischen Anthropologen Bescheid bekommen, ob die Überreste tatsächlich so alt sind, dass sie von Sonja Sondell sein können. Ich habe das Staatsarchiv kontaktiert und um Übermittlung der Ermittlungsakten zu Sonjas Sondells Verschwinden gebeten.«

»Warum das?«

Sie sah den Staatsanwalt fragend an.

»Wozu brauchen Sie die Antwort vom Forensischen Anthropologen, um weiterzumachen? Wenn Vanja Branth auch nur glaubte, es könnte ihre Schwester sein, die gefunden wurde, kann das für sie ausreichend gewesen sein, um sich an Bertil Sondell zu rächen.«

Sofia schielte zu Vera hinüber. Damit hatte er an und für sich recht. Vanja war bei ihrem Anruf überzeugt davon gewesen, dass die Dinge so lagen, und Bertil an Sonjas Tod schuld war.

»Und dieser Hinweis, den Sie in Bezug auf Bertil Sondells Sohn bekommen haben?«, fuhr Holm fort.

Vera räusperte sich. »Eigentlich haben wir keinen Anlass zu glauben, dass er die Insel auf irgendeine andere Weise verlassen hat als auf die, von der wir wissen.

Der Hinweis kam von einer Person, die in der Vergangenheit einmal falsche Angaben gemacht hat und damit eine ziemlich komplizierte Mordermittlung weiter verkompliziert hat.«

»Dennoch müssen wir in der Sache doch ermitteln, oder?«, fragte Holm. »Und Vanja Branth vernehmen, nicht wahr?«

»Ich denke nicht, dass wir zum jetzigen Zeitpunkt ausreichend Material haben, um sie vorläufig festzunehmen«, antwortete Johan.

Langsam drehte Holm sich zu ihm, bereit zuzuschlagen.

»Nicht? Weswegen?«

»Die Schuhabdrücke vor Bertil Sondells Küchenfenster«, antwortete Johan ruhig. »Gummistiefel, Größe 45. Ich nehme nicht an, dass Vanja Branth so große Füße hat.«

Wieder schob Holm die Brille zurecht. War es ein nervöser Tick, oder saß sie einfach schlecht? Sofia bemerkte, dass er weniger selbstbewusst aussah, wenn er mit dem Kriminaltechniker sprach, der beinahe doppelt so groß war wie er.

Lange sah Holm Johan an.

»Wie gesagt, ich arbeite nicht mit Vermutungen«, sagte er kurz. »Wer sagt, dass sie keinen Helfer hatte?« Der Ton war gehässig, und sogar Karim runzelte die Stirn.

Holm wandte sich an Sofia.

»Ich will, dass Sie Vanja Branth vorladen. Heute noch.«

39.

Als Sofia nach der Besprechung wieder in ihr Büro kam, hörte sie, wie Vera ein paar Zimmer weiter die Tür zuknallte. Erik Holm hatte auf niemanden im Team einen guten Eindruck gemacht, und diesmal war sie ganz der Meinung ihrer Chefin, dass es zu wenig Staatsanwälte gab, die wirklich etwas von Polizeiarbeit verstanden. Die Kollegin, die letzten Winter die Ermittlungen um das verschwundene Mädchen geleitet hatte, war eine Ausnahme gewesen. Als ehemalige Polizistin verstand sie ihre Arbeitsmethoden und vertraute auf ihre Kompetenz. Was bei Erik Holm nicht der Fall zu sein schien. Sofia war natürlich auch der Meinung, dass sie mit Vanja Branth reden mussten. Sie jedoch zu einer Vernehmung vorzuladen, erschien etwas voreilig. Auch wenn sie sowohl physisch stark als auch mental fit wirkte, konnte Sofia sich nur schwer vorstellen, dass Vanja sich nach Ulvön hinausbegeben hatte, um Bertil Sondell zu ermorden, ganz ohne Beweise, dass er tatsächlich etwas mit dem Verschwinden ihrer Schwester zu tun hatte. Auch die Tatwaffe in der Leiche stecken zu lassen, war nichts, was man sich von einer versierten Juristin vorstellen würde – doch was wusste sie schon? Vielleicht war es so, wie Rodde sagte, dass Menschen zu allem Möglichen in der Lage waren, sobald starke Gefühle im Spiel waren. Wie auch immer, sie musste die Frau jetzt kontaktieren und sie zu einer Vernehmung vorladen.

Sofia holte das Handy heraus, um auf die Uhr zu schauen. Viertel vor sieben. Sie hatte vorgehabt, das Nachmittagsschiff nach Ulvön zu nehmen, aber die Besprechung mit dem Staatsanwalt hatte sich hingezogen, und Margit hatte gesagt, sie könne in der Stadt bleiben. Im Moment war der Gedanke an eine ganze Nacht ungestörten Schlafs in der Wohnung sehr verlockend. Astrid würde gegen zwölf schon wieder aufwachen und Brei wollen, und dann wieder um fünf.

Sie sah, dass Kaj zweimal angerufen hatte. Sie drückte auf die Nummer, um zurückzurufen, und er ging sofort ran.

»Ich habe mehrmals versucht, dich zu erreichen«, begann er anklagend.

Sie atmete tief ein, bevor sie antwortete.

»Es tut mir leid. Wir haben gerade mit einer neuen Ermittlung begonnen. Was wolltest du?«

»Was ist passiert?«

»Eine Person auf Ulvön ist mit einem Messer ermordet worden«, antwortete Sofia, ohne näher auf den Fall einzugehen. Kaj gehörte weder zur Polizei von Örnsköldsvik noch zum Ermittlerteam. Darüber hinaus war er in Altersteilzeit und bald nicht mehr im Polizeiberuf.

»Wolltest du etwas Spezielles?«

Er schnaubte.

»Etwas Spezielles? Wir haben zusammen ein Kind, du erinnerst dich vielleicht? Ich habe von dir nichts mehr gehört, seit wir am Montag gefahren sind. Vielleicht möchte ich mich erkundigen, ob es meiner Tochter gut geht? Und ob wir sie am nächsten Wochenende übernehmen können, wie abgemacht?«

Sofia versuchte, nicht verärgert zu klingen, als sie antwortete.

»Mit Astrid ist alles gut. Sie ist heute Abend bei Tord und Margit.«

Kaj holte Luft.

»Bist du wieder auf dem Festland?«

Da war es.

»Ja, heute musste es sein.«

»Aber da hätten Mette und ich doch genauso gut dableiben und uns um Astrid kümmern können. Wenn du sie sowieso weggibst, sobald du zu arbeiten beginnst, meine ich.« Seine Stimme klang quengelig, und Sofia fragte sich wieder einmal, was sie jemals an ihm gefunden hatte.

Es klopfte an der Tür, und Johan steckte den Kopf herein.

»Ich muss jetzt Schluss machen, Kaj. Wir sprechen ein andermal darüber.«

Kaj fing an zu protestieren, doch sie legte auf.

»Passt es gerade?«, fragte Johan, der seine Jacke anhatte und eine lederne Computertasche über der Schulter trug.

»Ich wollte auf ein Bier zu O'Learys gehen. Kommst du mit?«

»Ich weiß nicht …« Sie schaute aufs Handy. Tord hatte ein Bild von Astrid im Schlafanzug geschickt, den Abendbrei fest im Griff. *Bis morgen dann*, stand da.

Während Johan noch im Türrahmen stand, schickte Sofia eine SMS zurück und fragte, ob es okay wäre, das Angebot anzunehmen und in der Wohnung zu übernachten. Sie hatte saubere Kleidung und Toilettenartikel dort, und mit etwas Glück hatten Mette und Kaj etwas zum Frühstücken dagelassen. Tord antwortete sofort, dass Astrid in guten Händen sei und sie Zeit und Energie sparen solle, indem sie auf dem Festland blieb.

Sofia schaute zu Johan auf und lächelte.

»Ich bin dabei.«

Als sie zu der Sportsbar kamen, organisierte Johan für sie einen Tisch auf der Terrasse und teilte der Bedienung mit, dass sie die Speisekarte sehen wollten. Als sie kam, bestellte Johan zunächst zwei Bier und Erdnüsse.

Er hatte seine Dienstkleidung gegen weiße Shorts und ein kurzärmeliges, hellblaues T-Shirt getauscht. Im Haar trug er eine Sonnenbrille, nicht dieselbe, wie letztes Mal, diese hier war schwarz mit einem großen Gucci-Logo an der Seite. Sie bemerkte, dass die Ledertasche, die er zuvor über der Schulter getragen hatte und die jetzt neben ihm auf dem breiten Rattansofa stand, von derselben Marke war. Er sah aus, als käme er direkt aus der Stockholmer Schickeria, und Sofia fühlte sich in ihrer verwaschenen Jeans und der weißen verknitterten Bluse schäbig neben ihm. Die gar nicht trendigen Turnschuhe waren auch einmal weiß gewesen, hatten jedoch inzwischen einen gräulichen Farbton angenommen.

»Also, was denkst du über die Ermittlung?«, fragte er.

Sie lehnte sich in dem Rattanstuhl zurück und las ein paar Blätter auf, die von der Ulme über ihnen herabgefallen waren.

»Ich weiß es nicht. Dass Vanja Branth ihren Schwager ermordet haben soll, erscheint weit hergeholt. Andererseits kommt, wenn es keine Verbindung gibt, ein bisschen viel zusammen, dass er gerade jetzt ermordet wurde.«

»Du wirst also Vanja zur Vernehmung holen?«

Sofia schaute Johan an.

»Habe ich eine Wahl? Du hast doch gehört, was der Staatsanwalt gesagt hat.«

Sie wurden von der Bedienung unterbrochen, die mit zwei hohen, beschlagenen Gläsern an den Tisch trat. Johan nahm sie entgegen und reichte Sofia eines davon. Sofia trank einen Schluck Bier und merkte sofort, wie sie sich entspannte. Eigentlich sollte sie heute nicht schon wieder Alkohol trinken. Vor ihrem inneren Auge erschien ein Bild, wie Claire mit einem Kreuzworträtsel und einem Glas Wein in der Hand in der Küche auf Ulvön saß und darüber fluchte, dass es unmöglich sei, die schwedische Sprache zu verstehen. Manchmal, wenn Claire einen ihrer besseren Tage hatte, putzte sie, wischte Fenster, tauschte Gardinen aus und sang die Melodien im Radio mit. Und dann tanzte sie. Das waren im Prinzip die einzigen nicht so schlechten Erinnerungen, die Sofia an ihre Mutter hatte. Ansonsten war der Gedächtnisspeicher voller Rotwein, Tränen und Selbstmitleid. Johan unterbrach ihre Gedanken.

»Oder aber, es ist reiner Zufall, dass der Mord gerade jetzt passiert ist. Vielleicht handelt es sich um einen schiefgelaufenen Einbruch – oder aber um etwas ganz anderes?«, sagte er.

Sofia nickte.

»Meinem Patenonkel zufolge war Bertil früher einmal reich, aber er hat sich durch falsche Investitionen beim Erzabbau hoch verschuldet. Vielleicht ist auf dem Hof trotzdem noch etwas Wertvolles versteckt?«

Johann lachte.

»Du meinst, wie ein heimlicher Schatz oder so?«

Sie lächelte.

»Wer weiß?«

Sie bestellten Essen. Johan, der sich mehr um seine Figur zu kümmern schien als sie, bestellte einen Caesar's Salad. Sofia entschied sich für ein Stück Fleisch mit Pommes. Als das Essen kam, hatten sie die Ermittlungen hinter sich gelassen und stattdessen begonnen, über Vera und ihr Verhältnis zu ihrer Lebensgefährtin, Kicki Bjurvall, zu tratschen.

»Hast du Veras Reaktion heute gesehen?« Sofia legte das Besteck auf den Teller und tupfte sich den Mund mit der Serviette. Das Fleisch war perfekt gewesen. Johan hatte Bier nachbestellt, und sie war satt und leicht betrunken. »Ich dachte, sie kriegt einen Nervenzusammenbruch, als dieser Schnösel losgelegt hat.« Sofia lachte und schob den Teller weg. »Wobei ich sagen muss, dass ich sie verstehe. Sonderlich sympathisch war er ja nicht gerade.«

Johan trank einen Schluck Bier, bevor er antwortete.

»Nein, er ist schwierig.«

»Kennt ihr euch?« Da war sie wieder. Diese Direktheit, die ihr selbst neu war.

»Können wir über etwas anderes als die Arbeit reden?«

Die Härte in seiner Stimme erstaunte sie. Doch dann lächelte er und legte seine Hand über ihre.

»Ich meine nur, du hast gerade erst wieder angefangen und wirst schon vollkommen von der Arbeit verschluckt. Es gibt auch andere Dinge im Leben, weißt du?«

Sofia erwiderte das Lächeln. Johans Hand lag noch über ihrer. Sie überkam eine plötzliche Sehnsucht, die sonnengebleichten Härchen auf seinen muskulösen Unterarmen zu streicheln. Diese großen Hände in ihren Haaren, auf ihren Brüsten zu spüren. Sie merkte, wie ihr ganzer Körper nach der Berührung durch einen Mann schrie. Wäre es wirklich so falsch, Johan zu fragen, ob er mit ihr in die Wohnung kommen wollte? Es musste nicht so kompliziert werden, schließlich waren sie beide erwachsen.

Die Bedienung erschien mit der Rechnung, und Sofia trank ihr Bier aus, während Johan bezahlte und seine Jacke anzog.

»Du willst nicht vielleicht mit mir nach Hause kommen?«, bekam sie heraus und hörte zu ihrer eigenen Verlegenheit, wie verzweifelt sie klang.

Johan, der dabei war aufzustehen, hielt inne und schaute sie erstaunt an.

»Ich meine, also … wenn du willst? Eine Tasse Tee, du weißt«, lachte sie etwas zu grell.

Johan setzte sich wieder und fasste ihre Hand. In seinen Augen konnte sie schon sehen, dass die Antwort Nein lautete. Schlimmer noch. Sie sah Mitleid.

»Sofia, du bist eine tolle Frau, und es tut mir leid, wenn ich dich in irgendeiner Weise auf falsche Gedanken gebracht habe.«

Ihre Wangen brannten, und dieser wunderbare Gute-Laune-Schwips von zuvor war verschwunden, stattdessen fühlte sie sich sturzbetrunken.

»Vergiss es. Das war nur ein …« Sie versuchte, ihre Hand aus seiner zu lösen, doch er hielt sie fest.

»Jetzt fühle ich mich schrecklich dumm …«

»Dafür gibt es keinen Grund.«

Sie machte sich los, riss ihre Jacke, die über dem Stuhl hing, an sich und peilte den Ausgang der Sportsbar an.

»Wir sehen uns morgen.«

DONNERSTAG, DER 27. AUGUST

40.

Als Fredrik die Augen aufschlug, war Ida bereits wach und betrachtete ihn. Er zuckte zusammen und legte den Arm über die Augen, um sich vor dem hellen Morgenlicht zu schützen. Die Jalousie war wie gewöhnlich bereits hochgezogen. Sein Bedürfnis, langsam in einem dunklen Zimmer aufzuwachen, fand bei ihr keine Beachtung.

»Wir müssen reden«, sagte sie.

Fredrik ließ den Arm über den Augen liegen. Insgeheim hoffte er, es ginge um Essenspläne, die Einrichtung des Hauses oder die Hochzeit. Idas Tonfall sagte ihm jedoch, dass dies nicht der Fall war.

»Ich habe dich gestern mehrmals angerufen.«

Das war richtig. Sie hatte angerufen, mehrere Male, und SMS geschickt. Doch er war damit beschäftigt gewesen, sich in seine neue Stelle einzuarbeiten. Obwohl Aigul und er sich nur um zwei Personen hatten kümmern müssen, hatte es seine ganze Energie gebraucht, alles mitzubekommen, wie die Arbeit durchgeführt wurde, welche Regeln es gab und wie sie sich den geltenden Bestimmungen entsprechend verhalten sollten.

Der in Gewahrsam genommene Drogenabhängige hatte den Abend über weiterhin hartnäckig gefordert, ins Krankenhaus eingeliefert zu werden. Eigentlich hätten sie einen Arzt rufen müssen, doch weder die Ressourcen beim medizinischen Personal noch die bei der Polizei reichten aus, um Leute bevorzugt zu behandeln, die sich selbst in eine solche Lage gebracht hatten – so Aigul. Fredrik hatte verstanden, dass Letzteres eher ihre eigene Meinung war als die anderer. Dass die sozialen Ressourcen knapp waren, erst recht jetzt, wo die Pandemie alle zur Verfügung stehenden Mittel auffraß, war für ihn keine Frage. Doch dass die Bedürfnisse der Menschen nach dem beurteilt werden sollten, was sie getan hatten, fand er keinen guten Ansatz. Schließlich war er selbst jemand, der das Nachsehen haben müsste – hatte er sich doch geweigert, den Verlust seiner Eltern und seines Bruders zu verarbeiten, einzusehen, dass sein Bruder tot war. Außerdem hatte er keine Hilfe annehmen wollen und sich stattdessen mit Medikamenten vollgestopft. Manchmal waren die Tabletten ihm von einem Arzt verschrieben worden, und wenn nicht, hatte er sie sich anderweitig beschafft.

Eindeutig war er also jemand, von dem Aigul meinte, dass er sich hinten anstellen solle, wenn es um Ressourcenverteilung ging. Er bemitleidete sich nicht – oder irgendjemand anderen, der sich selbst in eine entsprechende Situation gebracht hatte. Doch er war auch nicht Aiguls Meinung, dass man immer selbst an allem schuld war. Er war überzeugt davon, dass die meisten Menschen ihr eigenes Leben und das anderer nicht mit Absicht zerstörten. Jedes Individuum hatte seine eigene Geschichte, trug sein eigenes Gepäck mit sich herum. Jeder Mensch hatte Gründe, weshalb er den gesellschaftlichen Normen und Regeln nicht folgen konnte.

»Fredrik?«

Er hob den Arm von den Augen und schaute Ida an. Für eine Sekunde hatte er die Strafpredigt vergessen, die ihn erwartete.

»Ich weiß. Entschuldige. Ich konnte nicht drangehen. Ich war voll damit beschäftigt, mich einzuarbeiten. Wir hatten einen Insassen, der ins Krankenhaus wollte, und es gab viel Neues, auf das ich mich konzentrieren musste. Und als ich dann nach Hause kam, hast du schon geschlafen«, fügte er hinzu, bereute es aber sogleich. Ida Schuld zuzuweisen, half ihm in dieser Lage nichts. Jeder Vorwurf würde nur Öl ins Feuer gießen.

Ida öffnete den Mund, um etwas zu sagen, schien es sich dann aber anders zu überlegen. Wieder nahm sie Anlauf, blieb aber stumm. Er wusste, dass sie versuchte, ihre Fragen und Ängste nicht zu zeigen. Manchmal gelang es ihr und manchmal nicht.

»Hast du Sofia gesehen?«, fragte sie schließlich mit einem Lächeln, das ihre Augen nicht erreichte.

Fredrik reckte sich nach ihr und schob den Arm unter ihren Kopf, damit sie sich an seine Brust lehnen konnte.

»Nein, ich habe Sofia nicht gesehen, und ich werde es auch nicht tun. Ich will es nicht tun. Ich bin auf der Polizeiwache, um zu arbeiten, um Geld zu verdienen.« Er drückte sie fester an sich und spürte, wie sie sich entspannte. »Du und ich, wir werden heiraten, Ida. Wir wollen eine Familie gründen. Du musst darauf vertrauen, dass ich das genauso will wie du.«

Sie stützte sich auf den Ellenbogen und schaute ihn an.

»Ich weiß. Ich habe nur solche Angst, dass du wieder Gefühle für sie bekommst, wenn ihr zusammenarbeitet.«

Er streichelte ihr über das Haar, noch immer nicht an den kurzen blonden Pagenkopf gewöhnt.

»Wir arbeiten nicht zusammen. Wir sind noch nicht einmal im selben Gebäudetrakt. Und wenn ich sie sehe, werde ich sie grüßen, fragen, wie es ihr geht, und dann weitergehen. Zwischen uns ist nichts mehr. Ich will mit dir zusammen sein. Nur mit dir.«

Ida lächelte, diesmal ein echtes Lächeln.

»Danke, dass du es mit mir aushältst.« Sie beugte sich vor, um ihn zu küssen.

Er atmete aus, erkannte auf einmal die alte Ida wieder.

»Wer hat gesagt, dass ich es mit dir aushalte? Ich leide den lieben langen Tag.«

»Pass nur auf, du!« Sie kam auf die Knie und setzte sich rittlings über ihn. »Das wirst du mir büßen.«

Fredrik umfasste ihren Nacken und zog sie zu sich hinunter, spürte, wie er durch ihre Position hart wurde.

»Das hoffe ich doch.«

41.

Sofia erwachte spät mit leichten Kopfschmerzen. Mit der Trinkerei musste jetzt Schluss sein. Als sie endlich aus dem Bett gekommen war, stellte sie fest, dass der Kühlschrank leer war – und auch der Kleiderschrank war ausgeräumt worden, um für Kajs und Mettes Sachen Platz zu schaffen. Ihr Angebot, die Wohnung zu nutzen, wenn sie hier im Norden waren, um mit Astrid zusammen zu sein, schienen sie sehr wörtlich genommen zu haben. Sie durchwühlte eine Ikea-Tasche, in der ihre Kleider nun aufbewahrt wurden, fand jedoch nichts, das weniger zerknittert war als die Bluse, die sie am vorigen Tag getragen hatte. Um rechtzeitig zur Morgenbesprechung zu kommen, konnte sie weder duschen noch bei Lundbergs Café vorbeigehen, um sich etwas zum Frühstück zu besorgen. Es würde auf ein trockenes Käsebrötchen aus dem Kühlschrank des Personalzimmers hinauslaufen.

Sofia freute sich nicht auf den Arbeitstag. In Gedanken an gestern Abend wurden ihre Wangen schamrot. Wie hatte sie so dumm sein können? Zu versuchen, einen Kollegen abzuschleppen. Was hatte sie sich gedacht, wo das hinführen sollte? Eine heiße Liebesnacht, von der niemand bei der Arbeit etwas mitbekam? Eine ernsthafte Beziehung und ein neuer Vater für Astrid?

Idiotin. Hatte sie nicht bereits entschieden, dass die Tür geschlossen und verriegelt war? Liebe, Sex und Nähe hatte sie nicht gebraucht, bevor sie Astrid bekam, und es war eindeutig nichts, wonach sie jetzt suchen wollte. Sie würde Mutter und Polizistin sein, sonst nichts. Sie nahm sich vor, das einzig Erwachsene zu tun und Johan um Entschuldigung zu bitten. Es war nicht gut, solche Dinge mit Schweigen zuzudecken. Er war eine vernünftige Person. Auch wenn er nicht mit ihr schlafen wollte, konnten sie sehr wohl Freunde sein. Sie würde einfach zugeben, dass sie beschwipst gewesen und auf eine dumme Idee gekommen war. Wenn sie Johan richtig einschätzte, würde er die Entschuldigung gut aufnehmen. Sogleich wurde ihr etwas leichter zumute.

Als sie auf die Wache kam, war die Bibliothek besetzt. Vera winkte sie in ihr Büro. Sofia schloss für eine Sekunde die Augen und sammelte Mut, um in den engen Raum hineinzugehen und Johans mitleidigem und vielleicht vorwurfsvollem Blick zu begegnen. Zu ihrer Erleichterung war er nicht da. Stattdessen saß Staatsanwalt Erik Holm im Besucherstuhl, während Karim neben ihm an die Wand gelehnt stand. Vera ließ sich am Schreibtisch nieder, und Sofia blieb im Türrahmen stehen.

»Johan ist in Umeå, um bei der Obduktion dabei zu sein«, antwortete Vera auf die Frage, die keiner gestellt hatte. Sofia beobachtete sie genau, um herauszufinden, ob die Information an sie gerichtet war, doch das schien nicht der Fall.

»Wir haben einen Bericht von diesem Forensischen Anthropologen aus Solna bekommen.«

»Das ging ja schnell«, sagte Karim.

Vera nickte.

»Noch keine DNA, aber eine Datierung des Fundes.« Sie zog einen Stapel zusammengehefteter Papiere aus einer Aktenhülle und ließ sie rumgehen. Sofia nahm die Blätter und las. Die erste Seite war eine Kopie des Antrags auf ein Todesermittlungsverfahren, den sie selbst an die Rechtsmedizin geschickt hatten, darin enthalten der Antrag auf DNA-Untersuchung, Obduktion der sterblichen Überreste sowie Feststellung der Identität. Die folgende Seite fasste kurz zusammen, wie bei der Untersuchung vorgegangen worden war. Es wurde ausgeschlossen, dass die Körperteile von verschiedenen Individuen stammten, und festgestellt, ob Anzeichen von Traumata oder pathologischen Veränderungen vorlagen. Sofia blätterte weiter zur folgenden Seite, wo Bilder die ordentlich auf einem grünen Chirurgie-Tuch ausgebreiteten Skelettteile zeigten. An der unteren Seite waren sie mit schwarz-weißem, nummeriertem Tatort-Klebeband befestigt. Es war deutlich zu sehen, dass es sich um eine rechte Hand mit dazugehörigem Ringfinger und kleinem Finger handelte.

»Die Untersuchung zeigt, dass das Skelett von einem voll ausgewachsenen Individuum stammt, da alle Epiphysen-Fugen geschlossen sind. Die Knochen weisen weder Ablagerungen noch Verschleiß auf, was möglicherweise darauf hindeutet, dass es sich um einen jungen Erwachsenen handelt«, las Vera laut. »Die Spiralfrakturen entlang der Spannungslinien des Knochens deuten darauf hin, dass die Hand mit einem scharfen Gegenstand abgetrennt wurde. Eine weitere Einwirkung kann nicht festgestellt werden, was bedeutet, dass die Abtrennung mit einem Schlag erfolgte. Dabei kann es sich um eine Axt oder ein großes Messer gehandelt haben, beispielsweise eine Machete.«

»Es braucht enorme Kraft und Präzision, um ein Körperteil mit einem einzigen Schlag abzutrennen«, sagte Karim.

Sofia sah Bertil Sondells magere Gestalt vor sich, wie sie da im Bett gelegen hatte. Mit Blut bedeckt, in eine Decke gewickelt, mit abgenutzten Wollstrümpfen an den Füßen.

Vera las weiter: »Die Datierung wurde mit der Radiokarbonmethode vorgenommen. Die Werte deuten darauf hin, dass die Skelettteile von einer Person stammen, die rund um das Referenzjahr 1955 gestorben ist, wo die Werte der radioaktiven Kohlenstoff-Isotope nach den Atomwaffenversuchen am niedrigsten waren. Oder kurze Zeit danach.«

»Kurze Zeit danach?«, fragte Sofia.

Vera schaute von den Papieren auf. »Dem Forensischen Anthropologen zufolge liegt 1959 innerhalb der Spanne von *eine kurze Zeit danach*. Das genaue Jahr können sie nicht feststellen.«

»Mit anderen Worten erhöht das weiter die Wahrscheinlichkeit, dass es sich bei dem, was wir gefunden

haben, tatsächlich um Sonja Sondells sterbliche Überreste handelt«, betonte Holm und schaute Sofia an.
»Wie lief es mit Vanja Branth?«

»Sie kommt her«, antwortete sie und ließ es klingen,
als ob das bereits organisiert sei, obwohl sie noch nicht
einmal angerufen hatte, um eine Zeit festzulegen. Jetzt
schien es plötzlich dringend, sie zu vernehmen.

»Und die Tatortuntersuchung von Bertil Sondells
Haus?«

Ohne den Blick des Staatsanwalts zu erwidern, schob
Vera die Lesebrille auf den Kopf.

»Die Kriminaltechniker waren ursprünglich davon
ausgegangen, im Laufe des Tages mit dem Haus fertig
zu werden, doch das Problem ist, dass Bertil keine
Freunde oder Verwandten hatte, die sagen können, ob
etwas fehlt. Er lebte allein, war gewissermaßen ein Ere-
mit. Meiner Ansicht nach stellt er das perfekte Opfer
für einen Raub dar, der zum Mord eskaliert ist. Es wäre
schließlich nicht das erste Mal, dass einem alten Menschen so etwas passiert. Sehr viel wahrscheinlicher, als
dass es sich um irgendeine …« sie suchte nach dem
Wort, »… persönliche Vendetta handelt.«

Holm runzelte entrüstet die Stirn.

»Was lässt Sie glauben, dass er überhaupt irgendetwas zu stehlen hatte? Wenn ich es richtig verstehe,
war er schwerer Alkoholiker. Solche Leute sitzen selten auf großen Reichtümern.« Der Staatsanwalt
schaute Vera direkt an. »Ich halte es nach wie vor für
sehr viel wahrscheinlicher, dass der Mord mit den
Körperteilen von Marviksgrunnan zu tun hat. Ich

sehe keinerlei Veranlassung für Sie, meine Expertise infrage zu stellen.«

Vera zuckte zusammen. Weder Marie Fransson in ihrer Funktion als Voruntersuchungsleiterin noch die mehr oder weniger anstrengenden Staatsanwälte aus früheren Ermittlungen hatten es je gewagt, so mit ihr zu reden. Sofia schlug die Augen nieder und sah noch, dass Karim das Gleiche tat. Die Luft schien von Veras wütendem Herzschlag zu beben. Sofia hörte ihre Chefin Atem holen.

»Schon lange bevor Sie geboren wurden, habe ich als Polizistin gearbeitet. Kommen Sie also nicht und erklären mir, wie ich meine Arbeit tun soll. Wir ermitteln, wir sammeln Beweise, und wir entscheiden, was sinnvoll ist und was nicht.«

Holm antwortete mit ruhiger Stimme.

»Mir ist klar, dass es schwierig ist, einen Schritt zurückzutreten, Vera, doch es ist nun einmal Tatsache, dass ich die Voruntersuchung leite. Sie tun, worum ich Sie bitte, und das gilt für alle anderen genauso.«

Sofia schluckte schwer. Die Kopfschmerzen vom gestrigen Bier waren nun deutlich zu spüren. Sie wollte nicht hineingezogen werden in Veras ständige Fehden mit allen, die Frechheit genug besaßen, sich als ihre Vorgesetzten zu bezeichnen. Sie wartete auf Veras Antwort, doch es kam nichts.

Sofia schaute auf und sah, wie Holm sich auf den Schenkel klopfte und aufstand.

»Gut. Dann halten Sie mich auf dem Laufenden, Sofia, was das Gespräch mit Vanja Branth angeht. Vera, Sie machen den Kollegen in Linköping ein bisschen Dampf. Soweit ich verstanden habe, gab es noch keine Antworten in Bezug auf Finger- oder Schuhabdrücke, richtig?« Er schaute Karim an. »Sie werfen mal einen Blick auf Bertil Sondells Finanzen und versuchen, die Einkünfte zu finden, von denen man hier offenbar ausgeht.« Als niemand antwortete, nahm er die runde Brille ab und steckte sie in die Brusttasche des hellgrauen, mit roten Knöpfen versehenen Hemdes. Er hatte es nicht eilig, den Raum zu verlassen, sondern schien die gespannte Stille vielmehr zu genießen.

»Nun, wenn Sie tun, worum ich Sie bitte, wird das alles hier hervorragend laufen.« Er klang beinahe aufgekratzt. »Das kann doch wohl nicht so schwer sein, oder?«

Sofia beobachtete Vera. Der letzte Kommentar reichte auch für sie aus, um das Bedürfnis zu verspüren, dem Staatsanwalt einen Tritt gegen das Schienbein zu verpassen. Doch Vera saß ruhig auf ihrem Stuhl, den Blick fest auf die Tastatur des Computers gerichtet.

»Dann also wie besprochen«, schloss Holm und verließ endlich das Zimmer.

Ich stehe im Keller und befülle den Toplader mit schmutzigen Unterhemden und Unterhosen. Außer dem Hotel sind wir die Einzigen auf der Insel mit einer eigenen Waschmaschine. Laut Bertil haben das nicht einmal die Leute in Stockholm, aber ich weiß nicht, ob ich das glauben soll. Auf jeden Fall ist es schick. Und praktisch. Einfach nur reintun, Waschpulver hinzufügen und den Schalter drehen. Mühsam wird es erst, wenn man die Wäsche herausholen muss. Pulloverärmel und Socken verdrehen sich durch die Zentrifugalkraft, und manchmal braucht es genauso lange, alles wieder zu entwirren, wie es gedauert hätte, alles von Hand zu waschen. Doch so komme ich darum herum, Bertils schmutzige Unterwäsche von Hand zu rubbeln.

Manchmal legt Gunnar ein Unterhemd oder ein Oberhemd dazu. Heute hat er zwei dicke Wollpullover hingelegt. Die können natürlich nicht in der Maschine gewaschen werden. Stattdessen lasse ich kaltes Wasser ein und füge ein paar Tropfen Seife und Essig hinzu. Bevor ich die Kleidungsstücke hineinlege, hält meine Hand inne. Ich führe einen der Wollpullover an die Nase. Ein verbotenes Gefühl, beinahe pervers. Doch zugleich berauschend. Der Duft von Gunnars Rasierwasser, vermischt mit dem vertrauten Wollgeruch und einer Spur von Schweiß. Kein beißender Alkoholgestank.

Mein ganzer Körper reagiert auf Gunnars Duft. Ich bleibe stehen, den Pullover an mein Gesicht gedrückt. Allein in dem warmen, feuchten Keller. Ich fantasiere, wie es sein würde, seine breite Brust zu küssen, das lockige Haar zu streicheln, das ich aus dem aufgeknöpften Hemd hervorschauen gesehen habe.

Ein Scheppern aus dem Kartoffelkeller lässt mich erstarren. Ich lege den Wollpullover in das kalte Wasser und drehe den Rücken zur Tür. Meine Wangen werden heiß vor Scham. Was wäre passiert, wenn er mich gesehen hätte? Wenn Bertil mich gesehen hätte?

»Ach, du bist hier?«, sagt Gunnar, als er die Tür öffnet. Ich drehe mich um und versuche, entspannt auszusehen. In der Türöffnung hinter ihm sehe ich das rote Licht, das er für seine Foto-Entwicklung benutzt.

»Ich wasche gerade«, antworte ich überflüssigerweise.

Er verschwindet in die Dunkelkammer, ist jedoch gleich wieder zurück.

»Darf ich dich fotografieren?«

»Beim Waschen?«

Er lächelt.

»Ich fotografiere gerne Menschen bei alltäglichen Tätigkeiten.« Er hebt die Kamera, dreht das Objektiv und stellt sich dabei so hin, dass das Licht aus dem Kellerfenster auf mich fällt.

»Schau hierher«, sagt er. »Über die Schulter, aber lass die Hände in der Wanne.«

Es kommt mir peinlich vor, für Gunnar zu posieren, doch ich tue, was er sagt.

Er macht ein Bild, und noch eines.

Dann lässt er die Kamera sinken und geht einen Schritt auf mich zu. Er ist viel zu nahe. Ich weiß nicht, was tun. Die Hände liegen noch immer in der Waschwanne.

»Du bist schön, weißt du das?«

Ich sehe ihn an.

»Du auch«, antworte ich mutig.

Als sei es das Signal gewesen, auf das er gewartet hat, beugt er sich vor, hebt behutsam mein Kinn und küsst mich. Es ist genau so, wie ich es mir in meinen Fantasien ausgemalt habe. Er schmeckt nach Kaffee und Kaugummi, atmet an meinem Hals, legt die Hand um meinen Nacken. Der Kuss wird feuriger, ich hebe die Hände aus dem Zuber und ziehe ihn an mich. Ich verliere mich im Augenblick und frage mich dennoch, ob das hier gerade wirklich passiert oder ob es nur eine Fortsetzung meiner Fantasie ist. Doch es ist Wirklichkeit. Gegen meinen Oberschenkel gepresst, spüre ich ihn hart werden.

Da wird über uns die Haustür mit einem Knall geschlossen, und etwas fällt im Flur zu Boden. Der Schlüssel zum Stall, in dem Bertil die Motorsäge aufbewahrt. Hunderte Male schon habe ich das Geräusch gehört. Das liegt an den ungeschickten Fingern und den rot geränderten Augen, die den Abstand zu den Haken unter der Hutablage nicht einschätzen können.

»Verdammt«, ist aus dem Flur zu hören.

Gunnar springt von mir weg und dreht sich, um in

die Dunkelkammer zurückzugehen. Dann hält er inne und lauscht nach oben, ob Bertil auf dem Weg hinunter in den Keller ist. Doch die Schritte des Hausherrn bewegen sich Richtung Vorratskammer. Sicher, um sich einen weiteren Schluck zu genehmigen.

Mit ein paar schnellen Schritten ist Gunnar wieder bei mir und gibt mir einen leichten Kuss auf den Mund.

»Bald«, flüstert er und lächelt.

Dann verschwindet er in der Dunkelkammer.

42.

Nach dem Mittagessen machten sie sich bereit, zum *Sonjagård* zu fahren. Ida klagte über Müdigkeit und Halsschmerzen, doch sie hatte zugesagt, an diesem Tag auszuhelfen. Nächste Woche soll sie mit ihrer neuen Stelle beginnen, und davor wollte sie Vanja so viel wie möglich helfen. Leichte Erkältungssymptome durften da kein Hindernis sein. Darauf, dass sie sich mitten in einer Pandemie befanden und die Empfehlungen des Gesundheitsamts etwas ganz anderes besagten, konnte Fredrik nicht einmal hinweisen. Genauso wenig darauf, dass er sowohl lernen als auch arbeiten musste, und daher auch an seinem freien Tag eigentlich weder Zeit noch Lust hatte, ihren Verwandten zu helfen.

Als sie den *Sonjagård* erreichten, wimmelte es dort bereits von Leuten, und mehrere Autos standen kreuz und quer an der Straße geparkt, die zum Eingang führte. Ein Gerüst war an der Hauswand aufgebaut, und an fast jedem Fenster stand jemand mit einer Schleifmaschine oder einem Pinsel. Vanja Branth war offenbar eine Frau mit einem großen Netzwerk. Sie hatte zu früherer Gelegenheit erzählt, dass für den *Sonjagård* ausschließlich ehrenamtlich gearbeitet werden solle, weshalb Fredrik annahm, dass alle hier aus freien Stücken da waren und mithalfen.

Als sie die Rollstuhlrampe erreichten, die Leif bereits dabei war, instand zu setzen, kam Vanja ihnen entgegen.

»Hier wird aber gearbeitet«, sagte Ida.

»Manchmal lohnt es sich, Furcht einflößend und freundlich zugleich zu sein«, lachte Vanja und zog ihren Mundschutz herunter. Sie zeigte zum Gebäude. »Alle, die hier mithelfen, sind mir in der einen oder anderen Weise etwas schuldig. Und die Gemeinde hat mir übrig gebliebenes Bauholz von anderen Gebäuden überlassen.«

Sie schob sie mit sich zu einem der Gerüste, auf dem ein Mann im Blaumann stand und ganz neue Fensterrahmen festschraubte. »Die Fenster hat uns eine Fensterfirma in der Stadt geschenkt, alle vierunddreißig. Dann haben natürlich viele von Leifs Mitarbeitern angeboten, beim Streichen zu helfen. Er hat eine Spritzlackierfirma«, fügte sie hinzu.

»Was können wir tun?«, fragte Fredrik.

»Juni ist drinnen und räumt die Küche aus. Sie war in ziemlich gutem Zustand, wir lassen sie also erst mal, wie sie ist. Später können wir dann schauen, ob wir die Möglichkeit haben, sie aufzurüsten. Wenn du ihr dort aufräumen hilfst, dann kann Ida mit mir ins Obergeschoss kommen und mit Leif Türleisten anbringen.«

Fredrik war erleichtert, dass Vanja ihn nicht gebeten hatte, etwas zu tun, wofür man Hammer oder Schraubenzieher brauchte. Obwohl er sich einzureden versuchte, dass es vollkommen okay war, als Mann nicht etwas bauen oder Autos reparieren zu können, schämte er sich doch, dass Ida diejenige war, die Abflüsse von Verstopfungen befreite und kaputte Lichtschalter reparierte. Sie hatte eine Neigung zum Praktischen, die ihm vollkommen abging. Vielleicht lag es daran, dass er nicht mit einem typischen Mann wie Björn Niemi aufgewachsen war, der den Anschein machte, aus ein paar Stöckchen und einer leeren Cornflakes-Packung eine Mondrakete bauen zu können. Oder aber es lag einfach am Interesse. Fredrik hatte sich nie zu diesen typisch männlichen Dingen wie motorisierte Fahrzeuge und Hausbau hingezogen gefühlt. Doch es erstaunte ihn, dass Vanja die Dynamik ihrer Beziehung so schnell durchschaut hatte.

Als Fredrik in die Küche kam, grub Juni ganz hinten im Schrank unter dem Spülbecken.

»Pfui Teufel!« Sie drehte sich um und hielt mit ihren Händen in Gummihandschuhen etwas hoch. »Schau!« Es war eine Rattenfalle, in der das getrocknete und schon lange dahingegangene Opfer noch feststeckte.

Fredrik griff nach einer Rolle Mülltüten und machte eine bereit, damit Juni die Leiche hineinwerfen konnte.

»Diesen Schrank hier kannst du übernehmen.« Sie ging weiter zu den Küchenschubladen auf der anderen Seite.

Fredrik zog sich ebenfalls Gummihandschuhe an und suchte sich einen Spüllappen und eine Sprühflasche mit Putzmittel heraus.

»Ich habe jetzt alles gelesen«, sagte Juni, ohne sich zu ihm umzudrehen. Ihm war klar, was sie meinte: Sie hatte alles über die *Estonia* gelesen. Sie hatte gefragt, ob sie die Unterlagen von Idas privaten Recherchen, die Juni in dem Karton gefunden hatte, ausleihen und mit nach Hause nehmen könne, und er hatte es ihr erlaubt. Obwohl sie sich erst seit einer Woche kannten, vertraute er ihr.

Vanja kam herein, mit Ida im Schlepptau.

»Wir wollten etwas Kaffee kochen«, sagte Vanja und schaute sich in der Küche um. »Habt ihr eine ICA-Tüte mit Kaffeefiltern gesehen?«

Juni zeigte auf die Bank, die an der Schmalseite unter den Küchenfenstern entlanglief. Vanja begann, Pulver in die große Restaurant-Kaffeemaschine zu schütten, als ein Handy klingelte. Sie fischte ein älteres Modell aus ihrer Strickjacke und ging ran. Nach den einleitenden Phrasen blieb sie stehen, den Blick auf den Fußboden gerichtet.

»Weshalb?«

Juni hörte auf, in der Besteckschublade zu klappern, und drehte sich zu ihrer Großmutter.

»Aber was sagen Sie denn da?« Vanja klang aufgebracht.

Die Person am anderen Ende der Leitung redete, und Vanja hörte zu, ohne sie zu unterbrechen.

»Wie ist das möglich? Ich verstehe nicht …«

Sie lauschte wieder und nickte dann.

»Ja, ich komme, aber heute geht es nicht … Okay, morgen um neun Uhr.«

Sie legte auf und blieb mit dem Handy in der Hand stehen.

»Was ist passiert, Oma?«

Juni ging zu Vanja und legte ihr die Hand auf die Schulter. Diese schaute hoch.

»Bertil Sondell ist tot. Und die Polizei hält mich wohl für die Mörderin.«

43.

Sofia legte den Telefonhörer auf und notierte in ihrem Kalender die Zeit, zu der Vanja Branth kommen würde. Sie hätte sie gerne bereits heute getroffen, doch Vanja war mit anderem beschäftigt gewesen, und da sie nicht offiziell verdächtigt wurde, war es nicht möglich, sie gegen ihren Willen vorzuladen. Stattdessen hatten sie sich für morgen um neun Uhr verabredet.

Das bedeutete, dass Tord und Margit Astrid auch morgen Vormittag übernehmen mussten. Sie schickte Tord eine SMS, in der sie mitteilte, dass sie sich bald auf die Fähre begeben würde, allerdings am nächsten Tag mit der Morgenfähre wieder zurückfahren müsste. Dann wählte sie die Nummer des Staatsarchivs und bekam zu hören, dass es am heutigen Tag geschlossen war. Während sie den Computer herunterfuhr, dachte sie über die Familie Sondell nach. Eine Nachricht aus der Rechtsmedizin über die DNA könnte jetzt vieles klarstellen. Hatten sie wirklich Körperteile von Sonja gefunden? Alles deutete darauf hin. Doch dann gab es noch Mona Höglunds Aussage. Warum hatte sie angerufen, um zu sagen, dass Axel Sondell niemals auf irgendeinem polnischen Schiff angemustert hatte, sondern ebenfalls spurlos verschwunden war? Konnte das bedeuten, dass er irgendwie in die Geschehnisse um Sonja verwickelt war? Doch warum stand er dann als »verzogen« im System? Zum jetzigen Zeitpunkt wurde Sofia gerade aus gar nichts schlau. Oder war es vielleicht einfach so, dass Monas Aussage überhaupt nichts bedeutete, und Axel tatsächlich beschlossen hatte, sein Glück anderswo zu suchen? Schon damals waren die Arbeitsmöglichkeiten auf der Insel minimal gewesen, und man war dorthin gezogen, wo es Arbeit gab. Vielleicht war es auch gar nicht so außergewöhnlich, dass niemand mit Sicherheit wusste, wohin er gegangen war. Die Kommunikationsmöglichkeiten Ende der Fünfzigerjahre waren kaum mit denen von heute zu vergleichen. Und bei wem sollte er sich melden? Bei seinem alkoholabhängigen und gewalttätigen Vater? Sofia vermerkte auf einem Post-it, dass sie Mona zurückrufen und sich weiter nach der Sache erkundigen, ihr ein bisschen Dampf machen wollte. Es könnte alles auch eine Art sein, Aufmerksamkeit zu bekommen, was nicht vollkommen ungewöhnlich war. Wenn etwas Spektakuläres geschah, krochen Leute aus ihren Löchern, um Teil des Wirbels zu sein. Das Bedürfnis, gesehen zu werden, sollte man nicht unterschätzen. Sofia hatte es viele Male erlebt, dass Leute eine Aussage über Ereignisse gemacht hatten, von denen sie nichts wussten, nur um eine Weile im Mittelpunkt zu stehen. Von all den Hinweisgebern gar nicht zu reden, die anriefen, sobald die Polizei die Öffentlichkeit um Hilfe gebeten hatte. Von hundert Anrufern hatten vielleicht einer oder zwei wirklich etwas Sinnvolles zu sagen. Die anderen waren entweder verrückte Spinner oder hatten ihre eigene, kleinliche Agenda – etwa den Nachbarn dranzukriegen, der auf ihrer Straße zu schnell fuhr. Sie dachte an Fredrik. Genau darüber hatten sie einmal diskutiert. Er mit dem Standpunkt, dass die Menschen taten, was sie konnten, um mitzuhelfen, und sie mit der Einstellung, die sie langsam, aber sicher vom Leben gelernt hatte – dass Menschen in erster Linie das taten, was für sie selbst gut war.

Ohne zu klopfen, trat Vera ein und setzte sich auf den Besucherstuhl.

»Ich werde noch wahnsinnig mit diesem Idioten!«

Nach ihr kam Karim, der an ein Bücherregal gelehnt im Zimmer stehen blieb. Man konnte in den letzten Tagen den Eindruck bekommen, über dem Türrahmen ihres Büros hinge ein *Bitte kommt einfach rein*-Schild. Vor gut einem Jahr hatte sie niemand gefragt, ob sie zum Mittagessen oder auf ein Bier nach der Arbeit mitkommen wolle. Noch weniger war jemand hereingekommen, um mit ihr über seine oder ihre Gefühle zu reden. Von Vera konnte man nicht behaupten, ihr Privatleben an die große Glocke zu hängen, doch seit der Scheidung war sie etwas weniger verschlossen, und meist war es Sofia, an die sie sich wandte, wenn etwas sie umtrieb. Einige Male hatte Vera sie sogar in der Elternzeit angerufen, unter dem Vorwand, wissen zu wollen, wie es Sofia ging. Doch dann hatte sie mit einem schimpfwörtergespickten Klagelied über irgendeinen neuen Kollegen losgelegt, der ihr das Leben schwer machte, oder aber über einen Vorgesetzten im

Landeskriminalamt, der irgendeine neue idiotische Richtlinie erlassen hatte, die ihre Arbeit negativ beeinflusste.

Sofia knipste die Lampe über dem Schreibtisch aus, um deutlich zu machen, dass sie dabei war, nach Hause zu gehen.

»Ich finde auch, dass Erik Holm nicht sonderlich sympathisch ist …«, begann sie, wurde aber sogleich unterbrochen.

»Nicht sonderlich sympathisch? Er ist ein verdammter Schnösel, und was für einer! Kaum trocken hinter den Ohren, und schon kommt er an und will mir erzählen, wie man eine Ermittlung leitet. Das ist zum Teufel noch mal vollkommen unglaublich!«

Über Veras Kopf begegnete Karims Blick dem von Sofia, und er zeigte ein amüsiertes Grinsen. Vielleicht forderte das Alter bei der unwirschen Kommissarin allmählich seinen Tribut, denn der gehässige Ausbruch begann zur Farce zu werden.

»Versuch ihn zu ignorieren«, sagte Karim, und Vera fuhr im Stuhl herum.

»Ignorieren? Du, ich will dir sagen, dass niemand, *niemand* mich auf diese Weise behandelt. Ich werde dafür sorgen, dass dieser schnöselige Teufelsbraten nie wieder seinen Fuß hierher setzt.«

Karim nickte mit einem »Wir-werden-ja-sehen«-Gesichtsausdruck, was Vera noch mehr in Rage brachte.

»Aber Himmel, wie könnt *ihr* ihn denn aushalten?« Sie schaute Sofia und Karim an.

»Nicht gut«, antwortete Sofia, »doch es hilft nichts, an

die Decke zu gehen. Er ist der Leiter der Voruntersuchung, und wenn es so weit ist, wird er diesen Prozess übernehmen.«

»Ja, aber verflixt«, fuhr Vera fort. »Deswegen muss man sich doch nicht wie ein verdammter Idiot benehmen.«

Für eine Sekunde war es still. Vera schien das Nötige losgeworden zu sein. Sie stand wieder vom Stuhl auf und quetschte sich an Karim vorbei zur Tür.

»Ich wollte nur sagen, dass wir noch einen Durchgang in der Bibliothek machen, bevor ihr nach Hause geht. Die Obduktion ist abgeschlossen.« Dann verschwand sie in den Gang hinaus.

Karim blieb stehen, und beide grinsten über Veras Abgang. Sofia schüttelte den Kopf.

»Ständig auf hundertachtzig zu sein, ist ungesund fürs Herz.«

Er nickte zustimmend.

»Aber ich verstehe sie. Er scheint wirklich ein richtiger Idiot zu sein.«

Sofia zuckte mit den Schultern und begann, ihre Sachen zusammenzupacken.

»Aber was können wir dagegen tun? Wir müssen die Zähne zusammenbeißen. Er hat nun mal das Sagen.«

»Dennoch ist es seltsam, dass man bei der Arbeit so und privat offenbar ganz anders sein kann.«

»Kennst du ihn privat?«, fragte Sofia erstaunt.

Karim beugte sich verschwörerisch vor und senkte die Stimme.

»Zu Hause ist er wohl ein richtiger Pantoffelheld.«

Sofia senkte ebenfalls die Stimme, obwohl sie nicht genau wusste, weshalb.

»Woher weißt du das?«

Jetzt war es an Karim, erstaunt zu schauen.

»Von Johan.«

Sie verstand überhaupt nichts.

»Woher kann Johan wissen, wie Holm privat ist?«

Karim richtete sich auf und legte den Kopf schief, als habe Sofia die dümmste Frage der Welt gestellt.

»Die beiden waren doch verlobt.«

44.

Sofia hatte den Blick fest auf Erik Holm gerichtet. Er schien sich ihrer Existenz überhaupt nicht bewusst zu sein und war ganz damit beschäftigt, auf dem Smartphone herumzuscrollen.

Das hier war also Johans Ex-Freund. Ex-Verlobter sogar. Wie konnte es sein, dass sie davon nichts gewusst hatte? Wie konnte es sein, dass nicht einmal Eva etwas davon wusste? Sie, die alles über alle wusste. Oder hatte sie absichtlich versucht, Sofia und Johan zusammenzubringen, um sie reinzureiten? Sie dachte an die verschiedenen Begegnungen, die sie mit Johan gehabt hatte, vor und nach der Elternzeit. Wie konnte sie alles so falsch interpretiert haben? Johan hatte ihr sein Interesse gezeigt, sie zum Essen und zu Bootstouren eingeladen. Er hatte sie berührt, sich flirtig benommen, und sie hätte schwören können, dass er ihr absichtlich seinen wohltrainierten Körper vorgeführt hatte. War das nur ein Spiel, um die Aufmerksamkeit einer halb verzweifelten, frischgebackenen Mutter auf sich zu ziehen, die seit über einem Jahr keinen Sex mehr gehabt hatte? Nein, das würde Johan nie tun. Oder? Holm sah von seinem Handy auf und begegnete ihrem Blick.

»Sollen wir dann mal anfangen?« Der Tonfall war beinahe herablassend. Wusste er, was gestern passiert war?

Vera beugte sich zum Lautsprechertelefon, das in der Tischmitte stand, und wählte die Nummer der Rechtsmedizin in Umeå. Caroline Fridell nahm sofort ab.

»Bei uns hier sind Johan Nyström, Natascha Vretlind, Assistenz-Ärztin, und ich«, erklärte sie. »Natascha wird mit euch das Obduktionsprotokoll durchgehen.«

Fridell verstummte, und Natascha übernahm. Die Stimme war monoton und nervös. Es klang, als spräche sie in ein Diktiergerät.

»Ja, also, mein Name ist Natascha Vretlind, und ich bin als Ärztin in Weiterbildung in der Rechtsmedizin in Umeå. Ich war die verantwortliche Ärztin bei dieser erweiterten Obduktion. Als zweite Ärztin war Caroline Fridell, Oberärztin der rechtsmedizinischen Abteilung im Institut für Rechtsmedizin in Umeå, dabei sowie Johan Nyström, Kriminaltechniker der Polizeiregion Nord.«

Holm verdrehte die Augen angesichts dieser ausführlichen Vorstellung.

»Um mit dem toxikologischen Befund zu beginnen: Dieser zeigte keine Auffälligkeiten. Bertil Sondell hatte keine Medikamente oder Giftstoffe im Körper. Hinsichtlich der Todesursache haben wir festgestellt, dass Sondell durch den Messerstich starb, der ihn am Hals getroffen hat, dabei wurde die Halsschlagader verletzt, und das Opfer verblutete. Eine weitere Wunde befindet sich genau auf Höhe des Herzens. Bemerkenswert ist, dass die spätere Verletzung von einer ausgesprochen kleinen Blutmenge umgeben ist. Ein Messerstich, bei dem sogar die Aorta getroffen wird, müsste eine größere Blutung verursachen.«

»Was bedeutet das?«, fragte Vera.

»Dass diese Verletzung ihm erst spät im Tathergang zugefügt wurde. Dass also die Blutzirkulation bereits begonnen hatte abzunehmen.«

»Der Täter hat das Opfer also zunächst einmal in den Hals gestochen und dann eine Weile abgewartet, um dann noch ins Herz zu stechen?«, fragte Holm

»Das ist richtig«, antwortete die Assistenzärztin. »Die äußere Beschaffenheit der Wundverletzungen deutet darauf hin, dass jeweils dieselbe Waffe zum Einsatz kam. Mit allergrößter Wahrscheinlichkeit das Mora-Messer, das im Brustkorb des Opfers steckte. Wie bereits festgestellt, wies das Opfer, als es aufgefunden wurde, eine voll entwickelte Leichenstarre auf. Während der Obduktion konnten wir keine nennenswerte Verwesung feststellen, unserer abschließenden Einschätzung zufolge wurde er irgendwann in der Nacht von Montag auf Dienstag ums Leben gebracht.«

Sofia sah, wie Holm wieder die Augen verdrehte.

»Ihre Einschätzung? Sie wissen es also nicht?«

Auf der anderen Seite wurde es still. Sofia fragte sich, ob er überhaupt schon einmal eine Voruntersuchung zu einem Gewaltverbrechen geleitet hatte. In dem Fall müsste er wissen, dass große Teile der Polizeiarbeit, besonders wenn es um diese Art von Ermittlungen ging, sich auf Vermutungen und Annahmen stützten, die dann mithilfe der gesuchten Beweise bestätigt oder entkräftet wurden. Die »Vermutungen« der Rechtsmediziner und Kriminaltechniker waren die am wenigsten unbegründeten im ganzen Ermittlungsverfahren – auf ihre Vermutungen konnte man sich verlassen.

»Das ist unsere Einschätzung, ja.« Fridell klang genervt, als sie wiederholte, was ihre jüngere Kollegin bereits gesagt hatte. Doch Holm hörte nicht zu. Er war bereits beim nächsten Gedanken.

»Mit anderen Worten handelt es sich also um ein Verbrechen, das mit starken Gefühlen zu tun hat«, stellte er fest.

Keiner aus der Rechtsmedizin antwortete.

»Das würde mit unseren Theorien übereinstimmen«, fuhr Holm fort. »Wir arbeiten mit der These, dass der Mord an Bertil Sondell eine Vergeltung war für einen Mord, den wiederum er Ende der Fünfzigerjahre begangen haben könnte. Wir meinen, dass die Reste der menschlichen Hand, die Ende letzter Woche zu Ihnen gebracht wurden, seiner früheren Frau, Sonja Sondell, gehören.«

Karim begegnete Sofias Blick.

»Ah ja«, antwortete die Assistenzärztin unsicher. Mit dem Staatsanwalt Theorien zu diskutieren, fiel nicht in ihren Aufgabenbereich. Von ihr wurde erwartet, eine schlüssige Erklärung zu liefern, was den Tod des Opfers verursacht und was als Mordwaffe gedient haben könnte. Zudem sollte sie feststellen, zu welcher Zeit ungefähr das Opfer gestorben war, ob der Täter gestanden oder gesessen und die Waffe in einer bestimmten Hand gehalten hatte sowie andere Details, die deutlich wurden, wenn man den toten Körper untersuchte. Sonst nichts.

»Was könnt ihr über den Täter sagen?«, fragte Vera, im Versuch, das Gespräch in die richtige Richtung zu lenken.

»Mit größter Wahrscheinlichkeit haben wir es mit einer rechtshändigen Person zu tun, die außer dem Stich in den Hals einen letzten Stich auf Herzhöhe ausgeführt hat. Diese Verletzung war jedoch nicht so tief wie die im Hals.«

»Und warum hat der Täter das Messer im Brustkorb stecken lassen?«, fragte Holm.

Wieder kam keine Antwort von den Personen am anderen Ende der Leitung. Dass das Messer im Körper steckte, war eine Tatsache.

»Ja, dann vielen Dank«, sagte Vera und beendete das Gespräch.

FREITAG, DER 28. AUGUST

45.

Sofia sah durch das Fenster hinaus auf den Köpman-holms-Kai, dem sich die Fähre näherte. Die Sonne schien von einem klarblauen, frühherbstlichen Himmel.

Sie hatte die ganze Nacht mit ihrer Tochter neben sich geschlafen, und Astrid hatte sich unter der Decke nah an sie gekuschelt. Sofia hatte lange wach gelegen und ihr über die verschwitzten Locken gestreichelt, hatte Gott, an den sie eigentlich nicht glaubte, für dieses Kind gedankt und sich gefragt, wie sie sich jemals in ihrem Leben hatte einbilden können, sie würde auf Kinder verzichten können. Schon der Gedanke, sie hätte Astrid nicht bekommen, schnitt ihr ins Herz.

Die Fähre legte an, und Sofia schaute nach dem schwarzen Volvo, den sie immer, wenn sie das Festland verließ, an derselben Stelle parkte. Auch Tord benutzte ihn, wenn er gegen seinen Willen gezwungen war, das Festland aufzusuchen. In früheren Jahren hatte er das nur sehr selten getan, doch seit Astrid geboren war, kam es immer häufiger vor. Gestern dann hatte er freiwillig angeboten, Astrid nach Örnsköldsvik zu bringen, damit Sofia nicht wieder zurück auf die Insel fahren musste, falls sie auch am Wochenende arbeiten müsste. Denn

Tord fuhr ohnehin aufs Festland, um Teile für einen Schiffsmotor zu kaufen. Bei dieser Gelegenheit wollte er Margit für eine Nacht in ein Hotel unten am Hafen von Örnsköldsvik einladen. Sofia freute sich darauf, den Freitagabend mit Astrid in der Stadt zu verbringen. Sie würden einen Spaziergang von der Wohnung runter zum Kai machen und die Schiffe anschauen und *Mein erstes Tierbuch* lesen, mit vielen lustigen Tieren und Geräuschen, die Astrid so liebte. Sofia sehnte das Ende des Arbeitstages herbei.

Auf dem Weg zur Polizeiwache kam sie an mehreren Zeitungsständen vorbei, an denen die Nachricht vom Mord an Bertil Sondell herausposaunt wurde. Immer gab es jemanden, der jemanden kannte, der entweder bei der Polizei, der Staatsanwaltschaft oder im medizinischen Bereich arbeitete und gerne mit der Presse sprach. Ihr war bewusst, dass sie Tord gegenüber immer zu viele Informationen preisgab, doch sie vertraute darauf, dass er den Mund hielt, wenn es darauf ankam.

Es wurde wild darüber spekuliert, inwieweit der Mord etwas mit dem Fund der abgetrennten Hand zu tun hatte, und Sofia musste wohl oder übel zugeben, dass diese Vermutung nahelag. Zugleich wurde die Ermittlungsarbeit langsam anstrengend. Wenn sich der Fund als Sonja Sondells Hand herausstellte, würde es schwer – um nicht zu sagen unmöglich – werden, herauszufinden und zu beweisen, was mit ihr geschehen war. Sofia hatte noch nie in einem Fall ermittelt, bei dem die Tat so weit zurück in der Vergangenheit lag und dann noch in einer kaum besiedelten Gegend geschehen war. So gab es keinerlei digitale Kommunikation, die man beschlagnahmen und untersuchen konnte, keine weiteren Informationen, keine Auswertungen von Funkzellen oder Überwachungskameras. Sie waren auf Spekulationen angewiesen. Doch hoffentlich würde die Vernehmung von Vanja Branth ein neues Licht auf die Sache werfen. Vielleicht auch darauf, was bei Bertil Sondell zu Hause geschehen war.

Sofia hatte sich gerade auf ihren Stuhl im Büro gesetzt, als schon Eva von der Rezeption anrief, um zu sagen, dass Vanja Branth mit Begleitung eingetroffen war. Sofia ging hinunter, um sie abzuholen, und traf auf eine ältere Frau in Freizeitkleidung. Sie sah nicht so schick aus wie auf den Bildern in der *Örnsköldsviks Allehanda*. Vanja hob Sofia zum Gruß den Ellenbogen entgegen, und Sofia tat dasselbe. Neben Vanja stand eine Frau, gekleidet in einen beigen Strickpullover und eine schwarze Anzughose. Von ihrem einen Arm baumelten zwei einfache Goldarmbänder, und in den Ohren trug sie diskrete Perlen. Sofia erkannte sie von der Zeitung her als Vanjas Tochter, Rebecka Branth. Rebecka nickte kurz zur Begrüßung und stellte sich vor. Auf einer der Holzbänke hinter ihnen saß ein mageres Teenager-Mädchen mit langem blondem Haar, das zu einem unordentlichen Knoten hochgebunden war. Sie war von Kopf bis Fuß schwarz gekleidet und trug einen Mundschutz, ebenfalls in Schwarz mit roten Rosen und Totenköpfen darauf.

»Wir kommen gleich wieder, Juni«, sagte Rebecka und wandte sich eilig zu dem Mädchen um, dann folgte sie Vanja und Sofia die Treppe hinauf. Nachdem sie sich mit entsprechendem Abstand in ihrem Büro niedergelassen hatten, bot Sofia ihnen Kaffee an.

Vanja nahm an, doch Rebecka schüttelte den Kopf.

»Können wir versuchen, die Prozedur kurz zu halten? In diesen Zeiten sollte Mutter nicht unterwegs sein und haufenweise Leute treffen.«

Sofia nickte, und Vanja ergriff das Wort, als würde sie die Vernehmung leiten.

»Wie Sie sehen, habe ich meine Tochter als Beistand mitgebracht. Sie ist Juristin, genau wie ich«, fügte sie hinzu und reckte die Nase in die Luft.

Sofia holte das Diktiergerät hervor und sprach rasch die einleitenden Sätze, ohne etwas auf Vanjas Kommentar zu erwidern. Normalerweise war es Angehörigen nicht erlaubt, bei der Vernehmung dabei zu sein, außer die betreffenden Personen waren nicht mündig. Doch da Vanja nach wie vor nicht offiziell verdächtigt wurde, hielt es Sofia nicht für nötig, deswegen herumzustreiten.

»Sie sind heute hier, um mir zu sagen, was Sie über Bertil Sondells Tod wissen.«

Vanja nickte, jedoch ohne zu antworten.

»Also, was wissen Sie über Bertil Sondells Tod?«, war Sofia gezwungen zu wiederholen. Sie konnte nicht entscheiden, ob sie sich über die ältere Frau ärgerte oder beeindruckt war von ihrer Souveränität.

»Nichts«, antwortete Vanja. »Das Einzige, was ich über Bertil weiß, ist, dass er ein Saufbold und ein Schwein war.«

»Als wir zuletzt sprachen, waren Sie überzeugt davon, dass es die Körperteile Ihrer Schwester sind, die wir in der Grube von Marviksgrunnan gefunden haben. Glauben Sie das nach wie vor?«

Sofia unterließ es absichtlich zu erzählen, dass Vanjas Theorie, den Ausführungen des Forensischen Anthropologen zufolge, immer wahrscheinlicher wirkte.

Vanja sah Sofia von oben herab an.

»Das Gefährlichste, was eine Frau tun kann, ist, einen Mann zu verlassen. Man muss sich nur in der Gesellschaft umsehen. Damals war es ähnlich, auch wenn man nicht in derselben Weise darüber gesprochen hat. Die Gewalt Frauen gegenüber ist nicht gestiegen, sie kommt heutzutage nur eher ans Licht.«

Es ärgerte Sofia, dass Vanja ihr eine Vorlesung über Gewalt gegenüber Frauen hielt, statt auf ihre Fragen zu antworten.

»Meine Frage war, ob Sie noch immer der Meinung sind, dass wir die sterblichen Überreste Ihrer Schwester in der Grube gefunden haben«, wiederholte Sofia.

Jetzt schaltete Rebecka sich ein. Der Tonfall war hart, streitlustig.

»Inwiefern ist es relevant, ob meine Mutter das meint oder nicht?«

»Ich habe Ihre Mutter gefragt«, brachte Sofia sie zum Schweigen.

»Sie wollte ihn verlassen, die Scheidung einreichen. Doch an dem bewussten Tag kam sie nicht wie verabredet zu uns. Die Polizei ist zum Haus hinausgefahren und hat nachgesehen, doch ihre Toilettensachen und einige ihrer Kleider waren weg, weshalb sie davon ausgingen, dass Sonja ihren Mann verlassen hatte, ohne uns Bescheid zu geben, um irgendwo anders neu zu beginnen.«

»Doch Sie haben das nicht geglaubt?«, fragte Sofia vielsagend. »Sie glaubten, Bertil habe ihr etwas angetan?«

Vanja nickte.

Rebecka mischte sich wieder ein.

»Wir verstehen, wie Sie denken, doch Sie können doch wohl nicht ernsthaft glauben, dass meine Mutter etwas damit zu tun haben könnte?«

Sofia antwortete nicht, sah Vanja nur an.

»Wo waren Sie in der Nacht zum letzten Dienstag?«

»Ich war draußen mit dem Boot, zusammen mit meinem Partner, Leif Lindgren.«

»Wohin sind Sie gefahren?«

»Nach Mjältön.«

»Und sind Sie dort die ganze Nacht geblieben?«

Vanja nickte.

»Wir haben gegrillt und Pfifferlinge gesammelt. Dann haben wir in Baggviken im Zelt übernachtet und sind am nächsten Morgen gegen neun Uhr nach Hause gefahren.«

»Haben Sie auf Ulvön Halt gemacht?«

Die Antwort kam sofort.

»Nein, das haben wir nicht getan.«

»Gibt es jemanden, der bezeugen kann, dass Sie sich die ganze Nacht auf Mjältön befanden?«

»Ja, Leif«, antwortete Vanja.

»Jemand anderen als Leif?«, verdeutlichte Sofia, obwohl sie sicher war, dass Vanja sehr genau verstanden hatte, was sie meinte.

»Im Lauf des Nachmittags sind mehrere Boote vorbeigefahren. Irgendjemand hat uns sicher in der Bucht gesehen. Wir haben auch ein niederländisches Paar getroffen, das ein Stück von uns entfernt angelegt hatte.«

Sofia notierte sich Typ und Modell des Bootes, mit dem das niederländische Paar unterwegs gewesen war.

»Bertils Sohn Axel, kannten Sie ihn?«

Vanja sah sie erstaunt an.

»Nicht direkt. Warum?«

Sofia räusperte sich.

»Wissen Sie, wo er sich heute befindet?«

Vanja schüttelte den Kopf.

»Ich glaube, er hat auf einem ausländischen Schiff angeheuert.«

Auch hier dieselbe Geschichte, dachte Sofia. Vielleicht stimmte es doch.

»Fällt Ihnen jemand ein, der Bertil Sondell tot sehen wollte?«

Vanja überlegte kurz.

»Ja, ich.«

»Aber Mutter«, sagte Rebecka und schaute ihre Mutter streng an.

»Sicher auch viele andere«, fuhr Vanja fort. »Doch wenn Sie im Klartext fragen, ob ich ihn ermordet habe, so ist die Antwort Nein. Ob es mir leidtut, dass er tot ist? Nein. Man bekommt, was man verdient. Egal wie, ich hätte nicht so etwas Simples gemacht, wie ihn mit einem Messer umzubringen. Dabei hinterlässt man sicher haufenweise Spuren.«

Die Feststellung war sachlich und logisch. Und dummerweise glaubte Sofia ihr. Irgendetwas an Vanja sagte ihr, dass sie keine Frau war, die etwas übereilt oder heimlich tat. Wenn sie Bertil ermordet hätte, dann hätte sie es auch zugegeben. Wäre vielleicht sogar stolz darauf gewesen.

46.

Den Hörer ans Ohr gedrückt, wartete Sofia in der Telefonschleife darauf, mit dem Staatsarchiv verbunden zu werden. Ihre E-Mail war nicht beantwortet worden, obwohl sie betont hatte, dass es um einen potenziellen Mordfall ging. Währenddessen dachte sie über Vanja Branth nach. Bei der Vernehmung am Morgen war sie ruhig und beherrscht gewesen. Sie hatte auf Sofias Fragen geantwortet, ohne ins Stocken zu geraten oder mit der Stimme zu zittern. Bei Kontrollfragen hatte Vanja genauso geantwortet wie vorher, ohne ihre Geschichte zu verändern. Zugleich war es während Vanjas ganzer beruflicher Karriere ihre Aufgabe gewesen, andere von der Unschuld ihrer Klienten zu überzeugen. Sie war eine versierte Juristin und hatte sicher viel Übung darin, sich von schwierigen Situationen nicht beeinflussen zu lassen. Es war nicht völlig auszuschließen, dass sie Sofia manipuliert hatte. Bei ihrem ersten Telefongespräch hatte Vanja sich ganz anders verhalten. Damals war sie erregt und vollkommen überzeugt davon gewesen, dass die gefundenen Körperteile von ihrer Schwester stammten. Jetzt, da Bertil tot war, hatte sie stattdessen beinahe gleichgültig gewirkt. Was eine bewusste Taktik sein konnte. Ihr Alibi konnte Sofia auch nicht überprüfen. Sie dachte an das, was Holm gesagt hatte, dass Vanja möglicherweise einen Helfer gehabt hatte. Das war denkbar. Vanja hatte ihnen auf Sofias Bitte hin die Kontaktangaben von Leif Lindgren überlassen, jedoch kühl mitgeteilt, dass ihr Partner nach Kalmar gereist war, um mit seiner Schwester und ihrem Mann eine Woche auf deren Segelboot zu verbringen. Solange sie auf See waren, hatten sie kein Netz, weshalb es sinnlos war zu versuchen, ihn dort zu erreichen. Vanja war auch sehr deutlich damit gewesen, dass es Zeitverschwendung war, sie in die Ermittlungen mit hineinzuziehen, und sie hatte wiederholt, dass am besagten Abend keiner von ihnen Mältön verlassen hatte und sie ganz bestimmt Bertil Sondell keinen Besuch abgestattet hatten. Sobald Vanja und ihre Tochter aus dem Büro hinaus waren, hatte Sofia dennoch versucht, Leif Lindgren anzurufen, hatte jedoch nur die Information bekommen, dass der Teilnehmer zurzeit nicht zu erreichen war. Das niederländische Paar mit dem Boot ließ sich ohne genauere Angaben unmöglich finden. Sie war in einer Sackgasse gelandet.

Die monotone Stimme am Telefon unterrichtete sie darüber, dass sie die Nummer dreizehn in der telefonischen Warteschleife des Staatsarchivs war. Wie viele Leute konnten eigentlich gleichzeitig dort etwas wollen? Bevor Vera ihr vorgeschlagen hatte, das Staatsarchiv zu kontaktieren, wäre Sofia noch nicht einmal auf die Idee gekommen, dort nach Informationen zu suchen. Andererseits hatte sie auch noch nie einen Fall gehabt, bei dem sowohl Opfer als auch möglicher Täter vor mehr als einem halben Jahrhundert geboren waren.

Beim Mittagessen hatte sie Vera und Karim von der Vernehmung erzählt, und die beiden waren ebenfalls der Meinung, dass Vanja durchaus ein Motiv hatte. Doch zugleich trauten sie ihr auch nicht zu, so etwas Gravierendes zu unternehmen, ohne die Bestätigung zu haben, dass es sich bei dem Fund tatsächlich um die sterblichen Überreste der Schwester handelte.

In Sofia keimte ein Gedanke: Woher konnten sie eigentlich wissen, das Sonja Sondell, wie behauptet, tatsächlich tot war? Vielleicht war sie ja selbst zurückgekehrt, um ihre Rechnung mit dem Ehemann zu begleichen, der, sowohl Vanjas als auch Tords Aussage zufolge, seine Frau jahrelang psychisch und physisch misshandelt hatte. Auch wenn Staatsanwalt Holm ein unsympathischer Tyrann war, konnte seine Theorie mit der Vergeltung durchaus richtig sein. Aber was hatte Sonja überhaupt dazu gebracht zu verschwinden? Doch wenn sie schon dazu in der Lage gewesen war, warum den Ehemann dann nicht damals direkt um die Ecke bringen und ein neues Leben beginnen? Wenn sie wirklich einfach so verschwunden war, musste ihr klar gewesen sein, dass ihre Angehörigen nach ihr suchen würden. Es passte hinten und vorne nicht zusammen.

Oder hatte vielleicht Axel Bertil getötet? Er hatte Tord zufolge dieselben Misshandlungen zu erleiden gehabt wie seine Stiefmutter. Doch warum sollte er zurückkehren, um seinen Vater zu töten, der ohnehin bald sterben würde? Sofia schüttelte den Kopf. Irgendetwas stimmte hier nicht. Alle bisherigen Theorien basierten darauf, dass die potenziellen Täter deutlich über siebzig waren. Sofia wusste aus jahrelanger Erfahrung, dass es nicht viel Kraft brauchte, um mit einem ausreichend scharfen Messer die Halsschlagader zu durchtrennen. Sie hatten durchaus schon Fälle von Körperverletzung und sogar Totschlag gehabt, bei denen die Täter im Alter von Vanja oder älter gewesen waren, doch dann ging es meist um innerfamiliäre Gewalt, psychische Krankheiten oder Suchtprobleme. Im vergangenen Jahr hatte Sofia einen Mann in den Achtzigern festgenommen, der seine Frau erwürgt hatte, da sie vergessen hatte, Milch zu kaufen. Es stellte sich heraus, dass der Mann schwer dement war und außerdem die falschen Medikamente nahm.

Sie schrieb sich auf einen Post-it-Zettel die Erinnerung, das Finanzamt zu kontaktieren, um zu schauen, ob es dort Informationen über Axels Verbleib gab. Sie klebte die Zettel neben die anderen an ihren Computerbildschirm. Seit sie wieder begonnen hatte zu arbeiten, waren es schon viele Post-its geworden. Früher hatte sie ihre Arbeitsaufgaben im Kopf behalten, doch seit der Geburt machte es den Anschein, als sei mehr als eine Hirnzelle verkümmert. Sie hatte gelesen, dass Frauen durch das Stillen verwirrt und vergesslich sein können, doch sie stillte nicht mehr. Trotzdem kam es ihr vor, als würde sie ständig darüber nachdenken, dass sie etwas vergessen hatte, ohne sich erinnern zu können, was es war.

Gegen halb zwei Uhr nachmittags schickte Tord eine SMS, dass sie schon jetzt von Köpmanholmen nach Örnsköldsvik fuhren, um ihr Astrid zu übergeben. Sie hatte noch massenhaft Dinge zu tun, doch zum ersten Mal bemerkte sie eine gewisse Eile in Tords Nachricht. Sie nahm es ihm nicht übel. Er hatte ihr und Astrid mehr geholfen als zumutbar war, und er verdiente wirklich einen Abend im Hotel mit seiner neuen Liebe. Sofia freute sich darauf, frühzeitig Feierabend zu machen und mit Astrid zusammen zu sein, selbst wenn das bedeutete, dass sie auch morgen, obwohl Samstag war, auf die Wache müsste. Doch immerhin entging sie dem morgendlichen Stress, die erste Fähre aufs Festland erreichen zu müssen. Tord hatte darauf bestanden, Astrid am Morgen wieder mit zurück auf die Insel zu nehmen, um dann mit ihr nach Sandviken rauszufahren und den, wie er sagte, letzten warmen Spätsommertag zu genießen. Sofia bezweifelte seine Einschätzung nicht. Er stammte von Generationen von Fischern ab, und die Fähigkeit, das Wetter zu beurteilen, lag so in seiner Natur wie das Atmen. Sie freute sich, dass ihre Tochter etwas Schönes unternehmen würde, statt zuzuschauen, wie ihre Mutter am Wochenende arbeiten musste.

Nach weiteren zehn Minuten in der telefonischen Warteschleife des Staatsarchivs meldete sich eine Frau, die sich als Lillian Ström vorstellte.

»Es tut mir leid«, sagte sie schleppend, nachdem Sofia ihr Anliegen vorgebracht und auf die Dringlichkeit hingewiesen hatte. »Die Bearbeitungszeit liegt für gewöhnlich bei ein paar Monaten. Sie können die gewünschten Archivbände bestellen, doch das kann, wie gesagt, dauern.«

Sofia erinnerte daran, dass es um eine polizeiliche Ermittlung ging, bei der eine Person einem Stückelmord zum Opfer gefallen und eine andere erstochen worden war. Doch das schien keine Wirkung auf Lillian zu haben.

»Selbstverständlich helfen wir der Polizei gerne, doch haben wir auch noch andere polizeiliche Anfragen vorliegen. Mehrere Polizeieinheiten warten auf Archivdokumente.«

»Aber geht es dabei ebenfalls um Mordfälle?«, fragte Sofia.

Lillian gab zu, dass es sich dabei nicht um Mord handelte, war aber dennoch skeptisch, Sofias Anliegen vorzuziehen.

»Bedauerlich zu hören«, sagte Sofia schroff. »Das Ermittlungsmaterial von Neunundfünfzig würde uns, wie schon gesagt, nicht nur helfen, einen Mord in der Vergangenheit aufzuklären, sondern auch einen erst kürzlich begangenen Messermord an einem bald hundertjährigen Mann, der seine ganze Familie verloren hat.«

Das gab den Ausschlag.

»Also gut«, sagte Lillian resigniert. »Geben Sie mir die Daten, dann werden wir sehen, was ich tun kann.«

Sofia gab der Frau alle nötigen Daten und ihre E-Mail-Adresse und bedankte sich für das Gespräch.

Es klopfte an der Tür, und Johan trat ein. Ihr erster Reflex war, aufzustehen und aus dem Büro zu rennen, doch zum einen verdeckte Johans breiter Körper den Fluchtweg, und zum anderen war es ein vollkommen unsinniger Gedanke.

»Darf ich reinkommen?«

Er sah verlegen aus, und sie machte eine Geste zum

Besucherstuhl. Nachdem er die Tür hinter sich geschlossen hatte, setzte er sich.

»Was die Sache neulich angeht …«

Sie hob die Hand, um es wegzuwischen, doch er ließ sie nicht entkommen.

»Mir ist jetzt klar, dass du meine Absichten falsch verstanden hast. Ich dachte, du wüsstest, dass Erik und ich … ja. Also, es ist nicht das erste Mal, dass eine Frau etwas von mir will.« Er schüttelte den Kopf. »Ich habe schon mehrmals zu hören bekommen, dass ich viel zu direkt bin und als flirtig rüberkomme.«

Er hob den Blick und sah sie an.

»Ich war nie so gut darin, schwul zu sein …«

Sofia lächelte über den seltsamen Ausdruck. Wie war man gut darin, homosexuell zu sein?

Auch Johan lächelte und schien sich ein bisschen zu entspannen. Er streckte die Hand aus und legte sie auf ihre, womit er unbewusst einen Beweis für das von ihm Gesagte lieferte.

»Ich mag dich, Sofia. Ich finde, du bist eine spannende und herrliche Person. Ich wäre gern dein Freund, wenn du das noch willst.«

Sofia schaute auf seine Hand, die über ihrer lag. Einen Freund konnte sie wirklich gebrauchen. Und noch niemand hatte sie jemals *spannend* und *herrlich* genannt. Wenn Johan mit dieser Peinlichkeit umgehen konnte, sollte sie es auch können. Schließlich war es nicht seine Schuld, dass sie sich wie ein hungriger Wolf auf ihn geworfen hatte.

Sie zog die Hand weg und lehnte sich im Stuhl zurück, verschränkte die Arme und sah ihn ernst an.

»Na gut. Wir können Freunde sein. Aber dann musst du mir zum Kuckuck noch mal erklären, was du in diesem Idioten Erik Holm gesehen hast.«

Johan brach in lautes Lachen aus.

»Ja, du. Allerdings. Wenn ich dich einmal zum Essen einladen darf, dann kann ich es dir erzählen.«

47.

Fredrik war allein bei der Arbeit auf der Wache. Aigul war schon losgegangen, um ihren Bus zum Flughafen zu erreichen. Sie reiste über das Wochenende nach Malmö, und er musste sich mit den anderen Kollegen zufriedengeben.

Fredrik empfing die beiden Wachmänner, die zu seiner Ablösung kamen, und berichtete kurz von den Ereignissen des Tages. Diese beiden Männer passten besser in das Bild, das Fredrik von typischen Wachleuten hatte. Auch wenn sie inzwischen etwas an Bauchumfang gewonnen hatten, war ihnen anzusehen, dass sie einmal gut trainiert gewesen waren – die mit Tätowierungen bedeckten Schultern und Arme erschienen noch immer Respekt einflößend breit. Was ihr Auftreten anbelangte, musste er an Aiguls Worte über Macho-Spielchen und unnötiges Aufheizen der Situation denken. Die beiden patrouillierten sogleich mit großen Schritten durch den Gang und blieben vor der einzig besetzten Zelle stehen.

»Warum hat er eine Decke?«

Der Insasse hatte freundlich um eine Decke gebeten und sich, auch nachdem er sie erhalten hatte, weiterhin gut benommen. Aigul zufolge kam es vor, dass Insassen das Fenster in der Tür mit der Decke verhängten, damit die Wachleute nicht reinschauen konnten, oder aber die Freundlichkeit in anderer Weise missbrauchten. Dann konnten ihnen Decke, Matratze und im schlimmsten Fall auch Kleider abgenommen werden. Es ist immer ein Geben und Nehmen, hatte sie gesagt. Was die Kollegen, die ihn ablösen wollten anging, schien es vor allem ein Nehmen zu sein.

Fredrik zuckte mit den Schultern.

»Ihm war kalt.«

»Ende August?«, erwiderte der Längere der beiden.

Fredrik widersprach nicht. Neu in dem Job, wie er es war, wollte er sich nicht gleich mit jemandem anlegen. Er ließ die beiden Männer vor der Zelle stehen und ging zurück in den Wachraum, um noch seine Arbeitszeiten in den Ordner einzutragen. Ob der Mann in der Zelle seine Decke behalten durfte oder nicht, lag nicht mehr in seiner Verantwortung.

Er nahm den Weg über die Rezeption. Einige uniformierte Polizisten, die dort arbeiteten, nickten ihm zu. Eine kindliche Freude durchfuhr ihn. Noch war er kein Polizist, aber bald würde er wieder diese Uniform tragen und Teil von etwas Größerem sein.

Er zog die Schlüsselkarte durch, um in den Eingangsbereich zu kommen. Heute hatte Ida das Auto genommen, weshalb er die gut einen Kilometer lange Strecke von ihrem Haus auf Kusthöjden zur Polizeiwache gelaufen war. Der Hinweg war kein Problem, da ging es bergab. Der Rückweg würde schweißtreibender werden.

Als er aus der Tür trat, erblickte er Tord Grändberg,

der vor der Rezeption wartete. Seit letztem Winter hatten sie sich nicht mehr gesehen. Im Gesicht sah er aus wie immer, doch statt den üblichen Gummistiefeln und dem Flanellhemd trug er einen hellen Leinenanzug und braune Loafer. Er hatte ein wenig von einem südamerikanischer Plantagenbesitzer an sich, aber schick.

»Fredrik Fröding!«

Sie umarmten sich herzlich.

»Das ist Margit.« Tord zeigte auf die dunkelhaarige, ältere Frau, die Sofia nach der Geburt geholfen hatte.

»Wir sind uns schon begegnet«, sagte diese und gab ihm lächelnd die Hand.

Tord strahlte über das ganze Gesicht und zupfte überrascht an Fredriks grauem Securitas-Pullover.

»Arbeitest du hier?«

Fredrik nickte.

»Na, Donnerwetter!«

Tord fischte eine Snus-Dose aus der Hemdtasche.

»Ja, das ist eine lange Geschichte.«

In kurzen Zügen erzählte Fredrik, dass er an der Polizeihochschule in Umeå angenommen worden war und dass Ida eine Stelle im Krankenhaus von Örnsköldsvik bekommen hatte und sie inzwischen hier in der Stadt wohnten.

»Weiß Sofia, dass du da bist?«, fragte Tord.

Fredrik schüttelte den Kopf.

»Sie wollte nur noch mal schnell ins Büro und etwas holen. Warte doch kurz auf sie.«

Fredrik wollte eben sagen, dass er schnell nach Hause musste, als die Tür zum Treppenhaus aufflog und Sofia heraustrat. Sie begegnete seinem Blick und schien für eine Sekunde nicht ganz zu glauben, was sie sah. Dann nahm sie das Kind, das sie trug, auf den anderen Arm und trat einen Schritt auf ihn zu.

»Fredrik?«

»Dann gehen wir wohl mal los«, sagte Tord schnell und reichte Sofia eine rot-weiß karierte Tasche. Sie nahm sie und winkte verwirrt zum Abschied, während Tord und die dunkelhaarige Frau durch die Eingangstür verschwanden.

»Was machst du hier?«

Ihm war klar gewesen, dass es früher oder später zu dieser Begegnung hatte kommen müssen – doch er hatte gehofft, dass dies nicht so bald geschehen würde. Und dass Sofia mit ihrem Kind erschien, damit hatte er nicht gerechnet. Schnell und nervös haspelte er dieselbe Erklärung herunter wie bei Tord. Sie hörte aufmerksam zu, ohne zu unterbrechen.

»Ist es in Ordnung, dass ich hier bin?«, fragte er am Ende, als sie nichts sagte.

Diese Frage schien sie aus ihrer Verwirrung zu wecken.

»Warum sollte es nicht in Ordnung sein?«

Er zuckte mit den Schultern.

»Ich dachte, es wäre dir vielleicht unangenehm, dass ich hier arbeite, schließlich haben wir eine gemeinsame Geschichte, und jetzt wohne ich hier und arbeite im selben Gebäude wie du und ... habe jetzt eine Freundin.«

Sofia schluckte und lächelte angestrengt.

»Damit habe ich gar kein Problem. Es freut mich für

dich, dass du wieder in der Polizeiausbildung bist und die Liebe gefunden hast. Ich habe auch gerade einen Mann getroffen und …«, nervös trat sie von einem aufs andere Bein, »und … ja, das ist jedenfalls kein Problem für mich. Du kannst arbeiten, wo du willst.« Das Kind auf dem Arm bewegte sich, und Sofia setzte es wieder auf den anderen Arm, sodass Fredrik einen Blick auf das Gesichtchen werfen konnte.

Er erstarrte, und die Zeit blieb stehen.

Unten im Kartoffelkeller sehe ich zu, wie Gunnar vorsichtig die Filmrolle aus der Kamera holt. Sie darf kein Licht abbekommen, deshalb hat er das Kellerfenster mit einer Holzplatte zugestellt. Um irgendetwas sehen zu können, hat er eine rote Lampe montiert, die den Raum nur schwach erhellt. Flüssigkeiten in verschiedenen Schalen duften neu und fremd. Ein fetter, süßlicher Geruch erfüllt meine Nase, auch ein stechender, wie Essig. Während Gunnar Flüssigkeiten mischt und Fotopapier zwischen den Wannen hin und her bewegt, erklärt er die ganze Zeit, was er gerade tut. Ich höre zu, bekomme jedoch nichts mit. Ich folge seinen Händen mit dem Blick, schaue hingerissen auf seinen perfekten Mund, während er von seiner Leidenschaft für Fotografie erzählt.

Bertil ist unten bei der Grube auf der südlichen Insel und kommt erst gegen Abend nach Hause. Seit dem Kuss im Waschkeller hat Gunnar keine weiteren Annäherungsversuche unternommen.

Ich kann tagsüber nicht mehr essen, nachts nicht mehr schlafen. Bis in die frühen Morgenstunden hinein liege ich wach und fantasiere von Gunnar. Davon, neben ihm einzuschlafen, ihn zu lieben. Ich will, dass er zu mir kommt, neben mich ins Bett kriecht und dort weitermacht, wo wir unterbrochen wurden.

»Schön, oder?«

Gunnar hält das schwarz-weiße Bild hoch, erklärt

mir die Magie von Entwicklerbad, Unterbrechungs-
bad und Wässerung, wodurch die Bilder auf Papier
erscheinen. Dieses nun zeigt einen Mann in der Grube,
der eine Lore mit Eisenerz belädt. Auch das folgende
Bild stammt aus dem Bergwerk. Zwei Männer werden
in das dunkle Loch hinabgelassen. Als ein drittes Bild
von einem klaren See unter der Erde erscheint, muss
ich nachfragen, wo das ist, da ich das Motiv nicht wie-
dererkenne.

»Marviksgrunnan«, sagt er. »Die alte Grube.«

Ich bin einmal dort bei der Kapelle gewesen, doch
nie in der Grube. Zu Bertils Freude ist der Abbau in
Marviksgrunnan stillgelegt worden. Die Erzader schien
zu versiegen, und daher lohnte es sich nicht, dort weiterzumachen. Die neue Grube verspricht größere Erzvorkommen, daher wurden alle Kräfte sowie Maschinen und Ausrüstung dorthin verlagert. Nur der alte
Dieselkompressor blieb in Marviksgrunnan zurück, da
die neue Grube auf Elektrizität umgerüstet wurde.
Dort haben sie einen Transformator für die Zugsys-
teme. Für uns war der Wechsel zum neuen Standort
der Erzgewinnung ganz eindeutig günstig, denn das
Land der neuen Grube gehörte seit der Jahrhundert-
wende der Familie Sondell. Inzwischen ist es natürlich
an Höganäs-Billesholm verkauft worden, doch Bertil
hofft, dass er sich auf diese Weise ausreichend Kenntnisse verschaffen kann, um endlich eine eigene Grube
auf seinen Ländereien auf der nördlichen Insel zu eröffnen. Außerdem verkauft er weiterhin Holz zum Bau
von Maschinenhäusern und Arbeitshütten.

»Diese Grube da ist ziemlich außergewöhnlich«, fährt Gunnar fort. »Sie besteht nicht aus einem senkrechten Loch in den Berg hinein, sondern aus einem horizontalen Stollen, durch den das Erz abgebaut und transportiert wurde. Er wurde über hundertfünfzig Meter tief in den Berg hineingesprengt.«

Ich nicke und versuche, interessiert auszusehen. Ich will nicht über Gruben und Bergbau reden. Nicht einmal über Fotografie will ich reden. Ich will, dass Gunnar mich an sich zieht, mich küsst.

»Jetzt ist die Grube von Marviksgrunnan ganz leer«, fährt Gunnar fort.

Er lächelt verschmitzt, als habe er meine Gedanken gehört.

»Vielleicht sollten wir einmal einen Ausflug dorthin machen?«

48.

Fredrik stand auf einer Leiter und strich die Schnitze-
reien auf der Veranda des *Sonjagård*. Es war spät am
Abend, und die Sonne ging schon unter. Als er nach
Hause gekommen war, war Ida ihm bereits in Schrei-
nerhosen im Flur entgegengekommen, Juni im Schlepptau. Also noch eine Schicht auf dem *Sonjagård*, und er
hatte keine Möglichkeit zu protestieren. Er hatte sich
Sportkleidung angezogen, irgendwelche Arbeitskleidung besaß er natürlich nicht, obwohl sein zukünftiger
Schwiegervater meinte, er solle sich wenigstens einen
Werkzeuggürtel und ein paar ordentliche Handwerker-
hosen mit Taschen für alle möglichen Gerätschaften
kaufen.

Ida und einige der Männer, die mithalfen, waren zu
einem nahe gelegenen Holzhandel gefahren, um mehr
Bauholz zu besorgen. Natürlich hatte Ida angeboten zu
fahren und war gekonnt mit dem Anhänger auf dem
Hof herumrangiert. Etwas, was er nie hinbekommen
hätte. Doch gerade war seine Unfähigkeit in typisch
männlichen Fertigkeiten das Letzte, was ihn interessierte.

Er hatte ein Kind.

Er war so sicher, dass er sein Leben dafür verwetten

würde. Als er das kleine Mädchen auf Sofias Arm angesehen hatte und sie seinem Blick begegnete, war etwas in ihm zersprungen, war zu scharfen Scherben geworden, die jetzt tief in seiner Seele schabten. Das Mädchen war eine Kopie von ihm. Nicht nur das dunkle Haar und die dunklen Augen, auch die Hautfarbe, die Nase, das Kinn und sogar die Ohren waren von ihm.

Seine Hand tastete zur Hosentasche, wo so viele Jahre lang die Tabletten gesteckt und darauf gewartet hatten, ihm Trost und innere Ruhe zu schenken. Nun war die Tasche leer, und er war seiner Angst ausgeliefert. Was sollte er jetzt tun? Konnte er einfach weitermachen wie zuvor, obwohl er wusste, dass er dort draußen ein Kind hatte? Eine Tochter. Seine Tochter.

Wie viele Male er diese Worte in der letzten Stunde auch gedacht hatte, sie klangen doch fremd. Dass er, der in seinem Leben kaum irgendetwas richtig hinbekommen hatte, Vater dieses perfekten, kleinen Kindes sein sollte!

Als er sie in der Nacht ihrer Geburt sah, hatte er so ein Gefühl gehabt, eine Art Verbindung, wie verrückt auch immer das klang. Er hatte dem Gefühl nicht getraut und Sofia bekniet, die Kleine wiedersehen zu dürfen, doch sie hatte ihn ignoriert. Dann war das Ergebnis des Vaterschaftstests gekommen, und er hatte klein beigegeben.

Die bestandene Aufnahmeprüfung bei der Polizeihochschule, der Umzug, die Hochzeitspläne, alles zusammen hatte seine letzten Zweifel in den Hintergrund treten lassen. Doch jetzt nicht mehr. Das Mädchen war von ihm. Anders konnte es nicht sein. Kaj war blond und blauäugig. Sofia war ebenfalls blond, allerdings mit grünen Augen. Wenn er sich an den Biologieunterricht in der Schule richtig erinnerte, konnten die beiden aller Logik nach kein Kind mit braunen Augen hervorgebracht haben.

»Fredrik?«

Juni stand unten an der Leiter und reichte ihm einen zweiten, feineren Pinsel hinauf. Er nahm ihn entgegen, malte jedoch nicht, er starrte nur teilnahmslos auf die Holzverzierungen vor seiner Nase.

Nicht noch einmal würde er sich hinters Licht führen lassen. Nie mehr. Er würde nicht aufgeben, bevor er die Bestätigung hatte, dass es sein Kind war.

Plötzlich ging ihm auf: Er wusste noch nicht einmal den Namen des kleinen Mädchens.

SAMSTAG, DER 29. AUGUST

49.

»Wusstest du, dass Fredrik Fröding als Wachmann hier arbeitet? Hier, auf unserer Polizeiwache!«

Sofia lief auf dem Linoleumboden in Veras Büro hin und her. Sie kam sich lächerlich vor, aber sie konnte nicht stillstehen, und die Größe des Zimmers erlaubte nicht mehr als drei aufgebrachte Schritte hin und wieder zurück.

Vera sah sie an.

»Ja, doch, das wusste ich.«

Sofia blieb stehen und fuchtelte wild vor der Nase ihrer Chefin herum.

»Und hast es nicht für nötig befunden, nein, warte, nicht als angemessen angesehen, es mir zu erzählen?«

Der Tonfall war deutlich schärfer, als sie Vera gegenüber sonst sprach, doch sie konnte sich nicht beherrschen.

Unbeeindruckt lehnte die Kriminalhauptkommissarin sich im Stuhl zurück und schob die Lesebrille auf den Kopf.

»Mir ist bewusst, dass ihr eine Geschichte zusammen hattet und es eigentlich äußerst unpassend ist, dass er hier arbeitet, doch sie brauchten Personal, und Bewerbungen kommen gerade nur äußerst spärlich rein.«

»Obwohl …«, begann Sofia, wurde aber sogleich von Veras ruhiger und autoritärer Stimme unterbrochen.

»Ylva hat mich gefragt, ob ich es für angebracht halte, dass ihr trotz eurer Romanze in der Vergangenheit im selben Haus arbeitet – zumal Fredrik ja auch noch in Ermittlungen verwickelt war, an denen du mitgearbeitet hast. Meine Antwort darauf war selbstverständlich, dass Securitas ihn *nicht* einstellen soll.«

»Warum haben sie es dann doch gemacht?«

»Das weiß ich tatsächlich nicht«, gab Vera zu. »Doch ich nehme an, sie hatten keine Wahl. Es gab zwei Bewerbungen, und vier Plätze mussten besetzt werden.«

Sofia begann wieder, durchs Zimmer zu tigern und merkte, wie die Wut in ihr hochkochte. Warum konnte nichts einfach mal gut sein? Warum konnte Fredrik nicht einfach da bleiben, wo er hingehörte? Polizeihochschulen gab es an mehreren Stellen im Land. Warum musste er sich ausgerechnet in Umeå bewerben und sich obendrein noch hier in Örnsköldsvik niederlassen? Das Ganze war so verrückt, dass sie sich wirklich fragte, ob er noch ganz bei Trost war. Und seine Freundin hatte er mitgeschleppt, hatte sich ein Haus zugelegt und sich hier niedergelassen, als sei das die natürlichste Sache der Welt.

»Mir ist klar, dass das alles für dich nicht so ganz optimal ist«, sagte Vera, ungewöhnlich einfühlsam. »Aber du kannst ihn nicht davon abhalten, zu arbeiten und zu studieren. Ich dachte, ihr würdet euch noch mögen, auch wenn ihr nie wirklich zusammengekommen seid.«

Veras außergewöhnlich verständnisvolle Haltung traf Sofia tief. Einerseits spürte sie eine solche Wut in sich, dass sie kurz davor war, mit Gegenständen um sich zu werfen. Zugleich war sie den Tränen nahe und wäre am liebsten auf der Stelle zusammengesunken und gestorben. Ja, sie mochte Fredrik noch. Vera hatte recht. Und sie wünschte ihm ein glückliches Leben, nach allem, was er durchgemacht hatte. Natürlich hatte er das Recht, sich eine Ausbildung und eine Arbeit zu suchen, aber warum musste er das ausgerechnet hier tun? Es kam ihr vor wie in einer schlechten Fernsehserie mit viel zu vielen Folgen. Es wäre so viel besser gewesen, hätte er sein Leben irgendwo anders fortgesetzt. Sie wollte ihm nicht jeden zweiten Tag über den Weg laufen müssen. Was stellte er sich vor – dass sie gute Freunde würden? Sich zu viert zum Essen treffen könnten? Mit heißen Wangen fiel ihr ein, wie sie ihm vorgelogen hatte, sie sei in einer Beziehung. Warum hatte sie das getan?

Fredrik war nicht nur mit jemandem zusammen, er war verlobt und würde heiraten. Ida hatte eine Stelle im Krankenhaus, hatte er erzählt. Es tat weh, ihn von der Frau reden zu hören, die den kaputten Fredrik Fröding schließlich heil gemacht hatte – was ihr selbst nicht gelungen war. Fredrik hatte sie sitzen gelassen, war aber zu ihr zurückgekommen, nicht ein-, sondern gleich zweimal. Und sie hatte ihm die Tür aufgehalten und ihn willig empfangen, ihm ein Dach über dem Kopf gegeben und ihr Leben und ihre Karriere riskiert, um ihm zu helfen. Und dann hatte er sich für eine andere entschieden. Jetzt führte er mit seiner neuen Freundin ein Familienleben, während sie völlig desorientiert versuchte, ihr Leben als Mutter und Single auf die Reihe zu kommen und dabei ihre homosexuellen Kollegen anbaggerte. Das war beschämend, deprimierend und ungerecht.

Wobei ihr eigentlich klar war, wo der Schuh drückte, und dass all dies Kleinigkeiten waren gegenüber dem, was ihr wirklich Angst machte: Sie hatte seinen Blick gestern gesehen und wie seine Augen die Astrids suchten. Und ihre Tochter hatte Fredrik angeschaut, sein Gesicht betrachtet, wie er ihres. Als verstünde sie alles, obwohl sie erst sechs Monate alt war.

Schon in der Sekunde von Astrids Geburt hatte Sofia es gewusst. Sie ähnelten sich so unglaublich, mit dem dunklen Haar und den beinahe schwarzen Augen. Sie war überzeugt davon, dass auch Tord sich das seit Langem schon ausgerechnet hatte. Trotzdem spielten alle um sie herum mit. Zu Astrids Bestem, aber Sofia hatte auch ihre eigenen, egoistischen Motive.

50.

Sofia knallte Veras Bürotür hinter sich zu und marschierte in den Gang hinaus. Ihr Verhalten war unmöglich, das wusste sie, doch am heutigen Tag waren sie nur zu zweit vor Ort, und wenn jemand mit einem Gefühlsausbruch umgehen konnte, dann Vera.

Was zum Teufel hatte Fredrik hier zu suchen? Es brodelte noch immer in ihr. Warum blieb er nicht einfach in Stockholm, mit seiner Freundin, seinen Wellness-Reisen und seinem perfekten neuen Leben?

Sie setzte sich an den Schreibtisch und schaltete den Computer ein. Ihre Hand zitterte vor Entrüstung, doch sobald auf dem Schirm das Hintergrundbild mit der lächelnden Astrid darauf erschien, verwandelte sich die Wut in Angst. Sofia lief es kalt den Rücken hinunter. War er deswegen hergekommen? Um ihr Astrid wegzunehmen? War alles nur gespielt gewesen? Sein Schweigen, seine Kapitulation. War das nur die Ruhe vor dem Sturm gewesen?

Im E-Mail-Programm plingte es, und sie klickte eine neue Mail von Lillian Ström aus dem Staatsarchiv an, die mitteilte, dass sie die alten Ermittlungsakten über Sonja Sondells Verschwinden an die Wache gefaxt habe. Das musste Rekord sein, denn nicht einmal vierundzwanzig Stunden waren vergangen, und ihr Antrag war bereits in Bezug auf Schweigepflicht untersucht und fertig bearbeitet worden. Einen Rekord, für den Sofia eines Tages vielleicht würde büßen müssen, wenn herauskam, dass sie eine staatlich Angestellte mehr oder weniger gezwungen hatte, sie allen anderen Wartenden vorzuziehen.

Wieder drängten sich die Gedanken an Fredrik in den Vordergrund. Im Frühjahr hatte er ein paarmal angerufen und sie gebeten, mit ihr über ihre Tochter sprechen zu dürfen. Sie hatte erwidert, dass er sie in Ruhe lassen solle. Schließlich hatte sie ihm direkt ins Gesicht gesagt, dass Kaj bereits offiziell als Astrids Vater eingetragen war. Doch Fredrik hatte weiterhin angerufen. Und dann hatte er eines Tages plötzlich damit aufgehört, ohne dass sie wusste, warum.

Doch jetzt war er wieder in Örnsköldsvik. Und hatte Rechte. Wenn er Astrid sehen wollte, konnte er dafür sorgen, dass dies geschah.

Die Gedanken drehten sich immer schneller, und jetzt kamen ihr beinahe die Tränen. Sie sah Kajs stolzes Gesicht, als er Astrid auf der Wache präsentiert hatte. All die Stunden, in denen er die Kleine im Schneematsch und auf schlammigen Schotterwegen draußen auf der Insel im Wagen herumgeschoben hatte. Mette gegenüber hatte sie ein fürchterlich schlechtes Gewissen, nach allem, was sie durchgemacht hatte, um am Ende zu akzeptieren, dass ihr Mann mit einer anderen Frau ein Kind hatte. Was würde sie sagen, wenn herauskam, dass Astrid gar nicht Kajs Tochter war? Sie war genauso unschuldig wie Fredrik – und wie Astrid selbst. Ihr wunderbares, gutmütiges kleines Mädchen. Würde ihr der einzige Vater genommen werden, den sie kannte? Was auch jetzt geschah, alles würde für immer anders werden.

Sofia stand auf und ging in den Kopierraum, wo das Faxgerät stand. Jetzt kamen die Tränen. Sie atmete tief ein und schaute zur Decke, versuchte, den Sturm der Gefühle in den Griff zu bekommen, doch es gelang ihr nicht. Alles, was sich bis zu diesem Augenblick angestaut hatte, brach sich Bahn. Irgendwo tief in ihrem Inneren wusste sie, dass sie sich selbst in diese Situation hineingeritten hatte. Warum hatte sie bei Astrids Geburt nicht gesagt, wie die Dinge lagen? Jeder, der Augen im Kopf hatte, konnte sehen, dass sie nicht Kajs Tochter war. Auch Kaj. Ein einziges Mal hatten sie darüber gesprochen und sich geschworen, weder Mette noch Fredrik gegenüber ein Wort darüber zu verlieren.

Wieso hatte sie es so weit kommen lassen? Aus Wut auf Fredrik? Weil er ihr als Vater für Astrid nicht gut genug erschienen war?

Voller Scham schluchzte sie laut auf. Sie war eine echte Lachnummer! Mit dem Handrücken wischte Sofia sich die Nase ab und versuchte, sich zu sammeln. Sie atmete ein paarmal tief durch und griff nach dem dünnen Papierstapel im Faxgerät. Vier Blätter aus dem Staatsarchiv in Härnösand. Absenderin war Lillian Ström.

Sie überflog das Dokument, und schon beim vierten Absatz blieben ihre Augen an etwas Interessantem hängen.

Heute ist Bertil auf dem Festland. Erst gegen Abend
kommt er zurück. Wir haben Gunnars Boot nach
Marviksgrunnan genommen, sitzen zusammen auf
der hinteren Bank, so nahe, dass unsere Schenkel sich
berühren. Ich lege die Hand auf sein Knie, streichele
mit dem Daumen die weichen Haare auf seinem Bein.
In der Bucht liegen keine Boote, doch in einem der
Häuser unterhalb der Kapelle steht die Tür offen, und
Bettlaken hängen zum Trocknen davor. Gunnar
rutscht ein Stück von mir weg, drosselt den Motor und
lässt das Boot zwischen den kleinen Felseninseln hin-
durchfahren. Er springt an Land und bittet mich, ihm
das Tau zuzuwerfen. Mich durchfährt ein Schauder,
als ich seinen starken, sehnigen Händen zusehe, wie
sie geschickt Knoten um den Metallhaken im Felsen
binden. Bald sind wir allein, weit weg von Bertils
wachsamem Auge.

Wir haben einen Korb dabei, ein paar Bier und belegte Brote. Gunnar hat Kerzen und eine Decke mitgenommen. Vor der Schmiede mit ihrem allmählich
verfallenden Holzdach begegnen wir zwei Urlaubern
mit einem schwarzen Hund. Davon abgesehen ist
der alte Fischerort menschenleer. Die beiden bleiben
stehen, als wir an ihnen vorbeikommen. Gunnar streichelt den Hund. Das Paar möchte über Wetter und
Wind, Angeln und Bergbau reden, doch ich möchte
nur weiter. Gunnar hält dem Mann und der Frau seine

Kamera hin und erzählt, dass wir in der Grube Fotos machen wollen. Vollkommen unnötig eigentlich, da sie sich nicht die Bohne darum kümmern, was wir vorhaben.

Als wir bei der Grube sind, bleibe ich vor dem Holzbalken stehen, der dort aufgestellt wurde. Drinnen ist es dunkel, der Eingang ist voller Wasser. Ich zögere, mache dann ein paar Schritte um den Balken herum und schaue in das kristallklare Wasser. Der Unterschied zwischen der warmen Sonne draußen und der feuchten Kälte in der Grube lässt mich schaudern. Als wir in die Dunkelheit hineintreten, schaltet Gunnar die Taschenlampe an und nimmt meine Hand. Ich drehe mich um und sehe nach, ob das Paar noch da ist, doch die beiden sind bereits hinter den Felsklippen verschwunden. Gemeinsam balancieren wir über die Steine tiefer in die Grube hinein. Bald müssen wir stehen bleiben, Schuhe und Strümpfe ausziehen und dann durch das kalte Wasser waten.

»Komm mal hierher, schau mal.«

Gunnar macht ein Handzeichen, dass ich ihm folgen soll. Er richtet den Strahl der Taschenlampe nach vorne, damit wir etwas sehen können. Ich laufe mit ausgestreckten Armen, um nicht das Gleichgewicht zu verlieren. Gunnar trägt den Korb in der Armbeuge. Die Kamera hat er sich an einem Riemen um den Hals gehängt. Wir gehen weiter hinein, umrunden einen Steinpfeiler und folgen dem Berg in einem weiten Bogen. Bald stehen wir in einer offenen Höhle.

Das Licht vom Grubeneingang reicht nicht bis hierher, und ich kann die Konturen der großen Höhle nur erahnen. Die Decke ist ein paar Meter hoch, doch seitlich dehnt sich die Höhle so weit aus, dass die Wände nicht zu sehen sind. Der Boden der Grube ist abschüssig, wodurch ein Uferstreifen aus feinem und trockenem Kies entstanden ist, auf dem wir den Korb abstellen und die Decke ausbreiten können. Gunnar schaltet die Taschenlampe aus und holt eine Streichholzschachtel aus der Brusttasche. Er steckt eine Kerze in den Kies neben der Decke, und ich stehe mit hängenden Armen daneben, unschlüssig, was ich tun soll. Gunnar zündet die Kerze an, lässt sich dann auf der Decke nieder und klopft neben sich, um anzuzeigen, dass auch ich mich setzen soll. Ich lege Strümpfe und Schuhe neben die Decke, hebe den Korb hoch und frage, ob er etwas essen möchte. Er grinst. Dieses unschuldige und doch freche Grinsen, das mir die Knie weich werden lässt.

»Ich habe keinen Hunger«, sagt er, greift nach meiner Hand und zieht mich neben sich auf die Decke. Ungeschickt setze ich mich, merke, dass meine Handflächen feucht vor Nervosität sind.

Er streichelt meine Wange, zieht mich enger zu sich.

»Du weißt doch, dass ich es ernst gemeint habe, oder?«

Ich schaue ihn an, ohne zu antworten.

»Du kannst mit mir kommen, wenn ich wegfahre. Du musst nicht hierbleiben, in diesem schrecklichen Zustand.«

Es ist unangenehm, Gunnar darüber sprechen zu hören, dass Bertil mich schlägt. Zugleich ist es schön, jemanden zu haben, mit dem ich es teilen kann.

»Lass uns jetzt nicht darüber reden«, sage ich und schlage die Augen nieder. Ich will nicht weinen, will nicht an Bertils Schläge denken, an die Hoffnungslosigkeit in dem Gefängnis, das mein Leben ist. Nur Gunnar interessiert mich jetzt. Innerhalb weniger Wochen ist er zum wichtigsten Menschen in meinem Leben geworden. Das einzige Licht. Hätte ich drei Wünsche frei, wären alle drei, dass er mich nie verlässt.

Gunnars Hand streicht von meiner Wange zu meinem Hals hinunter.

»Du bist so schön«, flüstert er.

Er beugt sich vor und küsst mich. Erst vorsichtig, dann heftiger. Sein Atem wird schwer, und ich werde mitgezogen. Obwohl wir Zeit haben, reißen wir uns die Kleider vom Leib. Ich halte es nicht mehr aus, muss ihn jetzt sofort haben.

Schnell sind wir nackt auf der Decke. Die Kälte der Grube trifft auf die Hitze unserer Körper, und das Gefühl ist magisch. Wir liebkosen einander, erforschen uns mit Mund und Händen.

Als Gunnar in mich eindringt, explodiert vor meinen Augen ein blitzender Kosmos. Nie habe ich etwas Ähnliches erlebt.

Es gibt nur ihn und mich. Uns.

51.

Fredrik und Ida saßen sich am Küchentisch gegenüber, beide mit einem Teller voll kleinen Nudeln und vegetarischen Klößchen vor sich. Fredrik war kein großes Kochtalent, aber er probierte gerne neue Gerichte aus. Zu Beginn der Beziehung hatten sie nebeneinander am Herd gestanden, jeder ein Glas Wein in der Hand, und zusammen aus verschiedenen vegetarischen Kochbüchern gelernt, wie man Moussaka und Linseneintopf kochte. Ida aß ausschließlich vegetarisch. Fredrik mochte gerne Fisch, mied aber rotes Fleisch und Schweinefleisch.

Er hatte sich den ganzen Vormittag in seinem Arbeitszimmer eingeschlossen, unter dem Vorwand, lernen zu müssen. Dabei hatte er nicht mehr als ein paar Seiten gelesen. Immer wieder flogen seine Gedanken zu der vollkommen unerhörten Tatsache, dass er tatsächlich Vater eines Kindes war. Einer schönen kleinen Tochter, die bereits sechs Monate auf dieser Welt war, ohne von ihm zu wissen. Wie sollte er jetzt weiter vorgehen? Nichts anderes erschien ihm mehr wichtig, er wollte nur seine Tochter sehen. Nicht einmal die Wut darüber, wie Sofia und Kaj ihn abgefertigt hatten, fand noch Platz in seinen Gedanken. Doch leise brannte sie in ihm, und sobald er wusste, was zu tun wäre, wollte er dieses Feuer wieder anfachen. Diese rücksichtslosen Allesbestimmer durften ihm nicht einfach sein Kind wegnehmen.

»Wie geht es dir?«

Fredrik versuchte, aus Idas Stimmlage zu erkennen, worum es ging. War es ein Vorwurf, weil er abwesend war? Oder entsprang die Frage echter Fürsorge? Sein ganzes Dasein mit Ida war zu einem einzigen Seiltanz geworden, bei dem er stets versuchte, ihre Gefühlslage einzuschätzen.

»Gut«, antwortete er und tat sein Bestes, mit den Augen zu lächeln, während er zugleich eine Gabel voller Nudeln in sich hineinschaufelte, um die kurze Antwort normal wirken zu lassen.

Ida legte ihr Besteck auf den Teller und sah ihn an.

»Ist das die Art, wie wir zusammenleben wollen, Fredrik?«

Er wusste nicht, was er antworten sollte. Ida kam ihm zuvor.

»Ich finde, wir sollten mit einer Paartherapie beginnen.«

Paartherapie. War das nicht etwas für Leute, die seit zwanzig Jahren zusammenlebten und über eine Scheidung nachdachten? Sie waren ja noch nicht einmal verheiratet.

»Das war Rebeckas Idee«, fuhr sie fort. »Sie und ihr Mann haben vor der Hochzeit eine Paartherapie gemacht. Um sich besser kennenzulernen und kompetenter zu streiten.«

Ist das nicht der, der mit einer anderen Frau nach

Brüssel gezogen ist, wollte Fredrik fragen, ließ es aber lieber sein. Das wäre kein hilfreicher Gesprächsbeitrag.

»Kompetenter streiten?«

»Ja. Um konstruktivere Diskussionen zu führen und nicht immer wieder über das Gleiche reden zu müssen.«

Er schluckte den Rest Nudeln hinunter und schob den Teller weg. Die Mahlzeit war auch davor nicht unbedingt ein kulinarisches Highlight gewesen, aber jetzt hatte er ganz den Appetit verloren.

Ida, die es offenbar zu ihrer Lebensaufgabe gemacht hatte, sein Schweigen zu analysieren, stand, als er nicht antwortete, eilig auf und räumte ihren Teller samt Besteck zusammen.

»Aber wenn du nicht willst, dann eben nicht.«

Sie stellte alles in die Spüle, lauter als nötig, und drehte sich dann trotzig zu ihm.

»Manchmal frage ich mich, ob du diese Beziehung überhaupt willst, Fredrik.«

Wenn er jetzt etwas Falsches sagte, fing sie an zu weinen. Wenn er aufstand, um sie zu umarmen und zu beteuern, dass er das natürlich wollte, hätte er wieder einmal nachgegeben. Er entschied sich für einen Mittelweg und blieb sitzen.

»Ich bin einfach nur müde, Liebling. Mit dem Job, dem Studium und der Arbeit beim *Sonjagård* bleibt einfach nicht viel Zeit für uns übrig.«

Ihre Haltung wurde etwas weicher. Er fuhr fort: »Können wir morgen irgendwohin fahren? Vielleicht nach Norrfällsviken? Schön zu Mittag essen und dann das mit der Paartherapie besprechen?«

Ida sah ihn entschuldigend an.

»Das wäre schön, aber ich habe Vanja versprochen, dass wir morgen beim Bodenverlegen helfen.«

Bevor Fredrik antworten konnte, verließ sie die Küche. Er blieb sitzen und schaute auf die Ketchup getränkte Sauerei auf seinem Teller.

Sonjagård. Ida ging in dem Projekt auf, als sei es ihr eigenes. Genau, wie sie es bei allem anderen tat. Erst war es seine Genesung gewesen, dann der Umzug und danach die Hochzeit. Jetzt also der *Sonjagård.*

In Ida war ein Loch. Ein dunkler Raum, tief im Inneren der Seele, der um jeden Preis mit irgendetwas gefüllt werden musste, damit er nicht ihr ganzes Sein verschluckte. Sie hatte das nie so direkt gesagt, aber er wusste es, erkannte sich selbst in ihr wieder. Wobei er, im Unterschied zu Ida, sein Loch mit Medikamenten gefüllt hatte. Es war ein seltsames Gefühl, auf der anderen Seite zu stehen und zuzusehen, wie jemand verzweifelt etwas hinterherjagte, um damit die Angst zu vertreiben. Er hatte begonnen, seinen Leerraum mit lebensbejahenden Dingen zu füllen. Freundin, Ausbildung, Nebenjob. Er war stolz darauf und fühlte sich zugleich beschämt und selbstgefällig. Hier stand er und schaute zu, wie Ida kämpfte.

Er griff nach seinem Smartphone auf dem Fensterbrett, entsperrte den Bildschirm und öffnete die Nachrichten-App. Sofia hatte sich seit ihrem gestrigen Zusammentreffen nicht gemeldet. Er versuchte sich an ein paar Zeilen und löschte sie wieder. Als er Ida im Wohnzimmer hörte, legte er das Handy mit dem Bildschirm nach unten auf das Tischtuch, doch als sie auf die obere Terrasse verschwand, griff er wieder danach. Nachdem er die Nachricht ein paarmal umgeschrieben hatte, war er zufrieden. Es klang zwar ziemlich dramatisch, aber er wollte Sofia wissen lassen, wie irrsinnig wütend er auf sie war.

Ich habe keine Worte dafür, wie entsetzlich du mich behandelt hast. Du hast mich um mein Kind gebracht. Ich weiß noch nicht einmal, wie sie heißt.

Er drückte auf »Senden« und löschte die Nachricht dann, damit Ida sie nicht fand, wenn sie sein Smartphone durchsuchte. Er hörte sie oben auf dem Balkon Blumentöpfe herumschieben und gießen. Als er aufstand, um sein Geschirr in die Spüle zu stellen, piepste sein Handy. Sofia.

Sie heißt Astrid.

52.

Sofia ging die Treppe in der Polizeiwache nach oben, zwei Becher Kaffee aus dem Coffeeshop in den Händen. Sie waren ein wenig kalt geworden, doch sie hoffte, dass Vera es dennoch als ein Versöhnungsangebot verstand.

Zur Mittagszeit war die Tür der Kriminalhauptkommissarin geschlossen gewesen. Die Gedanken an Fredrik und Astrid und was jetzt passieren würde, drehten sich in ihrem Kopf, und Sofia wollte ausnahmsweise einmal nicht allein sein. Also hatte sie ihren Mut zusammengenommen und Johan angerufen, um ihn zu fragen, ob sie sich in der Stadt zum Mittagessen treffen wollten, obwohl er frei hatte. Er hatte freudig zugesagt. Die Stimmung am Tisch war entspannt gewesen. Seit sie sich über das, was zwischen ihnen gewesen war, ausgesprochen hatten, war es angenehmer. Johan zeigte sich in keiner Weise befangen, sondern benahm sich wie immer. Zwischen ihnen war eine Chemie, wenn auch nicht von der Art, wie sie zunächst gedacht hatte. Sie fühlte sich gut aufgehoben mit ihm. Dennoch brachte sie es nicht über sich zu erzählen, was mit Fredrik und Astrid los war. Auch wenn sie ganz dringend jemanden zum Reden brauchte, wollte sie nicht, dass Johan seinen Respekt vor ihr verlor. Sie hatte Fredrik angelogen, alle angelogen. Was würde Johan von ihr denken?

Stattdessen hatten sie über alltägliche Dinge gesprochen. Johan hatte von Erik Holms zwei Persönlichkeiten erzählt. Zu Hause war der frischgebackene Staatsanwalt ein zurückhaltender, introvertierter Mann, der Buntnesseln züchtete und Konflikte mied. Seine Surfreisen hatte Johan alleine machen müssen, da Erik weder Sonne noch Meer mochte. Was Johan zu ihm hingezogen hatte, wusste er selbst nicht genau, doch die Verliebtheit war heftig gewesen. Sie hatten sich auf einem Fest kennengelernt und waren kurz darauf ein Paar geworden. Ein Jahr später hatte Erik Johan einen Heiratsantrag gemacht, und Johan hatte vor Schreck Ja gesagt. Aus der Hochzeit war nichts geworden, da Johan ziemlich schnell klar geworden war, dass er ganz andere Dinge im Leben wollte: Er wünschte sich eine große Hochzeit und Kinder, ein Haus, einen Volvo und einen Hund. Erik wollte sich hingegen auf seine Karriere konzentrieren und auf keinen Fall Kinder. Die Trennung war stürmisch gewesen, und seitdem war ihr Verhältnis kühl. Erik hatte sich mehrmals auf Stellen in anderen Städten beworben, doch das Gerücht seiner mangelnden Teamfähigkeit schien ihm vorausgeeilt zu sein, und er war in dieser Gegend hängen geblieben. Sofia verstand, warum Johan die Beziehung abgebrochen hatte, war er doch so ein warmer und fürsorglicher Mensch, der eines Tages ein wunderbarer Vater sein würde. Erik Holm hingegen war ein Stinkstiefel erster Güte.

Sofia keuchte, als sie die letzten Treppenstufen zur Ermittlungsabteilung hinauf nahm. Nach dem großen Mittagessen mit Johan, fühlten sich ihre Beine aufgequollen und schwer an. Sie musste sich wirklich ranhalten und Sport machen, nachdem sie jetzt aufgehört hatte zu stillen. Sonst würde sie bald einen Bauch ansetzen.

Sofia klopfte mit dem Fuß an Veras Tür und hörte von drinnen gleich ein »Herein«.

»Kaffee?«

Vera nahm den Pappbecher entgegen und nickte zum Dank.

»Du, es tut mir leid, dass ich …«, begann Sofia, aber Vera wedelte ihre Entschuldigung weg.

»Setz dich«, sagte sie. »Wie läuft die Ermittlung?«

Sofia nahm einen Schluck von dem kalten Kaffee und erzählte kurz von Lillians Fax. Dort war in Maschinenschrift die alte Ermittlung in Kürze zusammengefasst, die einleitenden Formalien aber waren dieselben wie heute. Tatsächlich hatten Sonja Sondells Eltern ihre Tochter im Spätsommer 1959 vermisst gemeldet. Der ermittelnde Polizist hatte zusammen mit einem Kollegen Bertil Sondell auf Ulvön besucht und konstatiert, dass Sonja ihr Zuhause aus freien Stücken verlassen hatte, da einige ihrer Sachen fehlten. Einige Nachbarn wurden als Zeugen befragt, doch niemand hatte etwas gesehen oder gehört. Gunnar tauchte in der Ermittlung überhaupt nicht auf. Aber alle hatten einstimmig bezeugt, dass Sonja eine seltsame Person war, die mit niemandem Kontakt pflegte und nur selten das Haus verließ. Die nächste Nachbarin der Sondells, eine Frau namens Nanna Nilsson, die Sofia sogar noch kannte, hatte angedeutet, dass Bertil sowohl gewalttätig als auch versoffen war und dass sie mehrmals Blutergüsse bei Sonja und dem Sohn Axel gesehen hatte. Darüber hinaus waren keine weiteren Ermittlungsmaßnahmen unternommen worden, und obwohl Sonjas Eltern noch mehrmals die Polizei kontaktiert hatten, waren die Ermittlungen nach ungefähr einem Monat eingestellt worden. Eine Sache jedoch fiel auf. Die Polizei hatte damals auch mit der Tochter des Tierarztes gesprochen, der für das Vieh auf Sondells Hof zuständig war. Die junge Frau, nach eigener Aussage Sonjas engste Freundin, berichtete, dass Sonja, als sie verschwand, im dritten Monat schwanger war.

»Verdammt, so was«, Vera schüttelte nachdenklich den Kopf.

Sofia nickte.

»Vielleicht war Gunnar der Vater, und Bertil hat durch die Schwangerschaft herausgefunden, dass sie ihm untreu war?«

Vera brummte.

»Wenn Gunnar der Vater war, kann er selbst ein mögliches Motiv gehabt haben. Er war wohl noch ziemlich jung, vielleicht hatte er Angst vor dem, was die Eltern sagen würden? Vielleicht hat Sonja damit gedroht, alles offenzulegen und so seine Zukunft zu ruinieren?«

An diese Möglichkeit hatte Sofia auch schon gedacht. Vera sah sie an und seufzte niedergeschlagen.

»Aber wie zum Teufel hängt das mit dem Messermord zusammen? Und mit Vanja Branth und Leif Lindgren? Warum nimmt er nicht Kontakt auf, weiß er denn nicht, dass wir nach ihm suchen?«

Sie saßen eine Weile stumm da, tranken Kaffee und dachten nach. Vera seufzte wieder.

»Wir müssen diesen verdammten Gunnar finden.«

SONNTAG, DER 30. AUGUST

53.

Fredrik rutschte auf den Knien herum und entfernte mit einem Farbkratzer den Klebstoff vom Boden. Die Klinge war längst stumpf, und er wurde mit jedem Kratzen gereizter. Der gelbe Kunststoffteppich war dort, wo der Gemeinschaftsraum entstehen sollte, herausgerissen worden, und darunter war ein schöner Holzboden in massiver Eiche hervorgekommen. Vanja hatte sogleich beschlossen, keinen neuen Teppich zu verlegen, sondern den Boden abzuschleifen und zu ölen. Das war billiger und praktischer, hatte sie entschieden und das Abkratzen dann Juni und Fredrik überlassen.

Es war Sonntag, und nur Ida, Vanja, Juni, Rebecka und er arbeiteten auf dem *Sonjagård*. Noch immer war es mehrere Monate hin, bevor das Haus seine Pforten öffnen sollte, doch Vanja trieb die Renovierung voran. *Man weiß nie, wie viel Zeit einem noch bleibt*, hatte sie wiederholt gesagt, was Ida wörtlich genommen und ihre Dienste das ganze Wochenende rund um die Uhr angeboten hatte, was Fredrik ärgerte. Dass sie Vollzeit in einem neuen Projekt aufgehen musste, um nicht in Depressionen zu versinken, bedeutete nicht, dass er das auch wollte. Er hatte bereits mehr Schichten im Polizeigewahrsam gearbeitet als geplant und war außerdem beim Studium hinterher. Schon Ende des Monats war Abgabe für die erste Hausarbeit, und er fürchtete, gleich zu Semesterbeginn hinterherzuhinken.

Juni setzte sich auf.

»Verdammtes Mistzeug!« Sie warf den Kratzer weg. »Ich kapiere nicht, warum wir das hier machen müssen«, meckerte sie.

»Du wolltest doch etwas zu tun haben, bevor die Schule wieder anfängt«, neckte Fredrik sie.

»Ja, aber nicht das hier.« Sie wedelte mit der Hand über den Boden, seufzte und griff dann wieder nach dem Kratzer. Schweigend arbeiteten sie weiter.

»Warum suchst du nicht nach deinem Bruder?«, fragte Juni plötzlich.

Er überlegte eine Weile. Versuchte, eine ehrliche Antwort zu finden.

»Weil ich das sehr lange schon getan habe, mich gefragt habe, ob er überlebt hat oder nicht. Doch solange ich weiter darüber nachdenke, hoffe ich auch weiter. Ich verstehe, dass sich das für dich alles sehr spannend anhört, aber du musst dir klarmachen, dass wir hier über echte Menschen reden. Niklas gab es wirklich, und die Trauer ist auch echt.«

Juni schaute ihn fragend an.

»Sicher ist es für deine Großmutter genauso«, fuhr Fredrik fort. »Alles, was sie hier tut, macht sie für Sonja, und um die Leere zu füllen, die Sonja hinterlassen hat. Das hilft ihr dabei, nicht darüber nachdenken zu müssen, was sie hätte anders machen können, wie sie das, was passiert ist, hätte verhindern können. Indem du ihr hilfst, nimmst du ihr ein Stück von ihrer Last.«

Fredrik war von seinen eigenen Worten gerührt. Im vergangenen halben Jahr war ihm immer klarer geworden, dass es ihm nicht besser gehen würde, wenn er weiter nach Niklas suchte. Es war Zeit, nach vorne zu schauen, das Vergangene ruhen zu lassen. Das hatte er schon früher häufig gedacht, war aber immer wieder in sein altes Muster zurückgefallen. Doch jetzt, da er von Astrid erfahren hatte, war er sicher, dass es die richtige Entscheidung war. Es war an der Zeit, in der Gegenwart zu leben.

»Die Suche nach Antworten kostet mehr Energie, als du dir vorstellen kannst. Ich will frei davon sein. Nach vorne schauen«, fügte er hinzu. Mehr für sich selbst als für Juni.

Sie fragte nichts mehr, griff wieder nach ihrem Kratzer und zog ihn über die Bodenbretter.

Fredrik stand auf, um zu schauen, ob Leif in einer seiner Werkzeugtaschen neue Klingen hatte. Er ging an der Küche vorbei, die im Gemeinschaftsraum lag, und zur Treppe ins Obergeschoss, wo Leif vor einiger Zeit begonnen hatte, in einem der Schlafzimmer neue Wände einzuziehen. Als er Vanja dort oben sprechen hörte, blieb er am Treppenabsatz stehen. Es klang, als telefoniere sie mit jemandem. Ihre flüsternde Stimme war angespannt, und Fredrik war unsicher, ob er sich zu erkennen geben oder weggehen sollte.

»Es ist besser so«, sagte sie leise.

Die Person am anderen Ende der Leitung sprach offenbar eine ganze Weile.

»Leif, ich will nicht mehr darüber diskutieren. Du bleibst weg und lässt mich das hier machen.«

Fredrik fand es unangenehm, heimlich zu lauschen. Er machte ein paar übertrieben heftige Schritte, und die Planken der alten Treppe kündeten sogleich seine Ankunft an.

Vanja verstummte, sah ihn erschrocken an, als er in den Flur hinaufkam, sortierte ihre Gesichtszüge aber sogleich wieder, steckte das Handy ein und lächelte.

»Wie läuft es mit dem Fußboden, Fredrik?«

54.

Sofia reichte Astrid ein lilafarbenes Bauklötzchen, das die Kleine sich sofort in den Mund steckte. Sie saßen zu Hause in Norrbysbodarna auf dem Teppich und spielten mit Bauklötzchen und weichen Bällen, die Sofia zu ihrer Tochter hinüberrollte.

Der gestrige Tag war vergangen, ohne dass sie mit den Ermittlungen vorangekommen wären – sie hatten weder neue Ideen entwickeln noch konkrete Ermittlungsmaßnahmen einleiten können. Sofia hatte Karims Aktennotiz zu Bertil Sondells Finanzen durchgesehen. Dort gab es keine Unregelmäßigkeiten, der größte Teil seines Landbesitzes war, genau wie Tord gesagt hatte, verkauft worden. Das heruntergekommene Haus und der dazugehörige Stall waren im Prinzip wertlos. Karims Auskünften zufolge hatte Bertil keinerlei Vermögen, was für mögliche Diebe hätte interessant sein können. Alles von Wert war im Lauf der Jahre entweder verkauft oder verpfändet worden. Sofern Bertil nicht tatsächlich irgendwo einen Schatz versteckt hatte, wie Johan scherzhaft bemerkt hatte, schien ein Raubmord wenig wahrscheinlich.

Leif Lindgren war draußen auf See nach wie vor nicht erreichbar, alle Anrufe landeten sofort auf der Mailbox.

Eine Suche in seiner Akte hatte jedoch ergeben, dass er, als er in den Dreißigern war, wegen fahrlässiger Tötung verurteilt worden war und beinahe zwei Jahre im Gefängnis gesessen hatte. Sofia war nicht klar, ob das für die Ermittlung und den Tatverdacht, der auf Vanja und ihn gefallen war, von irgendwelcher Bedeutung war – doch machte es natürlich keinen guten Eindruck, dass er versuchte, sich ihrer Kontaktaufnahme zu entziehen.

Das Telefon auf dem Küchentisch klingelte, und Sofia ließ Astrid auf dem Teppich zurück. Sie erkannte die Nummer gleich, da sie sie selbst in den vergangenen Tagen mehrmals gewählt hatte, ohne jemanden zu erreichen. Dass sie frei hatte und Sonntag war, spielte keine Rolle. Sofia nahm das Gespräch an, sagte ihren Namen, trug das Telefon mit sich ins Wohnzimmer, setzte sich wieder neben Astrid und gab ihr ein weiteres Bauklötzchen.

»Mona Höglund hier. Störe ich?«

Es folgte eine kurze Stille. Sofia hatte ihre letzte Begegnung nicht vergessen – und Mona sicher ebenso wenig.

»Wie geht es Ihnen?«, fragte Sofia schließlich.

»Gut, oder …«, Mona seufzte resigniert. »Ich vermisse Ulvön und alle, die dort wohnen.«

Das verstand Sofia. Doch in eine kleine Gemeinschaft zurückzukehren, nachdem man so wie Mona angeprangert worden war, war schwer.

»Sie haben ein Kind bekommen, habe ich gehört«, fuhr Mona fort.

»Das ist richtig. Ein Mädchen, Astrid.«

Es wurde wieder still. Sie hatten genug Höflichkeiten ausgetauscht, und Sofia kam direkt zur Sache.

»Warum haben Sie angerufen und uns den Hinweis auf Axel Sondell gegeben?«

Die Antwort kam umgehend.

»Ich glaube nicht, dass es stimmt, dass er zur See gefahren ist.«

»Er ist beim Einwohnermeldeamt und beim Finanzamt als weggezogen eingetragen. Was auch mit den Zeugenaussagen übereinstimmt, die wir gehört haben.«

»Das ist möglich«, sagte Mona kurz, und Sofia konnte die Frau erahnen, die sie früher gewesen war. Neugierig und schroff. »Aber es stimmt trotzdem nicht.«

»Warum glauben Sie das?« Mona konnte erst wenige Jahre alt gewesen sein, als Axel die Insel verlassen hatte. Wenn sie da überhaupt schon geboren war, dachte Sofia.

»Meine Mutter wurde im gleichen Jahr geboren wie Axel. Seine Mutter Ragna und meine Großmutter Gertrud waren gut befreundet. Sie waren Mitglieder im Hausfrauenverein der Insel. Als Ragna gestorben ist, nahm Großmutter Axel zu sich, und er war häufig bei ihnen, wenn Bertil besonders schlimm gesoffen hatte.«

»Okay?«

»Großmutter hat vor ihrem Tod erzählt, dass sie damals einmal zu Bertil gegangen ist, um Axel zu besuchen, aber dort die Antwort bekam, er sei zur See gefahren. Ohne sich zu verabschieden oder zu sagen, wann er zurückkam.«

Mona begann zu husten und verschwand kurz.

»Es ist kein Corona. Ich habe mich getestet«, sagte

sie, als sie zurückkam. Als könne sie Sofia durch das Telefon anstecken. »Aber offenbar stimmte das nicht«, fuhr Mona fort. »Als Großmutter gehen wollte, ist Sonja auf den Hof hinausgekommen und hat erzählt, dass Axels Sachen noch im Haus waren und dass er am Abend, nachdem er mit dem Boot draußen war, nicht nach Hause gekommen ist.«

Mona senkte die Stimme.

»Sonja soll gesagt haben, dass sie denkt, Bertil habe ihm etwas angetan.«

»Etwas angetan, in welcher Art?«

»Großmutter traute sich nicht, weiter zu fragen. Doch am darauffolgenden Tag begann das Gerücht umzugehen, dass auch Sonja verschwunden sei«, sagte Mona verschwörerisch. »Vielleicht wusste sie etwas, und Bertil wollte nicht, dass es rauskommt?«

»Aber Himmel«, sagte Sofia. »Warum hat sie das nicht der Polizei gesagt?«

Mona schwieg ein paar Sekunden. Als sie wieder zu sprechen begann, klang sie niedergeschlagen.

»Bertil war früher einmal ein mächtiger Mann, das muss Ihnen klar sein. Die Grube war wichtig für die Leute. Auch für meine Familie. Alle brauchten dringend Arbeit. Mein Großvater und mein Vater waren beide zunächst in Marviksgrunnan beschäftigt und dann in der neuen Grube oberhalb von Myresön. Es bestanden große Hoffnungen, dass der Erzabbau die Gemeinde finanziell retten würde.«

Das wusste Sofia. Viele Jahrzehnte lang hatten die Inselbewohner in der Hoffnung darauf gelebt, dass die nächste Maßnahme, das nächste Abbaurecht, den Weg zu dieser beinahe sagenumwobenen Erzader weisen würde, die Ulvön zu einer ökonomisch unabhängigen Gesellschaft machen sollte. Zu einem Ort, an dem man leben und arbeiten konnte.

»Also wagte es schlicht und einfach keiner von uns, seine Version infrage zu stellen. Doch dass sowohl sein Sohn als auch seine Frau ungefähr gleichzeitig verschwanden, kann doch wohl kein Zufall sein, oder?«

Sofia antwortete nicht, war aber derselben Meinung. Nichts an diesem Fall erschien zufällig. Dennoch fehlten ihnen zu viele Puzzleteilchen, um verstehen zu können, was in diesem Sommer vor über sechzig Jahren passiert war. Seltsame Umstände flogen wie Herbstlaub um Sondells Familienbaum.

»Warum erzählen Sie mir das, Mona?«

Es dauerte, bis sie antwortete. Sofia konnte beinahe hören, wie Mona mit sich kämpfte.

»Ich will wirklich nicht in irgendetwas verwickelt werden, aber haben Sie schon einmal daran gedacht, dass Sie vielleicht Axels sterbliche Überreste gefunden haben?«

Das hatten sie nicht.

55.

»Wo ist Leif eigentlich?« stellte Fredrik die Frage, die ihm unter den Nägeln brannte.

Ida nahm den Blick von der Straße und schaute Fredrik an. Wie gewöhnlich fuhr sie.

»Bei seiner Schwester in Kalmar. Warum?«

Er hatte damit nichts zu tun. Gleichzeitig wurde er neugierig. Das Gespräch zwischen Vanja und Leif, das er zufällig mitgehört hatte, war ganz deutlich nicht für andere Ohren bestimmt gewesen. Und bedachte man, was gerade im Umkreis der Familie passierte, erschien das Ganze sehr merkwürdig. Vanja hatte viele Jahre dafür gekämpft, ihrer Schwester Genugtuung zu verschaffen. Dass sie nun wegen des Mordes am mutmaßlichen Mörder ihrer Schwester selbst zur Vernehmung geladen worden war, machte die Sache noch seltsamer. Vanja machte den Eindruck einer willensstarken und physisch kräftigen Frau – für eine Mörderin hielt Fredrik sie jedoch nicht. Wenn sie sich an jemandem rächen wollte, würde sie seiner Meinung nach zu einer juristisch raffinierteren Racheaktion greifen statt zu grober Gewalt, doch was wusste er schon? Sie hatten sich vor Kurzem erst kennengelernt, und wenn jemand in der Lage war zu verstehen, dass der Verlust eines geliebten nahestehenden Menschen einen in den Wahnsinn treiben konnte, dann er.

»Ich frage mich nur. Es ist seltsam, dass er verreist, wo die Arbeit im *Sonjagård* auf vollen Touren läuft. Und dann ist da noch der Mord an Bertil Sondell«, fügte er hinzu und erntete sogleich einen wütenden Blick von Ida.

»Du denkst doch wohl nicht, dass Vanja und Leif etwas damit zu tun haben?«

Er zuckte mit den Schultern.

»Fand es nur seltsam.«

Ida war offensichtlich nicht zu Spekulationen über Familie Branth aufgelegt. Und Fredrik nicht zu weiterem Streit, daher ließ er es auf sich beruhen. Er hatte genug mit sich zu tun.

Als sie zu der Auffahrt kamen, die zu ihrem Haus auf Kusthöjden führte, sah Fredrik von Weitem schon Björn und Lotta Niemis riesigen Dodge Ram davor geparkt stehen.

»Was machen sie hier?«

»Es ist ihr Haus, falls du das vergessen hast«, sagte Ida säuerlich.

Da war es. Die Falle, in die er sich ganz und gar freiwillig hineinbegeben hatte. *Ihr Haus.*

Ida ließ das Lenkrad mit einer Hand los und fuhr sich müde durch das kurze blonde Haar. Fredrik hatte gedacht, er würde sich an die Frisur gewöhnen, doch je länger er sie sah, desto weniger gefiel sie ihm.

»Ich habe sie angerufen.«

Fragend sah er sie an.

»Mama und Papa haben verschiedene Ehekrisen durchgemacht. Ich dachte, es würde uns vielleicht helfen, sie in der Nähe zu haben. Nachdem du keine Paartherapie machen willst«, sagte sie und starrte stur auf die Straße vor sich.

»Liebe Ida, sag, dass du das nicht ernst meinst.«

Das konnte doch nicht wahr sein. Hatte seine Freundin ihn so verraten? Hatte sie Verstärkung von Mutter und Vater angefordert, um aus einer Diskussion als Siegerin hervorzugehen? Einer Diskussion, von der er gar nicht wusste, worum sie eigentlich ging.

Als sie zur Garage einbogen, kam Bear zum Auto gerannt und bellte. Björn angelte ihn sich, damit sie parken konnten. Ohne ein weiteres Wort stieg Ida aus, und Fredrik blieb noch eine Sekunde sitzen, um sich zu sammeln.

Das Lächeln, das er sich aufzwang, als er das Auto verließ, fühlte sich falsch und unangenehm an.

»Fredrik«, Lotta umarmte ihn. »Wie geht es dir?«

Im Tonfall der Frage schwangen unzählige Vorwürfe mit.

»Gut«, antwortete er kurz und wandte sich seinem zukünftigen Schwiegervater zu, der ihm entgegenkam, auf dem einen Arm den braunen Schoßhund, den anderen ausgestreckt. Hier umarmte man sich nicht einfach so. Fredrik ergriff seine riesige Pranke und schüttelte sie.

»Wir waren sowieso in der Nähe, da wollten wir mal bei euch reinschauen.«

»Wir haben etwas zu essen dabei«, lachte Lotta hinter ihnen künstlich und begann, Tüten von der Rückbank zu holen.

In einer Weise tat Lotta Fredrik leid. Etwas sagte ihm, dass Lotta nicht zum ersten Mal ausrücken musste, um die Probleme ihrer Tochter zu lösen. Idas labile mentale Verfassung hatte sicherlich schon mehrere Beziehungen zerstört, und es würde ihn nicht wundern, wenn Lotta jedes Mal zur Stelle sein und versuchen musste, es wieder geradezubiegen.

Als er dort in der Auffahrt stand und Kühltaschen mit Selbstgebackenem, Auflaufformen mit Kartoffelgratin und gebackenem Hühnchen entgegennahm, kam ihm ein unbehaglicher Gedanke. Hatten Björn und Lotta deswegen so schnell das Portemonnaie gezückt und für Umzug und Wohnung bezahlt? Wollten sie ihn in eine finanzielle Abhängigkeit bringen, damit er bei ihrer Tochter blieb und ihr die Sicherheit und Bestätigung gab, die sie ihr nicht mehr geben konnten? War er wirklich so dermaßen hinters Licht geführt worden?

In seiner Tasche klingelte das Handy, und er stellte, was er in Händen hielt, auf den kleinen Rasenfleck vor dem Haus am Hang. Noch nie war er so erleichtert über einen Anruf gewesen.

»Das war die Arbeit«, sagte er und versuchte, enttäuscht auszusehen, nachdem er aufgelegt hatte. »Sie brauchen mich dort.«

Gunnar liegt mit seinem Kopf auf meinen Oberschenkeln. Ich blättere in einer Zeitschrift, schaue all die schönen Menschen an, all die schönen Kleider. Wir sind allein im Haus. Bertil ist noch auf dem Festland und kommt vor dem Abendessen nicht zurück. Er trifft sich mit Anteilseignern, Gemeindeverantwortlichen und Ingenieuren von Höganäs-Billesholm. Gunnars Vater konnte nicht kommen. Er macht mit seiner Frau Ferien im Ausland, an der spanischen Costa del Sol. Ich habe Gunnar gefragt, ob er traurig ist, dass er nicht dabei sein kann, aber er sagte, er sei schon mehrmals dort gewesen und dass er lieber bei mir sei.

Ich bin noch nie irgendwohin gereist und werde wohl auch nie irgendwohin reisen. Ich stecke hier auf der Insel fest, bis ich sterbe. Oder bis Bertil mich totschlägt.

Gunnars Eltern haben Sachen mit der Post geschickt: Bonbons, ein paar Päckchen Kaugummi, Zigaretten und Dinge, die Gunnar für seine Kamera braucht. Eine ganze Kiste wurde von der Fähre an Land geschleppt, adressiert an Sondells in Sörbyn. Ich hörte, wie getuschelt wurde, dass der Steiger Sondell langsam übermütig wird.

Über unsere Familie wird geredet, ich weiß das. Über die arme Ragna, die an Krebs gestorben ist, und über Bertil, der zu trinken begonnen hat. Wie unfähig der Sohn ist und wie bei der jungen, neuen Frau eine

Schwangerschaft auf sich warten lässt. Himmel, was, wenn noch ein Kind käme. Ein unschuldiger, kleiner Mensch. Nein, zum Glück ist es dazu noch nicht gekommen.

Ich blättere Seite um Seite in der Zeitschrift weiter, sauge alles in mich auf, was dort steht, sehe entzückende Kleider und Kostüme. Auf der Titelseite ist Lill-Babs in fescher Lederjacke mit aufgestelltem Kragen abgebildet. Die berühmte Schlagersängerin trägt pfirsichfarbenen Lippenstift und schwarzen Kajal und lächelt in die Kamera. Anmutig, graziös und doch ein wenig aufreizend. Beinahe auf jeder Seite sind Anzeigen für Parfüms, Badekappen, Seifen und Shampoos.

Ich blättere weiter und stelle mir vor, wie ich in einem Friseursalon sitze und mir die Haare schneiden lasse, während ich meinen Tag plane. In die Konditorei gehe, Kleider und Schuhe kaufe. In meiner Fantasie wohnen wir in einer großen Metropole. Vielleicht in New York. Gunnar will dorthin ziehen. Wenn ich mich nur trauen würde mitzukommen.

»Ich habe nachgedacht«, sage ich, weiß jedoch nicht, wie ich fortfahren soll. »Alles ist so kompliziert.«

»Mhm«, sagt Gunnar, ohne die Augen zu öffnen.

»Wenn ich mit dir mitgehen würde …«

Er setzt sich auf und sieht mich an.

»Würdest du das wirklich tun?«

»Aber wohin sollten wir dann gehen? Verstehst du, was für einen Skandal das gäbe?«

Gunnar schüttelt den Kopf.

»Wir lassen alles hinter uns und fahren nach Amerika.«

Ich lächele, spüre aber die Tränen.

»Bertil würde mich umbringen.«

Das sage ich nicht einfach so. Ich weiß, dass es so wäre. Nie würde er mich freigeben. Nie. Erst recht nicht für Gunnar.

Gunnar streichelt meine Wange.

»Ich werde nicht zulassen, dass Bertil dir noch etwas antut. Du gehörst jetzt zu mir.«

MONTAG, DER 31. AUGUST

56.

Sofia setzte sich an den Besprechungstisch in der Bibliothek und sah Staatsanwalt Erik Holm an.

»Sonja war im dritten Monat schwanger, als sie verschwand. Wir haben zudem herausgefunden, dass Leif Lindgren wegen fahrlässiger Tötung gesessen hat. Außerdem hat Mona Höglund mich gestern angerufen. Sie behauptet mit voller Überzeugung, dass Axel Sondell keinesfalls auf einem polnischen Schiff angeheuert hat. Ihrer Großmutter zufolge ist er einen Tag vor Sonja verschwunden. Sonja soll Angst gehabt haben, dass Bertil Axel etwas angetan hat.«

Holm zuckte zurück, als habe die Informationsflut ihn physisch getroffen.

»Hier sehen wir jemanden, der am Wochenende hart gearbeitet hat. Montagmorgen, und schon haben wir in der Ermittlung Fortschritte gemacht.« Er beugte sich über den Besprechungstisch und griff nach einer der Mineralwasserflaschen, die in der Tischmitte standen. Mit lautem Zischen öffnete er sie.

Sofia konnte nicht entscheiden, ob er beeindruckt oder herablassend war.

»Jetzt verstehe ich gar nichts«, sagte Karim. »Diese Mona Höglund soll also gehört haben, dass Bertil seinem Sohn etwas angetan und dann vorgegeben hat, dass der Sohn zur See gefahren ist?«

Sofia nickte.

»Mit anderen Worten können es also genauso gut Axel Sondells Körperteile sein, die wir in der Grube gefunden haben«, stellte er nachdenklich fest.

Sofia nickte wieder.

»Aber was bringt uns das in Bezug auf Vanja Branth und Leif Lindgren?«, fuhr Holm fort. »Es ist ja wohl offensichtlich, dass der Mann eine Neigung zur Gewalt hat, auch wenn das Gerichtsurteil nur fahrlässige Tötung lautete.«

Sofia sah ihn an.

»Sein Handy ist noch immer ausgeschaltet, und laut Vanja ist er auf andere Weise nicht zu erreichen.«

Jetzt konnte sich Vera nicht länger zurückhalten, sie stand auf und rollte aus einer Ecke in der Bibliothek die Whiteboard-Tafel herüber. Sie war beinahe leer, bis auf ein paar Kartenausschnitte, die Marviksgrunnan und die Gebiete von Roddes Suche dort zeigten. Über die Karten schrieb sie *Sonja?* und auf die andere Seite *Bertil*, mit einem Kreuz daneben als Symbol seines Todes. Dann fügte sie Axels Namen hinzu, auch mit einem Fragezeichen dahinter.

»Wenn die gefundenen Körperteile tatsächlich von Axel stammen, ist es möglich, dass Bertil erst seinen Sohn umgebracht hat, Sonja es herausgefunden hat, und Bertil sie dann beseitigt hat, um sie zum Schweigen zu bringen«, sagte Sofia. »Es könnte aber auch bedeuten, dass Sonja Sondell überhaupt nicht tot ist.«

Vera nickte zustimmend.

»Wenn Sonja schwanger war und wusste, dass Bertil seinen Sohn getötet hat, kann man schließlich verstehen, dass sie den Hof so schnell wie möglich verlassen wollte. Das würde den Zeitpunkt ihres Verschwindens erklären. Es würde auch erklären, warum Bertil fälschlich erzählt hat, dass Axel zur See gefahren ist.«

»Und die vorige Theorie, dass Vanja Branth, respektive ihr Partner, Bertil aus Rache ermordet hat? Betrachten wir die noch als relevant?«, fragte Karim.

»Ich weiß es nicht.« Vera verschloss den Whiteboard-Stift mit der Kappe. »Warum sollte Vanja Branth es riskieren, den Rest ihres Lebens im Gefängnis zu verbringen? Sie kennt sich mit den juristischen Gegebenheiten bestens aus und konnte zudem gar nicht sicher sein, dass es wirklich die sterblichen Überreste ihrer Schwester waren, die in der Grube gefunden wurden.«

»Das sehe ich genauso, es passt einfach nicht zusammen«, sagte Sofia. »Als ich ihr begegnet bin, hatte ich auch nicht das Gefühl, dass Vanja Branth eine Mörderin ist.«

»Wir lassen uns hier nicht von Gefühlen leiten«, erinnerte Holm säuerlich. »Sie hat kein Alibi, und sie hat ein starkes Motiv.«

»Aber warum haben wir in diesem Fall keine Spuren von ihr im Gebäude gefunden? Oder von Leif, wenn er nun ihr Mittäter sein sollte?«, fragte Sofia weiter.

»Und die Fußspuren im Blumenbeet?«, flocht Karim ein.

»Gummistiefel Größe 45. Die werden schon allein in

unserer Region jedes Jahr tausendfach verkauft«, sagte Vera.

Karim saß da, den Blick auf die Tafel gerichtet und sagte lange Zeit nichts.

»Doch wenn es wirklich Axels Hand ist, und Sonja lebt, wo ist sie dann?«

57.

Als Fredrik um halb neun Uhr morgens zur Tür hereinkam, war es still. Wahrscheinlich waren alle noch im
Bett. Die Nachtschicht auf der Wache hätte um sechs
Uhr beendet sein sollen, doch sie hatten, genau wie zuvor schon, zu wenig Personal gehabt.

Es war eine lange Nacht gewesen. Er hatte vorgehabt
zu lernen, aber sie hatten einen Betrunkenen hereinbekommen, der seine Zelle vollgekotzt hatte. Der Mann
musste mehrfach verlegt werden, damit sie die Zelle
wieder sauber machen konnten. Er war so heftig betrunken gewesen, dass er nicht allein zur Toilette gehen
konnte. Also hatten sie ihm mit seiner verpinkelten
Hose und Unterhose helfen müssen. Zu viel Glamour
konnte man dem Job als Wachmann bei der Polizei
nicht vorwerfen, doch Fredrik fühlte sich verantwortlich
für die Leute, die er bewachte. Aigul hatte ihm einge-
schärft, dass es zu nichts führte, ungerechtfertigte Stra-
fen zu verteilen. Es erschwerte nur den Umgang mit den
Insassen und hinterließ bei einem selbst einen unguten
Nachgeschmack. Früher oder später würden die Leute
ihre Strafe ohnehin bekommen. Und die immer wieder-
kehrenden Suchtkranken waren bereits durch ihre Abhängigkeit, die sie versklavte, ausreichend bestraft.

Fredrik hatte sich noch immer nicht wieder gefangen, nach der Begegnung mit Sofia und dem Mädchen – Astrid, seiner Tochter. Vor einigen Tagen noch hatte er nichts von Sofias Lüge gewusst, und jetzt konnte er an nichts anderes mehr denken. Wenn es zwischen Ida und ihm anders stünde, hätte er sich vielleicht an sie halten, ihr davon erzählen, Rat und Hilfe bekommen können. Doch er fürchtete ihre Reaktion. Würde sie ihn verlassen, wenn sie davon erfuhr? Würde alles Schöne, was sie sich aufgebaut hatten, wieder in sich zusammenfallen?

So leise er konnte, schloss er die Tür hinter sich, doch offensichtlich nicht leise genug, denn unten im Gästezimmer begann Bear sofort zu bellen. Bald war ein heftiges Scharren an der Tür zu hören, kurz danach kam der Hund die Treppe hochgerannt und bellte weiter, während er zugleich mit dem Schwanz wedelte. Fredrik versuchte, ihn zu beruhigen. Er wollte Björn und Lotta nicht in seiner nach Urin stinkenden Arbeitskleidung begegnen und weiter Wasser auf ihre Mühlen schütten, dass er eine schlechte Berufswahl getroffen hatte – doch zu spät. Lottas schlaftrunkenes Gesicht erschien auf dem Treppenabsatz.

»Wie spät ist es?«

»Halb neun.«

»Ui.« Lotta streckte sich. Der übergeworfene Morgenmantel öffnete sich und legte eine passende Kombination aus Pyjama-Hose und Oberteil frei. Immer hübsch und ordentlich, genau wie die ganze Familie Niemi. Oder Ida vielleicht nicht, die mit ihrer Ruhelosigkeit und labilen mentalen Gesundheit nicht dazu passte. War das ein Störfaktor? Alles andere war bei den Niemis so geregelt: ein großer Hof, schon lange im Familienbesitz, Auto und Boot. Sie waren die perfekte Fünfzigerjahre-Familie, mit einem im Beruf hart arbeitenden Vater und einer Mutter, die den größten Teil ihres Lebens Hausfrau gewesen war. Ihre andere Tochter Jonna hatte eine steile Karriere im Bankwesen gemacht, um dann einen Immobilienbesitzer aus dem Stockholmer Edel-Viertel Östermalm zu heiraten. Erst kürzlich hatten sie für über fünfzehn Millionen Kronen eine Villa in den Stockholmer Schären gekauft.

»Soll ich Kaffee aufsetzen?«, fragte Lotta und band den Morgenmantel zu.

Fredrik schüttelte den Kopf. Alles, was er wollte, war zu duschen und ins Bett zu kriechen. Er wusste, was ihn erwartete, wenn er zu lange bei Lotta blieb. Ein Gespräch. Und so etwas packte er gerade jetzt auf keinen Fall.

Er zog die Arbeitsschuhe aus, die leicht nach Erbrochenem rochen, und stellte sie in den Nebeneingang, der sich an den Flur anschloss. Lotta kam zu ihm und blieb in der Öffnung zwischen Flur und Wohnzimmer stehen.

»Wir sind heute Abend bei Vanja zum Essen eingeladen«, sagte sie. »Ich denke, Ida freut sich, wenn du mitkommst.«

Fredrik schaute zu Boden. Er ertrug wirklich keinen weiteren Abend mit ewigen Gesprächen über den *Sonjagård* und die Vortrefflichkeit der Familie Branth.

Lotta machte ein paar Schritte auf ihn zu.

»Ich bin wirklich froh, dass du bei Ida bist. Mir ist klar, dass es nicht so einfach ist, uns immer in der Nähe zu haben, aber ich hoffe, du verstehst, dass wir uns ziemliche Sorgen um sie machen.«

Er wusste nicht, was er antworten sollte. Er schätzte ihre Aufrichtigkeit, doch sie kannten sich nicht gut genug, als dass er ihr ehrlich hätte sagen können, dass er es am liebsten sehen würde, wenn sie wieder nach Hause führen.

»Ida war nie einfach«, redete sie weiter. »Doch sie hat ein gutes Herz und tut ihr Bestes.«

»Ich weiß«, antwortete er wahrheitsgetreu. Ida war das Beste, was ihm passiert war. Sie hatte ihm die Chance zu einem richtigen Leben gegeben und ihm geholfen, seine physischen und seelischen Wunden zu heilen. Und er wusste, dass sie sich mit ihren Dämonen herumschlug, genau wie er es getan hatte. Doch wie sehr er auch in ihrer Schuld stand, jetzt gerade schaffte er es nicht, sie zu unterstützen. Zu viel stand auf dem Spiel. Die Arbeit, das Studium. Seine Tochter. Ida musste gerade auch ein bisschen allein kämpfen. Er brauchte jetzt eine Partnerin, kein Projekt. Wie undankbar es auch wirkte, so zu denken.

»Ich glaube nicht, dass sie es aushalten würde, noch einmal verlassen zu werden.«

Lottas Worte machten Fredrik sprachlos. Dachte sie, dass er das vorhatte? War das überhaupt eine Alternative? Ihm war noch nicht einmal die Idee gekommen, er könne die Beziehung beenden. Ida brauchte ihn, wie die Luft zum Atmen. Oder vielleicht gar nicht speziell ihn, sondern einfach irgendjemanden? Er dachte an seine zukünftigen Schwiegereltern. Damals im Krankenhaus, als Ida versucht hatte, sich das Leben zu nehmen – wie resigniert sie gewesen waren. Als hätten sie es lange schon kommen sehen.

Danach war alles ganz schnell gegangen. Alle Hindernisse auf Idas und seinem Weg waren von Lotta und Björn beiseitegeräumt worden, obwohl Ida bald vierzig war und eigentlich allein zurechtkommen müsste. Dennoch hatten ihre Eltern darauf bestanden, sich um alles zu kümmern. Damit er bei ihr blieb? Sogar Idas Schwester Jonna, die ihn anfangs gar nicht mochte, war bald weich geworden und hatte die Beziehung begrüßt. Das unangenehme Gefühl von gestern überkam ihn wieder. War er hinterrücks in die Verantwortung für Ida gelockt worden? Oder war er einfach nur paranoid und undankbar?

»Ich muss mich jetzt wirklich hinlegen.« Fredrik machte einen Schritt vor, um an Lotta vorbeizukommen. Sie rückte beiseite, und er ging, ohne noch etwas zu sagen, weiter. Als er zur Schlafzimmertür kam, drehte er sich um. Sie stand noch immer im Flur und sah aus, als würde sie gleich in Tränen ausbrechen.

Bereits als Bertil die Veranda vor der Haustür hoch-
steigt, höre ich, dass er wütend ist. Er knallt die Tür
so, dass die blickdichte Glasscheibe scheppert, tram-
pelt durch die Diele, hängt die Kappe auf und zieht
die Stiefel aus. Wir stehen in der Küche, auf den Zusammenstoß gefasst.

»Sonja?«, brüllt er von draußen. »Ist das Essen fertig?«

Wir schauen uns an. Hat er Nachricht bekommen?
Über die Entscheidung, ob Höganäs-Billesholm weiter auf den Bergbau auf Ulvön setzt oder nicht? Ge-
rüchteweise ist von einer Stilllegung die Rede. Wenn
das stimmt, weiß ich nicht, wie es mit uns weitergeht.
Wie sollen wir überleben? Nicht nur finanziell, sondern ganz wörtlich: am Leben bleiben. Was erwartet
uns, wenn alles hier den Bach runtergeht? Wenn der
Steiger Sondell wieder zum Bauern und Waldarbeiter
wird? Wen von uns wird er dann zuerst umbringen?

Bertil stiefelt herein, reißt den Stuhl unter dem
Tisch heraus und lässt sich darauf nieder. Schweigend
setzen wir uns rechts und links von ihm an den großen, runden Esstisch. Ein freundlicher Klaps auf die
Schulter und eine Frage, wie der Tag gelaufen ist,
kann Bertil manchmal besänftigen. Wenn er nicht getrunken hat. Da kann es dann genauso gut der Fun-
ken sein, der ihn explodieren lässt. Er stinkt schon
nach Schnaps, also entscheide ich, es sein zu lassen.

Auf dem Tisch stehen eine Auflaufform mit Hering in Tomatensoße und ein Topf mit gekochten Kartoffeln. Sie sind bereits geschält, was wir eigentlich nie tun. Es sind kleine Versuche, Bertil milde zu stimmen, falls die Besprechung an diesem Tag schlecht gelaufen ist. Bertil nimmt ein Stück Knäckebrot aus dem Korb, greift nach der Butterschale aus Porzellan und bestreicht das Brot mit einer dicken Schicht Margarine.

»Wo ist Gunnar?«

Ich sage, dass Gunnar draußen ist, um den Kühen ihr abendliches Heu zu geben. Das scheint Bertil ein wenig zu beruhigen. Eine Arbeit weniger, die er tun muss. Er wartet nicht, bis Gunnar ebenfalls zum Essen kommt, sondern beginnt sofort, sich aufzufüllen. Wir tun es ihm gleich, doch ich kann mich nicht überwinden zu essen. Was Bertil sogleich bemerkt.

»Hering ist wohl nichts für dich, was?«

Ich schaue auf den Tisch hinunter.

»Schon, ich habe nur gerade keinen Appetit.«

Die Haustür öffnet sich wieder, und Gunnar kommt herein. Er begrüßt Bertil, bekommt jedoch keine Antwort. Dann wechselt er einen Blick mit mir, geht zum Wasserhahn, um seine Hände zu waschen, und lässt sich dann am Tisch nieder. Keiner sagt etwas. Nicht einmal Gunnar, der Bertil für gewöhnlich in gute Laune versetzt, indem er über die fantastischen Möglichkeiten des Bergbaus spricht. Nichts als das leise Surren des Kühlschranks ist zu hören.

Ich schaue Gunnar zu, wie er sich Essen auffüllt. Vor ein paar Stunden haben wir nackt auf einer Decke gelegen und über eine gemeinsame Zukunft gesprochen. Uns geliebt. Jetzt sitzen wir hier, gefangen im selben Spinnennetz. Mit dem Unterschied, dass Gunnar sich befreien kann. Ob ich es kann, weiß ich nicht sicher. Ob ich es wage.

»Wie war es heute?«, fragt Gunnar schließlich, und Bertil lässt das Besteck mit einem Knall auf den Teller fallen.

»Wie es war? Ja, das kann ich dir sagen. Verdammt schlecht.«

Gunnar schaut Bertil an, weicht dem Blick nicht aus.

»Wusstest du, dass dein Vater plant, sich rauszuziehen? Seine Investitionen zurückholen will? Dass es auf der Insel mit dem Bergbau vielleicht aus und vorbei ist? Alles Erz wird unberührt im Boden bleiben, wenn die Gruben geschlossen werden.«

Gunnar schüttelt den Kopf.

»Der Betrieb meines Vaters hat hier mehr als zehn Jahre lang Erz abgebaut. Wenn es keine Vorkommen mehr gibt, dann gibt es keine mehr.«

»Es gibt sie«, fauchte Bertil, »aber die hohen Herren können ja nicht warten. Wollen nur immer mehr und mehr, während wir ehrlichen Leute auf der Insel unser Zuhause aufgeben müssen, weil all unser Hab und Gut in Abbaurechte investiert ist.«

»Das tut mir leid zu hören«, antwortet Gunnar.

Seine Ruhe gießt Öl in Bertils Feuer.

»Der Bergbau kommt zum Stillstand, nur weil ihr euren Hintern und eure fetten verdammten Sparbücher retten wollt. Pfui Teufel!«

Ich schaue auf und gerate aus Versehen mit Bertil in Augenkontakt.

»Warum schaust du so bescheuert? Hast du Angst, dass du um deinen Teil gebracht wirst? Dass du auch leer ausgehst?«

Ich antworte nicht, weiß, dass es das Beste ist.

»Hörst du nicht, dass ich mit dir rede?«

Die Ohrfeige kommt direkt über den Tisch. Ich halte die Hände vor das Gesicht und ducke mich, der nächste Schlag ist schon unterwegs. Doch er kommt nicht. Gunnar ist aufgestanden und hält Bertils Arm fest. Bertil kämpft, um sich loszumachen, kommt aber nicht vom Stuhl hoch.

»Jetzt reicht es, Bertil.«

Bertil schaut empört von einem zum anderen, doch alle sind wie erstarrt. Dann sieht er wieder zu Gunnar, der ihn fest am Handgelenk gepackt hält und sein Knie gegen den Stuhlrücken drückt. Mit seiner freien Hand schlägt Bertil nach ihm, verfehlt ihn aber.

»Was zur Hölle ist in dich gefahren, Junge? Bist du vollkommen verrückt?«

Gunnar bleibt stehen. Der Blick ist kalt, beinahe schwarz. Er macht mir Angst.

Ohne den Griff zu lockern, beugt Gunnar sich vor und flüstert Bertil ins Ohr: »Jetzt ist es genug. Wenn ich noch einmal sehe, dass Sie Ihre Frau oder Ihren Sohn schlagen, dann bringe ich Sie um. Hören Sie?«

58.

Karim griff nach dem Salzstreuer, der in der Tischmitte stand, und salzte die Frikadellen in seiner Lunch-Box kräftig nach. Da die Pandemie wieder Fahrt aufnahm, war ihr italienisches Lieblingsrestaurant unten an der Storgata vom heutigen Tag an geschlossen, und niemand hatte Lust, etwas Neues auszuprobieren. Also saßen sie im für alle zugänglichen Essensraum der Polizeistation.

»Eben habe ich mit dem Nationalen Forensischen Institut in Linköping gesprochen«, sagte Johan. »In dem Beweismaterial, das wir im Schlafzimmer gesammelt haben, konnten sie keine fremde DNA entdecken. Alles Blut dort war von Bertil, und wie wir bereits wissen, gab es auf der Tatwaffe keine Fingerabdrücke. Die Abdrücke auf dem Fensterblech waren nicht registriert.«

»Verdammt noch mal«, fluchte Vera. »Und dieser Forensische Anthropologe, hat der sich wegen der DNA gemeldet?«

Sofia schüttelte den Kopf.

»Zur Hölle, wie kann es sein, dass man innerhalb von wenigen Tagen von den Kollegen aus Linköping eine Antwort hat, es aber eine Ewigkeit dauert, bis man von der Rechtsmedizin Bescheid bekommt, zu wem irgendwelche verdammten alten Knochenstücke gehören!« Veras Stimme war laut, und einige Kollegen drehten sich in ihre Richtung.

Sofia lächelte einem der Aspiranten nachsichtig zu, der Vera beunruhigt ansah.

»Das sind zwei vollkommen verschiedene Paar Schuhe«, erklärte Johan ruhig. »Aus Skelettteilen DNA zu isolieren, benötigt eine ganz andere Vorgehensweise, als DNA aus Blut oder Speichel zu gewinnen.«

Sofia betrachtete ihre Lasagne, die Margit zubereitet und für sie portioniert eingefroren hatte. In der kurzen Zeit hatte sie Sofia schon mehr mütterliche Fürsorge gezeigt als Sofias Mutter während ihres ganzen Lebens.

»Dennoch ist das alles ein verdammter Mist«, schnaubte Vera.

Sofia war ganz ihrer Meinung. Ihre Theorien waren unausgegoren und gründeten auf vielen Annahmen. Und die ließen sich nicht bestätigen, da alle, um die es in der Ermittlung ging, entweder tot oder verschwunden waren. Dass Bertil Sondell wegen irgendetwas, das vor über sechzig Jahren in der Familie passiert war, ermordet worden sein könnte, war eine Hypothese, die vor allen Dingen durch Sofia vertreten wurde. Im schlimmsten Fall gehörten die Körperteile in der Grube weder Sonja noch Axel, und sie hatte, ausgehend von losem Gerede auf der Insel, die Ermittlungen in eine vollkommen falsche Richtung getrieben.

»Wie machen wir weiter?«, fragte Vera. Sie rührte in einem Quinoa-Salat mit Roter Bete herum, ohne etwas davon zu essen. Sofia hatte ihre Chefin noch nie Salat essen sehen und nahm an, dass Kicki dahintersteckte. Was Vera offenbar nicht sonderlich schätzte, bedachte man die sehnsuchtsvollen Blicke, die sie auf Johans Nudel-Fleischwurst-Auflauf warf.

»Wir müssen Leif erreichen«, sagte Karim.

Vera nickte.

»Und Gunnar«, sagte Sofia.

Vera sah sie an.

»Ja, den auch. Was haben wir über ihn?«

Sofia schüttelte den Kopf.

»Leider nicht viel.«

»Wir brauchen zumindest einen Nachnamen, sonst wird es schwer mit der Suche«, sagte Karim.

Vera spießte ein Stück Rote Bete auf die Gabel.

»Man fragt sich doch, was für ein Teufelszeug auf diesem Hof da passiert ist. Puff! Ganz plötzlich sind alle um Bertil herum unter rätselhaften Umständen verschwunden. Und Jahre später lässt er sich dann mit einem Messer umbringen.«

Ja, puff, dachte Sofia. Und hier saßen sie, aßen Lasagne und Fleischwurst und versuchten sich an allen möglichen Theorien, als sei es das natürlichste Gesprächsthema der Welt.

»Kann Bertil etwas gewusst haben, von dem der Täter nicht wollte, dass es herauskam?«, überlegte Karim laut und kratzte sich am dunklen Bart.

»Möglich«, sagte Johan. »Aber was für einen Sinn hatte es, ihn umzubringen, wo er ohnehin bald sterben würde?«

Vera nickte und nahm eine Gabel von dem Salat, spuckte jedoch alles gleich wieder in die Lunch-Box zurück.

»Pfui Teufel!« Verlegen schaute sie hoch.

»Nicht so scharf auf Vogelfutter?«, grinste Johan.

»Nimm mein Essen«, sagte Sofia und schob die Lasagne zu ihrer Chefin hinüber. Sie bekam ohnehin nichts hinunter. »Ich hatte ein großes Frühstück«, log sie, und Vera griff nach einigem Zögern nach der unberührten Lunch-Box.

Nach ein paar Happen war die Box leer.

59.

Vanja stellte eine Terrine auf das weiße Spitzentischtuch und entschuldigte sich.

»Wie ihr wisst, ist Leif in unserem Haushalt für das Kochen zuständig. Ich bin vollkommen hoffnungslos darin.«

Lotta und Björn beteuerten, dass es sicher herrlich schmecken würde.

»Das hier ist das Einzige, was ich kochen kann«, fuhr Vanja fort und schöpfte Essen auf die Teller, die sie dann verteilte. »Kreolischer Eintopf.«

»Wann kommt Leif zurück?«, fragte Ida.

Vanja streifte Fredrik mit einem kurzen Blick, dann antwortete sie.

»Ich weiß es nicht genau.«

Ida erwartete eine Fortsetzung, die jedoch nicht kam. Vanja ließ sich stattdessen am Tisch nieder und reichte eine Flasche Rotwein herum.

»Südafrikanisch. Cinsault«, sagte sie und lächelte Björn zu.

Nach seiner Nachtschicht hatte Fredrik den ganzen Tag geschlafen. Gerne hätte er das Essen bei Familie Branth ausgelassen, doch musste er zugeben, dass der würzige Eintopf gut duftete.

Björn schenkte sich Wein ein, Lotta verzichtete. Auch Fredrik lehnte ab. Das Risiko – oder aber die Chance – war groß, dass er auch an diesem Abend zum Dienst gerufen würde. Die Leute, die den Sommer über dort gearbeitet hatten, waren zu ihren Studienorten zurückgekehrt, und bald würde Aigul, bislang die einzige Kollegin, mit der er sich verstand, ebenfalls verschwinden.

»Was ist denn mit Juni?«, fragte Lotta an Rebecka gewandt. »Wie schade, dass sie heute nicht dabei sein kann.«

Rebecka verdrehte die Augen.

»Sie ist wieder mit dem Boot draußen. Ich begreife nicht, warum sie darauf besteht, allein mit diesem alten Kahn loszuziehen. Jetzt bleibt sie manchmal sogar über Nacht weg. Und Freundinnen hat sie auch keine. Manchmal frage ich mich beinahe, ob …«

»Also dann, prosit«, unterbrach Vanja ihre Tochter, und Rebecka verstummte. Wenn es gerade nicht um sie selbst ging, schien Vanja nur selten die Geduld zum Zuhören aufzubringen. Nicht einmal dann, wenn ihre eigene Tochter oder Enkelin gerade Thema waren.

Nachdem Vanja einen ordentlichen Schluck Wein genommen hatte, sah sie sich am Tisch um.

»Könnt ihr euch vorstellen, dass die Polizei so dreist ist, von mir eine Speichelprobe anzufordern?«

Björn, der schon angefangen hatte zu essen, legte den Löffel auf den Teller zurück und wischte einen Essensrest vom Kinn.

»Das ist ja vollkommen unglaublich.«

»Die machen nur ihren Job«, versuchte es Rebecka, bekam aber sofort einen scharfen Blick von Vanja, die sich dann wieder Björn zuwandte, um ihr Klagelied fortzusetzen.

»Haben die nichts Besseres zu tun, als herumzurennen und unschuldige Leute zu schikanieren?«

Björn stimmte zu.

»Wirklich, verdammt unglaublich.«

Ida legte ihm die Hand auf den breiten Unterarm.

»Sie müssen in alle möglichen Richtungen ermitteln.«

Björn grummelte etwas Unverständliches und warf Fredrik einen trotzigen Blick zu. Als sei es seine Schuld, dass die Polizei Björns Cousine zusetzte.

»Du bist doch Juristin und überhaupt«, fuhr Björn fort. »Die werden doch wohl kapieren, dass du so etwas Idiotisches nie machen würdest.«

Lotta warf ihrem Mann einen vielsagenden Blick zu, bei dem sogar Fredrik verstand, dass er *Wechsel das Gesprächsthema* hieß. Was Björn tat, doch kaum zu etwas Erquicklicherem.

»Habt ihr mehr darüber erfahren, ob es tatsächlich Sonja ist, die sie … die sie gefunden haben?«

Vanja schüttelte den Kopf.

»Wir erfahren gar nichts. Sie rufen an und meckern rum, dass Leif zur Vernehmung kommen soll, aber was soll er schon zu sagen haben? Wir waren in dieser Nacht ja noch nicht einmal in der Nähe von Ulvön.«

Hörte Fredrik eine Spur von Besorgnis in ihrer Stimme, unter all der Wut?

»Gestern rief Eivor an, die einen Liegeplatz neben uns hat, und erzählte, dass sie bei ihr waren, um herauszufinden, ob wir wirklich zu der von uns angegebenen Zeit zurückgekommen sind. Habt ihr so etwas Freches schon mal gehört?«

Rebecka trank einen Schluck Wein und wandte sich an Ida. »Wie läuft es mit den Hochzeitsplänen?«

Ida öffnete den Mund, um zu antworten, aber Vanja fuhr fort.

»Denken die etwa, wir belügen die Polizei? Was für ein Unsinn!«

Björn nickte, leerte sein Glas und hielt es zum Nachfüllen hin.

»Selbst wenn ich ihn hätte umbringen wollen für das, was er Sonja angetan hat«, sagte Vanja, während sie einschenkte, »wäre ich doch wohl nicht so wahnsinnig dumm, mich in Bertils Haus über ihn herzumachen und dann auch noch das Messer in seinem Körper stecken zu lassen.«

Fredrik aß von dem Eintopf und sah sich vor, nicht in die Diskussion hineinzugeraten. Das Gespräch zwischen Vanja und Leif, das er am vorigen Tag mitgehört hatte, warf eindeutig ein seltsames Licht auf Vanja. Aber bedeutete es wirklich, dass sie mit dem Tod des alten Mannes etwas zu tun hatte? Das ergab für ihn keinen Sinn. Als sie jetzt allerdings so nachdrücklich, beinahe penetrant, ihre Unschuld beteuerte, bekam er doch ein unangenehmes Gefühl.

»Wir überlegen, die Hochzeit zu Hause bei Mutter und Vater zu feiern«, versuchte Ida dazwischenzukommen.

»Das klingt ja ganz wunderbar«, sagte Rebecka. »Wann ist es denn so weit?«

Ida schaute ihn an, wartete, dass er etwas sagte. Diese braunen Augen, die ihn früher zum Dahinschmelzen gebracht hatten. Er suchte nach diesem Gefühl, doch es wollte sich nicht einstellen. Genauso wenig wie die Worte. Als sei alles in ihm verschlossen. Er entschuldigte sich, um auf die Toilette zu gehen. Nachdem er den Tisch verlassen hatte, floss das Gespräch weiter, und er hörte, wie sie mit dem Abräumen begannen.

Lange stand er hinter der verschlossenen Toilettentür und versuchte, ruhig zu atmen. Er hatte Angst, eine Panikattacke zu bekommen.

Fredrik holte das Handy heraus und hoffte, eine Nachricht vorzufinden, die ihn zur Arbeit rief – doch auf dem Bildschirm war nichts zu sehen. Auch Sofia hatte noch auf keine der vielen SMS geantwortet, die er in den letzten Tagen geschickt hatte. War ihr nicht klar, dass sie ihm nicht ewig ausweichen konnte? Er öffnete seine SMS-App und sah, dass sie gelesen hatte, was er zuletzt geschrieben hatte: *Ich will einen neuen Vaterschaftstest.* Kurz, hart. Dann spülte er, obwohl er die Toilette gar nicht benutzt hatte. Während das Wasser ins Becken lief, keimte in seinem Kopf ein Verdacht, der nicht mehr weichen wollte: Hatte es überhaupt einen Vaterschaftstest gegeben? Er täuschte sich nicht, da war er sicher. Astrid war sein Kind. Wie konnte so ein Test dann ein anderes Ergebnis haben? Die Erkenntnis fuhr ihm wie eine Faust in den Magen. Sofia hatte ihn absichtlich hinters Licht geführt. Eine Sturzflut von Gedanken brach über ihn herein, lähmte ihn zunächst und wich dann der Wut.

Er hatte die rechtsgenetische Untersuchung nicht auf Echtheit überprüft, sondern einfach das ausgedruckte Ergebnis akzeptiert. Wie schwer war es, so ein Papier zu fälschen? Es musste eine Vorgangsnummer geben, die sich verifizieren ließ. Er begegnete seinem Blick im Spiegel über dem Waschbecken. Wie hatte er so naiv sein können zu glauben, dass Sofia, die über alle polizeilichen Möglichkeiten verfügte, so ein einfaches Dokument nicht fälschen konnte? Ihm wurde schwindelig, und er musste sich auf den Toilettendeckel setzen. War Kaj mit im Bunde? Wussten alle außer ihm Bescheid? Hatten sie sich hinter seinem Rücken kaputtgelacht und sich zu dem schlauen Plan gratuliert, durch den er die ersten sechs Monate des Lebens seiner Tochter verpasst hatte?

Wütend wusch er sich die Hände, dann stieß er die Tür auf und lief geradewegs in Vanja hinein. Er machte einen Schritt zur Seite, um sie vorbeizulassen, doch sie packte seinen Oberarm mit erstaunlicher Kraft. Die spitzen Nägel bohrten sich in seine Haut.

»Fredrik.« Sie sah ihn auffordernd an. In der Küche neben dem Esszimmer konnte er die anderen herumräumen hören. Ein geselliges Gemurmel fröhlicher Menschen, das in scharfem Kontrast zu Vanjas feindseligem Blick stand.

»Dir ist doch wohl klar, dass diese Aktionen der Polizei gerade reine Dummheit sind, oder?«

Fredrik öffnete den Mund, um zu antworten. Was, wusste er nicht, aber er kam ohnehin nicht dazu.

»Weder Leif noch ich haben irgendetwas mit dem Tod von diesem Schweinehund zu tun.«

Er nickte und machte einen vorsichtigen Schritt, damit sie aus dem Weg ging. Sie bewegte sich nach hinten, ließ seinen Arm jedoch nicht los.

»Es wäre nämlich wirklich schade, wenn du auf die Idee kämst, es könnte anders sein.«

Dann drehte sie sich um und ging.

60.

Margit schaltete die Außenbeleuchtung auf der Terrasse ein, dann setzte sie sich wieder an den Tisch. Die Herbstdunkelheit war herangekrochen und machte die Tage schon kürzer.

»Mehr Erbsen?«

Sofia schüttelte den Kopf. Sie war so satt, dass sie kaum noch atmen konnte. Auf dem Tisch standen die Reste von Margits berühmtem Hackbraten mit Erbsen und Babymöhren. Dazu eine herrliche Sahnesoße mit einem Spritzer Sherry und gekochten Kartoffeln. Sofia hatte anderthalb Portionen gegessen, bis sie nicht mehr konnte. Margit schmunzelte und tätschelte ihr über den Tisch hinweg den Arm.

»Wie schön, dass es dir geschmeckt hat.«

Tord schaufelte noch immer seine zweite Portion in sich hinein, und am Tischende saß Astrid in ihrem Kinderstuhl und schmierte mit einer Kartoffel herum. Sofia graute davor, sie vor dem Zubettgehen wieder säubern zu müssen. Die stärkereichen Kartoffeln wurden auf den runden Wangen zu getrocknetem Lehm, und wenn es etwas gab, das Astrid nicht mochte, dann zu baden. Sofia hatte bereits kolossale Mengen an Feuchttüchern verbraucht, um die Kleine nicht in die weiße Babywanne hineinzwingen zu müssen, die Tord ihr gekauft hatte.

»Wie laufen die Ermittlungen?«, fragte Tord, griff nach seinem Milchglas und spülte einen großen Bissen Hackbraten hinunter.

Sofia schüttelte den Kopf.

»Es ist ziemlich unübersichtlich«, gab sie zu. »Wir versuchen herauszufinden, wo Axel Sondell abgeblieben ist. Und dieser Lehrling, Gunnar, der bei Sondells gewohnt hat. Niemand scheint eine Ahnung zu haben, wo er hingegangen ist, nachdem er die Insel verlassen hat.«

Margit schaute Sofia an und räusperte sich entschuldigend.

»Wisst ihr, dass es das Gerücht gab, er habe mit der Frau des Hauses eine Romanze gehabt?«

»Ja, doch, das wissen wir. Aber wir müssen Gunnar finden, um es uns bestätigen zu lassen.« Sofia stand auf, um ins Badezimmer zu gehen, Feuchttücher zu holen und mit der Instandsetzung ihrer Tochter zu beginnen.

Im Flur hielt sie inne. War es möglich, dass irgendetwas in Bertils Haus sie zu Gunnar führen konnte? Es schien nie mehr richtig aufgeräumt worden zu sein, seit … ja, seit sehr Langem. Vielleicht gab es ja Briefe oder Dokumente, die Informationen über seinen Verbleib enthielten? Es war ein Schuss ins Blaue, der nicht unbedingt zu irgendetwas führen musste, doch es war einen Versuch wert. Sie kehrte um und schaute wieder in die Küche.

»Wäre es okay, wenn ich für eine kurze Weile wegfahre?«

Sie wurde abgelenkt. Margit hatte Astrid schon aus dem Stühlchen gehoben und angefangen, sie beim Wasserhahn an der Spüle zu säubern. Ihre Tochter saß zufrieden auf Margits Arm und ließ sich waschen.

»Fahr du nur«, sagte Tord, und fing an abzuräumen. »Wir kümmern uns um dieses kleine Ferkelchen.«

Fünfzehn Minuten später stieg Sofia auf Sondells Hof aus dem Auto. Johan hatte erzählt, dass sie den Schlüssel im Stall gelassen hatten. Das entsprach zwar kaum den Regeln, musste aber so sein, da so viele Leute nacheinander gekommen und gegangen waren, um all das Gerümpel zu untersuchen. Sofia nahm sich vor, den Schlüssel mitzunehmen, wenn sie den Hof verließ.

Die Verandatreppe vor dem Eingang schwankte bedenklich unter ihrem Gewicht. Seit sie zuletzt hier gewesen war, hatte sich ein weiterer Bolzen aus der Fassade gelöst. Der Grund waren sicher die vielen Kriminaltechniker und Polizisten, die hier rein und raus marschiert waren. Vor der Tür war ein blau-weißes Absperrband befestigt, samt einem rot-gelben Schild, das verkündete, dass der Zutritt verboten war. Träge wehte es im leichten Wind. Sofia riss das Plastikband ab und versuchte, es um das Schild herum zu wickeln. Dann schloss sie die Tür auf und ging hinein.

In der Diele war es dunkel, und es roch muffig. Die Küche sah genauso aus wie bei ihrem letzten Besuch, voller Kartons von Fertigmahlzeiten und Tellern mit eingetrockneten Essensresten. Sie ging durch das vollgestopfte Wohnzimmer mit seinen abgedeckten Esszimmermöbeln, dann weiter ins Obergeschoss. Die Lampe im oberen Flur funktionierte noch immer nicht. Die Tür zu Bertils Schlafzimmer stand halb offen und knarrte, als Sofia sie aufschob. Die Trittplatten aus Plastik lagen noch dort, und obwohl die kriminaltechnischen Untersuchungen abgeschlossen waren, benutzte Sofia sie, um in den Raum hineinzugehen. Sie vermied es, das Bett und die Gardinen anzuschauen, die mit dem Blut aus Bertils zerschnittener Halsschlagader vollgespritzt waren.

Sie wusste nicht, wo beginnen. Falls Sonja mit Gunnar eine Affäre gehabt hatte, war es eher unlogisch, dass sie mögliche Zeichen der Zärtlichkeit und Liebesgaben in ihrem und Bertils gemeinsamem Schlafzimmer aufbewahrt hatte. Trotzdem öffnete Sofia ein paar Schubladen des Schreibtischs unter dem Fenster, schaute unter das Bett und zog die Nachttischschubladen heraus. Sie trug keine Plastikhandschuhe, doch die Kriminaltechniker hatten mitgeteilt, dass der Ort fertig untersucht war, und wenn sie Fingerabdrücke hinterließ, hätte das keine Auswirkungen auf die Ermittlungen.

Wie erwartet, fand sie nichts von Wert. Ein Päckchen Papiertaschentücher, eine Dose Hautcreme und ein Nasenspray. Des Weiteren beherbergten die Schubladen ein paar zerknüllte Pornohefte und ein weiteres Päckchen Papiertaschentücher. Sie schloss die Schlafzimmertür hinter sich. Methodisch durchsuchte sie das kleine Badezimmer im Obergeschoss und öffnete dann die Tür zu Axels Schlafzimmer. Alles sah aus wie beim ersten Mal. Sofia stellte den umgeworfenen Globus auf, als würde das in dem Chaos irgendeinen Unterschied machen. Sie hob einige der Bücher und Zeitungen hoch, schaute sich bei den Schallplatten um. Auch hier gab es keinerlei Hinweise, die Auskunft darüber gaben, was bei Sondells hinter verschlossenen Türen passiert war. Axels Raum sah aus wie ein x-beliebiges Jugendzimmer. Abgesehen davon, dass sämtliche modernen Gerätschaften wie Videospiele, Joysticks und Smartphone-Ladegeräte fehlten.

Sofia schloss die Tür hinter sich und ging wieder die Treppe hinunter. Auch das Wohnzimmer, der Salon und die Küche brachten kein Ergebnis. Alles war dreckig und heruntergekommen, und außer ein paar gerahmten Schwarz-Weiß-Fotografien an den Wänden gab es keine persönlichen Gegenstände. In einer Küchenschublade fand sie Rechnungen und veraltete, gelbgrüne Rezepte, ausgestellt auf Bertils Namen. Einige der Präparate enthielten Disulfiram, was, wie sie wusste, zur Bekämpfung von Alkoholabhängigkeit und zur Unterstützung eines Entzugs verabreicht wurde. Bertil hatte also zumindest die Absicht gehabt, seinen Alkoholismus in den Griff zu bekommen. Mit wenig Erfolg, wie es schien.

Sofia schob die Schublade wieder zu und knipste die Lichtröhre unter dem Küchenschrank aus. Blieb nur noch der Keller. Sie öffnete die Tür und drückte den schwarzen Lichtknopf aus Bakelit. Nichts passierte. Also musste sie sich die steile Treppe hinuntertasten. Sie holte ihr Handy heraus, schaltete die Taschenlampe an und ließ den Lichtstrahl den Raum unter ihr beleuchten. Links stand eine hellgrüne klobige Gefriertruhe, und auf dem Boden lagen leere Farbdosen und haufenweise nachlässig gestapeltes Holz. Weiter hinten gab es eine Toplader-Waschmaschine, und rechts erschien eine blau gestrichene Holztür. Im Zickzack schlängelte sie sich durch das Gerümpel am Boden und versuchte, die Sachen vor der Tür so gut wie möglich beiseitezuschieben, damit sie sich öffnen ließ.

Auf der Werkbank im Raum hinter der Tür standen Flaschen und mehrere ordentlich gestapelte flache Plastikwannen. Alles war von Staub und Spinnweben bedeckt. Sie machte einen Schritt in den Raum hinein und spürte, wie etwas ihre Haare berührte. Sofia zuckte zusammen und schlug mit der Hand über ihren Kopf, um es zu entfernen. Dabei ertastete sie eine Schnur, an der Wäscheklammern befestigt waren. Sie untersuchte den Raum mit der Taschenlampe an ihrem Handy, fand aber nichts von Bedeutung. Sie wollte sich schon zum Gehen wenden, da fiel ihr Blick auf die Holzplatte, die in den Fensterrahmen geklemmt worden war, wohl damit kein Licht hereinkam. Am linken Rand dieser Platte war ein schmaler, hellerer Streifen zu sehen. Warum Sofia ihm Beachtung schenkte, konnte sie selbst nicht sagen, es war mehr ein Gefühl, das ihre Aufmerksamkeit lenkte. Sie ging näher, befingerte den Streifen, der aus etwas festerem Papier zu bestehen schien. Im grellen Licht der Techniker hatte ein Schatten ihn wohl verdeckt. Vorsichtig löste Sofia die Platte ein Stück weit vom Fenster, griff nach dem dahinterliegenden Papier und zog einen dünnen Stapel alter Fotos hervor, die mit einer Staubschicht bedeckt waren. Das Papier war wellig von Feuchtigkeit, und an den Ecken löste sich der glatte Beschichtungsfilm. Das erste Bild zeigte einen jungen Mann mit blondem kurz geschnittenem Haar. Er trug einen provisorisch zusammengebundenen Mittsommerkranz auf dem Kopf und schaute lächelnd in die Kamera. Das musste Axel sein. Da waren Fotos von Kühen, Booten, der Grube unten bei Marviksgrunnan und dann ein Bild von Bertil und Sonja. Auch dieses war offenbar an einem Mittsommerabend aufgenommen worden. Bertil hob sein Glas in die Kamera und hatte den Arm fest um seine Frau gelegt. Sie hatte den Blick niedergeschlagen, die Strickjacke ordentlich zugeknöpft. Sofia betrachtete ein Bild nach dem anderen. Bertil mit Helm bei dem tiefen Loch in der neuen Grube. Sonja ganz vorne in einem Boot, den Wind in den Haaren, sowie Fotos von verschiedenen Inselbewohnern. Auf einem Bild entdeckte sie ihren Vater Sten in jungen Jahren. Er stand dort, den Arm um Axel gelegt, bei einem Feuerplatz oben auf einem der flachen Felsen bei Röharn.

Ein Geräusch von oben ließ Sofia innehalten. Es knackte an der Kellerdecke, und für eine Sekunde meinte sie, jemanden gehen zu hören. Als es wieder still war, schaute sie sich weiter die Bilder an.

Wieder war das Knacken zu hören.

Da waren Schritte, in der Küche über ihr.

Es war jemand im Haus.

61.

»Hallo?« Sofias Stimme zitterte. »Hallo!«, rief sie mit etwas kräftigerer Stimme und begann, durch das Gerümpel am Boden zu waten. Dabei fielen einige Farbdosen um und schepperten. Oben an der Kellertreppe erschien eine Gestalt, deren Gesicht im Gegenlicht aus dem Flur nicht zu erkennen war.

»Ich bin bewaffnet«, sagte eine Frauenstimme, und Sofia konnte sehen, dass die Person etwas vor sich in den Händen hielt.

Eigentlich hätte sie Angst haben müssen, wäre die Gestalt nicht so mager und die Stimme nicht so kläglich gewesen. Der Schatten in der Türöffnung zeigte einen gebeugten Rücken und sah nicht sonderlich bedrohlich aus.

»Was haben Sie da unten zu suchen?«, rief die Frau.

»Ich bin von der Polizei.« Langsam stieg Sofia die Treppe hoch.

Die Frau ließ sinken, was sie in den Händen hielt, und trat zurück, sodass Sofia ins Licht treten konnte.

»Was tun Sie hier ganz allein? Sind Sie verrückt?«

Sofia wischte sich die Hände an der Hose ab, und nach einem genaueren Blick erkannte sie die Frau. Es war Nanna Nilsson, Sondells nächste Nachbarin.

»Was Sie hier tun, ist ja wohl die Frage.« Sofia folgte Nanna durch die Haustür hinaus, löschte das Licht, schloss ab und steckte den Schlüssel in die Tasche ihrer Jeans. Während Nanna unterhalb der Eingangsveranda wartete, brachte Sofia so gut es ging das auffällige Schild wieder an, das vor einer Zuwiderhandlung warnte.

»Es brannte Licht«, sagte Nanna, als Sofia endlich fertig war.

»Und das haben Sie von der Straße aus gesehen?« Sofia schaute die alte Frau skeptisch an.

Nanna presste die Lippen zusammen.

»Ich war auf einem Abendspaziergang und bin neugierig geworden. Dann habe ich gesehen, dass Licht brannte und dachte, der Mörder ist vielleicht zurückgekehrt.«

Sofia fragte sich, was die fünfundachtzigjährige Frau vorgehabt hatte zu tun, falls sie tatsächlich auf einen potenziellen Mörder getroffen wäre, sagte jedoch nichts.

Das Außenlicht am Stall warf einen blassen Schein über den Hof. Eine Weile standen sie schweigend da und betrachteten das verfallene Haus, in dem seit Generationen die Familie Sondell gewohnt hatte. Jetzt würde der Hof mangels Erben wahrscheinlich abgerissen werden.

»Kannten Sie die Familie gut?«, fragte Sofia.

Nanna legte den Kopf schief.

»Nicht unbedingt. Aber gut genug, um zu wissen, was Bertil für ein Widerling war. Das habe ich damals auch den Polizisten erzählt, als sie hier waren und nach Sonja gesucht haben, doch es hat nichts geholfen. Sie haben nicht das Geringste unternommen. Und jetzt ist Sonja noch genauso verschwunden, wie sie es damals war.«

»Wissen Sie, wo Axel ist?«

»Polen, glaube ich. Warum?«

Nicht Mona zufolge, dachte Sofia, sagte aber nichts.

»Wir müssten ihn dringend erreichen.«

»Wenn Sie ihm den Tod seines Vaters mitteilen wollen, können Sie das genauso gut bleiben lassen. Das wird ihn kaum interessieren.«

Sofia schaute Nanna an.

»Warum glauben Sie das?«

»Weil Bertil ein Schwein war, er hat seinen Sohn und seine Frau geschlagen. Beide haben das Richtige getan und das Aas in seiner Einsamkeit verrotten lassen.«

»Ja, doch soweit wir verstanden haben, gab es bei dieser Familie einige …« Sofia wog ihre Worte genau, »… Unregelmäßigkeiten in der Vergangenheit. Wir müssen auf jeden Fall mit ihm sprechen.«

Nannas Augen wurden schmal.

»Sie glauben doch wohl nicht, dass Axel etwas mit Bertils Tod zu tun hat?«

Sofia zuckte mit den Schultern.

Nanna schnaubte.

»Selbst wenn er zurück auf die Insel gekommen wäre, hätte er Bertil nicht umgebracht.«

»Woher wollen Sie das wissen?«

»Ich weiß es einfach«, antwortete Nanna schnippisch. »Er war ein schwächlicher und zurückhaltender Junge.«

»Wussten Sie, dass Bertil in jenem Sommer einen Lehrling hatte?«

»Ja, klar«, antwortete Nanna. »Gunnar.«

»Wusste er, was bei Sondells los war?«

»Ja, wir haben einmal darüber gesprochen, wie widerlich Bertil seine Familie behandelte.«

»Wissen Sie, wie Gunnar mit Nachnamen hieß?«

»Erlandsson«, antwortete Nanna, ohne zu zögern. »Er war der Sohn von einem dieser großen Tiere, die hier auf der Insel waren und geschürft haben.«

Sofia spürte dieses besondere Schaudern, das sie immer überfiel, wenn sich ein Knoten im Ermittlungsgewirr auflöste.

»Wissen Sie, wo er jetzt ist?«

Nanna schüttelte den Kopf.

»Keine Ahnung. Aber wenn Sie nach jemandem suchen, der in der Lage gewesen wäre, diesen Schweinehund Sondell um die Ecke zu bringen, dann ist es eher Gunnar als Axel.«

Seit Bertil erfahren hat, dass der Grubenbetrieb vielleicht eingestellt wird, geht er nicht mehr raus. Er liegt im großen Zimmer auf dem Sofa, hört Radio oder schläft. Das Unterhemd hat gelbe Schweißflecken unter den Armen, und er hat sich seit mehreren Tagen nicht rasiert. Er steht nur auf, um sein Glas nachzufüllen oder um neue Flaschen vom Heuboden im Stall zu holen, wo der Brennkessel steht. Keiner sagt etwas zu dem, was neulich abends passiert ist. Gunnar hält sich fern, isst nicht mehr mit uns. Meist ist er unten in der Dunkelkammer. Manchmal gehe ich zu ihm hinunter, und wir umarmen uns, mehr trauen wir uns nicht. Mein Körper schreit nach Gunnars Berührung, aber ich wage es nicht.

Gunnar hat mit seinen Eltern telefoniert. Sie haben bestätigt, was Bertil gesagt hat. Dass es Pläne gibt, den Erzabbau auf Ulvön endgültig einzustellen, doch dass noch keine Entscheidung gefallen ist. Sie wollen, dass ihr Sohn nach Hause kommt, scheinen zu spüren, dass nicht alles zum Besten steht, doch er sagt, er kann noch nicht fahren. Erst, wenn ich mitkomme. Wobei er das nur zu mir sagt. Doch ich kann mich nicht entscheiden. Ich habe Angst vor dem, was passieren wird, wenn ich das einzige Leben, das ich kenne, für eine Zukunft mit ihm verlasse. Was sollen wir den Leuten sagen? Wie sollen wir erklären, wer ich bin?

Ich stehe im Stall und gebe den Kühen Heu. Bald

sind die Ballen weg, und noch sind es mehrere Wochen bis zur Heuernte. Die Tiere hören das raschelnde Geräusch und kommen von der Weide. Ich könnte schwören, dass sie sich entspannen, wenn sie sehen, dass ich da bin und nicht Bertil. Sie haben seine Bosheit genauso zu spüren bekommen wie ich. Mehrmals habe ich gesehen, wie er sie, sobald sie keine Milch mehr gaben, prügelte und draußen im Schnee erfrieren ließ. Am schlimmsten ist es, wenn er neugeborene Kälbchen auf die Steinplatte vor dem Verschlag schmettert, vor den Augen der Kuh. Dann will ich ihn am liebsten umbringen.

Ich versuche, mir alle seine Wutausbrüche vor Augen zu führen, die mit blutenden Wunden, geschwollenen Lippen und einem blauen Auge endeten. Ich bin jung und habe das ganze Leben noch vor mir. Aber werde ich es wirklich fertigbringen, dieses Haus hier zu verlassen? Diese Insel? Meine Sachen zu nehmen und zu verschwinden? Um nie wieder Bertils Schläge ertragen zu müssen und die Erniedrigung. Um mich nie wieder unter der Decke verkriechen zu müssen, im Warten auf die nächste Grausamkeit.

Doch was würden die Leute sagen?

In diesem Augenblick wird mir klar, dass es mir egal ist. Diese Folter hier möchte ich nicht länger ertragen, ich darf meine Liebe zu Gunnar nicht mehr verstecken. Ich muss hier weg.

Ich lege den Haken an der Stalltür vor und gehe zum Haus hinüber. Drinnen ist es still. Ich schleiche durch die Küche und schaue zu Bertil, wie er dort im großen Zimmer liegt. Die eine Hand ist auf den Boden gerutscht, der Kopf zur Sofalehne gedreht. Er trägt nichts als eine Unterhose. Vorne hat sich ein gelber Urinfleck gebildet. Den Gestank rieche ich bis hierher. Nach Schnaps und dreckigem Menschen. Lange stehe ich dort und schaue ihn an, versuche nachzuspüren: Habe ich diesen Menschen hier jemals geliebt? Nein, das habe ich nicht. Niemals. *Ich werde dich und die Insel verlassen*, flüstere ich leise. *Und dann werde ich keinen einzigen Gedanken mehr an dich verschwenden.*

Ich drehe mich um und gehe in den Keller hinunter.

»Komm rein!«, sagt Gunnar, als ich klopfe. Vorsichtig öffne ich, immer in Angst, seine Fotografien durch Licht von der Tür zu zerstören.

Er winkt mir, zu einer der Wannen mit stechend riechender Flüssigkeit zu kommen. Dann hält er eine Fotografie hoch, die er von uns gemacht hat – er hatte die Kamera umgedreht und auf den Auslöser gedrückt. Im roten Licht sehe ich das Bild von uns hervortreten. Wir stehen vor der Grube in Marviksgrunnan. Ich halte eine Decke, und Gunnar umfängt mich von hinten. Seine Lippen sind gegen meinen Hals gedrückt, und ich sehe glücklich aus. Wir sehen glücklich aus.

Fest greift Gunnar meine Hand, zieht mich in seinen Arm und schaut mir tief in die Augen. Er ist beinahe einen ganzen Kopf größer als ich. Er streichelt den Bluterguss, der nach Bertils Ohrfeige entstanden ist.

Ich schlage die Augen nieder, spüre, wie die Scham mir die Röte in die Wangen treibt. Obwohl ich mich eigentlich für gar nichts schämen muss.

»Wir machen es«, sage ich, bereue es jedoch sofort. Was, wenn Gunnar es überhaupt nicht so gemeint hat? Wenn er nur gesagt hat, dass ich mitkommen soll, weil er ohnehin nicht glaubte, dass ich das jemals tun würde? Was, wenn er jetzt sagt, dass er es gar nicht möchte?

Doch das tut er nicht.

Stattdessen zieht er mich an sich und küsst mich heftig.

»Ich liebe dich.«

DIENSTAG, DER 1. SEPTEMBER

62.

Sofia biss von dem selbst gebackenen Brötchen mit Käse und Gurke ab, das Margit ihr mitgegeben hatte. Margit und Tord waren schon gegen sieben Uhr morgens gekommen, um Astrid zu übernehmen, damit Sofia den ganzen Tag arbeiten konnte. Im Kühlschrank des Personalzimmers stand auch noch eine Lunch-Box – heute Fischeintopf mit Aioli. Bevor Tord Margit begegnet war, hatte Sofia nie so gut gegessen, hatte von Tiefkühlpizza, Essengehen und belegtem Knäckebrot gelebt. Essen und Kochen hatten sie nie interessiert. Essen war Brennstoff, mehr nicht. Natürlich wusste sie eine gute Mahlzeit im Restaurant oder bei einer der seltenen Essenseinladungen zu schätzen, doch wäre sie nie auf die Idee gekommen, sich hinzustellen und richtiges Slow Food zuzubereiten, um es dann alleine zu verzehren. Doch jetzt war alles anders. Innerhalb kurzer Zeit war Margit Teil von Tords und ihrem Leben geworden und hatte es besser gemacht.

Während sie aß, öffnete sie das digitale Telefonbuch und gab Gunnar Erlandsson ein. Es erschienen deutlich mehr Personen mit diesem Namen, als sie gehofft hatte. Nanna hatte nicht sagen können, wie alt Gunnar 1959 gewesen war, vermutete aber irgendetwas um die zwanzig, was auch Tord bestätigte. Mit den wenigen Daten, die sie vorliegen hatte, suchte sie in allen ihr polizeilich zur Verfügung stehenden Auskunftsdateien. Nachdem Sofia alle Gunnar Erlandssons aussortiert hatte, die vom Alter her nicht infrage kamen, blieben noch immer neunzehn übrig. Sie hatte dem Ermittlerteam erzählt, was Nanna Nilsson gesagt hatte, und Vera und Holm waren sich ausnahmsweise einmal einig gewesen und fanden, man müsse alles daran setzen, um Gunnar zu finden und zu vernehmen. Ein Auftrag, der auf ihrem Schreibtisch gelandet war.

Sofia gähnte. In den letzten Nächten hatte sie schlecht geschlafen, die Gedanken an Astrid, Fredrik und Kaj hatten sich in ihrem Kopf gedreht. Fredrik hatte eine Nachricht geschickt, in der er eine Vaterschaftsfeststellung verlangte. Wie funktionierte so etwas? Würden sie alle Proben abgeben müssen? Wahrscheinlich. Der Gedanke, sich selbst, Kaj und vor allen Dingen Astrid so etwas auszusetzen, war abscheulich. Sie hatte die naive Hoffnung gehegt, Fredrik würde sich mit einer Entschuldigung zufriedengeben und dann wieder zu seinem Leben zurückkehren. Und Kaj könnte weiterhin Astrids Vater sein, während sie selbst von der Blamage verschont bliebe zuzugeben, dass sie gelogen hatte. Doch diesmal würde Fredrik nicht klein beigeben. Und am Donnerstag kamen Kaj und Mette hierher, um Astrid für das Wochenende zu übernehmen. Sie würde Kaj erzählen müssen, was passiert war. Es gab keine Alternative. Je länger sie diese Scharade fortführte, desto schwieriger würde es werden, wenn alles herauskam. Unternahm sie nichts, würde es bald in einer Katastrophe enden. Dennoch wollte sie viel lieber den Kopf in den Sand stecken. Könnte sie eine Krankheit vortäuschen? Niemand würde Fragen stellen, wenn sie sich wegen Symptomen isolierte, die den Verdacht auf Corona nahelegten. Bis sie auf Ulvön einen Test bekamen, würde es dauern. So könnte sie die Begegnung mehrere Wochen hinauszögern. Oder sie sagte, Astrid sei krank. Mette und Kaj waren beide über sechzig, und es wäre geradezu verantwortungslos, wenn einer von ihnen hierher käme, solange jemand krank war.

Ihre egoistischen und feigen Gedanken wurden von einem Klopfen am Türrahmen hinter ihr unterbrochen. Rodde kam herein, Rolf an der Leine. Sofort begann der Hund zu winseln, er wollte zu Sofia. Sie nickte ein Okay, und Rodde nahm ihn von der Leine. Rolf raste zu ihr und leckte ihre Hände. Der Hundeführer schloss die Tür und ließ sich auf dem Besucherstuhl nieder.

»Ich war sowieso auf der Wache, wollte nur mal vorbeischauen und Hallo sagen.« Er sah sie an. »Geht es dir gut?«

Sofia legte das halb aufgegessene Brötchen beiseite, wischte sich den Mund ab und schüttelte dann den Kopf. Sie wusste, dass es keinen Sinn machte, ihm etwas vorzuspielen. Rodde schien sich nicht nur mit Tieren, sondern auch mit Menschen gut auszukennen.

»Nein, nicht so.«

»Willst du darüber reden?«

Sofia schüttelte wieder den Kopf.

»Es ist nur gerade ein bisschen viel.«

Lange hielt er ihren Blick fest.

»Man muss nicht immer alles alleine tragen. Es ist vollkommen in Ordnung, wenn man ab und zu mal mit jemandem redet.«

Sie lächelte ihn an. Er strahlte Ruhe und Geduld aus.

»Die Ermittlung ist ein einziges Chaos«, sagte sie, um das Gesprächsthema zu wechseln. »Und zu allem Überfluss ist es vollkommen unmöglich, mit dem neuen Staatsanwalt auszukommen. Ich weiß nicht, was ich tun soll.«

»Was sagt dein Bauchgefühl?«

Sie schaute ihn an. In seinen Worten war kein Unterton, keine Ironie zu spüren.

»Ich weiß es nicht.« Sofia lehnte sich im Stuhl zurück und richtete ihren langen blonden Pferdeschwanz. »Es ist so frustrierend, niemanden vernehmen zu können. Alle, die mit dieser Ermittlung zu tun haben, sind entweder tot oder verschwunden.«

»Was hast du also vor?«

Niedergeschlagen schüttelte sie den Kopf.

»Ich weiß es nicht.«

Rolf schaute sie mit seinen schwarzen Rosinenaugen an. Als ob sogar er eine vernünftige Antwort von ihr erwartete.

Rodde rief den Hund zu sich und stand auf, um zu gehen.

»Doch, das weißt du sehr wohl.«

63.

Fredrik zog den Ärmel des grauen Securitas-Pullovers hoch und betrachtete die roten, halbmond-förmigen Spuren, die Vanjas Nägel auf seinem Oberarm hinterlassen hatten. Was ging hier eigentlich vor? Waren Leif oder Vanja doch in den Messermord auf Ulvön verwickelt? Er wusste nicht mehr, was er denken sollte. Schließlich waren es Idas Verwandte, und Vanja war eine renommierte Anwältin, dazu eine Mutter und Großmutter.

Er versuchte, die Gedanken an Vanja zurückzudrängen und holte die Texte fürs Studium heraus, doch es fiel ihm schwer, sich zu konzentrieren. Der Vormittag schleppte sich dahin. Sie hatten nur einen Insassen, einen Mann, der wegen unerlaubten Waffenbesitzes hergebracht worden war. Schlimmstenfalls würde er auf der Polizeiwache bleiben, bis klar war, ob er in U-Haft kam oder freigelassen wurde. Jimmy, Fredriks neuer Kollege, war ein vollständiger Gegensatz zu der gut gelaunten, zu Scherzen aufgelegten Aigul. Von der Statur her ähnelte er den beiden Wachmännern, denen Fredrik vor einigen Tagen begegnet war – stark und muskulös, mit einigen zusätzlichen Kilos hier und da. Tattoos und Macho-Getue fehlten ihm allerdings. Jimmy hatte dünne Haare und war sehr bleich. Er machte einen deprimierten Eindruck, wie er da seufzend den Gang entlang lief. Da es sich taktlos anfühlte, ihn nach seinem Befinden zu fragen, blieb Fredrik für sich. Abwechselnd schauten sie nach dem Mann in der Zelle, der offenbar nicht zum ersten Mal da war. Er hatte sofort um getoastetes Brot und heiße Schokolade aus dem Automaten gebeten. Als Jimmy ihm das abschlug und darauf hinwies, dass bald Essen serviert würde, hatte der Mann nur mit den Schultern gezuckt. Er war offenbar mit den Abläufen vertraut. Ansonsten machte er nicht viel Wind. Wenn Fredrik oder Jimmy nicht gerade einen Kontrollgang zu ihrem Insassen machten, saßen sie jeder in seinem Sessel im Wachraum und starrten auf ihre Smartphones. Jimmy war offenbar mit einem Spiel beschäftigt, denn manchmal seufzte er, lauter noch als zuvor, und knallte sein Smartphone auf den Tisch zwischen ihnen. Nur, um es eine halbe Minute später wieder zur Hand zu nehmen. Einmal, als Fredrik von dem Knall zusammenfuhr, sah Jimmy ihn an und grinste entschuldigend.

»Candy Crush.«

Damit war das Kommunikationsvermögen seines Kollegen über die Seufzer hinaus wohl ausgereizt. Fredrik nickte, lächelte und beschäftigte sich dann wieder mit seinem eigenen Smartphone. Statt sich seinen Texten zum Studium zu widmen, begann er, sich über Vaterschaftstests zu informieren.

Alles war eine einzige Lüge, und er war ein Idiot, dass er das erst jetzt bemerkte. Die Zeit der Befruchtung passte. Warum hatte Sofia es ihm versagt, Vater zu werden, ihn einfach weggefegt, wie Dreck unter den Teppich?

Wobei, wenn er ehrlich sein sollte, verstand er sie. Betrachtete man den Gesamtzustand, in dem er zum Zeitpunkt von Astrids Entstehung gewesen war, erschien er kaum als geeigneter Kandidat für eine Vaterschaft. Psychisch labil, außerdem abhängig von angstdämpfenden Medikamenten sowie Verdächtiger in einer laufenden Mordermittlung.

Jimmy schaute auf die Uhr und stand auf. Die dunkelgraue Arbeitshose, die er von Securitas bekommen hatte, rutschte trotz des Gürtels über die sehr großen Lederschuhe. Er roch leicht nach Schweiß und noch nach etwas anderem. Etwas Süßlichem. Es dauerte eine Weile, bis Fredrik verstand, dass es sich um Gras handelte. Wer dröhnte sich vor einer Schicht auf der Polizeiwache zu? Jimmy war entweder der furchtloseste oder der verrückteste Mensch, den er kannte.

»Ich schaue nach ihm«, murmelte der Kollege und verschwand aus dem Wachraum.

Das Geräusch der sich öffnenden Garagentür zeigte an, dass ein weiterer Insasse auf dem Weg in den Raum war, in dem die Taschen geleert und bis auf die unterste Kleidungsschicht alles ausgezogen werden musste, bevor die Insassen dann in eine Zelle gebracht wurden, um dann permanent zu klingeln oder aber still dazusitzen und auf keinerlei Ansprache zu reagieren. Diejenigen Insassen, mit denen Fredrik bislang zu tun gehabt hatte, zeigten alle das gleiche Muster. Genau wie Aigul gesagt hatte, war die Arbeit schon nach wenigen Tagen vorhersehbar geworden.

Ida hatte, seit er von zu Hause aufgebrochen war, mehrmals angerufen. Er wusste nicht, was er ihr sagen sollte, das Gefühl der Machtlosigkeit wurde nur immer größer. Oberflächlich betrachtet, war sein Leben geordnet und voller Hoffnung, doch darunter fühlte er sich wie ein Narr, den niemand ernst nahm. Andere hatten die Kontrolle über sein Leben übernommen, und er hatte nichts mehr zu sagen. Bei der Hochzeitsplanung wurde er nicht länger gefragt, die hatten seine zukünftige Frau und Schwiegermutter übernommen. Das Haus war von Ida bereits zu dem ihren erklärt worden, als sie zum ersten Mal den Schlüssel ins Schloss gesteckt hatte. Halbherzig hatte er versucht, mitzureden und zu entscheiden, wo alles stehen sollte, doch sie war beinahe in Panik geraten, als er die Teller in den oberen Schrank statt in die Schubladen neben der Spüle stellen oder den Staubsauger in der Waschküche statt im Putzschrank platzieren wollte. Alles musste auf ihre Weise gemacht werden. Er hatte sie gewähren lassen, ohne zu protestieren. Ida war ihm eine große Unterstützung gewesen, als er sich nach der Kieferverletzung ins Leben zurückgekämpft hatte. Beinahe manisch hatte sie seine Entwicklung verfolgt, seine Medikation und Reha überwacht. Damals war sie die Starke gewesen und er der Bedürftige. Für diese Rolle war Ida geboren. Die Fürsorgliche, die Ordnende, Planende und Kontrollierende. Ihm wurde klar, dass er der perfekte Freund und Partner gewesen war, solange er keinen eigenen Willen, keine eigenen Bestrebungen hatte. Jetzt, da er geheilt war und vorankommen wollte, musste er ein Stück weit die Kontrolle übernehmen. Und da hatte sie Verstärkung gerufen. Mehr Leute, die ihn manipulierten, damit er sich fügte. Was zum Ergebnis hatte, dass er nun wie eine Ratte in seinem eigenen Zuhause herumschlich und versuchte, jeglicher Konfrontation aus dem Weg zu gehen.

Während Jimmy und er den neu angekommenen Mann übernahmen, seine Kleider einsammelten und die wenigen persönlichen Gegenstände in eine Plastikkiste sortierten, verspürte Fredrik eine neue Art von Entschlossenheit. Er hatte zu sehr versucht, es Ida recht zu machen. Damit war jetzt Schluss. Entweder akzeptierte sie ihn so, wie er war, und versuchte, auf seine Liebe zu vertrauen, oder es ging eben nicht. Sie konnte so viel Verstärkung herbeirufen, wie sie wollte, er würde nicht klein beigeben. Und er würde ihr von Astrid erzählen. Ihm war klar, dass dies der Tropfen sein konnte, der das Fass zum Überlaufen brachte – doch dann war das eben so. Er war entschlossen, Kontakt mit seiner Tochter zu haben. Ida konnte ihm zur Seite stehen oder es bleiben lassen.

64.

Als Fredrik nachmittags nach Hause kam, saß Ida mit einer Tasse Tee im Sessel, den Blick auf den Fjord von Örnsköldsvik gerichtet. Sie hatte geweint.

Fredrik ging zum Nebeneingang, wo die Waschmaschine stand, und ließ sich Zeit beim Ausziehen der Arbeitskleidung. Er versuchte, den erwarteten Zusammenstoß hinauszuzögern. Heute würde er mal ein Machtwort sprechen.

Er warf eine Ladung Wäsche in die Maschine und suchte sich eine saubere Jogginghose und ein T-Shirt heraus. Offenbar hatte Lotta den Tag in der Waschküche verbracht und alles gefaltet und sortiert, so wie weder Ida noch er es zu tun pflegten.

»Wie geht's?«, fragte er, als er ins Wohnzimmer trat.

Ida schüttelte den Kopf.

»Es kommt mir vor, als würde alles auseinanderfallen.« Sie mied seinen Blick.

Und sie hatte recht. Es fühlte sich an, als wäre alles am Auseinanderbrechen. Nur vollkommene Ehrlichkeit konnte sie jetzt retten. Er musste von dem Kind und Sofia erzählen, sein Recht verteidigen, in ihrer Beziehung auch als er selbst vorzukommen, und Ida bitten, ihre Eltern nach Hause zu schicken und die Beziehung in eigene Hände zu nehmen.

Fredrik setzte sich auf das Sofa ihr gegenüber und lehnte sich vor, um ihre Hände zu fassen. Er ließ sie zuerst reden.

»Erzähl.«

Ida schüttelte den Kopf, und wieder füllten sich ihre Augen mit Tränen.

»Ich weiß nicht. Du, ich, die Hochzeit. Die Arbeit auf der Polizeiwache.«

Er musste sich anstrengen, seine Hände nicht zurückzuziehen, und spürte, wie die Wut in ihm hochstieg. Da drückte also noch immer der Schuh. Dass er sich allein versorgen wollte, sich nicht zu einem Kind machen ließ und die Almosen von Idas Eltern annahm.

»Ich muss arbeiten. Geld verdienen. Der Studienkredit reicht nicht, um all das hier zu bezahlen.« Es klang härter als beabsichtigt, und Ida schlug sofort zurück.

»Aber Mutter und Vater haben doch schon längst angeboten, unseren Lebensunterhalt zu bezahlen. Warum musst du da arbeiten? Und dann ausgerechnet auf der Polizeiwache! Als würdest du das absichtlich machen, um mich zu verletzen.« Sie schluchzte auf und zog die Nase hoch. »Als wolltest du, dass es mir schlecht geht.«

»Aber, liebe Ida.« Er konnte es nicht glauben. »Jetzt hör bitte auf. Ich habe alles getan, damit du bekommen konntest, was du wolltest. Ich habe Stockholm verlassen, bin hierher gezogen, ins Haus deiner Eltern. Findest du nicht, dass ich mich bemüht habe, damit … damit es dir gut geht?«

Verächtlich sah sie ihn an.

»Damit ich mir nicht das Leben nehmen kann – meinst du das? Damit du dich nicht schämen musst, eine Freundin zu haben, die so verdammt schwach ist, dass sie mit dem Leben nicht zurechtkommt? Aber weißt du was, Fredrik? Hau doch ab, wenn ich so schwierig und anstrengend bin!«

Sie schniefte wieder, und die Tränen liefen in japsendem Schluchzen aus ihr heraus.

Saß sie wirklich hier und sagte all diese Dinge? War sie noch derselbe Mensch, den er kennengelernt hatte? Er beugte sich vor, um seine Hand auf ihr Bein zu legen, doch sie zuckte zurück.

»Rühr mich nicht an!«

Das Weinen ging nun beinahe in Schreien über.

»Ich hole jetzt Lotta«, sagte er und stand auf. Ida war offenbar kurz vor dem Zusammenbruch. Aus dem Gespräch, das zu führen er sich vorgenommen hatte, wurde nichts. Ihr von dem Kind zu erzählen und sich irgendeine Unterstützung zu erhoffen – daran war jetzt nicht zu denken. Gleiches galt für das Thema, wie er sich mit der bevorstehenden Hochzeit und der ständigen Gegenwart der zukünftigen Schwiegereltern fühlte.

»Sie sind nicht hier«, antwortete sie, als das Weinen sich ein wenig beruhigt hatte. Wieder sah sie über den Fjord hinaus. Einen Augenblick lang war er erleichtert.

»Sie sind zu Ikea nach Sundsvall gefahren.«

Mitten im Wohnzimmer blieb er stehen und schaute sie an.

»Warum das?«

»Sie brauchen ein Bett und einen Nachttisch ... Und Schränke.«

»Für das Haus in Övertorneå?« Er wusste die Antwort bereits, bevor er die Frage gestellt hatte. Die Möbel waren für hier. Lotta und Björn hatten nicht mehr vor, die Einliegerwohnung zu vermieten. Sie würden hier wohnen, mit Ida und ihm zusammen, wann immer es ihnen gefiel.

Ida schüttelte zur Antwort den Kopf, ohne seinem Blick zu begegnen.

In dieser Sekunde fanden die seit Wochen im Kopf umherirrenden Gedanken endlich nach Hause. Es war befreiend. Als habe man eine unendliche Anzahl von Schlüsseln in einem Schloss probiert und endlich den richtigen erwischt. Tief atmete er durch die Nase ein, fühlte, wie sich in der Brust etwas zusammenzog. Die Erkenntnis war schwindelerregend.

Wenn es in dieser Weise weiterging, wollte er nicht mehr mit Ida zusammen sein.

65.

Als Sofia Kaffee holen ging, sah sie die Tür zu Erik Holms Interims-Büro offen stehen. Sie klopfte an den Türrahmen, und er sah verärgert auf, als störe sie, ganz egal, mit welchem Anliegen sie kam. Ohne zu fragen, trat sie in das kahle Zimmer und setzte sich auf den abgewetzten Besucherstuhl. Nur ungern ergriff sie die Initiative, doch es musste sein. Das morgendliche Gespräch mit Rodde hatte sie in ihrer Überzeugung bestärkt, dass es richtig war. Die Kampfeslust des Staatsanwalts war kraftraubend. Er hatte sich zum Alleinherrscher über die Ermittlung aufgeschwungen und schien es in vollen Zügen zu genießen. So konnte es nicht weitergehen.

»Ich würde gerne mit Ihnen sprechen.«

Holm befand es noch nicht einmal für nötig aufzuschauen.

»Worüber?«

»Über unsere Zusammenarbeit. Ich wäre froh, wenn wir einfach noch einmal von vorne beginnen und versuchen könnten, bei dieser Ermittlung als Team zusammenzuarbeiten. Ich denke, wir alle hätten etwas davon.«

Sofia sah Holms abweisenden Gesichtsausdruck. Dann ließ er den Blick über die wenigen Bücher und Ordner wandern, die in dem ansonsten leeren Regal standen. Als wöge er jeden Gegenstand im Geiste ab, während er zugleich über ihr Friedensangebot nachdachte.

»Wissen Sie«, sagte er schließlich. »Sie haben recht.«

Erstaunt sah Sofia ihn an. Diese Antwort hatte sie als Letztes erwartet.

»Wir vergessen, was war«, fuhr er fort. »Ich versuche, mich bei den Besprechungen besser zu benehmen. Mir ist bewusst, dass ich Vera zur Weißglut bringe.« Als er lächelte, sah er beinahe nett aus. »Allerdings gibt es ein wenig persönliche Missstimmung zwischen Ihrem Kriminaltechniker und mir. Das ist unprofessionell meinerseits, doch ich habe es auch auf Sie und die anderen übertragen. Dafür entschuldige ich mich.«

Sofia wusste nicht, wie ihr geschah. Das war ganz und gar nicht die nachtragende Person, die Johan beschrieben hatte. Er schien es aufrichtig zu bedauern. Um Holm nicht in Verlegenheit zu bringen, überlegte sie, so zu tun, als wisse sie nichts von dieser Ex-Beziehung. Sie wollte jedoch das zarte Vertrauen, das sich gerade entwickelte, nicht gleich durch eine Lüge gefährden.

»Ich weiß Bescheid«, antwortete sie. »Über Sie und Johan. Falls es Sie tröstet, ich weiß genau, wie schwer es ist, nach so einer Sache zusammenzuarbeiten. Ich war früher einmal mit meinem Vorgesetzten zusammen.«

Er sah sie zweifelnd an, als würde sie das nur sagen, damit er sich besser fühlte.

»Und Vera hat zufällig was mit meiner Elternzeitvertretung«, entfuhr es Sofia. Holm starrte sie an, dann brach er in lautes Gelächter aus.

»Nicht Ihr Ernst!«

Sofia lachte auch.

»Ich weiß nicht, warum ich Ihnen das erzählt habe. Sie müssen versprechen, nichts zu sagen.«

Holm lachte noch immer, dann hielt er plötzlich inne. Als Sofia sich umdrehte, stand Johan in der Tür.

»Soso, da haben wir es ja lustig bei der Arbeit.« Johan sah aufrichtig erstaunt aus, Sofia im Büro seines ehemaligen Verlobten zu finden. Ehe Sofia antworten konnte, erschien Vera hinter Johan in der Tür.

»Wir treffen uns jetzt zu einer Besprechung.«

Johan schüttelte den Kopf und schien sich zu fragen, was verdammt noch mal da los war, bevor er in die andere Richtung weiterging. Sofia zuckte amüsiert mit den Schultern und stand auf, um ihm und Vera zu folgen. Holm kam hinterher.

Karim war schon in der Bibliothek, und Holm setzte sich neben Sofia.

Vera sah sie misstrauisch an, und Holm räusperte sich. Da war sie wieder, die arrogante Haltung, doch die Worte waren neu.

»Sofia und ich haben über die Zusammenarbeit im Team gesprochen und sind zu dem Ergebnis gekommen, dass wir uns alle etwas anstrengen sollten, damit das besser funktioniert.« Vera holte Luft, aber Holm kam ihr zuvor. »Ich besonders.«

Veras Mund blieb offen, sie sagte jedoch nichts. Stattdessen ließ sie sich auf einem Stuhl nieder und nickte Holm zu.

»Also, wie läuft die Suche nach Erlandsson?«, fragte sie Sofia, nachdem sie die Fassung wiedererlangt hatte.

»Es gibt erstaunlich viele Gunnar Erlandssons in diesem Land. Ganze neunzehn im entsprechenden Alter.«

Holm räusperte sich.

»Ich meine auch, dass wir diesen Mann finden müssen, aber es fällt mir noch immer schwer zu sehen, welche Motivation er haben könnte. Warum sollte er Bertil Sondell nach so vielen Jahren ermorden wollen?«

Sofia presste die Lippen aufeinander und zuckte leicht mit den Schultern.

»Keine Ahnung. Vielleicht hat er das gleiche Motiv, das wir bei Vanja vermutet haben. Vielleicht hat er von den Körperteilen erfahren, die in der Grube bei Marviksgrunnan gefunden wurden, und glaubte, sie seien von Sonja – also der Frau, mit der er den Gerüchten zufolge damals ein Liebesverhältnis hatte, und die ein Kind in sich trug, das vielleicht seines war.«

Vera schüttelte den Kopf.

»Irgendetwas übersehen wir. Die beiden Fälle müssen doch zusammengehören.«

»Das denke ich auch«, sagte Holm mit der Andeutung eines Lächelns.

Ganz offensichtlich gab es unter der unsympathischen Oberfläche einen echten Menschen. Während ihres vertraulichen Gesprächs mit Johan über den Staatsanwalt hatte sie den Kriminaltechniker gefragt, ob Holm immer so war. *Das ist Unsicherheit*, hatte Johan gesagt. *Eriks Motto ist, lieber zuerst zuzuschlagen. Lieber ein eingebildeter Teufel zu sein, als ein Waschlappen. Lieber gefürchtet als verspottet.* Die Antwort hatte Sofia erstaunt, denn sie war so nachvollziehbar und erklärte vieles. Sie war in ihrer eigenen Zunft schon vielen wie Holm begegnet. Frisch examinierten, großschnäuzigen Polizisten, die den Kriminellen gegenüber ihre Macht zeigen wollten. Das endete selten gut.

Holm öffnete den Mund, um noch etwas zu sagen, wurde jedoch vom Klingeln seines Handys unterbrochen.

»Ja, Holm.« Wieder der arrogante Tonfall. Als würde er eine Rolle spielen. Die Rolle des Staatsanwalts Erik Holm. In gewissem Maße erkannte Sofia sich wieder. Sie selbst hatte lange Zeit verschiedene Rollen gespielt – dass sie nicht die Tochter einer Alkoholikerin war, oder dass sie eine kompetente Polizistin war, oder aber, dass sie in der Beziehung mit Kaj damals nicht *die andere Frau* war. Und jetzt spielte sie die Rolle der guten Mutter. Vielleicht fühlten sich ja alle Menschen so?

Holm antwortete der Person am anderen Ende der Leitung mehrmals mit einem kurzen Brummen und bewegte die Brille auf der Nasenwurzel auf und ab.

»Ja, das ist richtig. Ist das wahr?«

Mit wachen Augen begegnete er Sofias Blick, das Handy noch immer am Ohr.

»Gunnar Erlandsson?«

Holm hörte wieder zu und beendete dann das Gespräch.

Triumphierend sah er Vera an.

»Wir haben ihn, den richtigen Gunnar Erlandsson. Die Fingerabdrücke auf dem Fensterblech waren von ihm.«

66.

Als Fredrik, der nach der Arbeit eine Weile geschlafen hatte, erwachte, herrschte im Haus voller Betrieb. Lotta hatte die Kerzen in den hohen Design-Kerzenständern auf dem Wohnzimmertisch angezündet, und auf jedem Fensterbrett standen erleuchtete Teelichthalter in Rosa und Grün. Er kannte weder die Teelichthalter noch die neuen Kissen mit rosa meliertem Muster auf dem Sofa, doch nahm er an, dass es sich dabei um Fundstücke aus Schwedens beliebtestem Möbelhaus handelte.

Draußen war es bereits dunkel geworden, und Fredrik wurde klar, dass er mehrere Stunden geschlafen hatte. Aus dem Untergeschoss hörte er Ida und Björn scherzhaft darüber streiten, wie mit den Aufbauanleitungen der Ikea-Möbel zu verfahren sei.

Mit einem Glas Rotwein in der Hand, drehte Lotta sich zu ihm.

»Ja, hallo, da bist du ja.« Es klang, als redete sie mit einem Kind.

Sie schenkte ein Glas ein und reichte es ihm, ohne auch nur zu fragen, ob er überhaupt Wein wollte. Es konnte sein, dass er am Abend auf die Wache gerufen würde, er hatte allerdings keinen Dienst und entschied daher, den Wein anzunehmen.

»Hast du Hunger?«

Er nickte.

»Wie geht es Ida?«

Lotta erstarrte.

»Gut, glaube ich. Warum?«

Er wusste nicht, was er sagen sollte. Die Erkenntnis, dass er vielleicht nicht weiter mit Ida zusammenleben wollte, war schmerzhaft, und nach Idas Explosion fühlte er sich erschöpft. Im Kopf drehte und wendete er die Alternativen hin und her. Er konnte sich trennen, bevor es zu spät war, und damit riskieren, dass Idas psychischer Zustand sich weiter verschlechterte. Oder er konnte bleiben und sich zusammenreißen, bis er die Ausbildung beendet hatte. Das fühlte sich unehrlich an. Und wie sollte das dann eigentlich gehen? Ida wollte heiraten. Danach würde sie sicher Kinder bekommen wollen. Himmel, mit allem, was mit Sofia und seiner Tochter gerade los war, kam es ihm unvorstellbar vor, mit Ida eine Familie zu gründen. Nein, er musste ihr jetzt erzählen, wie es um ihn stand. Er hatte die leise Hoffnung, dass seine Ehrlichkeit Ida zum Aufwachen brachte, dass sie zuhören und verstehen würde, dass auch er innere Bedürfnisse hatte. Dass Ida wieder werden könnte wie früher. Doch das war alles nichts, worüber er mit seiner zukünftigen Schwiegermutter sprechen wollte.

»Wie war es bei Ikea?«, fragte er stattdessen und trank einen Schluck von dem dunkelroten Ripasso.

Lotta trocknete sich die Hände an einem blau-weißen Küchenhandtuch ab und reduzierte dann die Hitze unter der Soße, die auf dem Herd köchelte. Dann scheuchte sie ihn die Treppe hinunter.

»Wir haben massenhaft Dinge gekauft. Komm, schau es dir an!«

Im Untergeschoss trafen sie Ida und Björn in einem Chaos aus aufgerissenen Kartons und Plastikfolie an. Bear lag und schlief in einem Hundebett, das einem Liegesofa aus grauem Samt glich. An der Wand des Gästezimmers standen Teile eines Bettgestells neben zwei breiten Boxspringmatratzen. Wie hatten sie das alles ins Haus transportiert, ohne dass er davon aufgewacht war?

Ida kam zu ihm und schmiegte sich in seinen Arm. Sie duftete nach Lavendelshampoo und Rotwein.

»Entschuldige«, flüsterte sie ihm ins Ohr. »Ich hatte einen schlechten Tag.«

Er umarmte sie und küsste sie abwesend auf das blondierte Haar. Dabei spürte er, wie sie sich in seinem Arm entspannte. Konnte er wirklich in dieser Beziehung bleiben, seine eigenen Gefühle zurückhalten zugunsten von Idas? Und wie würde es werden, wenn er eine Anstellung als Polizist bekam? So weit hatte er noch nicht gedacht. Sollte das hier in dieser Gegend sein, bestand die Gefahr, dass Sofia und er wirklich zusammenarbeiteten. Wie würde Ida dann reagieren?

Sie löste sich von ihm und gestikulierte in den Raum hinein.

»Mama und Papa haben halb Ikea leer gekauft«, lachte sie. »Jetzt müssen wir nur noch alles zusammenbauen.«

»Schau hier.« Lotta stellte ihr Weinglas auf einen Karton. Sie hob ein Paar hellrosa Gardinenschals hoch und legte dann ein Paar graue darüber.

»Ist das nicht superhübsch zusammen?«

Fredrik nickte und versuchte zu lächeln.

»Und das hier«, fuhr Lotta fort und riss eine weitere Plastikverpackung auf, die einen grau geblümten Bettüberzug enthielt. »Das war die beste Qualität, die es gab, aber Björn ist natürlich trotzdem nicht zufrieden.« Scherzhaft verdrehte sie die Augen über ihren Mann. »Er wollte ägyptische Baumwolle haben, doch das hatten sie nicht.«

Fredrik wollte fragen, warum diese Einliegerwohnung denn nach ihren Vorlieben eingerichtet wurde, wenn sie, früheren Aussagen zufolge, vermietet werden sollte. Doch eigentlich wusste er die Antwort ja bereits, und es würde zu nichts Gutem führen, wenn er das Thema jetzt auf den Tisch brachte.

Björn trank direkt aus der Bierflasche und zeigte dann auf einen noch verschlossenen Karton.

»Hilfst du mit?«

MITTWOCH, DER 2. SEPTEMBER

67.

Sie versammelten sich am Besprechungstisch, und Vera ließ einen Korb mit Frühstücksbrötchen rumgehen, die Eva am Morgen gekauft hatte.

Sofia goss Kaffee aus der Thermoskanne ein.

»Eine örtliche Streife ist unterwegs zu Gunnar Erlandssons Adresse in Ängelholm, um ihn herzubringen«, sagte sie. »Währenddessen müssen wir versuchen, herauszufinden, was da draußen auf dem Hof genau passiert ist, und weitere Beweise sichern, die untermauern, dass Gunnar Bertils Mörder ist. Und wir brauchen ein Motiv.«

Tord und Margit hatten wieder einmal als Babysitter einspringen müssen. Und dieses Mal hatte Sofia gar nicht versucht, sich zu entschuldigen. Es brachte ja ohnehin nichts. Sie hatte einsehen müssen, dass sie ab und zu mehr Hilfe benötigte als nur für die halben Tage, die Tord und sie verabredet hatten. Diese Zeiten intensiver Ermittlungen waren für alleinstehende Mütter eine echte Herausforderung. Sie hatte befürchtet, dass es so werden würde, jedoch nicht geglaubt, schon nach wenigen Tagen in dieser Situation zu sein. Doch solange Tord mit dieser Konstruktion zufrieden war, konnte sie es auch sein. Nur ihr Muttergewissen nagte an ihr, wenn sie Astrid so oft weggab.

»Wie seid ihr auf ihn gekommen?«, fragte Karim.

Vera stand auf und ging an ihm vorbei, ein Papier in der Hand. Es war das Bild eines bedeutend jüngeren Gunnar Erlandssons als das erst kürzlich entstandene Passfoto, das sie am gestrigen Tag beschafft hatten. Vera befestigte das Bild am Whiteboard und drehte sich zu Johan.

»Erkennungsdienstlich behandelt im Sommer 1998.« Vera strahlte wie eine Sonne. »Der Fingerabdruck war in den digitalen Registern nicht auffindbar, jedoch im Kellerarchiv in Sundsvall. Irgendein Trottel dort hatte vergessen, die Informationen auszusortieren. Verdammtes Glück für uns. Ein Kollege von Marie hat sich an den Namen erinnert. Er war damals dabei, als Erlandsson festgenommen wurde.«

»Weswegen?«, fragte Holm.

»Entführung. Eine Frau von gut zwanzig Jahren verschwand von einem Spielplatz im Zentrum von Sundsvall, wo er damals wohnte. Sie war mit ihrem ein Jahr alten Sohn dort und bat eine andere Mutter, auf den Jungen aufzupassen, während sie in einem nahe gelegenen Café auf die Toilette ging. Doch sie kam nie zurück.«

»Verdammt, wie schrecklich«, rief Karim aus, der sonst nie fluchte.

»Die Mutter, die sich um den Jungen gekümmert hatte, sagte später aus, dass sie Gunnar Erlandsson in der Nähe des Parks gesehen hatte«, fuhr Vera fort. »Es stellte sich heraus, dass die verschwundene Frau wenige Monate zuvor in Erlandssons Fotostudio gewesen war, um ein Porträtfoto von ihrem Sohn machen zu lassen. Erlandsson wurde kurzzeitig festgehalten und befragt, doch die Polizei in Sundsvall fand keine Beweise dafür, dass er mit dem Verschwinden der Frau etwas zu tun hatte.«

»Wurde sie gefunden?«, fragte Karim.

Vera nickte.

»Ihre Leiche wurde einige Häuserblocks weiter entdeckt, die DNA ihres Ex-Manns unter den Nägeln. Er wurde später dann wegen Mordes verurteilt.«

Holm sah Vera an.

»Erlandsson kam also wieder auf freien Fuß?«

Vera nickte wieder.

»Ich habe Einsicht in seine Bankkonten gefordert und mit der Telefongesellschaft gesprochen, damit wir die Listen über seine Gespräche bekommen. So können wir sehen, wo er sich bewegt hat und wo er sich jetzt aufhält«, sagte Sofia. »Die Informationen müssten heute Vormittag kommen.«

»Gut.« Holm zeigte Sofia den hochgereckten Daumen.

»Ja, also, haben wir ihn dann?«, fragte Karim, klang aber nicht ganz überzeugt.

»Wir haben immer noch nichts, um ihn im Schlafzimmer zu lokalisieren«, sagte Vera. »Und konkrete Beweise dafür, dass er zu der Zeit von Bertils Ermordung vor Ort war, fehlen uns auch noch. Allerdings gibt es haufenweise Indizien und Gerüchte, dass er damals auf diesem Hof irgendeinen Unfug angestellt hat. Jedoch haben wir weder für das eine noch das andere auch nur den allerkleinsten Beweis.«

Holm schob die heruntergerutschte Brille wieder hoch.

»Dann müssen wir hoffen, dass Erlandsson ein bisschen Licht in die Sache bringen kann.«

Jetzt, da alles entschieden ist, fällt es mir schwer, an irgendetwas anderes zu denken. Gunnar hat noch einmal mit seinen Eltern gesprochen und ihnen erzählt, dass er seinen Lehrlingsplatz verlassen und nach Hause kommen wird. Sie wollen Geld schicken. Sobald das kommt, verlassen wir die Insel. Die Gerüchte über Bertil gehen schon durch das Dorf und sind auch Leuten von Höganäs-Billesholm zu Ohren gekommen. Mehrmals habe ich Flüstern gehört, dass er sein Vermögen verliert, bevor er es überhaupt bekommen hat. Sie wissen, dass er säuft. An einem der letzten Abende waren Grändbergs hier. Bertil hat sie gebeten, ihm Land nördlich der Viehweide abzukaufen.

Ich muss damit rechnen, Ulvön ohne Geld zu verlassen. Bertils ganzer Besitz ist im Grubenbetrieb gebunden. Je nachdem, wo wir uns niederlassen, werde ich versuchen, eine annehmbare Arbeit zu finden. Gunnar spricht von Malmö oder Göteborg, für den Anfang. Oder vielleicht Kopenhagen. Sicher kann ich in irgendeinem Geschäft Arbeit finden. Oder vielleicht in einer Milchbar. Das ist egal, wenn ich nur mit Gunnar zusammen sein kann. Wir werden den Bus nach Süden nehmen. Erst nach Stockholm und dann weiter zu Gunnars Eltern. Dort können wir natürlich nicht wohnen, aber seine Sachen holen und den Rest seiner Fotoausrüstung. In einem Bankschließfach hat er Schmuck von seiner Großmutter liegen. Den will er verkaufen. Ich sage, er soll es nicht tun, doch er will es unbedingt. Um das Auto zu bezahlen, das er sich kaufen möchte.

Der Gedanke macht mich schwindelig. Dass wir gemeinsam alles hier verlassen und Kilometer für Kilometer fahren sollen, bis wir schließlich den Ort erreichen, an dem wir zusammen leben können. Wird Bertil uns verfolgen?

Wie wird es sein, in einer großen Stadt zu leben? Vermutlich nicht so glamourös wie in meinen Träumen, aber sicher tausendmal besser als auf dieser Insel. Schon die Vorstellung, in einem Bekleidungsgeschäft die neueste Mode direkt an der Ladentheke erstehen zu können und nicht wochenlang auf Bestellungen aus dem Versandhandel warten zu müssen, erfüllt mich mit Vorfreude. Sich in einem Kino in einen roten Samtsessel setzen und Anita Ekberg, Ingrid Bergman und Marlon Brando auf der weißen Leinwand sehen zu können. Oder Hitchcock. Nicht mehr auf den harten Stühlen und mit schlechtem Ton, wie bei den wenigen Malen, als im Versammlungshaus hier im Dorf eine Filmvorstellung organisiert wurde. Einen Cocktail in einer Bar trinken, ein flottes Stück auf einer Jukebox aussuchen und vielleicht dazu tanzen zu können. Die Gedanken fliegen weit und frei durch die Gegend. Jetzt, wo in der Fantasie alles in Reichweite ist, frage ich mich, wie ich jemals auf die Idee kommen konnte, ohne das alles zu leben. Jahr für Jahr hier auf der Insel zu bleiben, in Bertils Schatten zu stehen und das ganze Leben davon abhängig zu machen, ob Ulvöns Boden förderwürdiges Erz birgt oder nicht.

Jetzt, wo mir Hoffnungslosigkeit und Tristesse nicht mehr wie eine Schlinge um den Hals liegen, vergehen die Tage schneller. Bertil hat einen Teil seiner Macht über mich verloren. Er weiß nicht, dass ich eine Meuterei plane, während ich am Küchentisch mit dem karierten Tischtuch sitze und zu Abend esse. Er sieht nicht, wie sich, wenn wir die Kühe füttern, unsere Hände suchen. Es ist Folter, sich nicht offen berühren zu können, doch jetzt, wo ich weiß, dass wir zusammen sein werden, ist es leichter auszuhalten. Wann immer wir können, fahren wir zu der Grube, nehmen eine Decke und Kerzen mit. Sie ist zu unserer Welt geworden. Ein versteckter Ort, an dem wir unsere Körper und Seelen erforschen.

Bald, mein Geliebter, bald gehöre ich ganz dir.

68.

Sofia winkte Karim zu, der auf sie zusteuerte und sich zwischen Holm und sie an den runden Tisch im Essensraum der Polizeiwache niederließ. Heute war Vera offensichtlich von Salat verschont geblieben und hatte stattdessen eine Box mit Fleischwurst, Kartoffeln und Senfsoße dabei. Sofia hatte, als Zeichen der Versöhnung, Holm gefragt, ob er mit ihnen essen wolle, und zum Erstaunen aller hatte er zugesagt und war losgelaufen, um sich im Laden eine Tiefkühl-Fertigmahlzeit zu besorgen. Seit den Corona-bedingten Schließungen der Restaurants gab es lange Schlangen vor den Mikrowellen. Seltsamerweise mochte Sofia die neue Geselligkeit. Eine weitere Veränderung, die sie seit der Elternzeit bei sich feststellte. Es war nett, mit den Kollegen zusammenzusitzen und sich über alles Mögliche zu unterhalten, während man durch ihre Lunch-Boxen und die Klagen darüber neue Einblicke in ihr Leben bekam.

»Wie ist es mit Erlandsson gelaufen?«

Vera schüttelte den Kopf.

»Er war nicht in seiner Wohnung, als die Streife kam. Sie haben eine Nachbarin angetroffen, die erzählte, Erlandsson sei vor über einer Woche verreist und habe sie gebeten, sich um seine Blumen und die Post zu kümmern.«

»Sind die Kollegen reingegangen?« Karim öffnete den Deckel seiner Lunch-Box und fischte ein gefülltes Weinblatt heraus.

»Jipp. Holm hat sofort eine Hausdurchsuchung angeordnet.« Vera lächelte dem Staatsanwalt zu, der beinahe verlegen aussah. Hätte jemand vor ein paar Tagen gesagt, dass Sofias Chefin hier sitzen und Holm loben würde, hätte sie laut losgelacht. Es war faszinierend, welche Macht ein paar freundliche Worte haben konnten.

»Haben sie etwas gefunden?«, fragte Sofia.

Holm schüttelte den Kopf.

»Nichts, was ihn mit der Tat in Verbindung bringt, aber haufenweise Fotoausrüstung und Hunderte Schwarz-Weiß-Bilder. Die besagen eigentlich nichts, aber es gab Bilder sowohl von Sonja als auch von Axel Sondell.«

»Na, das ist ja kaum ein Verbrechen«, sagte Vera und unterdrückte ein Rülpsen hinter der Hand. »Doch wir haben seine Fingerabdrücke. Er war vor Ort.«

Holm nickte.

»Wir müssen nur noch beweisen, dass er auch in dem Zimmer war, in dem Bertil Sondell ermordet wurde.«

»Und dafür sorgen, dass er gefasst wird«, fügte Karim hinzu.

Johan tauchte im Essensraum auf und drängte sich an der langen Schlange zum Kühlschrank und den Mikrowellen vorbei. Er sah gestresst aus und sagte noch nicht einmal Hallo, als er ihren Tisch erreichte, sondern warf nur einen Papierstapel zwischen ihre Lunch-Boxen.

»Wir wissen, wo er ist«, sagte Johan und nickte zu den Papieren hin.

Holm schaute zu ihm auf.

»Erlandsson?«

»Jap. Alles deutet darauf hin, dass er zu Hause bei einem Bekannten in Sundsvall ist.«

Sie sahen ihn fragend an.

»Eva kam mit den Telefonlisten vorbei, und ich habe einen Blick darauf geworfen. Ich hoffe, das war im Sinne des Staatsanwalts?«

Holm ignorierte den giftigen Kommentar und aß weiter, doch Sofia konnte ein Lächeln auf seinem Gesicht erkennen. Offensichtlich amüsierte es ihn, dass sein ehemaliger Verlobter sich von seiner Gegenwart gestört fühlte.

»Erlandssons letzter Anruf kam heute über einen Funkmast im Zentrum von Sundsvall. Ich habe die zuletzt gewählte Nummer seiner Gesprächsliste überprüft. Das Telefonat ging an dieselbe Person, mit der er in den Neunzigerjahren zusammen ein Fotostudio hatte. Deren Wohnung wird vom selben Funkmast bedient.«

Sofia griff nach den Papieren. Das oberste Dokument enthielt eine Karte von der Gegend, die der Mast abdeckte. Die Innenstadt von Sundsvall.

»Was treibt er da?« Karim schaute Johan an, der ärgerlich aufseufzte.

»Ja, das weiß ich doch auch nicht, aber vielleicht fahrt ihr besser hin und holt ihn, statt hier rumzusitzen und zu essen?«

69.

Fredrik betrachtete den Mann durch das Fenster der Zellentür. Klein sah er aus, wie er da auf dem schmalen Holzbett saß. In Wirklichkeit war er beinahe einen Kopf größer als Fredrik und hatte beeindruckend breite Schultern. Gut aussehend war er auch, hatte Aigul festgestellt. Ein bisschen wie Harrison Ford im fortgeschrittenen Alter. Dem konnte Fredrik nur zustimmen. Der Mann sah ganz und gar nicht aus, als könnte er beinahe achtzig sein, sondern eher wie fünfundsechzig. Vielleicht hatte er sich irgendeiner Schönheitsoperation unterzogen, oder aber er gehörte zu dieser Sorte Mensch, die sich jung halten durch Besuche im Fitnessstudio und Jogging.

Als Fredrik dem Insassen bei der Übergabeschleuse begegnet war, war ihm aufgefallen, was für ein Gegensatz der gut gekleidete Mann zu den Gestalten war, die er dort bisher empfangen hatte. Er war in Hemd, Weste und Sakko einer teuren Marke gekleidet und trug blank geputzte Lederschuhe. Er hatte weder mit ihnen noch den Polizisten gesprochen und war voll angekleidet in seine Zelle geführt worden, statt sich an der Schleuse einer Leibesvisitation unterziehen zu müssen, wie es eigentlich Vorschrift war.

In der Zelle dann hatte der Kriminaltechniker, auch er muskulös und gut aussehend, den Mann aufgefordert, ihm all seine Kleider zu übergeben, hatte diese in Tüten verpackt und mitgenommen. Jetzt trug der Insasse die hiesigen grauen Trainingshosen und ein grünes T-Shirt. Er war noch immer barfuß.

»Sollen wir ihn fragen, ob er einen Kaffee möchte?« Aigul erschien hinter Fredrik.

Er öffnete die Tür, und der Mann sah auf, als Aigul in die Zelle trat. Im Gesicht war er glatt rasiert und duftete schwach nach Zedernholz, ein Parfüm, das Fredrik kannte.

Am Vormittag hatte er noch zu Hause gesessen und gelernt, doch nach dem Mittagessen war er von der Abteilungsleiterin Ylva Tillander zur Arbeit gerufen worden, obwohl er keinen Dienst hatte. Jimmy war offenbar krank geworden, und auch Aigul hatte einspringen müssen. Es war eine Erleichterung, das chaotische Haus voller halb fertiger Ikea-Möbel zu verlassen. Ida hatte heute ihren ersten Arbeitstag, aber die Schwiegereltern waren noch immer da.

»Wollen Sie einen Kaffee?« Aigul legte dem Mann ihre Hand auf die Schulter, etwas, das sie sonst nie tat. »Bald kommt jemand von der Kriminalpolizei und wird Sie vernehmen.«

Der Mann nickte, er wollte gern eine Tasse Kaffee. Zucker, aber keine Milch.

Fredrik blieb an der angelehnten Zellentür stehen, während Aigul den Kaffee holte. Auch das war eine Abweichung von den Regeln, doch dieser Mann hatte etwas an sich, das dazu führte, dass man keine Angst hatte, mit ihm allein zu sein. Eine unvorsichtige Annahme, die ihn, wenn er Pech hatte, das Leben kosten konnte. Doch der Insasse blieb sitzen, bis Aigul zurückkam, bedankte sich höflich und pustete dann vorsichtig auf das heiße Getränk.

Ganz hinten im Gang öffnete sich die Tür. Fredrik drehte sich um und spürte, wie eine Hitzewelle in ihm hochstieg, als er Sofia und Vera Nordlund herankommen sah. Sofia wich seinem Blick aus und sah stattdessen Aigul an.

»Wie geht es ihm?«, fragte Vera.

Aigul schüttelte den Kopf.

»Schwer zu sagen. Er redet kaum. Hat gerade eine Tasse Kaffee angenommen, doch sonst hat er nicht viel gesagt.«

Vera nickte.

»Können Sie ihn in das Anwaltszimmer bringen?«

Normalerweise wurden die eines Verbrechens verdächtigten Insassen in ihren Zellen vernommen, doch wenn sie mit ihren Anwälten sprechen wollten, wurden sie in einen etwas wohnlicheren Raum ohne Fenster gebracht, in dem Stühle mit Armlehnen und ein Tisch standen. Außerdem roch es hier besser als im Zellengang, und jemand hatte eine Plastikpflanze sowie eine Taschentuch-Box dort platziert.

Aigul reckte den Daumen hoch und zeigte Fredrik mit einem Nicken an, dass sie den Insassen holen würden, während die Ermittlerinnen den Raum vorbereiteten. Vera ging weiter den Gang entlang, und Fredrik nutzte die Gelegenheit und hielt Sofia auf.

»Wir müssen reden.«

»Nicht jetzt«, zischte sie zurück. »Wir sind mitten in einer Mordermittlung.«

Der Blick war giftig, doch er konnte sehen, dass sie innerlich bebte. Sie wusste, dass sie ihm nicht ewig ausweichen konnte.

»Wegen dir habe ich schon sechs Monate verloren. Wann dachtest du denn, dass ich meine Tochter endlich kennenlernen darf?«

Sie stierte ihn an.

»Nicht jetzt, habe ich doch gesagt.«

Fredrik packte ihren Arm, ein Übergriff, bei dem er sah, dass sie ein wenig die Fassung verlor.

»Du hast mich angelogen. Ich will meine Tochter sehen und verlange einen neuen Vaterschaftstest.«

»Was redest du da?«

»Stell dich nicht dumm«, sagte er leise. »Natürlich, ich hätte schlauer sein sollen. Anrufen und überprüfen, ob der Nachweis echt war. Aber glaub mir, ich werde ihn anfechten mit allem, was ich habe, und du … du …« Die Worte ließen ihn im Stich.

Fragend und verwirrt sah Sofia ihn an.

»Verdammt, es gab keinen Vaterschaftstest.«

»Lüg mich nicht an!« Der Griff um ihren Arm wurde fester. Fredrik bekam plötzlich Angst vor sich selbst. Die Wut, die in ihm hochkam, war stärker als alles, was er bislang gefühlt hatte.

»Lass mich los!«

Sie benutzte die befehlsgewohnte Polizeistimme, und er ließ sie los. Jetzt sah er die Angst in ihren Augen.

Panik. Doch er würde nicht weichen. Alle Liebe, die er für sie einmal verspürt hatte, war wie weggeblasen. Vor sich sah er nichts als eine Lügnerin, die ihn um die Zeit mit seiner neugeborenen Tochter gebracht hatte. Wenn sie es so haben wollte, bitte schön. Er würde keinen Millimeter weichen.

Vera streckte den Kopf aus dem Anwaltszimmer und sah Sofia an.

»Kommst du?«

70.

Sofia zitterte, als sie sich in einem der Sessel im Anwaltszimmer niederließ. Verdammter, verflixter Fredrik Fröding. Er machte alles kaputt.

»Ist etwas?«, fragte Vera, aber Sofia schüttelte den Kopf.

Es klopfte an der Tür, doch statt Gunnar Erlandsson kam Holm herein.

»Wir haben eine Antwort vom Nationalen Forensischen Institut«, verkündete er aufgeregt. Er setzte sich und warf einen Stapel ausgedruckter Blätter vor Vera auf den Tisch. Sie griff gleich danach.

»Aber, was zum …«

»Ja.« Eifrig schob Holm die Brille auf seiner Nase weiter hoch und atmete so heftig ein, dass seine Bejahung wie ein Pfeifen klang.

»Sie ist es nicht.« Vera reichte Holm die Papiere zurück.

»Wer sie?«

Sofia hatte Schwierigkeiten, sich auf das zu konzentrieren, was der Staatsanwalt und ihre Chefin sagten. Innerlich war sie noch immer bei Fredrik.

»Es ist nicht Sonja«, verdeutlichte Holm. »Die Körperteile, die bei Marviksgrunnan gefunden wurden, gehören nicht zu Sonja Sondell. Vor zehn Minuten haben die Kollegen in Linköping das hier geschickt. Die DNA aus den Skelettteilen zeigt keine Übereinstimmung mit Vanja Branths Speichelprobe.«

Vera schaute Holm an.

»Mit anderen Worten, es kann also irgendjemand sein, der zerstückelt und in diese Grube geworfen wurde?«

»Nein, wir wissen nämlich, wer es ist.«

Theatralisch blätterte Holm in dem Papierstapel und hielt die letzte Seite hoch.

»Verdammt.« Vera lehnte sich im Stuhl zurück und verschränkte die Arme vor der großen Brust.

Sofia versuchte, das Papier zu lesen, mit dem Holm aufgeregt herumwedelte.

»Die Proben aus den Skelettteilen stimmen mit Bertil Sondells DNA überein.«

Sofia überflog einen unverständlichen Abschnitt, in dem es um die Ermittlung von Y-Chromosomen und männlichen Verwandten ging. Es waren also Axels Körperteile, die in der Grube gefunden worden waren! Sie lehnte sich im Stuhl zurück. Mona Höglund hatte recht gehabt. Was für ein trauriges Schicksal. Nicht nur, dass Axels Leiche zerstückelt worden war, er war auch noch als weggezogen gemeldet worden, ohne dass sich irgendjemand die Mühe gemacht hatte, das zu überprüfen. Alle auf der Insel hatten den Gerüchten, dass Bertil von Frau und Sohn verlassen worden war, einfach geglaubt. Niemand hatte gefragt, was wirklich passiert war – und das, obwohl Sonja versucht hatte zu erzählen, dass etwas nicht stimmte. Sie hingegen war gesucht worden. Vanja und ihre Eltern hatten Anzeige erstattet und lautstark protestiert, als die Ermittlungen eingestellt wurden, doch um Axel hatte sich niemand gekümmert.

»Aber warum sollte Gunnar Bertil so lange Zeit danach ermorden?«, fragte Vera nachdenklich.

Dieselbe Frage hatte Sofia sich schon mehrmals gestellt. Wie passte der Lehrling, der Liebhaber und vermutliche Vater von Sonjas Kind eigentlich in diese Geschichte hinein?

Vera schob die Lesebrille über das heute purpurrot gefärbte Haar, das frisch geschnitten und an den Seiten außerordentlich kurz war. Diese Frisur war sehr viel moderner als die alte. Vielleicht zeigte sich auch hier Kickis Einfluss.

Holm faltete die Ausdrucke zusammen.

»Der Fund in der Grube kann ihn dazu gebracht haben, seine Rache auszuleben, ehe Bertil auf natürliche Weise das Erdenleben verließ. Wenn Vanja glaubte, wir hätten Sonjas Körperteile gefunden, warum sollte Erlandsson nicht dasselbe gedacht haben?«

Sofia richtete ihren Zopf und sah abwechselnd Vera und Holm an.

»Ja, schon, doch das ist selbst dann noch eine ziemlich weit hergeholte Theorie. Ich meine, geht man wirklich die Gefahr ein, im Gefängnis zu landen, um Rache zu nehmen für etwas, das vor über einem halben Jahrhundert passiert ist?«

Holm nickte Richtung Gang, der zur Abteilung mit den Zellen führte.

»Das werden wir hoffentlich jetzt herausfinden.«

71.

Vera und Sofia waren an dem runden Tisch im Anwaltszimmer sitzen geblieben. Die Wachfrau kam mit Gunnar
Erlandsson, gekleidet in die übliche Kluft aus Trainings-
hose und T-Shirt, und zeigte ihm seinen Platz. Er hielt
den Blick gesenkt, bedankte sich jedoch höflich, als sie
ihm den Stuhl herauszog. Vera und Sofia hatten überlegt, ihm Handschellen anzulegen, waren jedoch zu dem
Ergebnis gekommen, dass er weder einen gewalttätigen
noch einen unberechenbaren Eindruck machte. Er sah
vor allen Dingen niedergeschlagen aus.

»Ich bin Kriminalhauptkommissarin Vera Nordlund«, sagte Vera. »Und das hier ist Kriminalkommissarin Sofia Hjortén.«

Der Mann reichte ihnen die Hand. Er sah wesentlich
jünger aus, als er war, die Haut beinahe faltenlos, das
graue Haar ordentlich frisiert. Sie nahm einen schwachen
Duft nach Rasierwasser und teurem Shampoo wahr.

»Habe ich richtig verstanden, dass Sie es abgelehnt
haben, auf den Pflichtverteidiger zu warten, der Ihnen
von Rechts wegen zusteht?«

Er nickte.

Sofia nahm das Tonbandgerät, legte es auf den Tisch
und startete die Aufnahme.

»Vernehmung von Gunnar Erlandsson, Mittwoch den zweiten September, es ist 16:03 Uhr. Anwesend sind Vera Nordlund und Sofia Hjortén.«

Ausdruckslos sah Gunnar Vera an.

»Wissen Sie, warum Sie hier sind?«

Wieder nickte er.

»Ich würde Sie bitten, auf die Fragen mit Ja oder Nein zu antworten«, sagte Vera und zeigte auf das Tonbandgerät.

»Ja«, antwortete Gunnar Erlandsson und lehnte sich dann auf dem Stuhl zurück.

Seine vorläufige Festnahme war ruhig vonstattengegangen. Zwei uniformierte Kollegen von der Bereitschaftspolizei in Sundsvall waren zu der bewussten Adresse gefahren, und Gunnar Erlandsson war ohne Protest mitgekommen. Sie hatten ihn direkt zur Polizeiwache in Örnsköldsvik gebracht. Die Polizisten hatten das Portemonnaie und die Schlüssel des Mannes in einer Plastiktüte mitgegeben, und Sofia holte den Führerschein heraus und legte ihn auf den Tisch.

»Ihr vollständiger Name ist Gunnar Edvin Erlandsson, ist das richtig?«

Ein weiteres Nicken. Dann korrigierte er sich und beugte sich auf dem Stuhl vor.

»Ja.«

»Was haben Sie in Sundsvall gemacht, Gunnar?«

Er trank einen Schluck aus dem Pappbecher, den er mit ins Zimmer gebracht hatte.

»Ich habe einen alten Freund besucht. Vor vielen Jahren haben wir einmal zusammengearbeitet und sind seitdem in Verbindung geblieben.«

»Ist es richtig, dass Sie kürzlich auch auf den Schären vor Örnsköldsvik waren? Genauer gesagt auf Ulvön?«

»Ja, das ist richtig.«

»Unseren Angaben zufolge haben Sie im Jahr 1959 den Sommer über auf der Insel gewohnt. Erzählen Sie davon.«

Der alte Mann erstarrte.

»Ja, ich habe dort gewohnt, aber nur einen Monat oder so. Ich bin bei dem örtlichen Steiger in die Lehre gegangen. Der Betrieb meines Vaters hatte in den Bergbau investiert, und Vater wollte, dass ich den Beruf von Grund auf lerne. Doch ich hatte kein Interesse am Erzbergbau. Ich wollte Fotograf werden.«

Vera richtete sich im Sessel auf.

»Haben Sie deshalb die Lehrstelle vorzeitig verlassen? Weil Sie eigentlich Fotograf werden wollten?«

Gunnar hob den Blick, schaute jedoch über ihre Schultern hinweg auf die Plastikpflanze, die auf einem kleinen Tisch hinter Sofias und Veras Stühlen stand.

»Nein. Ich bin vorzeitig gegangen, weil Bertil Sondell ein Schwein war. Er hat Sonja und Axel geschlagen. Und er hat gesoffen wie ein Loch. Wer sollte dort bleiben wollen?«

»Es gibt das Gerücht, dass Sie mit Sonja eine Liebesaffäre hatten. Stimmt das?«

Gunnar lachte auf. Ein kurzes, heiseres Lachen.

»Nein, das stimmt nicht.«

»Nicht?«, wiederholte Vera.

Er schüttelte den Kopf und sah sie endlich an.

»Fragen Sie, was Sie eigentlich fragen wollen.«

Eine lange Weile betrachtete Sofia ihn schweigend. Saß vor ihr ein Mörder? Gunnar sah kräftig genug aus, um ein Messer in einen anderen Menschen stechen zu können. Doch er war viel zu ordentlich, und sein Gesichtsausdruck war mild, beinahe freundlich. Nicht, dass ein Mörder nicht auch ein ordentliches Äußeres haben konnte, doch irgendetwas an ihm ließ sie zweifeln. Ihm fehlte diese Härte in den Augen, etwas, was man nach einiger Zeit im Polizeidienst zu erkennen lernte. Wobei sich hinter dieser Härte dann immer etwas Weiches verbarg, man musste nur ein Loch in die Schale bohren. Dann brachen sie oft in Tränen aus und baten um Verzeihung. Wollten erzählen, weshalb sie so geworden waren.

Doch natürlich lag nicht bei allen Kriminellen Trauer unter dieser Härte. Bei manchen war da etwas ganz anderes. Etwas, das Sofia meist viel schlimmer fand: Gleichgültigkeit. Der Mann vor ihr schien zu keiner der beiden Sorten zu gehören.

»Haben Sie Bertil Sondell ermordet?«, fragte Vera schließlich.

»Ja«, antwortete Gunnar, ohne zu zögern.

»Und Sonja?«

Er schaute auf seine Hände.

»Ich weiß nicht, was mit Sonja passiert ist. Als ich den Hof verließ, hat sie gelebt.«

»Hat Bertil herausbekommen, dass Sie der Vater ihres Kindes waren?«

Gunnar schnaubte und schüttelte den Kopf, den Blick wieder nach unten gerichtet.

»Erzählen Sie: Warum haben Sie Bertil getötet?«, bat Sofia ihn.

Er sah sie an, die Augen voller Hass.

»Weil er böse war. Ein versoffener, böser Sadist.«

»Können Sie uns sagen, wie der Mord geschehen ist?«

Plötzlich schien Gunnar verwirrt. Als habe er vergessen, worüber sie gesprochen hatten.

»Als Sie Bertil getötet haben, wie sind Sie da vorgegangen?«, wiederholte Vera.

»Ich erinnere mich nicht.«

Sie unternahm einen erneuten Versuch.

»Erzählen Sie stattdessen, woran Sie sich von diesem Tag erinnern.«

Gunnar wechselte seine Haltung auf dem Stuhl.

»Ich habe die Fähre nach Ulvön genommen. Dann habe ich vor Bertils Haus gewartet. Und jetzt ist er tot.«

»Ist das alles, woran Sie sich erinnern?« Veras Gesicht blieb neutral. Ihre Zweifel waren weder zu sehen noch zu hören.

Er nickte.

»Das ist alles.«

72.

Als Fredrik am Nachmittag nach Hause kam, war das Haus leer. Idas Eltern hatten sie gleich von der Arbeit abgeholt und waren mit ihr für ein paar Abschläge zum Golfplatz von Veckefjärden gefahren. Er war erleichtert, niemanden anzutreffen, denn er brauchte Zeit zum Nachdenken und zur Entspannung, ohne sich dabei beobachtet und gejagt zu fühlen.

Während er den grauen Securitas-Pullover auszog, schielte er zu seiner Studienliteratur auf dem Nachttisch. Sein Studium hatte in den letzten Tagen gelitten. Die Chance, sich seinen Traum zu erfüllen und Polizist zu werden, wollte er sich unter keinen Umständen verspielen – doch zugleich fühlte er sich jetzt schon überfordert, Hochschule und Job unter einen Hut zu bekommen. Natürlich hätte er nicht alle Schichten auf der Polizeiwache übernehmen müssen, doch dann hätte er mit Ida und ihren Eltern zu Hause festgesessen.

Wenn Ida und er nur einmal irgendwohin fahren könnten, um ernsthaft miteinander zu reden. Dann könnte er versuchen, ihr von sich und seinen Gefühlen zu erzählen, ihr zu erklären, dass auch er einen Platz in der Beziehung brauchte und nicht immer nur im Hintergrund stehen konnte. Und dass er es so, wie es jetzt war, nicht weiter haben wollte. Er fürchtete den darauf folgenden Wutausbruch und die Tränen, doch wenn sie das nicht akzeptierte, war die Beziehung zu Ende. Es kam ihm hart vor, so zu denken, aber was war das für eine Beziehung, wenn man nicht alles miteinander teilen konnte, sich in schweren Zeiten nicht gegenseitig unterstützte? Das hier würde ihre Feuertaufe werden, eine endgültige Antwort darauf, ob sie füreinander bestimmt waren oder nicht. Es wunderte ihn, wie er so gleichmütig denken konnte.

Er erinnerte sich an seine Begegnung mit Sofia auf der Polizeiwache und wie sie auf seine Anschuldigungen reagiert hatte. Auf den Vaterschaftstest angesprochen, hatte sie die Unwissende gespielt. Er war es so verdammt leid, abgefertigt zu werden. Wenn sie glaubte, er würde schweigend daneben stehen und zulassen, dass Kaj Astrid als seine Tochter aufzog, dann täuschte sie sich.

Trotz allem, was ihm sonst im Kopf herumgeisterte, musste er auch an den Mann denken, der jetzt auf der Polizeiwache saß – und an Vanja. Das gemütliche Essen neulich abends hatte sich innerhalb eines Augenblicks in das genaue Gegenteil verkehrt. Er spürte noch immer Vanjas harten Griff um seinen Arm, sah die maßlose Wut in ihren Augen. Es war ihr Ernst, das hatte er verstanden, aber womit eigentlich? War sie in das verwickelt, was mit diesem alten Mann auf Ulvön passiert war? Warum hatten sie dann jemand anderen für das Verbrechen festgesetzt? Den Wachleuten war nicht verheimlicht worden, weshalb Gunnar Erlandsson gefasst worden war. Fredrik konnte es nicht lassen, darüber nachzudenken, ob es eine Verbindung zwischen ihm und Vanja gab. Und was hatte Leif mit dem Ganzen zu tun? Wenn er unschuldig war, gab es ja wohl keinen Grund für Vanja, ihn aufzufordern, sich fernzuhalten.

Er musste mit jemandem sprechen, jemandem von Vanjas Verhalten erzählen und von dem, was er sie am Telefon hatte sagen hören. Die Frage war, mit wem. Was würde Ida sagen, wenn er ihre Verwandten verdächtigte, in etwas Kriminelles verwickelt zu sein? Was würden seine zukünftigen Schwiegereltern sagen? Gleichzeitig konnte er nicht einfach so tun, als wäre nichts, weiter beim *Sonjagård* arbeiten und mit potenziellen Mördern einen Sonntagsbraten verzehren.

Bevor er seine Arbeitshose auf das Fußende des Bettes warf, holte er sein Handy heraus. Es war bald halb fünf Uhr nachmittags. Sein Freund Philip hatte seit längerer Zeit Tag und Nacht vertauscht, und es war gut möglich, dass er gerade schlief – dennoch rief Fredrik ihn an.

»Ja?« Der Tonfall war kurz angebunden, die Stimme schlaftrunken.

»Ich bin's.«

»Fredde.«

Philip war kurz verschwunden, und Fredrik hörte Decke und Kissen rascheln. Bald war sein Freund wieder da, jetzt aufmerksamer.

»Ist alles okay?«

»Nein. Bei dir?«

Philip räusperte sich.

»Nein.«

Fredrik ging ins Badezimmer, das an ihr Schlafzimmer grenzte, und sah sich im Spiegel. Was konnte er mit Philip teilen? Sollte er von Sofia erzählen, dem Kind, von Vanja und von Ida? Was würde das bringen? Er war Philip nicht egal, das wusste er. Und sollte Philip jemals seinen schützenden Bunker wieder verlassen, dann, um Fredrik zu helfen. Das hatte er in der Vergangenheit gezeigt, und Fredrik bezweifelte nicht, dass er es wieder tun würde, wenn es nötig wäre. Doch das jetzt waren Dinge, die Fredrik nur allein lösen konnte.

»Schlaf weiter, ich rufe ein andermal an. Pass auf dich auf«, sagte er daher und spürte, wie ihm zum Weinen zumute war. Er vermisste Philip, vermisste sein altes Leben, auch wenn es einsam gewesen war. Eine Welle von Müdigkeit überkam ihn. Er musste duschen und sich ausruhen. Dann würde er alles anpacken.

»Du auch«, sagte Philip.

73.

In der Bibliothek setzte Johan sich neben Sofia und die anderen und öffnete seinen Laptop.

»Wie läuft es?«

Sie zuckte zusammen und riss sich von den Gedanken an Astrid los. In der Nacht hatte sie kaum geschlafen, hatte nur dagelegen und ihre Tochter angesehen, die fest an ihrer Seite geschlafen hatte. Ihr vollkommenes, kleines Mädchen. Wie konnte es einmal eine Zeit gegeben haben, in der sie nicht bei ihr gewesen war? Und jetzt? Würde sie ihr nun weggenommen werden? Sie hatte sich falsch verhalten, das wusste sie. Doch der Gedanke, dass Fredrik vielleicht so weit gehen würde, ihr die Tochter wegzunehmen, lähmte sie.

»Du bist blass. Ist etwas passiert?« Johan legte seine Hand auf ihren Arm.

Sofia versuchte zu lächeln, kam jedoch nicht dazu, etwas zu sagen, da Holm die Besprechung eröffnete.

»Was wissen wir über diesen Erlandsson?«

Vera räusperte sich.

»Er hat weder Frau noch Kinder und lebt seit Mitte der Sechzigerjahre allein in derselben Wohnung. Zwei Zimmer und Küche. Einige Jahre hatte er die Wohnung untervermietet. In der Zeit hat er sein Glück mit einem eigenen Fotostudio in Sundsvall versucht, den Betrieb jedoch schließlich eingestellt und ist nach Ängelholm zurückgekehrt. Weite Teile seines Lebens scheint er von Krankengeld gelebt zu haben. Ich werde versuchen, die Krankenkasse zu erreichen und herauszufinden, weswegen er krankgeschrieben war.«

»Vielleicht irgendein psychisches Leiden?«, schlug Karim vor.

»Möglich«, sagte Vera. »Ganz stabil kommt er einem schließlich nicht vor. Er kann nichts dazu sagen, wie der Mord vonstattengegangen ist, was die Mordwaffe war, oder wie Bertil Sondell gestorben ist.«

Holm nickte.

»Doch wir haben physische Beweise, die ihn mit dem Tatort in Verbindung bringen, und wir haben ein Geständnis. Ich werde einen Haftbefehl für ihn anfordern, und er wird in die Haftanstalt in Saltvik überstellt werden, um dort auf den Prozess zu warten.«

»Ich halte das für eine voreilige Entscheidung.«

Holm sah Vera an, die ausgesprochen hatte, was sie alle dachten.

»Das finde ich auch«, sagte Johan. »Der Fingerabdruck genügt nicht für eine Verurteilung. Ein Verteidiger wird behaupten können, die Abdrücke seien bei einer anderen Gelegenheit dorthin gekommen, selbst wenn das wenig wahrscheinlich ist.«

Der Staatsanwalt sah seinen ehemaligen Verlobten an und lehnte sich mit verschränkten Armen auf dem Stuhl zurück.

»Du bist jetzt also Ermittler geworden? Oder gar Staatsanwalt? Ich dachte, du bist Kriminaltechniker.«

»Genau. Ich bin Kriminaltechniker, und es ist meine Aufgabe, die kriminaltechnischen Aspekte von Ermittlungen im Auge zu behalten. Nämlich, dass wir nicht ausreichend technische Beweise haben, um Erlandsson mit dem Verbrechen in Verbindung zu bringen.«

»Aber wir haben ein Geständnis«, schleuderte Holm zurück.

Sofia sah Vera an, die verblüfft den Wortwechsel zwischen Johan und Holm verfolgte. Im Team war es schon früher wegen persönlicher Beziehungen zu Reibereien gekommen, doch nicht in dieser Weise. Hätten sie nicht einen Mordverdächtigen auf der Wache sitzen gehabt, hätte man sich beinahe darüber amüsieren können.

»Jetzt reicht es«, unterbrach Vera.

Holm schaute verunsichert, schlug dann aber trotzdem zurück.

»Leite ich die Ermittlungen, oder nicht?«

Sofia suchte Holms Blick. Sie hatte begonnen, den Staatsanwalt zu mögen. Verstand er nicht, dass sein Ruf auf dem Spiel stand? Wenn er damit vor Gericht ging, würde Erlandsson freigesprochen werden. Sie brauchten mehr.

»Ich denke wie Sie, dass das Geständnis großes Gewicht hat«, sagte sie diplomatisch. »Aber lassen Sie uns doch wenigstens noch etwas abwarten und erst versuchen, weitere Beweise zu finden, die ihn mit dem Mord in Verbindung bringen.«

Holm überlegte ein paar Sekunden, dann schaute er in die Runde.

»Was schlagen Sie vor?«

Die Kampfeslust des Staatsanwalts hatte eindeutig an Kraft eingebüßt, auch wenn Johan nach wie vor in der Schusslinie stand.

»Wir müssen herausfinden, wann genau Erlandsson nach Ulvön rausgefahren ist und wann er zurückfuhr«, sagte Karim. »Ich nehme noch einmal Kontakt mit der Telefongesellschaft auf und schaue, ob sie die Funkmasten auf Ulvön anzapfen können, um so zu beweisen, dass er zu der Zeit von Bertils Ermordung vor Ort war.«

Sofia hob die Hand.

»Ich würde auf der Insel auch gerne noch mal Klinkenputzen gehen. Dieses Mal mit einem Bild von Erlandsson. Vielleicht hat jemand ihn auf dem Weg zu Sondells Hof oder zurück gesehen?«

Holm nickte zufrieden.

»Und weiter?«

Johan räusperte sich. »Ich habe seine Kleider und Schuhe beschlagnahmt und werde sie untersuchen. Natürlich ist es nach so vielen Tagen sehr unwahrscheinlich, doch im besten Fall können wir etwas finden, das ihn mit dem Mord in Zusammenhang bringt.«

Holm sah Johan an, drauf und dran, etwas zu erwidern, doch dann schaute er plötzlich traurig. Johan hielt seinen Blick fest, mit einem ganz leichten Lächeln. Nicht höhnisch oder trotzig, sondern sanft. Erst da fiel bei Sofia der Groschen: Johan hatte noch immer Gefühle für seinen ehemaligen Verlobten. Und umgekehrt wohl genauso, sonst würde es Holm nicht so schwerfallen, vor dem Team seine Gefühle in Schach zu halten.

Holm blinzelte und stand auf.

»Okay, dann legen wir los.«

74.

Der Arbeitstag war heute länger geworden, als erwartet. Sofia sehnte sich nach Hause zu Astrid. Heute Abend würde sie das Telefon und die Gedanken an die Ermittlungen beiseitelegen und ganz bei ihrer Tochter sein.

Morgen kam Kaj, und der Gedanke verursachte ihr einen Kloß im Bauch. Wie sollte sie ihm erzählen, was Fredrik gesagt hatte? Dass er Bescheid wusste? Das Bedürfnis, einfach so tun, als wäre nichts, war groß, auch wenn sie wusste, dass das nichts bringen würde.

Eine Stunde, nachdem Vera auf dem Flur vorbeigegangen war und sich mit einem Winken für den Tag verabschiedet hatte, rief Ylva Tillander an. Ihr war von den Wachleuten berichtet worden, dass Gunnar Erlandsson seit der Vernehmung unruhig gewesen war und dass es vielleicht angebracht sei, noch einmal mit ihm zu reden. Er war in der Zelle auf und ab gelaufen und hatte keinen Appetit gehabt. Waren Insassen das erste Mal für länger eingesperrt, genügte manchmal schon ein Tag in der Zelle, damit die Wände zu nahe rückten. Die Isolation konnte sie dann zum Reden bringen. Es war vorgekommen, dass Leute selbst darum gebeten hatten, vernommen zu werden, nur um nicht allein sein zu müssen. Auch die Unschuldigen fürchteten die Abgeschiedenheit der Zelle.

Sofia machte ihre Schreibtischlampe aus und fuhr den Computer herunter. Draußen war es schon dunkel, die hellen Sommerabende waren längst vorbei. Doch die Luft war heute mild. Sie hatte die Riva zum Festland genommen, und es würde eine schöne Fahrt nach Hause werden. Das dunkle Meer schreckte sie nicht, sie könnte Norrbysbodarna mit verbundenen Augen finden, und manchmal fragte sie sich, ob das Boot ihres Vaters den Weg nicht auch allein kannte.

Unten bei den Zellen stellte Sofia erleichtert fest, dass Fredrik seinen Dienst bereits beendet hatte. Stattdessen empfingen sie zwei Männer, beide um die fünfundzwanzig, mit kräftigen Armmuskeln und Tätowierungen vom Nacken bis zu den Fingerspitzen.

Einer der beiden Wachmänner öffnete die Zellentür und begleitete sie hinein. Den Blick gesenkt, saß Gunnar Erlandsson auf der Pritsche. Obwohl sie schon eingetreten war, klopfte Sofia an den Türrahmen. Er nickte zur Antwort, und Sofia setzte sich auf den an der Wand befestigten Hocker.

»Wie geht es Ihnen?«

Der alte Mann zuckte mit den Schultern.

»Konnten Sie heute etwas essen?«

»Ich habe eine Packung Tiefkühl-Fertigessen bekommen. Nicht gerade wie in Mutters Küche.«

Er schaute auf und lächelte. Sofia erwiderte sein Lächeln. Das war gut so. Ein Zusammenspiel.

»Und Sie bleiben dabei, dass Sie keinen Verteidiger

zur Unterstützung haben wollen, wenn wir miteinander sprechen?«

Er nickte.

Sofia wechselte ihre Sitzhaltung.

»Ich muss Sie fragen, Gunnar: Warum gestehen Sie einen Mord, wenn Sie uns nicht mehr von dem erzählen wollen, was passiert ist?«

Er schaute bockig auf seine bloßen Füße.

»Alles würde sehr viel glatter laufen, wenn Sie mit uns zusammenarbeiten und erklären, wie es zugegangen ist. Warum Sie es getan haben.«

Sie schauten sich an. Erinnerte er sich wirklich nicht mehr daran, wie er Bertil getötet hatte? Oder wusste er nicht, wie es passiert war, weil er unschuldig war? Dieser Gedanke war nach der Besprechung in ihr aufgetaucht. Eigentlich hatten sie nichts, was Gunnar mit dem Mord in Verbindung brachte. Keinerlei physische Beweise in Bertils Schlafzimmer und kein Motiv außer einer sehr weit hergeholten Theorie, die sich nicht dingfest machen ließ.

»Versuchen Sie, es mir zu erzählen, Gunnar. Was ist mit Bertil passiert?«

»Ich erinnere mich nicht.«

Sofia hielt seinen Blick fest.

»Aber warum haben Sie es dann getan? Erinnern Sie sich daran?«

Gunnar Erlandsson schaute wieder auf seine Füße. Eine lange Zeit blieb es still. Als er den Blick wieder hob, waren seine Augen rot und voller Tränen.

»Bertil hat es verdient zu sterben.«

»Und Axel? Haben Sie ihn getötet und seine Körperteile in Marviksgrunnan verteilt?«

Dem alten Mann liefen die Tränen die Wangen hinunter, er schluchzte heftig. Sofia legte ihm die Hand aufs Knie.

»Erzählen Sie es mir, Gunnar, damit ich Ihnen helfen kann. Warum haben Sie das getan?«

»Ich war … es war meine …« Zwischen den Tränen war seine Antwort kaum zu verstehen. Das Weinen steigerte sich zu einem Schrei, und Sofia musste gar nicht erst nach den Wachleuten klingeln, um Hilfe zu bekommen, sie kamen schon gerannt und standen jetzt in der Tür.

»Es ist meine Schuld«, schrie Gunnar Erlandsson. »Alles ist meine Schuld!«

75.

»Reichst du mir die Preiselbeeren?«

Björn zeigte auf das Glas mit selbst gemachter Marmelade, das Lotta mitgenommen hatte für die Palten, typisch norrländische Kartoffelklöße – auch diese natürlich selbst gemacht. Fredrik reichte seinem zukünftigen Schwiegervater die Marmelade und aß schweigend weiter. Lotta redete von irgendwelchen Nachbarn bei ihnen in Övertorneå, denen der Fuchs eine Katze gerissen hatte, und unternahm immer wieder Versuche, über die Hochzeit zu sprechen. Ida antwortete auf Fragen zu den Blumen und dem Fotografen, doch sie klang nicht sonderlich begeistert. Bekam auch sie langsam kalte Füße?

»Wie geht es dir?«, fragte Lotta und legte ihrer Tochter eine Hand auf den Arm.

Ida legte das Besteck ab und schaute Fredrik an. Würde sie jetzt etwas sagen? Dass er ein nichtsnutziger Freund war, der ihr keine Liebe entgegenbrachte? Doch das tat sie nicht.

»Ich bin einfach nur müde«, sagte sie und aß weiter.

»Wie waren deine neuen Kollegen?«

»Nett.« Ida gähnte heftig.

Die Konversation bei Tisch versandete, und nachdem

Björn seine Portion fertig gegessen hatte, rutschte er mit dem Stuhl nach hinten und hob den braunen Hund hoch, der sofort begann, geschmolzene Butter vom Teller seines Herrchens zu lecken.

»Aber Björn«, sagte Lotta ohne Schärfe. Offensichtlich war es der Hund zu Hause gewöhnt, vom Tisch zu fressen. Auch Ida reagierte nicht in erwähnenswerter Weise, rümpfte nur die Nase, legte ihr Besteck wieder ab und schob den Teller weg.

Björn fischte das Smartphone aus der Jeanstasche und scrollte darauf herum, während der Hund weiter fraß.

»Meine Fresse«, rief er aus und drehte das Smartphone so, dass sie alle den Bildschirm erkennen konnten. Dort war ein dunkelhaariger Mann mit Seitenscheitel und einer runden Brille zu sehen. Der Text darunter erläuterte, dass er Staatsanwalt war und die Polizei inzwischen einen Mann gefasst hatte, der im Zusammenhang mit dem Messermord auf Ulvön letzte Woche in Verdacht geraten war. Was Fredrik bereits wusste, worüber er aber natürlich nicht hatte sprechen können.

»Dann kann die Polizei ja endlich aufhören, meine Cousine zu schikanieren. Man fragt sich wirklich, wo die Steuergelder eigentlich hinfließen, wenn die ihren Job so wenig im Griff haben, dass sie sich auf unschuldige Menschen stürzen müssen.«

Fredrik verstand sehr wohl, dass dies an ihn gerichtet war, verzichtete aber auf eine Antwort.

»Will jemand Kaffee?« Nervös stand Lotta auf und

begann abzuräumen. Fredrik nickte. Eine Tasse Kaffee würde ihm hoffentlich helfen, sich auf die Studienliteratur zu konzentrieren und nicht an alles andere zu denken, was gerade los war.

»Was habe ich denn gesagt?«, fuhr Björn fort und schien entschlossen, eine Diskussion vom Zaun zu brechen. »Ist doch sonnenklar, dass Vanja damit nichts zu tun hat. Was treibt die Polizei eigentlich?« Auffordernd sah er zu Fredrik hin, als könne dieser allein die gesamte Vorgehensweise der Polizei erläutern. Eine Sekunde lang erwog Fredrik zurückzufragen: Was machen Vanja und Leif eigentlich? Doch er ließ es sein. Er hatte entschieden, sich nicht darum zu kümmern und sich auf seine eigenen Themen zu konzentrieren. Er hatte selbst genug, über das er sich Sorgen machen konnte.

»Auf jeden Fall schön, dass es vorbei ist«, sagte Lotta an seiner Stelle und verteilte Tassen auf dem Tisch.

Ida gab ihre zurück.

»Ich will keinen Kaffee.«

»Du siehst blass aus.«

Fredrik schaute Ida an. War das nur eine weitere Art, Aufmerksamkeit und Mitgefühl zu bekommen? Nein, sie sah wirklich blass aus. Der Schweiß lief ihr von der Stirn, obwohl beide Terrassentüren offen standen und ein kühler Luftzug durchs Haus fuhr. Ihre Augen waren glasig. Hatte sie sich mit Corona angesteckt? Sie war erst einen Tag an ihrem neuen Arbeitsplatz gewesen und hatte erzählt, dass sie es dort genau nahmen mit Mundschutz und Visier. Ganz und gar nicht wie auf der Polizeiwache, wo nur wenige Mundschutz trugen. Wackelig stand Ida auf.

»Soll ich dich ins Schlafzimmer begleiten?«, fragte er.

»Nein, das geht schon. Ich glaube, es war heute nur ein bisschen viel.«

Noch eine Woche. Sieben Tage. Noch einhundertacht-
undsechzig Stunden in Bertils Gewalt. Dann verlasse
ich mit Gunnar die Insel. Ich kann es mir kaum vorstellen. Die Busfahrscheine sind gebucht. In einer Woche wird Bertil die Långsele-Grube besuchen. Das war
schon lange verabredet, noch bevor die Gerüchte über
die Stilllegung in Umlauf kamen. Wir nehmen dann
die erste Fähre am Morgen. Da wird Bertil schon lange
weg sein und nicht merken, dass wir unsere Taschen
packen. Wenn er zurückkommt, sind wir bereits auf
halbem Weg nach Stockholm.

Ich wickele mich in die Decke und schaue Gunnar
an, der auf dem Rücken liegt, ein Lächeln auf den
Lippen. Ein langer, befriedigter Seufzer lässt die Kerzen neben ihm flackern.

»Ich liebe dich«, sage ich und streichele ihm über
den muskulösen Bauch.

Er lächelt noch breiter, legt seine Hand auf meine.

»Und ich liebe dich«, antwortet er.

»Erzähl von Amerika«, sage ich, und Gunnar lacht
auf.

»Schon wieder?«

»Ja, schon wieder.«

Es ist unsere gemeinsame Fantasie geworden. Darüber zu sprechen, wie unser Leben aussehen wird,
wenn wir nach Amerika ziehen. Selbst wenn wir nie
weiter kommen sollten als nach Stockholm oder

Malmö, ist es herrlich, sich eine Welt auf der anderen Seite des Atlantiks vorzustellen, wo die Menschen in einer freien und vorurteilslosen Gesellschaft leben.

»Wenn wir nach Amerika kommen, kaufen wir uns eine Wohnung in Manhattan, ganz oben in einem der Wolkenkratzer. Hand in Hand laufen wir durch den Central Park, und im Edison Hotel nehmen wir einen Drink und hören Jazz und …«

Plötzlich setzt Gunnar sich auf und lauscht zum Eingang der Grube hin.

»Was ist?«

Er legt den Finger an den Mund, greift nach seinem Hemd und zieht es an. Draußen hat es angefangen zu dämmern, doch an der Öffnung der Grube zeigt sich ein Schatten, und kurz darauf hört man jemanden durch das Wasser waten.

Ich beuge mich vor, blase die Kerzen aus und suche zugleich fieberhaft nach meinen Kleidern. Gunnar ist aufgestanden und zieht seine Hose an, doch er schafft es nicht, alle Knöpfe zu schließen, als schon jemand in der Höhle steht, die unseren geheimen Platz beherbergt.

»Was zum Teufel …« Die Stimme ist so voll rasender Wut, dass es mir kalt den Rücken hinunterläuft.

Da steht Bertil.

DONNERSTAG, DER 3. SEPTEMBER

76.

Sofia betrachtete Astrid, die neben ihr lag. Sie atmete ruhig. Noch im Schlaf verzog sich ihr Mund mit dem Schnuller darin zu einem breiten Grinsen. Von welchem glücklichen Baby-Erlebnis träumte sie wohl? Astrids Windel müsste gewechselt werden, doch sie gönnte es sich, die letzten Minuten zu genießen, in denen ihre Tochter noch still neben ihr liegen und es gemütlich haben wollte, bevor der Brei serviert und die Welt weiterentdeckt wurde.

Gleich würden schon Tord und Margit kommen, und das, obwohl sie gestern bis zum Abend auf Astrid aufgepasst hatten und nicht vor neun Uhr bei sich zu Hause gewesen waren. Sie selbst würde nach Sörbyn losziehen, um bei den Nachbarn um Bertil Sondells Haus herum an die Türen zu klopfen und Bilder von Gunnar Erlandsson zu zeigen. Im besten Fall würde sie heute den größten Teil der nördlichen Insel schaffen. Die ständigen Bewohner kannte sie alle mit Vor- und Nachnamen und wusste genau, wo sie wohnten.

Am Nachmittag wollte sie Astrid mit aufs Festland nehmen und Kaj und Mette an der Polizeiwache treffen. Bis Montag würden die beiden dann wieder mit Astrid in ihrer Wohnung wohnen. Kaj hatte mehrmals angerufen und Nachrichten mit Fragen wegen Windeln und

Breisorten geschickt. Er war ein guter Vater. Fest kniff sie die Augen zu. *Bald war er überhaupt kein Vater mehr.* Es tat so weh, daran zu denken, dass alles bald implodieren und die Wahrheit herauskommen würde. Dennoch war der Schmerz darüber nicht einmal annähernd so groß wie die Angst, was Fredrik tun würde. Was, wenn er vor Gericht dafür kämpfen würde, dass ihr wegen ihrer Lüge das Sorgerecht für Astrid entzogen wurde? Das würde sie nicht ertragen.

Sie fragte sich, wie es Gunnar Erlandsson in der Nacht ergangen war. Er war vor ihr zusammengebrochen. Aus Schuldgefühl? Als sie die Zelle verließ, hatten die Wachleute entschieden, einen Arzt zu rufen, damit er ihm etwas zur Beruhigung gab.

Der alte Mann hatte noch immer nicht erklären können, wie er Bertil getötet oder welche Mordwaffe er benutzt hatte. Es war nicht ungewöhnlich, dass Leute, die unter Schock oder Rauschmitteleinfluss standen, sich an das von ihnen begangene Verbrechen nicht erinnerten, doch normalerweise ließen sich wenigstens einige Bruchstücke hervorlocken. Kleine Faktenteile, die den Täter mit dem Tatort in Verbindung brachten. In Gunnar Erlandssons Fall war da nichts. Zumindest nichts, was er ihnen erzählte.

Astrid begann, im Bett herumzustrampeln, und Sofia wusste, dass der ruhige Moment vorbei war. Als sie aufstand und mit ihr ins Bad ging, um sie zu wickeln, hörte sie, dass Margit und Tord schon gekommen waren. Ein Duft von frisch gekochtem Kaffee strömte bis ins Obergeschoss.

Mehrere Stunden später stieg Sofia die Veranda zu Anki und Stig Tärnströms Haus hinauf und klopfte fest an die Tür. Dies waren die letzten Inselbewohner, die sie aufsuchte, um Gunnar Erlandssons Bild zu zeigen. Bislang hatte niemand ihn wiedererkannt, doch mehrere Frauen hatten angemerkt, er sei ein gut aussehender Mann. Die meisten allerdings waren entsetzt gewesen und hatten über den Mord sprechen wollen. In den ersten drei Häusern gehörte obligatorisch ein Kaffee dazu, obwohl sie gesagt hatte, sie sei in ihrer Eigenschaft als Polizistin da und müsse schnell weiter. Sie hatte die Mittagsfähre verpasst und würde mit der Riva fahren müssen, um rechtzeitig zur Nachmittagsbesprechung dort zu sein.

Die Frau an der Tür hatte eine Mascara-Bürste in der Hand, das eine Auge war noch ungeschminkt. Auf dem Tisch im Flur stand ein offenes Schminktäschchen, aus dem eine Wimpernzange und ein Rougepinsel hervorschauten. Anki Tärnström bat sie herein. Sie war im Dorf bekannt, war die Nachfahrin einer Dame namens Hedda, die Anfang des zwanzigsten Jahrhunderts am Malabacken-Hügel gewohnt hatte. *Die Hexe vom Hügel* war sie genannt worden, und sie war bis aufs Festland bekannt gewesen. Zu ihr ging man, wenn man Liebeskummer hatte oder einen Zauber brauchte, damit die Gefühle erwidert wurden, oder wenn man sich den Kaffeesatz lesen lassen wollte, um zu schauen, wie der Fischfang im nächsten Jahr aussah.

»Sofia.« Anki Tärnström lächelte. »Wollen Sie einen Kaffee?«

Schon der Gedanke ließ Sofia zusammenzucken, der

Magen brannte bereits. Dankend lehnte sie ab und kam gleich zur Sache.

»Es geht um den Mord an Bertil Sondell.«

Ihr Gegenüber nickte.

»Das ist alles so schrecklich.«

»Haben Sie diesen Mann hier gesehen?« Sofia hielt das Smartphone mit dem kürzlich entstandenen Bild von Gunnar Erlandsson hoch, und Anki reckte sich vor, um es sich näher anzusehen.

Sie betrachtete das Bild genau, um dann festzustellen, dass sie ihn noch nie gesehen hatte.

»Er war Ende der Fünfzigerjahre als Lehrling bei Bertil.«

»Damals war ich noch keine zehn Jahre alt«, sagte Anki und schaute Sofia beleidigt an.

»Ich meinte eher, ob Sie ihn vor Kurzem hier draußen gesehen haben?«

Anki schüttelte den Kopf und drehte die Mascara wieder zu.

Niedergeschlagen bedankte Sofia sich und steckte das Smartphone in die Gesäßtasche.

»Dann brauchen Sie das Bootshaus jetzt wohl nicht mehr, oder?«

Sofia blieb im Flur stehen.

»Welches Bootshaus?«

»Unseres.« Anki legte die Mascara zurück in das Schminktäschchen. »Um ehrlich zu sein, war Stig ziemlich erbost, dass die Polizei vorher nicht um Erlaubnis gefragt hatte.«

»Jetzt komme ich gerade nicht ganz mit. Sagt Stig, die

Polizei habe bei der Ermittlung in dem Mord an Sondell Ihr Bootshaus benutzt?«

Anki nickte wieder.

»Ja, er hatte dort so einen weiß gekleideten Kerl mit einer Kapuze gesehen, auf dem Weg zu Bertils Haus.«

»Wann denn?«

Sofia wusste nichts von irgendwelchen kriminaltechnischen Untersuchungen auf dieser Seite des Schotterwegs. Der Hund war schon vor dem Weg umgekehrt, und es gab keinerlei Spuren, die darauf hindeuteten, dass jemand sich hierher bewegt hatte.

»Stig behauptet auch, dass die Polizei unser Boot zerschrammt hat«, sagte Anki etwas verlegen. »Beim Ablegen haben sie anscheinend den Bug der ›Majsan‹ touchiert.«

»Wir hatten bei Ihnen kein Boot liegen.« Das zumindest wusste Sofia sicher.

»Also, ich weiß ja nicht«, begann Anki. »Vielleicht war der Schaden auch schon vorher da …«

»Die Schramme ist mir egal«, unterbrach Sofia. »Ich will wissen, was für ein Boot im Bootshaus gelegen hat.«

Die Schärfe in ihrer Stimme ließ Anki zurückfahren.

»Ich weiß es nicht. Stig hat es gesehen. Er ist jetzt auf dem Festland, aber ich kann …«

»Wann war das?«

Die Frau dachte nach.

»In der Nacht zu Dienstag.«

In derselben Nacht, in der Bertil ermordet wurde.

77.

Atemlos klopfte Sofia an die Tür zu Veras Büro und trat ein. Holm und Karim waren bereits dort. Mit schlechtem Gewissen hatte sie Astrid bei Tord zu Hause lassen müssen. Sofia hatte es nicht geschafft, ihre Sachen zusammenzupacken, und außerdem war es sowieso nicht möglich, Kinderwagen und Taschen in der Riva zu transportieren. Eine Tatsache, die sie bei der Änderung ihrer Pläne heute Vormittag nicht bedacht hatte. Anscheinend war sie es immer noch nicht gewöhnt, als Polizistin und Mutter zugleich zu denken. Kaj würde wahnsinnig werden, aber daran konnte sie jetzt nichts ändern.

»Ich habe mit der Telefongesellschaft gesprochen – Gunnar Erlandssons Handy hat sich am Dienstag, den fünfundzwanzigsten August, sowohl bei dem Funkmast im Hafen von Ulvön als auch bei dem, der Sondells Hof abdeckt, eingewählt«, begann Karim. »Mir wurde auch bestätigt, dass Erlandsson auf der Fähre war, die mittags nach Ulvön fuhr, und dann die letzte Fähre zurückgenommen hat. Das bedeutet, er hat ungefähr fünf Stunden auf der Insel zugebracht.«

»Ausreichend Zeit, um sich nach Sörbyn zu begeben, Bertil zu ermorden und dann wieder zur Fähre zurückzukehren«, sagte Holm.

Sofia nickte.

»Theoretisch gesehen ja, doch sofern er nichts zum Umziehen mithatte, hätte er voller Blut gewesen sein müssen, als er wieder an Bord ging – bedenkt man, wie Bertils Schlafzimmer aussah.«

»Das Personal auf der Fähre sagte, dass er kein Gepäck dabeihatte«, sagte Karim. »Nur eine Schultertasche mit Ticket und Portemonnaie. Der Junge, der die Reisenden am Kai abgefertigt hat, erinnert sich genau daran, da Erlandsson sein Ticket auf Papier ausgedruckt hatte, anstatt es als QR-Code im Smartphone mit sich zu führen, wie die meisten heutzutage.«

Sofia konnte sehen, wie Holm die Informationen sacken ließ.

»Es ist doch höchst unwahrscheinlich, dass niemand es bemerkt hätte, wenn er voller Blut gewesen wäre, oder?«

Sofia räusperte sich.

»Beim Klinkenputzen habe ich noch etwas anderes Seltsames herausgefunden.«

»Spannen Sie uns nicht auf die Folter.« Holm klang beinahe vergnügt.

»Ein ständig dort wohnendes Rentnerpaar, Stig und Anki Tärnström, haben ein Seegrundstück auf der Höhe von Sörbyn. Von dort ist es maximal ein Kilometer Luftlinie zu Bertil Sondells Hof. Es ist ein unübersichtliches, waldiges Terrain, doch sobald man den Schotterweg erreicht, kann man von dort einfach dem Weg direkt zu Bertils Haus folgen.«

Mit einem Nicken ermunterte Holm sie weiterzusprechen.

»In der Nacht zum Dienstag hat Stig, als er raus auf die Toilette musste, einen Mann in weißem Overall mit Kapuze über ihr Grundstück laufen sehen. Der Mann bewegte sich in Richtung Schotterweg und Sondells Hof. Stig fand das merkwürdig und wartete noch eine Weile am Küchenfenster, um zu schauen, ob er zurückkäme, doch als das nicht passierte, schlief er wieder ein. Nur eine Stunde später erwachte er von dem Geräusch eines ablegenden Motorboots. Als er am folgenden Tag nach seinem eigenen Boot schaute, hatte es Schrammen, und er schloss daraus, dass jemand ohne Erlaubnis an ihrem Bootssteg angelegt hatte. Vom Wohnhaus aus sieht man das Bootshaus nicht, daher hatte er das fremde Boot nachts, als er wach war, nicht bemerkt. Als dann in der Zeitung stand, dass Bertil ermordet worden war, nahm Stig an, dass die Polizei das Bootshaus benutzt hatte und dass der weiß gekleidete Mann ein Kriminaltechniker war.«

»Keine vollkommen unsinnige Annahme«, fand Vera.

Sofia nickte.

»Das Problem ist, dass er den Mann in der Nacht zwischen Montag und Dienstag gesehen hat und unsere Kriminaltechniker nicht vor Mittwoch am frühen Morgen kamen.«

Holm kratzte sich am Kinn.

»Dieser weiß gekleidete Mann also, den …«, den Namen suchend schaute er Sofia an.

»Stig.«

»… den Stig gesehen hat«, fuhr Holm fort. »Der könnte der Mörder sein?«

Sofia nickte wieder.

»Das würde auch erklären, warum in dem Haus so wenig Spuren waren.«

»Aber Erlandsson kam nicht vor Dienstag dorthin«, sagte Karim, der heute offenbar etwas langsamer war, mit einer Mischung aus Frust und Verärgerung.

Vera blies Luft durch die zusammengepressten Lippen.

»In dem Fall bedeutet das: er ist nicht unser Täter. Verdammt noch mal.«

Holm stand von der Schreibtischkante auf, auf der er gesessen hatte, und ging zu Veras Whiteboard. Sie mochte es gar nicht, wenn jemand die Tafel berührte – was Holm nicht bewusst zu sein schien. Ohne von ihren gerunzelten Augenbrauen Notiz zu nehmen, begann er in den ausgedruckten Seiten zu blättern, die sie in einer Plastikhülle an die Tafel gehängt hatte.

Als er sich umdrehte, wirkte er plötzlich ganz aufgeregt.

»Welche Berufsgruppe benutzt diese Art von Schutzkleidung?«

Erwartungsvoll sah er sie an.

»Kriminaltechniker«, schlug Vera überflüssigerweise vor.

»Außer Kriminaltechnikern«, sagte Holm.

Als niemand antwortete, zog er beinahe theatralisch ein Bild heraus, das er mit einem Magneten an der Tafel befestigte. Das Bild zeigte ein bekanntes Gesicht.

»Maler.«

Sofia war beeindruckt von Holms Gedächtnis für Details.

»Leif Lindgren hat eine Spritzlackier-Firma.«

78.

Als Fredrik zur Nachmittagsschicht kam, machten die beiden tätowierten Wachmänner die Übergabe. Sie nickten zur Begrüßung und berichteten, dass der Tag relativ ruhig verlaufen war. Erlandsson hatte die meiste Zeit geschlafen. Gerade waren sie bei ihm gewesen, man musste also erst in einer Stunde wieder nach ihm sehen. Dann entfernten sie sich breitbeinig mit wiegenden Schritten durch den Gang.

»Ist dir schon mal aufgefallen, dass sie, wenn sie laufen, aussehen wie Sheriffs in alten Western-Filmen?«, flüsterte Aigul, und Fredrik lachte los. Verschwörerisch beugte sie sich zu ihm.

»Wusstest du, dass die beiden sich bei der Polizeihochschule beworben haben, aber keiner von ihnen angenommen wurde? Ich vermute, sie kompensieren es, indem sie hier Polizei spielen.«

Es war so schön mit Aigul zusammen. Für eine Sekunde versuchte er, seine Wut auf Sofia und die Gedanken an das Chaos mit Ida zu vergessen und sich auf die Arbeit zu konzentrieren.

Aigul setzte sich in den Wachraum, und Fredrik ging in die Küchenecke gegenüber, um Tee aufzusetzen. Er klopfte bei Gunnar und fragte, ob dieser eine Tasse wolle, und der alte Herr nahm das Angebot gern an. Die Wachleute von der vorangehenden Schicht hatten auf dem Aufsichtsprotokoll an der Tür notiert, dass der Arzt wieder da gewesen war und Gunnar etwas zur Beruhigung gegeben hatte. Seine Augen waren gläsern und rot geweint. Doch als Fredrik zurückkam, setzte er sich auf und nahm den Pappbecher mit dem Tee entgegen.

»Alles okay, Gunnar?«

Dieser schüttelte den Kopf.

»Kann ich etwas für Sie tun?«

»Nein danke.«

Seine Bewegungen waren fahrig, und er schien immer noch unter dem Einfluss der Beruhigungsmittel zu stehen.

Fredrik hielt inne und schaute den des Mordes verdächtigten Mann an.

»Falls Sie etwas brauchen, wissen Sie, wo wir sind«, sagte er, bevor er die Tür hinter sich schloss. Als wäre es ein Hotel und nicht eine Polizeiwache.

Gunnar murmelte etwas zur Antwort, stellte den vollen Teebecher auf den Boden und legte sich wieder auf die Pritsche.

»Wie geht es ihm?«, fragte Aigul, als Fredrik zurückkam.

»Schlecht. Er scheint gar nicht richtig da zu sein. Weißt du, was der Arzt ihm gegeben hat?«

Sie schüttelte den Kopf.

Sollte er ihr erzählen, dass er einige Erfahrung mit Beruhigungsmitteln hatte? Dass er ein ehemaliger

Tablettenabhängiger war? Sie war fertig ausgebildete Sozialarbeiterin. Vielleicht hatte sie Verständnis für das, was er durchgemacht hatte. Nein, das musste er nicht teilen. Sie würde bald wegziehen, und er wollte nicht, dass sie sich vor allem daran erinnerte, wenn sie an ihre kurze Zeit als Arbeitskollegen zurückdachte.

»Ich muss sagen, er sieht nicht gerade aus wie ein Mörder. Eigentlich überhaupt nicht«, sagte sie und zog ihre kurzen, dünnen Beine unter sich auf den Sessel.

Fredrik war derselben Meinung. Er ließ sich nieder und holte das Handy heraus. Seit er auf der Arbeit war, hatte Ida mehrere Nachrichten geschickt. Er schrieb eine kurze Antwort, fragte, wie es ihr ging und erfuhr sofort, dass es ihr besser ging. Björn und Lotta waren nach Hause gefahren, was ihn freute. Vielleicht hatten sie eine Chance, ihre Probleme zu klären, wenn sie in Ruhe reden könnten, ohne dass ihnen die ganze Zeit die Schwiegereltern über die Schulter hingen? Nachher würde er eine Flasche Wein kaufen, und er sah schon vor sich, wie sie mit ihren Gläsern auf der Terrasse im Obergeschoss saßen, über den Fjord von Örnsköldsvik sahen und sich über alles aussprachen. Sie würden sich auch lieben. Mehrere Tage waren vergangen, seit sie sich berührt hatten, und jetzt schämte er sich, was für schreckliche Dinge er über Ida gedacht hatte. Im Vergleich zu Sofia war sie ein Engel.

Plötzlich riss der schrillende Alarm Fredrik aus seinen Gedanken. Die Lampe vor Gunnars Zelle leuchtete rot.

»Ich gehe«, sagte Aigul. Fredrik hatte gerade angefangen, eine Antwort an Ida zu schreiben, als er Aigul laut über den Gang rufen hörte: »Fredrik!«

Er legte das Handy auf den Tisch und rannte aus dem Wachraum. Die Tür zu Gunnars Zelle stand offen, und als er hinkam, sah er den alten Mann auf dem Boden liegen, Aigul über ihn gebeugt.

»Ruf einen Krankenwagen!«

79.

Vera fuhr den Wagen von der Polizeiwache zu Järveds Bootsclub, wo Vanja Branth und Leif Lindgren ihren Bootsplatz hatten.

Noch immer war die Luft mild, doch die Birken neben der Straße begannen hier und da gelb zu werden.

Mit den neuen Indizien war es Holm möglich gewesen, die Ortung von Leifs Handy zu erwirken – und diese zeigte an, dass Leif von seiner Segeltour zurückgekehrt war und sich jetzt in Örnsköldsvik aufhielt.

»Jetzt läutet es zumindest«, sagte Sofia. Sie ließ es klingeln, bis die Mailbox ranging.

»Hallo, Leif, hier ist wieder Sofia Hjortén von der Polizei Örnsköldsvik. Wir versuchen immer noch, Sie zu erreichen und bitten Sie, so bald wie möglich zurückzurufen.«

»Wenn wir ihn jetzt nicht erwischen, müssen wir ihn zur Fahndung ausschreiben«, sagte Vera und schüttelte dann beeindruckt den Kopf. »Also dieser verflixte Holm. Er mag ja ein Stinkstiefel sein, aber ich verwette meine Großmutter darauf, dass er die ganze Zeit recht gehabt hat. Auf irgendeine Weise ist Vanja in die ganze Sache verwickelt.«

Sofia musste zugeben, dass Holm eine natürliche

Begabung für die Polizeiarbeit hatte. Ganz offensichtlich besaß er das, was die alten Hasen damals bei ihrer früheren Arbeitsstelle auf Kungsholmen eine »Polizeiintuition« genannt hatten. Sofia hatte das immer für Unsinn gehalten. Für sie war Polizeiarbeit ein methodisches und strukturiertes Vorgehen, bei dem man Dinge verwarf und Beweise und Zeugenaussagen sammelte, bis die Ermittlung wasserfest genug war, um vor Gericht Bestand zu haben. Vielleicht musste sie auch diese Auffassung, wie so vieles andere in der letzten Zeit, hinterfragen.

»Versuch noch mal, Vanja anzurufen«, sagte Vera und bog auf den Järvedsled ab.

Sofia ließ es klingeln, aber niemand nahm ab. Als sie das Handy gerade wieder in die Tasche gesteckt hatte, läutete es. Es war Kaj.

»Da muss ich rangehen.«

Vera nickte, ohne den Blick von der Straße zu nehmen.

»Wo bist du?« Kaj war schon aufgebracht. »Mette und ich sind in der Wohnung, aber von Astrids Sachen ist nichts zu sehen. Wir wollten uns doch um 18:00 Uhr treffen! Ist sie bei dir auf der Wache?«

Sofia sah auf die Uhr am Armaturenbrett. Kaj musste bis morgen warten.

»Es tut mir leid, Kaj. Wir sind mitten in einer Mordermittlung mit einer verdächtigen Person im Gewahrsam. Ich habe es nicht geschafft, ihre Sachen zu packen, bevor ich aufs Festland gefahren bin.«

»Ist sie jetzt wieder bei Tord?«

»Es ging nicht anders. Sie ist noch auf der Insel.« Im Hintergrund hörte sie Mette etwas sagen.

»Das ist vollkommen inakzeptabel, Sofia. Wir sind den ganzen Tag gefahren, um Astrid zu sehen, und müssen am Montag wieder zurück. Jetzt haben wir sie einen Tag weniger.«

»Ich kann jetzt nicht reden«, sagte sie, als Vera zu Järveds Bootsclub einbog.

»Moment!«, er schrie beinahe ins Telefon. »Wann bist du wieder auf der Wache? Wir müssen darüber reden.«

Sofia drückte das Gespräch weg, sie parkten hinter einem roten Baucontainer und stiegen aus.

Auf dem großen, schotterbedeckten Wendeplatz standen mehrere Trailer mit Booten, die bereits für den Winter abgedeckt worden waren. Doch viele lagen auch noch an den langen Pontons, die von der Landungsbrücke aus ins Wasser ragten.

Vera ging zu einem Container, an dem ein blau-weißes Schild mit der Aufschrift *Järveds Bootsclub* hing, und klopfte an die Tür, obwohl ein breites Blech mit einem Hängeschloss davor anzeigte, dass niemand dort drinnen war.

Sie hatten die größeren Versicherungsgesellschaften befragt und waren bei der dritten erfolgreich gewesen. Vanja und Leif waren gemeinsame Besitzer einer Risör 27. Auf Vanjas Facebookseite hatten sie Bilder von dem weißen Segelboot mit blauem Verdeck gefunden. Es hieß *Drömman* und war Baujahr 1995. Sie mussten lange suchen, bis sie das Boot fanden, das beinahe ganz hinten an dem Ponton vertäut lag.

»Leif?«, rief Vera. »Leif Lindgren? Wir sind von der Polizei und müssen mit Ihnen reden.«

Keine Antwort.

Sofia beugte sich am Boot hinunter. Irgendwelche Schrammen waren nirgendwo zu entdecken.

»Ich sehe nichts«, sagte Vera, die sich hingehockt hatte und ebenfalls danach suchte.

Vom Bootssteg aufs Boot war es ein ordentlicher Schritt, und Vera, die nicht sonderlich athletisch war, nickte Sofia zu, an Bord zu gehen.

»Leif? Vanja?« Sofia rief ein paarmal, bevor sie sich hinunterbeugte und einen Tampen griff, um das Boot etwas näher heranzuziehen. Es schwankte, als sie an Bord ging. Ansonsten war alles still, daher öffnete sie vorsichtig das blaue Verdeck und stieg in die Kajüte hinunter.

Das Boot war peinlichst aufgeräumt und geschmackvoll eingerichtet. Von außen hatte es ziemlich alt ausgesehen, doch von innen war alles frisch renoviert. Die Schranktüren in der Küche strahlten in hellem Gelb, und der kleine Kühlschrank stammte von einer teuren italienischen Designmarke. Sofia öffnete ihn und stellte fest, dass er geleert und geputzt war. Gründlich und in aller Ruhe überprüfte sie die Schlafplätze und schaute sogar in die Schränke, in denen Bettwäsche und Rettungswesten aufbewahrt wurden, fand jedoch nichts Bemerkenswertes.

»Hier ist niemand«, rief sie Vera zu, die sie nicht zu hören schien.

Natürlich würden Johan und seine Kollegen das Boot

noch gründlich untersuchen, doch für Sofia gab es keinen Grund, noch weiter herumzuschauen. Sie musste es nur absperren und auf die Kriminaltechniker warten. Wenn Leif Lindgren, nachdem er einen Messermord begangen hatte, das Boot als Versteck benutzt hatte, würden sie auf jeden Fall etwas finden, Schutzkleidung hin oder her. Sie kletterte aus der Kajüte und begann, das Verdeck wieder hinter sich zu schließen.

»Ich habe nichts gefunden«, rief sie Vera über die Schulter zu.

Doch Vera antwortete nicht.

Als Sofia aufsah, war der Bootssteg leer.

80.

Aigul saß auf einem Stuhl in Gunnars Krankenzimmer, als Fredrik mit zwei Plastikbechern mit Automaten-Kaffee zurückkam. Sie waren von zwei uniformierten Polizisten zum Krankenhaus begleitet worden. Diese hatten entschieden, dass Gunnar nicht mit Handschellen gesichert werden musste, und so lag der alte Mann jetzt unter einer grünen Decke, die Hände auf dem Brustkorb.

»Wie geht es ihm?«

»Er schläft«, sagte Aigul, zog den Mundschutz herunter und trank einen Schluck Kaffee.

»Was sagen die Ärzte?«

»Vielleicht eine Reaktion auf die Tabletten, aber wahrscheinlicher eine Stressreaktion, vielleicht ein kleiner Schlaganfall.«

»Ich habe mit der Wachleitung gesprochen. Wir werden gleich abgelöst. Glücklicherweise haben wir ja keine weiteren Insassen.«

Aigul gähnte heftig, und Fredrik sah auf die Uhr. Es war schon nach sechs. Wein würde er nicht mehr kaufen können, doch er würde auf dem Heimweg Blumen besorgen.

Zehn Minuten später kam die Ablösung in Gestalt von Jimmy und einem jungen Kerl, den Fredrik noch nie gesehen hatte. Zusammen mit Aigul spazierte Fredrik die Viktoriaesplanade entlang Richtung Polizeiwache. Als der Krankenwagen gekommen war, hatte er Handy und Tasche im Wachraum liegen gelassen. Als sie bei dem braunen Backsteinhaus angelangt waren, winkte Aigul zum Abschied und lief weiter in Richtung ihrer Wohnung unten an der Nygata.

Fredrik nahm den Weg durch den Haupteingang. Er beeilte sich, wollte nur schnell seine Sachen holen, um zu Ida nach Hause zu kommen. Als er die Schlüsselkarte zückte, erstarrte er. Vor einem weißen Tesla auf dem Parkplatz stand Kaj Marklund, zusammen mit einer dunkelhaarigen Frau in einem Batikkleid.

»Fredrik.« Kaj schaute beinahe verängstigt, als er ihn sah. Er und die Frau kamen auf ihn zu, und Fredrik ließ die Schlüsselkarte los, die an ihrer elastischen Schnur in den Behälter zurückfuhr.

»Was tust du hier?« *Schon wieder*, schien Kaj hinzufügen zu wollen, tat es aber nicht.

»Ich wohne jetzt hier.« Fredrik musste sich anstrengen, seine Stimme ruhig klingen zu lassen. »Ich studiere an der Polizeihochschule und habe einen Nebenjob als Wachmann beim Polizeigewahrsam.«

Kaj musterte seine Kleider, als habe er sie vorher nicht bemerkt.

»Ah ja …«

Fredrik konnte sehen, wie die Zahnrädchen in seinem Kopf sich drehten.

»Das ist meine Frau, Mette«, fiel Kaj ein, und die Frau schüttelte Fredrik die Hand.

»Wir versuchen, Sofia zu erreichen«, sagte Mette. »Sie antwortet nicht, und wir sollten hier und heute unsere Tochter übernehmen. Könnten Sie uns reinlassen?«

Fredrik antwortete nicht und blieb stumm vor der Glastür stehen. Kajs Blick flackerte zwischen ihm und der menschenleeren Rezeption hinter der Glasscheibe hin und her.

Fredrik hatte sich Kaj immer unterlegen gefühlt, dem Starpolizisten und gefeierten Mitglied der Profiler-Gruppe, der viele Jahre lang Sofias Freund gewesen war und in späteren Jahren ihr verheirateter Liebhaber. Die Male, die sie sich begegnet waren, hatte sich Kajs Verhalten ihm gegenüber zwischen passiver Aggressivität und offener Herablassung bewegt. Doch jetzt hatte er offensichtlich Angst und war in einer deutlich unterlegenen Position. Fredrik hatte beinahe Mitleid mit dem älteren Mann, der ungeduldig vor der Polizeiwache von einem Bein auf das andere trat, um ein Kind zu treffen, das nicht seines war. Wusste Mette Bescheid? Nein, etwas sagte ihm, dass dem nicht so war, dass sie genauso hinters Licht geführt worden war wie er. Lief Kaj Gefahr, nur durch ein paar Worte aus Fredriks Mund sowohl Kind als auch Ehefrau zu verlieren? Und wenn es so war – interessierte ihn das? Fredrik schaute von Mette zu Kaj.

»Wir müssen reden.«

81

»Wir haben ihn«, Vera keuchte bedenklich ins Handy, als Sofia sie endlich erreicht hatte.

»Aber was zum Teufel …?« Sie fluchte nie ihrer Chefin gegenüber, aber eine unbewaffnete Kollegin in einer Situation sich selbst zu überlassen, in der ein potenzieller Täter auftauchen konnte, war so verantwortungslos, dass ihr die Worte fehlten. Ihr erster Gedanke war gewesen, dass Vera sich entschieden hatte, eines der Gebäude an dem offenen Platz abzusuchen, doch als sie nicht ans Handy ging, hatte Sofia sich Sorgen gemacht. Sie war die Pontons hoch- und runtergelaufen und hatte voller Panik das gut zehn Grad kalte Wasser mit den Blicken abgesucht, während sie nach Vera rief.

»Entschuldige«, japste Vera. »Ich bin beim Auto. Hab ihn gefasst, als er gerade ankam. Der Einsatzstellenleiter rief an, dass eine Streife Lindgrens Auto auf dem Weg nach Järved raus gesehen hatte.«

»Was?« Sofia verstand gar nichts. Sie war knapp zehn Minuten in dem Boot gewesen, und in dieser Zeit war es Vera gelungen, auf eigene Faust den Verdächtigen zu fassen?

»Komm einfach her.« Beim Atmen rasselte es in Veras Luftröhre.

»Bist du in Ordnung?«

»Ja, verdammt. Komm einfach.«

Langsam lief Sofia den Bootssteg entlang zu dem Container, wo sie geparkt hatten, noch immer Vera am Telefon.

»Im Boot habe ich nichts gefunden«, sagte sie. »Es sah aus, als sei geplant, es zeitnah einzuwintern. Doch wir sollten auf jeden Fall Johan und die Kriminaltechniker dorthin schicken.«

»Okay.« Endlich beruhigte sich Veras Atmung ein wenig.

Sofia wollte gerade fragen, wie Leif reagiert hatte, als er aufgegriffen wurde, als ein Mann in roter Segeljacke und dunklen Loafern in großen Schritten auf sie zugelaufen kam. In seiner erhobenen Hand hielt er ein Handy.

»Was zum Teufel ist hier los?«

Unangenehm nahe baute er sich vor ihr auf.

»Das hier ist ein Privatgrundstück. Dürfte ich Ihren Mitgliedsausweis sehen? Und wenn Sie keinen haben, können Sie Ihre Taschen ausleeren und dann abhauen.«

Langsam zog Sofia ihren Polizeiausweis heraus und hielt ihn dem Mann hin. Er betrachtete ihn genau, ging dann ein Stück zurück und reichte ihr die Hand. Sofia schüttelte sie.

»Arvid Niklasson. Ich bin der Vorsitzende dieses Bootsclubs. Entschuldigen Sie, dass ich so deutlich war, aber hier laufen alle möglichen Gestalten rum. Jugendliche, die hier einbrechen und Sachen aus den Booten klauen. Außerdem ist in dieser Saison bei fünf unserer

Mitglieder der Motor abhandengekommen«, fügte er hinzu. »Darf ich fragen, warum Sie hier sind?«

Vera kam um die Ecke gelaufen und winkte ihr ungeduldig, sie wollte fahren. Sofia hob die Hand, um anzuzeigen, dass sie unterwegs war. Dann suchte sie auf ihrem Handy ein Bild von Leif Lindgren heraus.

»Ist das eines Ihrer Mitglieder?«

»Leffe? Ja, er sitzt mit im Vorstand. Warum?«

»Kennen Sie sich gut?«

Arvid richtete den Kragen seiner teuren Segeljacke.

»Ja, doch, das würde ich sagen. Als Vorsitzender bin ich ziemlich häufig hier im Club. Zu häufig, wenn Sie meine Frau fragen.« Er gluckste. »Sicher, Leffe und ich haben häufig zusammengesessen und auch über Sachen geredet, die nichts mit dem Vorstand zu tun hatten. Er kocht wie ein Profi, und er trinkt gern Cognac«, lächelte er.

»Wissen Sie, ob er kürzlich etwas an seinem Boot gemacht hat?«

»An seinem Boot?« Arvid dachte nach. »Nein, glaube ich nicht. Letztes Frühjahr hat er ein Blatt vom Motor gewechselt, und dann weiß ich, dass sie um Mittsommer herum etwas zu einer Schneiderin geschickt haben. Das Verdeck, glaube ich, war es, oder …«

»Ich meine, kürzlich«, unterbrach Sofia. »In den letzten Tagen.«

Arvid schüttelte den Kopf.

»Er ist vor Kurzem von einem Segelurlaub nach Hause gekommen, und heute war er da draußen.« Er zeigte weiter hinaus in Richtung des Bootsstegs. Erst glaubte Sofia, er meinte ein bisschen philosophisch, Leif sei auf dem Meer gewesen, dann wurde ihr klar, dass er eines der Boote meinte.

»Vor ein paar Tagen war sie mit ihrem Boot draußen und bekam einen ordentlichen Schaden vorne am Bug. Sie müssen den ganzen Schiffsrumpf neu lackieren. Aber das bekommt Leffe leicht hin. Er ist wahnsinnig tüchtig, das müssen Sie wissen. Er hat eine eigene Lackierfirma«, verdeutlichte der redefreudige Vorsitzende.

»*Wer* war mit dem Boot draußen?«, fragte Sofia ungeduldig.

Arvid schaute sie an.

»Rebecka. Vanjas Tochter.«

82.

»Ich komme mit rein.« Autoritär schallte Vanjas Stimme vor dem Vernehmungszimmer über den Gang, doch die Knöchel ihrer Hände, mit denen sie die teure Handtasche hielt, waren weiß.

»Sie wissen so gut wie ich, dass das nicht geht«, sagte Vera ruhig. »Rebecka ist mehr als volljährig, und ihr ist, wie hier in Schweden üblich, eine Pflichtverteidigerin zugeteilt worden, die mit ihr im Vernehmungszimmer ist.«

Vanja schnaubte.

»Es ist vollkommen absurd. Erst schikanieren Sie Leif und mich und alle unsere Bekannten, und jetzt stürzen Sie sich auf meine Tochter. Sie wissen doch selbst genau, dass Rebecka nichts mit dieser Sache zu tun hat.«

»Überlassen Sie das uns.« Vera legte Vanja ihre Hand auf den Arm, um ihr den Weg zum Ausgang zu zeigen. »Das hier wird ein Weilchen dauern. Ich empfehle Ihnen, nach Hause zu fahren und sich auszuruhen, dann meldet Rebecka sich, wenn wir fertig sind.«

Leif fasste Vanjas Hand mit festem Griff und zog sie zum Ausgang.

Er war ohne Protest vom Bootsclub mit zur Polizeiwache gekommen. Seine Vernehmung hatte weniger als eine Stunde gedauert. Als er gefragt worden war, warum er der Aufforderung, auf die Wache zu kommen, nicht früher Folge geleistet hatte, entschuldigte er sich erst damit, dass er es für irgendeine Formalität gehalten habe, die warten konnte. Doch ziemlich bald war herausgekommen, dass Vanja ihn gebeten hatte, sich fernzuhalten, da er nicht nur einen Eintrag im Strafregister hatte, sondern auch einige finanzielle Probleme mit der Lackierfirma gehabt hatte, die durch Schwarzarbeit und Steuerschummeleien gelöst worden waren. Auf die Frage, inwiefern er gedacht hatte, dass seine Abwesenheit ihm helfen würde, hatte er sich wiederum entschuldigt und angegeben, er habe zu ihnen kommen und die Sache aus der Welt schaffen wollen, doch Vanja hatte nicht riskieren wollen, dass etwas davon an ihr hängen blieb und es dann für die Anwaltskanzlei und den *Sonjagård* schlechte Presse gab.

Leif gab zu, dass er, wenn er bei seiner Arbeit Autos spritzlackierte, ähnliche Schutzkleidung trug wie die Kriminaltechniker, doch er konnte ihnen auch den Namen des niederländischen Paares nennen, das in der Nacht, als Bertil Sondell ermordet wurde, neben ihnen in Baggviken vor Anker gelegen hatte. Es hatte sich wohl herausgestellt, dass das Paar, das schon lange in Schweden lebte, sich für amerikanische Autos interessierte und vor einigen Jahren schon mal ein Auto bei Leif hatte lackieren lassen. Innerhalb weniger Minuten hatte Vera die Telefonnummer der Niederländer herausgefunden. Die beiden hatten bezeugt, dass Vanja und

Leif tatsächlich die ganze Nacht in Baggviken gewesen waren. Sie hatten sogar Bilder davon, die sie bei Facebook hochgeladen hatten und wo die *Drömman* im Hintergrund zu sehen war.

Rebecka machte einen ruhigen und gesammelten Eindruck, als Vera und Sofia ins Vernehmungszimmer kamen. Das dunkle Haar fiel ihr offen über den Rücken. Ohne den strengen Haarknoten und ihren Schmuck sah sie deutlich jünger aus.

Vera hatte Sofia angeboten, die Vernehmung zu führen.

Sofia stellte sich Rebeckas Verteidigerin vor, einer Frau in den Fünfzigern, die aussah, als käme sie gerade aus den Ferien. Die Haut war sonnengebräunt, der hohe Haarknoten sonnengebleicht. Das graue Kostüm saß perfekt, die Nägel waren sorgfältig manikürt und hatten eine diskrete hellrosa Farbe. Sofia und Vera setzten sich auf die andere Seite des Tisches und schalteten das Tonbandgerät ein. Während Sofia Zeit, Datum und im Raum anwesende Personen herunterratterte, betrachtete Rebecka sie beinahe apathisch.

»Wissen Sie, weshalb Sie hier sind?«

Rebecka nickte.

»Bitte antworten Sie mit Ja oder Nein, damit das Gerät alles aufnehmen kann«, sagte Sofia. »Wollen Sie in eigenen Worten erzählen, was in der Nacht zum Dienstag, den fünfundzwanzigsten August, geschehen ist?«

Rebecka sah zu ihrer Verteidigerin hin und schüttelte den Kopf. Entweder war sie von der Situation so mitgenommen, dass sie nicht in der Lage war, etwas zu sagen, oder sie war schlau genug zu wissen, dass es für sie nicht von Vorteil war, ganz frei zu reden. Die Gefahr, etwas Belastendes zu sagen, war dann größer.

»Ist es richtig, dass es sich hierbei um Ihr Boot handelt?« Sofia hielt ein Bild von dem weißen Motorboot hoch, das ihr der Vorsitzende des Bootsclubs, Arvid Niklasson, gezeigt hatte.

Rebecka bejahte.

»Waren Sie in der Nacht zum fünfundzwanzigsten August draußen auf Ulvön?«

Keine Antwort.

»Sie müssen nicht antworten, aber ich muss Sie darüber informieren, dass in diesem Moment Kriminaltechniker in der Marina sind und die Farbabschabungen an Ihrem Boot daraufhin untersuchen, ob sie mit den Schäden an Stig Tärnströms Boot übereinstimmen.«

Rebecka sah sie an.

»Wir gehen davon aus, dass die Person, die Bertil Sondell umgebracht hat, mit einem Boot geflohen ist, das an Tärnströms Bootshaus auf Ulvön angelegt hatte. Stig Tärnström hat auch eine Person über sein Grundstück Richtung Bertil Sondells Hof laufen sehen. Diese Person soll in weiße Ganzkörperperkleidung gehüllt gewesen sein. Kleidung, wie sie Ihr Stiefvater bei seiner Arbeit verwendet.«

Eine erste Andeutung von Angst war bei Rebecka zu erkennen. Sie hob ihre gefalteten Hände vom Schoß auf den Tisch und fixierte ihren Blick darauf.

»Wir werden das ganze Boot durchsuchen, um herauszufinden, ob es irgendwelche Spuren gibt, die Sie mit dem Mord an Bertil Sondell in Verbindung bringen. Und wissen Sie, was ich glaube, Rebecka? Ich glaube, wir werden Spuren finden.«

Das war eine gewagte These, doch Sofia hatte das Gefühl, endlich die richtige Person vor sich zu haben.

Vera verzog keine Miene, ließ sie die Vernehmung in ihrem Tempo führen.

Für eine lange Zeit war es still.

»Ich kann mir vorstellen, dass die Situation schwer für Sie ist«, sagte Sofia schließlich mit milder Stimme.

Rebecka starrte weiter auf ihre Hände. Sie atmete flach.

»Auch für Ihre Mutter Vanja muss das schwer sein.«

Rebecka blinzelte, als ob etwas ihre Konzentration störte. Sie senkte den Kopf und nickte. Sofia hatte ihren wunden Punkt gefunden, das spürte sie. *Vertrau auf dein Bauchgefühl.*

»Wäre es nicht schön, alles aus der Welt zu schaffen? Zu erzählen, was passiert ist? Und warum?«

Rebecka pulte an ihren heruntergekauten Nägeln herum. Die Haut war aufgesprungen.

»Ohne Ihr Geständnis werden wir viele anstrengende Vernehmungen mit Vanja führen müssen«, fuhr Sofia fort. »Sowohl für sie als auch für Leif wird es ziemlich aufreibend werden. Vor allen Dingen wird das die Eröffnung des *Sonjagård* hinauszögern, was, wie ich denke, Vanja ziemlich aufbringen wird.«

Rebeckas Verteidigerin schaute Sofia und Vera verärgert an.

»Meine Klientin muss hier weder auf ihre Mutter noch deren Partner Rücksicht nehmen. Ich würde Sie bitten, bei der Sache zu bleiben.«

Dann wandte sie sich Rebecka zu und legte ihr die Hand auf den Rücken.

»Sie sind nicht verpflichtet, das alles zu kommentieren.«

Rebeckas Schultern sanken herab, bebend schluchzte sie auf.

»Kann ich eine Minute mit meiner Anwältin sprechen?«

»Was zur Hölle geht hier vor?«

Bertil läuft ein paar Schritte nach vorne, rutscht beinahe auf dem glatten Untergrund aus, geht dann aber weiter. Er marschiert das Kiesufer hinauf und bleibt ein paar Meter vor uns stehen. In der Hand hält er eines von Gunnars Fotos. Es ist das von ihm und mir auf dem Weg in die Grube. Das halbe Bild ist von Gunnars Arm verdeckt, weil er versucht hat, die Kamera so weit weg zu halten, dass beide Gesichter mit auf das Foto kommen. Dem Bild sieht man deutlich an, dass es sich um mehr als nur Freundschaft handelt.

Nicht jetzt. Nur noch eine Woche, dann wäre ich frei gewesen. Jetzt wird alles zerstört.

Bertil lässt seinen Blick über die Kerzen und unsere Kleider wandern, die um uns verstreut liegen. An mir bleibt sein Blick hängen. Ich habe es nicht geschafft, mich vollständig anzuziehen und stehe mit nacktem Oberkörper und in die Decke gewickelt da, dem Hass in seinem Blick schutzlos ausgeliefert. Ihm ist anzusehen, wie er damit kämpft zu begreifen, was er sieht. Gunnar, der wohlsituierte Sohn des Höganäs-Billesholm-Direktors, der seiner Obhut übergeben wurde – Bertils Schlüssel zu dem inneren Kreis, nach dem er sein ganzes Leben lang gelechzt hat. Jetzt hat Gunnar ihn hintergangen, ist in seine Familie eingedrungen und hat sie beschmutzt. Auf einen Schlag ist alles vor

Bertils Augen zusammengebrochen. Der Traum von einem Bergwerks-Imperium, das er seinem Sohn weitervererben kann.

Doch vielleicht wird das Bild zugleich auch klarer. Vielleicht ist all der Widerwille, den er mir gegenüber immer so offen gezeigt hat, dem tief verborgenen Verdacht entsprungen, dass genau das hier passieren würde.

»Damit bist du also beschäftigt, während ich mich abrackere, um der Familie das Überleben zu sichern?«

Er ist rasend vor Wut. Angewidert.

»Antworte!«, schreit er und macht ein paar Schritte auf mich zu. Gunnar tritt zwischen uns, doch Bertil boxt ihn brüsk zur Seite.

»Du liederliches Stück Dreck.« Bertil spuckt auf den Boden. Er ist betrunken, steht aber noch fest auf den Beinen.

Dann sehe ich sie, die Axt in seiner Hand. Auch Gunnar hat sie gesehen. Er geht einen Schritt zurück und versucht, hinter Bertil zu kommen, seine Augen auf das scharfe Axtblatt gerichtet.

»Komm her«, droht Bertil und zeigt auf mich.

»Bleib da«, sagt Gunnar und geht noch ein paar Schritte zurück.

Bertil dreht sich schnell herum und schaut Gunnar an.

»Willst du jetzt den Helden spielen?«

Ich sehe, dass Gunnar Angst hat. Wenn Bertil ordentlich betrunken ist, hat man eine Chance gegen ihn, denn dann ist sein Schlag unsicher. Aber jetzt hat er offenbar nur ein paar Schnäpse intus.

Gunnar schaut mich an, hält meinen Blick fest.

»Ich verlasse dich nicht. Ich bleibe hier, egal, was passiert.« Dann macht er einen Schritt auf Bertil zu, der sogleich die Axt über den Kopf hebt.

»Ich rate dir, lass das sein«, sagt er mit einem verschlagenen Grinsen. »Wenn du vernünftig bist, verstaust du deinen Schwanz hinter deinem Hosenlatz, springst in dein Boot und verschwindest von hier. Und lässt uns das hier unter uns ausmachen.«

»Niemals!«, antwortet Gunnar. »Ich setze mich nicht alleine ins Boot. Entweder wir gehen beide oder niemand.«

Bertil grinst wieder. Eine Grimasse voller Gemeinheit, die mir kalte Schauer über den Rücken jagt.

»Das ist aber mutig von dir. Jetzt sei gescheit, Junge. Denk nach! Was würde dein Vater sagen, wenn er das hier erführe?«

Fahr nicht, Gunnar. Verlass mich nicht.

»Hörst du nicht, was ich sage, Junge? Verschwinde von hier, wenn du nicht eine Axt in den Kopf bekommen willst!«, schreit Bertil und läuft ihm mit der erhobenen Axt entgegen. Er tritt Gunnar gegen das Bein, und Gunnar wankt. Er versucht zurückzuschlagen, erwischt Bertils Wange aber nur leicht, da hebt dieser die Axt und haut mit der Rückseite heftig gegen Gunnars Schläfe. Aus der Wunde fließt Blut, es färbt das blonde Haar rot.

Ich komme auf die Füße und werfe mich Bertil entgegen.

»Lass ihn in Ruhe!«

Bertil lacht, stößt mich von sich, so leicht, als wäre ich eine Feder.

Mit der Hand über dem Gesicht und Blut in den Augen schwankt Gunnar aus der Höhle. Er stolpert im Wasser, kommt wieder hoch. Ich versuche, aufzustehen und ihm hinterherzurennen, doch Bertil ist schon über mir. Er tritt mich heftig in die Seite, und ich spüre, wie mehrere Rippen brechen. Schon setzt er zu einem erneuten Tritt an, mit dem Stiefel gegen meine Wange. Etwas bricht und geht kaputt, ein loser Zahn liegt in meiner Mundhöhle. Da wird mir klar, dass meine letzte Stunde geschlagen hat. Ich werde hier nicht mehr lebend rauskommen. Ich werde von einer kurzen Freude erfüllt: Gunnar hat es geschafft. Ich spüre ein Lächeln in dem zerstörten Gesicht. Ist das Liebe? Sich in seinen letzten Minuten auf der Erde darüber zu freuen, dass der Geliebte entkommen ist?

Bertil tritt wieder zu.

»Was grinst du?«

Er hebt die Axt über den Kopf, und ich recke die Hand hoch, um mich zu schützen.

Dann lässt er die Axt fallen.

83.

Als Sofia und Vera in das Vernehmungszimmer zurück-
kamen, verkündete die Verteidigerin, dass ihre Klientin
zum Geständnis bereit sei, allerdings unter der Bedin-
gung, dass Vanja Branth nicht weiter in die Ermittlungen hineingezogen und der *Sonjagård* außen vor gelassen
würde. Sofia antwortete, dass sie das nicht versprechen
könne, doch ihr Bestes tun wolle.

Rebecka schien damit zufrieden.

»Erzählen Sie, was passiert ist«, sagte Sofia und schaltete das Tonbandgerät wieder ein.

Rebecka nickte. Die Augen waren rot geweint, doch
sie sah gefasst aus und war bereit zu reden.

»Ich habe mein Boot nach Ulvön genommen. Ich bin
nicht so erfahren auf See. Meist benutzt Juni, meine
Tochter, das Boot. Ich bin der Seekarte gefolgt und habe
am erstbesten Bootshaus angelegt, das ich am Uferstreifen gegenüber von Ronön gefunden habe. Luftlinie war
es von dort nicht weit bis zu Bertil Sondells Hof.«

»Was ist dann passiert?«

»Ich habe die Schutzkleidung angezogen und bin den
Weg durch den Wald und bis zum Hof gelaufen. Die
Haustür war unverschlossen. Ich bin hineingegangen und
habe das Schlafzimmer gesucht.« Rebecka verstummte.

»Und dann?«

Sie schaute von Sofia zu Vera und dann zu ihrer Verteidigerin.

»Dann habe ich mit dem Messer erst in seinen Hals gestochen«, verkündete sie kurz und kühl, »und dann, nach einer Weile, habe ich das Messer in seinen Brustkorb gesteckt.«

»Warum?«

Die Verteidigerin beugte sich zu ihrer Klientin und flüsterte ihr etwas ins Ohr, aber Rebecka wedelte sie ungeduldig mit der Hand weg.

»Mutter wollte es.«

Sofia sah, dass Vera sich aufrichtete, doch sie sagte nichts.

»Hat Vanja Sie gebeten, Bertil zu töten?«

Wieder beugte die Verteidigerin sich zu Rebecka, um ihr etwas zuzuflüstern, doch die wandte sich ab.

»Sie müssen darauf nicht antworten«, sagte die Verteidigerin stattdessen laut. Der Tonfall war neutral, doch ihre Verärgerung darüber, dass ihre Klientin ihrem Rat nicht folgte, war ihr anzusehen.

Rebecka lehnte sich zurück und begegnete Sofias Blick. Die Augen waren leer.

»Mutter wollte, dass Bertil starb.«

»Hat Sie Ihnen das gesagt?«

Rebecka nickte.

»Hat sie Sie darum gebeten, es zu tun?«, hakte Sofia genauer nach.

»Bertil Sondell hat Tante Sonja getötet. Ich wusste, dass Mutter nie aufhören würde, daran zu denken, so lange er noch lebte, bis er nicht die Strafe bekommen hatte, die er für seine Tat verdiente. Das war mir in dem Moment klar, als Sie Sonjas Hand gefunden haben.«

»Vanja hat Sie also gebeten, ihn zu töten, und Sie haben es getan?«

Rebecka nickte.

»Sie wollte, dass jemand es tat. Das hat sie gesagt. Also habe ich es gemacht.«

Sofia lehnte sich über den Tisch und suchte Blickkontakt mit Rebecka.

Die Verteidigerin beugte sich wieder zu ihrer Klientin und flüsterte etwas, aber Rebecka schien es nicht zu hören. Sie saß da, den Blick auf den Tisch gerichtet.

»Ich wollte Mutter eine Freude machen.«

Sofia schaute Vera an. Sie hatten schon erlebt, dass Menschen ihre Verbrechen auf andere geschoben oder behauptet hatten, sie aus edelmütigen Beweggründen verübt zu haben. Rebeckas Motiv war allerdings neu.

»Ich wollte nur, dass es ihr wieder gut geht. Und dass sie stolz auf mich ist«, sagte Rebecka.

Die Verteidigerin blickte auf den Tisch und überlegte vermutlich schon, wie sie das Gericht dazu bringen konnte, Rebecka Branth statt ins Gefängnis in die Psychiatrie einzuweisen. Was nicht sonderlich schwer werden sollte, dachte Sofia.

»Haben Sie Ihrer Mutter erzählt, dass Sie es getan haben?«

Rebecka schüttelte den Kopf.

»Nein. Sie war so wütend, nachdem sie von Ihnen zur Vernehmung geholt worden war. Sie sagte, nur ein Idiot würde einen Mann umbringen, der schon im Sterben lag.« Rebecka biss die Zähne zusammen. »Und dass es eine so simple Methode sei, jemanden mit einem Messer zu töten. Da habe ich mich nicht getraut, etwas zu sagen.« Sie schwieg ein paar Sekunden, bevor sie fortfuhr. Die Stimme war jetzt kaum noch ein Flüstern. »Nichts, was ich getan habe, war für Mutter jemals gut genug.« Flehend sah Rebecka zu Sofia auf.

»Erzählen Sie von dem Messer.«

»Es war ein Mora-Messer, das ich bei Clas Ohlson gekauft hatte. Ich habe es ausschließlich mit Handschuhen berührt. Jetzt, in Corona-Zeiten, fällt das niemandem sonderlich auf.«

»Warum haben Sie es am Tatort zurückgelassen?«, fragte Sofia.

»Ich wollte, dass Mutter es verstand. Kurz nachdem die Knochen gefunden worden waren, war ich zum Essen bei ihr, da hat sie ein Mora-Messer in ein Stück Fleisch gerammt und gesagt: So müsste es Bertil Sondell ergehen. Ein Messer in der Brust, das ist das Einzige, was er noch verdient hat.« Sie zog die Nase hoch und griff nach einem Taschentuch aus dem Pappkarton, der zwischen ihnen auf dem Tisch stand. »Ich wollte, dass sie verstand, was es heißen sollte: Schau, er hat bekommen, was er verdient hat.«

»Was haben Sie mit der Kleidung gemacht, die Sie trugen?«

»Als ich danach wieder auf den Schotterweg kam, habe ich sie ausgezogen und in eine Plastiktüte getan. Dann habe ich andere Kleider und Schuhe angezogen, die ich in einer Tasche am Wegrand gelassen hatte. Die blutige Einwegkleidung habe ich auf dem Rückweg mithilfe von Steinen im Meer versenkt.«

»Und danach?«

»Dann bin ich nach Hause gefahren, habe geduscht und mich hingelegt. Dass das Boot verschrammt war, habe ich erst ein paar Tage später bemerkt.«

»Was haben Sie gedacht, als Sie erfahren haben, dass wir einen Verdächtigen gefasst haben?«

Ein kleines Lächeln zog über Rebeckas ungeschminktes Gesicht.

»Dass ich mit dieser Sache davongekommen bin.«

Hoffnungsvoll schaute sie zur Tür.

»Darf Mutter jetzt hereinkommen?«

Sofia schüttelte den Kopf.

»Sie haben eine Tochter«, sagte Vera, nachdem sie die ganze Zeit still dabeigesessen hatte.

Verständnislos sah Rebecka sie an.

»Ja?«

»Die Sie, wenn ich es richtig verstanden habe, allein großziehen?«

»Ja, ihr Vater ist nicht mehr mit von der Partie, wie man so sagt.«

Auf die Ellenbogen gestützt, beugte Vera sich nach vorne.

»Haben Sie keine Minute an sie gedacht, als sie sich mitten in der Nacht aufgemacht haben, um einen hilflosen Alten mit dem Messer umzubringen? Dass sie, wenn Sie ins Gefängnis kämen, vater- und mutterlos sein würde?«

Rebecka schluckte.

»Verstehen Sie nicht? Mutters Schwester wurde ermordet und zerstückelt. Ihr ganzes Leben hat Mutter darauf gewartet, Sonja Gerechtigkeit widerfahren lassen zu können. Ich habe dafür gesorgt, dass das endlich geschehen ist. Um sie stolz zu machen«, wiederholte sie.

Vera lehnte sich zurück, die Arme überkreuzt. Sie ließ die Stille im Raum eine lange Zeit stehen.

»Es war nicht Sonja.«

Rebeckas Mund öffnete sich leicht.

»Was haben Sie gesagt?«

»Es waren nicht Sonja Sondells Körperteile, die in der Grube gefunden wurden.«

Rebecka sah zu ihrer Verteidigerin und dann wieder zu Vera.

»Sie lügen.« Sie wandte sich nach Bestätigung suchend an Sofia.

Vera schüttelte den Kopf.

»Nein, das tue ich leider nicht. Was bedeutet, dass Sie gerade gestanden haben, Bertil Sondell ermordet zu haben. Und es hat Ihnen nichts gebracht.«

Rebecka sah aus, als würde sie zusammenbrechen.

Die Verteidigerin legte die braun gebrannten Hände auf die Tischplatte.

»Vielleicht machen wir hier eine Pause.«

84.

Bevor er ins Haus ging, blieb Fredrik noch ein paar Minuten im Auto sitzen. Der übertrieben große Dodge Ram von Björn und Lotta war tatsächlich aus der Garageneinfahrt verschwunden. Lotta hatte Kühlschrank und Gefriertruhe mit Essen gefüllt, Gardinen aufgehängt und Ida geholfen, alle Kisten auszupacken. Und Björn war bis tief in die Nacht mit den Ikea-Möbeln beschäftigt gewesen. Fredrik war dankbar für all ihre Hilfe, doch ihre ständige Gegenwart schuf ein Ungleichgewicht, das es ihm noch schwerer machte, sich Ida wieder anzunähern. Er schaute auf die Blumen, die in Papier eingeschlagen auf dem Beifahrersitz lagen. Sie dufteten stark, doch es waren Idas Lieblingsblumen. Ein Friedenszeichen in Form von hellrosa Calla-Lilien. Denn nach Frieden sehnte er sich wirklich. Er wollte versuchen, alles wieder in Ordnung zu bringen, was durcheinandergeraten war. Und er wollte, dass Ida seiner Liebe vertraute, wollte ihr verständlich machen, dass er für Sofia Hjortén keine romantischen Gefühle mehr hatte und nie wieder haben würde. Sie hatte ihn verletzt, ihn angelogen und erniedrigt in einem Ausmaß, dass er nie darüber hinwegkommen würde. Vielleicht würde Ida ja verstehen, dass er von Sofia hinters Licht geführt worden war und in dieser Sache keine Entscheidungsgewalt gehabt hatte.

Fredrik dachte an das Gespräch mit Kaj und Mette. Kaj hatte mit verschränkten Armen dagestanden und geschwiegen, als könne ihn das vor dem bewahren, was kommen würde. Dass Mette nichts gewusst hatte, wurde aus ihrer Reaktion sehr deutlich. Erst war sie überrumpelt, dann verzweifelt gewesen. *Astrid ist alles, was wir haben*, hatte sie gesagt. Sie hatte ungehemmt und in abgrundtiefer Verzweiflung geweint. Fredrik verstand sie, litt mit ihr, doch er konnte jetzt nicht mehr zurück.

Kaj und Sofia hatten ihn angelogen. Astrid war sein Kind, und er würde zu ihr eine Beziehung aufbauen, und wenn es das Äußerste von ihm forderte. Er und Ida würden sich um sie kümmern. Bei dem Gedanken an das kleine, dunkelhaarige Mädchen wurde Fredrik innerlich ganz warm zumute. Sie war wirklich sein Spiegelbild! Das Verhältnis zwischen Ida und ihm würde sich reparieren lassen. Sie würden Astrid ein Zimmer einrichten, und Ida würde eine fantastische Stiefmutter sein. So würde es sein!

Fredrik zog den Zündschlüssel ab und betrachtete das Haus. Er war erleichtert, dass es nun ausgesprochen war. Sofia würde sich nicht länger vor seinen Fragen verstecken können, und hoffentlich dauerte es nicht mehr lange, bis Ida und er Astrid das erste Mal besuchen konnten. Daran, was mit Sofia und Kaj passieren würde, wenn herauskam, dass sie einen Vaterschaftstest gefälscht hatten, wollte er noch nicht einmal denken. Zwei Polizisten, die juristische Dokumente manipulierten.

Vielleicht würde Sofia ihre Stelle verlieren? Doch das war nicht sein Problem.

Als er eintrat, brannte kein Licht im Haus. Aus dem Wohnzimmer hörte er Musik. Fredrik zog die Schuhe aus und befreite die Blumen von dem Papier. Als er ins Wohnzimmer trat, sah er ganz Örnsköldsvik erleuchtet zu seinen Füßen. Die gelben Straßenlaternen entlang der E4 liefen wie eine Perlenkette in nördlicher Richtung durch die Stadt. Er sah die dunkle Meeresbucht und unten am Kai, Giraffen ähnlich, die typischen Hebekräne. Er würde sich hier doch noch wohlfühlen können.

Ida hatte die Kerzen in den Leuchtern auf dem Wohnzimmertisch entzündet. Dort stand auch ein Käsebrett. Alle seine Lieblingssorten hatte sie gekauft. Comté, Reblochon und Brie. Zwei Weingläser standen auch bereit, und daneben lag ein kleines Paket, umwickelt mit einem roten Band.

»Ida?«

»Hier!«, rief sie aus der Küche, und er ging, um ihr die Blumen zu überreichen. Der blonde Pagenkopf war mit einer Spange im Nacken halb hochgesteckt, was ihr gut stand. Sie trug ein geripptes, knöchellanges Kleid, das sich um den biegsamen Körper schmiegte. Er küsste sie auf die Wange und überreichte ihr die Blumen.

»Für meine zukünftige Frau.«

Ida strahlte.

»Oh, das wäre doch nicht nötig gewesen.«

Sie stellte die Blumen ins Wasser und sprach dabei von ihren Eltern, die nach Dalarna zum Sommerhaus von irgendwelchen Bekannten hatten fahren müssen, von Rebecka, die nach der Arbeit eigentlich zum Kaffee hatte kommen wollen und nicht erschienen war, und von einer neuen Grillpfanne, die sie für die Terrasse kaufen wollte. Er hörte mit halbem Ohr zu, während er versuchte, sich eine Strategie zurechtzulegen, wie er die Sache mit Astrid zur Sprache bringen sollte. Schließlich entschied er, es einfach zu sagen.

»Da gibt es etwas, worüber ich mit dir reden muss.«

Lächelnd drehte Ida sich um und trocknete die Hände an einem Geschirrhandtuch ab.

»Ich auch«, sagte sie und nahm seine Hand. Sie führte ihn ins Wohnzimmer und entkorkte eine Rotweinflasche.

»Wie schön du es uns gemacht hast«, lobte er.

»Ich weiß, dass ich anstrengend war, seit wir hierhergezogen sind.« Sie lächelte ihn an, und jetzt war es zurück. das Gefühl, innerlich dahinzuschmelzen, wenn sie ihn ansah. Fredrik streckte die Hand aus und streichelte ihre Wange.

»Auch mit mir war es nicht so einfach«, sagte er. »Es war so viel … Der Umzug, das Studium, die Arbeit. Ich verstehe wirklich, dass du das mit Sofia nicht so einfach findest, aber ich verspreche dir«, er nahm Idas Hand und drückte sie, »ich will nie wieder irgendetwas mit dieser Frau zu tun haben.«

In ihren Augen blitzte es, und sie erwiderte seinen Händedruck. Er wusste, dass sie genau das hören wollte. Dass er Sofia verabscheute. Und zum ersten Mal stimmte es. Er hasste Sofia. Die Mutter seines Kindes.

»Ich weiß nicht, warum ich so drauf bin«, fuhr sie fort. »Vielleicht, weil alles neu ist und alles so schrecklich schnell gegangen ist.«

Genauso ging es ihm auch. Vielleicht konnten sie sich in diesem Gefühl treffen und es jetzt ein wenig langsamer angehen, die Dinge ihren Platz finden lassen, bevor es weiterging.

Sie setzten sich aufs Sofa.

»Mach auf.« Ida zeigte auf das Päckchen. Er griff danach, sie zog die Beine unter sich und beugte sich erwartungsvoll vor.

»Auch das ist etwas Neues, aber ich hoffe, du wirst es dennoch mögen.«

»Ganz sicher werde ich das.« Er riss den letzten Rest Papier ab. Bevor er die längliche Schachtel öffnete, legte sie ihre Hand auf seine.

»Ich liebe dich.«

Er lächelte, spürte, wie fast erloschenes Feuer tief in ihm wieder aufloderte. Das Gefühl, das er in letzter Zeit so schwer hatte wiederfinden können, war mit voller Macht zurückgekehrt.

»Ich liebe dich auch.« Er öffnete die Schachtel.

Darin lag ein Schwangerschaftstest mit einem blauen Kreuz in dem kleinen Anzeigefeld.

85.

Sofia saß im Büro und wusste nicht so recht, wohin mit sich. Die Vernehmung von Rebecka Branth war nach einer kurzen Weile fortgesetzt worden, doch Rebecka war zu diesem Zeitpunkt so mitgenommen gewesen, dass es kaum möglich war, aus ihr etwas anderes als Ja und Nein herauszubekommen. Dabei unternahm Rebecka keinen Versuch, das Geständnis zurückzunehmen. Sie verstand wohl, dass es keinen Sinn hatte, da alle Beweise schon vorlagen. Es war eindeutig, dass sie diejenige war, die Bertil Sondell ermordet hatte.

Im Lauf des Abends hatte Sofia den Kauf des Messers mithilfe der Überwachungskameras bei Clas Ohlson überprüft. Rebecka hatte angegeben, mit Karte gezahlt zu haben und ihnen auch das dazugehörige Konto genannt. Außerdem hatte sie versucht, den ungefähren Ort zu beschreiben, wo sie die Kleider ins Meer geworfen hatte, doch so tief, wie es dort war, konnte man keine Taucher rausschicken.

Leif Lindgren hatte nicht angeben können, ob eine Packung mit Einwegkleidung aus seiner Spritzlackier-Firma fehlte, doch die Kriminaltechniker hatten in Rebeckas Boot Teile eines Etiketts gefunden, das Leif derselben Marke zuordnen konnte, von der er die Kleidung bezog. Vanja hatte mehrmals angerufen, doch sie konnten ihr keine Informationen darüber geben, warum Rebecka noch immer festgehalten wurde.

Sofia fragte sich, wie Vanja reagieren würde, wenn sie erfuhr, was ihre Tochter getan hatte. Und warum sie es getan hatte. Mutter und Tochter Branth waren angesehene Vertreterinnen des Rechtsstaates, die sich ihr ganzes Leben für gefährdete Frauen und gegen Verbrechen an Frauen und Kindern eingesetzt hatten. Würde Vanja sich nun von ihrer Tochter abwenden? Oder schlimmer noch, Hochachtung zeigen, weil sie die Sache in ihre eigenen Hände genommen hatte? Um endlich die Bestätigung ihrer Mutter zu bekommen, hatte Rebecka ihre Karriere, ihre Freiheit und das Glück ihrer Tochter aufs Spiel gesetzt. Würde sie diese Bestätigung jetzt bekommen?

Morgen würde Erik Holm mit größter Wahrscheinlichkeit dafür sorgen, dass Rebecka inhaftiert wurde. Johan und seine Kollegen hatten Blutspuren in Rebeckas Boot entdeckt, die mit dem Blut von Bertil Sondell übereinstimmten. Die Arbeit des Ermittlerteams war bald beendet. Die Täterin war gefasst, sie hatte gestanden, und die Zeugenaussagen sowie die kriminaltechnischen Beweise untermauerten das Geständnis.

Sonja Sondells Verschwinden war nach wie vor ein Rätsel. Was den Mord an Axel Sondell anging, war Holm der Meinung, sie hätten mit der Identifizierung der Körperteile ihre Arbeit getan. Sollte Bertil ihn ermordet haben, würden sie es nie erfahren. Der Mord war schon lange verjährt, der potenzielle Mörder tot, und sie konnten es nicht rechtfertigen, weitere Ressourcen auf diese Ermittlung zu verwenden – was Sofia sehr bedauerte. Es kam ihr gemein vor, Axel seinem Schicksal zu überlassen. Sie war überzeugt davon, dass Bertil auf die eine oder andere Weise etwas damit zu tun hatte, dass er in der Grube in Marviksgrunnan gelandet war.

Gunnar Erlandsson hatte sein Geständnis widerrufen. Nachdem er im Polizeigewahrsam erkrankt und ins Krankenhaus gebracht worden war, hatte der behandelnde Arzt einen minimalen Schlaganfall diagnostiziert. Gunnar war mitgenommen, würde aber bald wieder ganz hergestellt sein. Sobald er wieder ansprechbar gewesen war, hatte man ihn darüber in Kenntnis gesetzt, dass jemand anders für den Mord an Bertil verhaftet werden würde. Da hatte Gunnar zugegeben, dass er seinen früheren Lehrmeister nicht getötet hatte. Draußen vor irgendjemandes Fenster zu stehen, war an und für sich nicht ungesetzlich, und Holm hatte entschieden, dass Gunnar, sobald er wieder gesund war, auf freien Fuß käme. Noch immer hatten sie keine Erklärung dafür, warum er die Schuld auf sich genommen hatte, doch dass er in irgendeiner Weise mit Rebecka Branth zusammengearbeitet hatte, war nicht wahrscheinlich. Alles in allem war die Sache also erledigt.

Sofia reckte sich und sah auf die Uhr. Es war bald halb elf Uhr abends. Alle aus der Ermittlungsabteilung waren nach Hause gegangen. Sie wünschte, sie könnte in ihre Wohnung gehen, duschen und ihre Kleider wechseln, doch Kaj und Mette waren dort. Und für ein paar Stunden nach Ulvön rauszufahren, um dann wieder aufs Festland zurückzukehren, machte keinen Sinn. Sie überlegte, sich auf das Sofa im Personalzimmer zu legen, aber sie war nicht müde genug, um schlafen zu können. Der Gedanke, die Ermittlung unabgeschlossen zu lassen, nagte an ihr. Es war ein schmähliches Ende für eine Ermittlung, deren Spur sie so nachdrücklich verfolgt hatten. Und es gab eine Frage, auf die Sofia gerne eine Antwort gehabt hätte, bevor sie alles Holm übergab, damit er Anklage erheben konnte. Nur wenige Sekunden später wusste sie, was sie zu tun hatte.

86.

Sofia parkte das Auto vor dem zentralen Krankenhauseingang und schloss hinter sich ab. Kaj hatte sich nicht mehr gemeldet. Ihr war klar, dass er wütend war, fand aber auch, dass er in der Lage sein sollte, ihre Situation nachzuvollziehen. Schließlich war er selbst Polizist. Wie viele Essenseinladungen, Geburtstagsfeiern und Weihnachtsabende hatte er verpasst, weil die Arbeit ihn brauchte? Vorhin hatte sie mit Tord gesprochen, der angeboten hatte, dass Margit und er Astrid über Nacht nehmen und dann am Vormittag mit ihr aufs Festland kommen könnten. Wieder einmal dankte Sofia ihrem glücklichen Stern, dass sie diese fantastischen Menschen um sich hatte, die sich um ihr Kind kümmerten. Sie holte das Handy heraus und schrieb eine kurze, entschuldigende Nachricht an Kaj, in der sie versprach, Astrid zur Mittagszeit am folgenden Tag zu übergeben. Dann steckte sie das Handy in die Tasche und ging zum Eingang.

Als sie sein Zimmer betrat, fand sie Gunnar Erlandsson wach und auf dem Rand des Krankenhausbettes sitzend vor, gekleidet in ein weißes Baumwollnachthemd mit dem blauen Logo des Krankenhauses darauf. Trotz allem, was er in den letzten Tagen durchgemacht hatte, sah er recht frisch aus.

»Entschuldigen Sie, dass ich so spät noch störe.«

»Gar kein Problem. In meinem Alter ist guter Schlaf nur noch eine schöne Erinnerung.«

Sie setzte sich auf den Stuhl bei der Tür.

»Sie haben Ihr Geständnis widerrufen, habe ich gehört.«

Gunnar nickte.

»Doch Sie waren dort, bei Sondells Hof.«

Er nickte wieder.

»Wollen Sie mir erzählen, warum?«

Er änderte seine Position auf dem Krankenhausbett. Obwohl er groß war, kam er mit den Füßen nicht auf den Boden. Lange Zeit starrte er dorthin.

»Ich war wegen Axel dort.«

Als Gunnar wieder aufschaute, sah Sofia, dass er weinte.

»Er war die Liebe meines Lebens.« Er schwieg lange und sah sie an, wartete auf eine Reaktion. »Wundert Sie das?«

Sie schüttelte den Kopf.

Gunnar lachte auf, freudlos und resigniert.

»Nein, die Zeiten haben sich geändert, doch damals war es eine große Schande, das können Sie sich vorstellen. Für die meisten war es vollkommen unvorstellbar, dass man jemanden des gleichen Geschlechts lieben konnte. Dass zwei Männer oder zwei Frauen sich offen ihre Liebe zeigten, konnte furchtbare Konsequenzen haben.«

Das war Sofia klar. Noch immer war Homosexualität für manche Leute schwer zu verstehen und zu akzeptieren. Auch das Örnsköldsvik der Gegenwart war nicht unbedingt ein Musterbeispiel für eine tolerante Gesellschaft. Das hatte Sofia selbst viele Male erlebt. Ihre Chefin etwa hatte mit ihrem Coming-out gewartet, bis sie über sechzig war. Sofia wollte sich gar nicht vorstellen, wie es Ende der Fünfzigerjahre ausgesehen hatte.

»Bis 1944 war Homosexualität gesetzeswidrig. Und danach wurde es nicht sehr viel besser. Es gab üble Stimmungsmache und eine heftige Pressekampagne gegen Homosexuelle.« Gunnar schüttelte den Kopf. »Ich konnte noch nie verstehen, wie man die Liebe zwischen zwei Menschen anstößig finden kann, egal welchem Geschlecht sie angehören.«

Sofia nickte zustimmend.

»Wollen Sie mir erzählen, was passiert ist?«

Gunnar lächelte.

»Ja, was passiert wohl, wenn man jung ist? Wir haben uns ineinander verliebt, wussten aber natürlich, dass es einen Skandal geben würde, wenn es herauskäme. Wir waren heimlich ein Paar, haben uns weggeschlichen, uns im Verborgenen getroffen, wenn sich die Möglichkeit bot. Und wir planten, zusammen abzuhauen.«

Er lächelte in Erinnerung daran.

»Doch daraus ist nichts geworden?«

»Nein, Bertil ist hinter unser Geheimnis gekommen.«

»Wie?«

»Wir waren unvorsichtig. Ich hatte Fotos von uns gemacht, und Bertil hatte offenbar eines davon gefunden. Ich hatte vor, meine Lehrstelle zu verlassen und Fotograf zu werden, und Axel wollte mit mir von Ulvön weg-

565

gehen. Auch er interessierte sich nicht für den Erzbergbau.« Gunnar lächelte schief. »Er war sehr häuslich.
Nachdem seine Mutter gestorben war, kümmerte er sich
um die Tiere und den Haushalt. Bertils neue Frau,
Sonja, hatte es nicht so mit Kochen und Waschen. Meist
lag sie den ganzen Tag im Bett, hatte schwache Nerven,
glaube ich. Axel interessierte sich auch fürs Nähen, was
natürlich nichts war, womit ein junger Mann sich damals beschäftigen sollte. Doch er war gut darin. Er
wollte nach Amerika und Kostüme für die Theater am
Broadway herstellen. Wir malten uns gerne aus, wie es
wäre, in New York zu wohnen, wo die Gay-Bewegung
schon weiterverbreitet war, händchenhaltend in eine Bar
zu gehen, vielleicht uns zu verloben. Wir hatten nur
knapp zwei Monate zusammen, und dennoch war es die
größte Liebe, die ich je erlebt habe. Die einzige.« Wieder rannen ihm Tränen aus den Augen, und er wischte
sie mit dem Ärmel des Nachthemds ab. »Mein ganzes
Leben lang habe ich mich mit der Frage herumgequält,
was ich hätte anders machen können. So sehr, dass ich
manchmal nicht mehr leben wollte.«

Sofia zog den Stuhl näher und berührte Gunnars
Bein. Sein Oberschenkel zitterte unter ihrer Hand.

»Ich bin schuld, dass er gestorben ist.«

»Was ist mit Axel passiert?«

Gunnar griff nach einem Päckchen Taschentücher.
Dann blieb er lange Zeit stumm, schien sich erst sammeln zu müssen.

»Es war eine Woche, bevor wir die Insel verlassen
wollten. Nach dem Essen holte Bertil wie immer den

Branntwein heraus. Wir dachten, es sei sicher, uns weg-
zuschleichen. Abends, wenn er soff, merkte er nie etwas.
Mein Vater hatte mich für die Zeit auf der Insel mit einem eigenen Boot ausgestattet. Meine Familie war
ziemlich gut gestellt«, fügte er hinzu, als sei eine Erklärung nötig. Sofia dachte daran, wie häufig sie selbst entschuldigend erklärt hatte, dass das teure, italienische
Motorboot, das Bewunderung und Neid zugleich
weckte, ein Erbstück war.

»Wir fuhren zu unserem Versteck in der Grube bei
Marviksgrunnan.« Er lächelte bei der Erinnerung.
»Doch dann kam Bertil dorthin. Er war uns mit dem
Boot gefolgt und völlig außer sich. Er drohte, mich zu
töten, wenn ich nicht sofort meine Sachen packte und
verschwand.« Er nahm ein weiteres Papiertaschentuch,
schnäuzte sich und sah Sofia an. »Ich wollte nicht ohne
Axel fahren, habe versucht, Bertil aufzuhalten, aber er
war wie von Sinnen. Er boxte und trat, und dann ver-
letzte er mich mit einer Axt am Kopf.«

»Und dann?«

Das Weinen wurde heftiger, und Sofia stand auf, um
ihren Arm um Gunnar zu legen.

»Ich bin gefahren«, schluchzte er in ihren Pullover hinein. »Ich bin einfach gefahren! Wenn ich geblieben
wäre, würde Axel noch leben.«

Oder Sie wären jetzt auch tot, dachte Sofia, sagte aber
nichts.

»Als Sie die … Körperteile … in der Grube gefunden
haben, war es, als würde etwas in mir entzündet. Ein
Hass, der an die Stelle der Trauer trat, die ich mein gan-

zes Leben lang mit mir herumgetragen habe. Ich wollte Bertil aufsuchen, ihn mit allem konfrontieren, sagen, dass ich keine Angst mehr vor ihm hatte.« Er befreite sich aus ihrem Arm. »Lächerlich, oder? Zu warten, bis der Kerl vollkommen hilflos ist und mich dann erst verteidigen. Axel dann erst zu verteidigen. Sich dafür Bertils letzte, flackernde Minuten auszusuchen. Ich hätte das schon vor einem halben Jahrhundert tun müssen.« Er schnaufte, wischte sich die Augen und schnäuzte sich noch einmal. »Aber ich habe mich auch dieses Mal nicht getraut. Ich stand dort vor dem Haus und wollte hineingehen, aber es ging nicht. Also bin ich aufs Festland zurückgefahren. Als ich dann in der Zeitung las, dass jemand anderer … Ich weiß nicht. Ich bin zu meinem Freund in Sundsvall gefahren und dort geblieben.« Gunnar stützte sich mit den Armen ab, um sich zurück aufs Bett zu legen. »Entschuldigung, aber mir ist ein wenig schwindelig.«

»Sie sollten sich ausruhen«, sagte Sofia. »Danke, dass Sie mir alles erzählt haben.« Das meinte sie wirklich. Es war eine Erleichterung, endlich zu wissen, was mit Axel passiert war. Auch wenn das noch nicht alle offenen Fragen beantwortete.

Gunnar nickte mit geschlossenen Augen. Sofia ging auf den Gang hinaus und zog leise die Tür hinter sich zu. Es war jetzt beinahe Mitternacht. Sie holte das Handy aus der Tasche, um nachzusehen, ob Kaj auf ihre versöhnliche Nachricht geantwortet hatte.

In der Tat, das hatte er. Sofia wurde eiskalt, als sie sah, was er geschrieben hatte.

Wir müssen über Fredrik sprechen.

ACHT WOCHEN SPÄTER

87.

Bis auf die Pastorin, die unter dem pastellfarbenen Altarbild stand und zu drei Leuten in der ersten Bank sprach, war die Kirche von Örnsköldsvik ziemlich leer. Ein paar Reihen weiter hinten saß ein Mann mit gesenktem Kopf, und ganz hinten saß Sofia. Die Stimme der Pastorin hallte zur gewölbten weißen Decke über dem Altarraum empor. Sie sprach von der Befreiung durch den Tod und vom ewigen Leben. Würde es für Bertil eine Ewigkeit geben? Sofia glaubte an so etwas nicht, doch wenn es tatsächlich einen Gott geben sollte, der darüber richtete, wer Zutritt in den Himmel bekam und wer nicht, hoffte sie, dass er Bertil Sondell an der Pforte aufhielt. Sein Verhalten war schwer nachzuvollziehen. Aber ein Mann, der seinen eigenen Sohn ermordet hatte, aus Scham und Wut darüber, dass er homosexuell war, der sein Kind getötet hatte, damit er sich nicht vor Kollegen und Nachbarn schämen musste, so ein Mann verdiente keinen Platz im Himmel.

Was mit Sonja passiert war, würden sie wohl nie erfahren. Gunnar hatte ihr alles erzählt, was er wusste, und Sofia glaubte ihm. Als er nach dem schrecklichen Erlebnis bei Marviksgrunnan den Hof verließ, hatte Sonja gelebt.

Sofia wusste nicht, warum sie zu der Beerdigung gegangen war. Sie musste Bertil Sondell nicht die letzte Ehre erweisen oder irgendjemandem kondolieren. Es hatte sich einfach in ihrer Seele richtig angefühlt, dorthin zu gehen. Vielleicht um Axels willen. Oder um Gunnars.

Später im Herbst würde der Fall von Rebecka Branth vor Gericht kommen, zurzeit war sie im Gefängnis in Saltvik untergebracht. Soweit Sofia wusste, war von Vanja und Leif kein einziges Mal die Bitte gekommen, sie besuchen zu dürfen. Rebecka hatte nicht nur Schande über die Familie gebracht, sondern Vanja außerdem in einen Mordfall hineingezogen. Die Sponsoren für den *Sonjagård* waren abgesprungen, und den Gerüchten zufolge würde auch die Anwaltskanzlei Karling & Branth geschlossen werden, da Rebecka dort nun nicht mehr die tägliche Arbeit erledigen konnte. Das musste bitter sein für Vanja Branth. Trotz des schrecklichen Verbrechens, das Rebecka begangen hatte, fragte Sofia sich, wie man sein Kind in dieser Weise im Stich lassen konnte. Würde sie Astrid den Rücken zukehren, sollte sie jemanden umbringen? Nein, das würde sie nicht.

Als sie an ihre Tochter dachte, fuhr es ihr vor Angst in den Magen. Die vergangenen beiden Monate waren die Hölle gewesen. Für sie selbst vor allem, denn Astrid hatte glücklicherweise nicht so viel mitbekommen von dem, was um sie herum passierte. Sie war gerade acht Monate alt geworden und konnte sich nun an Möbeln hochziehen und zwischen Sofa und Wohnzimmertisch ein paar Schritte laufen. Margit zufolge war sie mit dem

Laufen außerordentlich früh dran. Erst war Sofia stolz gewesen, was sich aber bald änderte, als ihre abenteuerlustige Kleine ständig hinfiel und sich wehtat.

Mette hatte ihre ganze Wut über die Täuschung an Sofia ausgelassen. Sie hatte beinahe jeden Tag angerufen, geschrien, geweint, Sofia beschuldigt, sie mit Absicht belogen zu haben und damit gedroht, vor das Familiengericht zu ziehen. Dass Kaj zu der Entscheidung, dass Astrid seine Tochter wurde, auch seinen Teil beigetragen hatte, schien keine Rolle zu spielen. Erst als er Sofia und Mette gestanden hatte, auf eigene Faust den Vaterschaftstest gefälscht zu haben, hatten die Anrufe aufgehört. Sofia hatte es nicht glauben können. Dieser zutiefst rechtschaffene Mann, den sie früher einmal geliebt hatte, hatte tatsächlich ein juristisches Dokument gefälscht und es hinter ihrem Rücken Astrids biologischem Vater geschickt. Sie verstand Fredriks Wut. Es war nicht verwunderlich, dass er glaubte, sie sei ebenfalls in diese Lüge verwickelt gewesen. Und in gewisser Weise war sie das ja auch. Sie hatte ihn in dem falschen Glauben gelassen, Astrid sei nicht seine Tochter. Sofia wollte sich gerne einreden, sie habe es für ihre Tochter getan, musste sich jedoch eingestehen, dass es ebenso um sie selbst gegangen war.

Genau wie Mette hatte auch Fredrik geschrien und mit Anschuldigungen um sich geworfen. Und er hatte mit dem Familiengericht nicht nur gedroht, sondern es auch eingeschaltet. Das Verfahren war noch immer anhängig – die Ausbreitung von Corona hatte erst einmal alle physischen Treffen mit dem Sozialen Dienst verhindert. Was die Ermittlungen ergeben würden, daran wagte Sofia noch nicht einmal zu denken. Wenn Fredrik entschied, die Sache weiterzutreiben, konnte es im schlimmsten Fall dazu führen, dass der Soziale Dienst zu dem Schluss kam, dass ihr Verhalten sie als Sorgeberechtigte ungeeignet erscheinen ließ – und ihr Astrid wegnahm. Ein unvorstellbarer Gedanke.

Ein Mann in grauem Dufflecoat schlängelte sich in die Bank und setzte sich neben sie. Wangen und Nase waren gerötet. Sofia freute sich, ihn zu sehen.

»Gunnar.«

Er nickte kurz zur Begrüßung.

»Ich will schauen, ob das Aas auch wirklich unter die Erde kommt.« Er nahm seinen Schal ab. »Wissen Sie, ich habe nie gehört, dass Axel ihn Vater genannt hat. Er sagte einfach Bertil. Oder: der verdammte Alte.«

Sie hörten der Pastorin zu, die das bekannte Kirchenlied *Schön ist die Erde* sang. Niemand in der dürftigen Versammlung sang mit.

»Ich vermisse ihn«, sagte Gunnar nach einer Weile.

Sofia wusste, dass er damit nicht Bertil meinte, und nickte zur Antwort.

»Obwohl uns nur so eine kurze Zeit miteinander vergönnt war, habe ich ihn mein ganzes Leben lang vermisst. Jemand anderen habe ich nie kennengelernt. Es war, als könne sich keiner mit ihm messen.« Mit einem Stofftaschentuch tupfte er sich unter dem einen Auge. »Ich wollte ihn von all dem Schlimmen wegbringen. Wir wollten Schweden und das Böse dort auf dieser Insel verlassen. Er hatte niemanden außer mir.« Gunnar verstummte für eine Weile und sah sie mit rot geränderten Augen an.

Sofia legte ihre Hand auf seinen Arm. So saßen sie, bis der Trauergottesdienst vorüber war. Keiner der Trauernden vorne ging zum Sarg, um Blumen darauf zu legen.

Als es vorbei waren, standen Sofia und Gunnar auf und gingen Arm in Arm den Mittelgang entlang, bis sie an der Kirchentür innehielten, um sich zu verabschieden. Die anderen blieben noch in der Kirche.

»Fahren Sie jetzt heim nach Ängelholm?«

Er nickte.

Viel mehr gab es nicht zu sagen. Dennoch war sie traurig, ihn nie wieder zu sehen. Gunnars Leben ging dem Ende zu. Sie war mitten in ihrem. Ein kurzes Stück des Weges waren sie gemeinsam gegangen, jetzt würden sie sich trennen. Er umarmte sie leicht und nickte dann zum Abschied.

Sofia stand lange da und schaute Gunnar hinterher, wie er die Treppe zur Själevadsgata hinunterging. Ein ganzes Leben, vergeudet in der Sehnsucht nach einer verloren gegangenen Liebe. Würde das im Alter auch ihr Schicksal sein?

Die drei Personen, die in der ersten Bank gesessen hatten, alles Frauen von der Insel, kamen aus der Kirche, erkannten Sofia und nickten ihr zu, bevor sie Richtung Parkplatz gingen. Sofia knöpfte die Jacke zu und überlegte, ob sie zur Wache zurückkehren oder nach Hause fahren sollte.

Wieder öffnete sich die Kirchentür, und ein schlanker, älterer Herr in maßgeschneidertem Anzug, grauem

Wollmantel und einem grau-schwarz-karierten Schal trat gemeinsam mit der Pastorin auf die Treppe hinaus. Die Pastorin in ihrem weißen Chorhemd mit Stola sah aus, als friere sie. Sofia rückte zur Seite, damit sie vorbeikamen.

»Mein tiefstes Beileid«, sagte die Pastorin und reichte dem Mann im Wollmantel die Hand zum Abschied. Er gab ihr seine linke Hand, der rechte Arm hing schlaff an der Seite herunter. Wie festgefroren starrte Sofia auf das Ende des Mantelärmels. Im Kopf wirbelte es, und sie verlor beinahe das Gleichgewicht. Da war keine Hand, nur ein Stumpf, bedeckt von einem weißen, säuberlich gebügelten Hemd, das hochgekrempelt war und mit Nadeln festgehalten wurde.

Sie machte einen Schritt auf den Mann zu.

»Sind Sie Axel?«

Unsicher sah er zu ihr auf.

»Sind Sie Axel?«, fragte Sofia noch einmal. Sie wusste schon, dass sie recht hatte. Denn jetzt erkannte sie den jungen Mann auf den Fotos im Gesicht des älteren Mannes wieder.

Langsam nickte er. »Ja, das sagte man mir jedenfalls damals, als ich im Krankenhaus auf dem Festland wieder zu mir kam. Aber dass ich dieser Axel Sondell bin und dass Bertil Sondell mein Vater war, das habe ich erst viel später erfahren. Und eigentlich glaube ich es erst jetzt, da ich wieder hier auf Ulvön bin.«

»Aber ...«, war alles, was Sofia herausbekam, dann drehte sie sich um und rannte die Treppen hinunter.

»Gunnar! Warten Sie!«

Sten tritt aus der Kapelle und schließt die Tür hinter sich. Es ist spät, und es wird bereits dunkel. Er hätte früher am Tag rausfahren müssen, um den Sommergottesdienst für den folgenden Tag vorzubereiten, doch er hat den ganzen Vormittag geschlafen. Er war erst spät am Nachmittag aufgewacht, nachdem er die frühen Stunden der Morgendämmerung damit zugebracht hatte, zusammen mit Tord Grändberg die Krebskörbe in Bysjön einzuholen. Um drei Uhr morgens waren sie aufgestanden, hatten Rucksäcke mit Kaffee und belegten Broten gepackt, Taschenlampen und Eimer mitgenommen. Dann waren sie mit dem Boot langsam über die noch nachtglänzende Wasseroberfläche geglitten und hatten vorsichtig einen Korb nach dem nächsten hochgeholt. Es war ein guter Fang gewesen. Vier große Eimer mit braunschwarzen Krebsen. Jetzt lagen sie in einer Wanne im Kochhaus von Tords Mutter und warteten darauf, sich auszuscheißen, wie sie es ausdrückte. Dass die Krebse ihren Darm entleeren mussten, um den fertig gekochten Delikatessen ein appetitlicheres Aussehen und einen feineren Geschmack zu geben, war allgemein bekannt, doch Ingrid Grändberg hatte noch ein weiteres Geheimrezept, damit das Aussehen der Krebse vor dem Verzehr noch verlockender wurde. Sie fütterte sie mit Haferflocken. So wurde das Fleisch weiß, und die Krebse wurden gemästet, bevor sie gekocht und an das Hotel verkauft wurden. Sten hofft, für sich noch welche abzweigen zu können.

Er schließt ab und geht um das Gebäude herum, um den Schlüssel an dem Nagel aufzuhängen, der in der Spalte zwischen der Holzwand und den Natursteinen steckt, auf denen die Kapelle erbaut ist. Wieder zurück auf der Vorderseite, bleibt er auf den flachen Felsen stehen und schaut zu den Kochhütten hinunter. Ein altes Fischerboot bewegt sich unterhalb der Klippen Richtung Norden. In der Kabine leuchtet eine Petroleumlampe, doch er kann nicht erkennen, wer an Bord ist. Vielleicht irgendein Tourist, der sich verirrt hat, oder ein Inselbewohner, der draußen Netze ausgelegt hat. Er schaut über das Meer, es weht ein kräftiger Wind.

Sten läuft zu seinem eigenen Boot, das an einem Metallhaken im Stein unterhalb der Grube vertäut liegt. Als er beinahe dort angekommen ist, erstarrt er. Die Sonne ist schon untergegangen, doch das Licht der Dämmerung reicht noch aus, um die roten Flecken auf dem Tampen zu sehen, mit dem das Boot befestigt ist. Ist das Blut? Er folgt den Flecken mit dem Blick. Im Boot scheint noch alles da zu sein, aber er sieht deutlich, wie die Blutspuren sich bis zum Wasser fortsetzen.

Sten schaut sich um, fühlt, wie das Unbehagen in ihm hochkriecht. Wer war an seinem Boot? Und warum ist da so viel Blut?

Dann sieht er ihn. Auf dem abfallenden Felsen neben dem Boot erkennt er einen auf dem Boden liegenden Körper, die Beine halb im Wasser.

»Himmel, Axel!«

Er stürzt zu ihm, zieht die haltlose Gestalt aus dem Wasser. Überall ist Blut, doch Axel atmet.

Sten tastet über den nassen Körper, um festzustellen, woher das Blut kommt. Axel trägt nur eine Hose, und Sten stellt schnell fest, dass Bauch und Rücken bis auf einige Blutergüsse und Schwellungen unverletzt scheinen. Dann sieht er den Arm, den schmalen Unterarm, der unnatürlich im Nichts endet und aus dessen Stumpf Blut tropft. Auch im feuchten Haar zeigt sich eine feine rote Spur. Doch noch erschreckender als das Blut ist Axels Blick: flackernd und leer, aufgerissene Räume, in denen nichts mehr zu sein scheint. Sten nimmt all seine Kraft zusammen, schleppt den geschundenen Körper ins Boot und legt ihn auf den Boden. Er reißt seinen Gürtel heraus, legt ihn um den verletzten Unterarm und zieht so fest wie möglich zu. Der Blutstrom am Arm versiegt, doch Axel ist sehr bleich. Behutsam bettet Sten den blutenden Kopf auf eine Decke, die er immer unter der Bank verstaut hat. Dann zieht er seine Jacke aus und legt sie um den kalten Körper. Eilig versucht er, den Knoten an der Metallöse im Fels zu lösen, doch die Finger gehorchen nicht, er muss den Tampen mit dem Taschenmesser durchtrennen. Schnell, es muss jetzt schnell gehen.

Er fährt aus der Bucht von Marviksgrunnan hinaus und steuert auf das Festland zu.

Epilog

1959

Die Fähre wühlt sich durch das salzige Meer, sodass es schäumt. Noch immer wärmt die Augustsonne. Auf dem Achterdeck lehnt Sonja über der metallenen Reling und schaut ins Wasser hinunter. An diesem Tag ist die Fähre beinahe leer.

In der Ferne sieht sie Ulvön verschwinden. Diesen verhassten Ort. Nie wieder wird sie ihren Fuß dorthin setzen, das hat sie sich geschworen, nie wieder auch nur einen Gedanken an Bertil verschwenden. Wie er sie gezüchtigt hat, sie geschlagen hat, sie vergewaltigt hat. Trotz der frischen Meeresbrise hat sie den Gestank von allem, was ihn verkörpert, in der Nase. Den Gestank der verräucherten Küche, die Ragna einmal in so schöner Ordnung gehalten hatte. Der Gestank seiner verschwitzten Hemden und Unterhemden, der Arbeitshose, die sie nie waschen durfte, und der saure Gestank seiner Männlichkeit, wenn er sich über das Bett beugte und wie ein wildes Tier über ihren jungen Körper herfiel. Der Gestank der Angst, der wie ein kalter Teppich über dem ganzen Hof liegt, wird sie nicht so schnell loslassen. Manchmal ist sie in den Stall hinausgegangen, nur um den würzigen Duft der Kühe einzuatmen. Ein betörender Duft, frei von Hohn und Schlägen. Nein, nie wieder würde sie zulassen, dass ein Mann ihr das antut, was Bertil ihr angetan hat. Sie ist jetzt frei. Gestärkt von Vanjas Worten. *Geh, Sonja. Geh einfach, dann werden wir uns um dich kümmern. Er wird dir nichts mehr antun können.* Sie wird ein neues Leben beginnen, nie mehr an all das Schreckliche denken, was sie in diesem Haus erleben musste.

Sonja weint innerlich um Axel, verflucht sich für ihre Feigheit. Warum hat sie ihn nicht verteidigt? Hätte sie ihn retten können? Doch wenn nicht einmal Gunnar es konnte, wer hätte es dann tun sollen?

Auch Gunnar hat die Insel verlassen. Gestern ist er einfach verschwunden. So wie Axel. Als Bertil nach Hause kam, hat sie sich nicht zu fragen getraut, doch sie weiß es. Etwas Furchtbares ist geschehen. All das Blut an Bertils Kleidern ist ein eindeutiges Zeichen. Die Axt im Boot, auch sie blutig. Da hatte sie sich endlich durchgerungen, hatte verstanden, wozu Bertil fähig war.

Sie hat alles gesehen, hat verstanden, bevor sie verstanden. Denn niemand in der Familie beachtete sie. Sie war einfach immer da, im Hintergrund, wie eine Stockrose im Beet oder ein Muster auf der Tapete. Doch sie hat sie gesehen, Axels und Gunnars Liebe. Die Blicke am Essenstisch, die schleichenden Füße zwischen den Zimmern, wenn der Hausherr dank des

Alkohols auf der Küchenbank eingeschlafen war. Auch sie war dankbar über diese Nächte. Dann kam Bertil nicht zu ihr ins Schlafzimmer, um sich ihr aufzuzwingen. Diese Nächte waren friedlich.

Ihr widerwärtiger Ehemann aber hatte gar nichts mitbekommen. Er war so mit seinem Alkohol beschäftigt und mit seinem Hass auf die Welt, die ihm seiner Meinung nach so viel genommen und nichts zurückgegeben hat. Erst als es zu spät war, verstand Bertil.

Was wird jetzt aus ihm werden? Wenn er keine Frau und keinen Sohn mehr hat, an denen er seine Wut auslassen kann? Wird er sich zu Tode saufen? Sie hofft es, hofft, dass die Leute auf der Insel nicht mehr dieselbe Luft atmen müssen wie Bertil Sondell. Die meisten sind gute Leute, haben sie in die Hausfrauenvereinigung und in ihre Inselgemeinschaft aufgenommen und willkommen geheißen. Doch niemand hat etwas getan oder gesagt, wenn sie blau geschlagen zu den Versammlungen gekommen ist. Wahrscheinlich hatten auch sie sich nicht getraut.

Jetzt nicht mehr daran denken.

Auf dem Rücken trägt sie einen unbequemen grünen Militärrucksack mit hohem Metallrahmen, der im Nacken scheuert. Den hat sie aus dem Keller geholt. Er stammt von Bertil, der alles, was mit dem Militär zu tun hat, vergöttert. Der vom Krieg spricht, als sei es eine segensreiche Zeit gewesen. Vanadium, das Gold der Kriegsmacht. Das begehrenswerte und verhasste Vanadium, an das er sein ganzes Lebenswerk gehängt hat und das ihm nun nichts zurückgibt.

Sie hat nur mitgenommen, was in den Rucksack hineinging. Er ist schwer, obwohl sie den Hüftgurt festgezogen hat. Sie hat ihre Hygieneartikel eingepackt, ein paar ihrer besseren Kleider und einige Fotografien. Den wenigen Schmuck, den sie besitzt, trägt sie. Ebenso wie die Sandalen mit Schnalle und hohen Absätzen, die sie von Mutter und Vater zum fünfundzwanzigsten Geburtstag bekommen hat, obwohl es unbequem ist, darin zu laufen. Auch ein paar Scheine aus der Kaffeedose in der Speisekammer liegen im Rucksack. Sicher wird Bertil ihr Fehlen bemerken, doch was kann er tun? Zur Polizei gehen? Als seine Frau war es an ihr, sich um die Haushaltskasse zu kümmern. Auch wenn Axel das meiste im Haushalt gemacht hat. Niemand wird beweisen können, dass sie das Geld nicht verbraucht hat, um Fleisch zu kaufen oder Waschpulver. Erst in einigen Stunden wird er seinen Rausch ausgeschlafen haben und verstehen, dass sie weg ist. Dann wird sie bereits auf dem Festland sein. In Sicherheit bei Mutter und Vater. Und bei Vanja.

Kühn steigt Sonja auf das Metallgeländer und lehnt sich achtern über die Reling. Sie ist frei. Frei von Bertil. Frei von der Insel. Der Wind bläst kräftig, und sie genießt das Gefühl, wie er an dem Stofftuch zerrt, das ihre Haare zurückhält. Plötzlich löst sich der Knoten des Tuchs, und innerhalb einer Sekunde hat der Wind das glatte Stoffstück mit sich gerissen. Schnell beugt Sonja sich vor, um es aufzuhalten, merkt, wie sie das Gleichgewicht verliert. Sie spürt den schweren Rucksack mit dem harten Metallrahmen, dann das kalte Wasser, die schäumenden, weiß spritzenden Wellen.

Sonja versucht, den Rucksack auszuziehen, doch der Hüftgurt sitzt fest. Verzweifelt kämpft sie, ihn zu öffnen, doch die Heckwellen hinter der Fähre ziehen sie unter die Oberfläche, füllen Mund und Lungen mit Wasser. Im Kopf dröhnt es, und bald weiß sie nicht mehr, was oben und unten ist.

Es wird still. Schwerelos sinkt Sonja ins Schwarze, lässt sich vom Dunklen, Kalten umfangen.

Also hat Bertil, so kann sie noch denken, *doch noch bekommen, was er will. Meinen Tod.*

Dank der Verfasserin

Zunächst will ich meiner geduldigen Lektorin Petra König-Kämpe und meiner klugen Verlegerin Karin Linge Nordh für ihren tollen Einsatz für dieses Buch danken. Auch allen beim Bazar-Verlag möchte ich danken. Ohne euch hätte es diese Ulvön-Krimireihe nicht gegeben. Dank auch an Karin Wahlén von Kult PR und Judith Toth von der Nordin Agency. Es ist fantastisch, mit euch zu arbeiten! Ein großes Danke an Niklas Lindblad für einen weiteren sagenhaft schönen Umschlag.

Vielen möchte ich für die Hilfe an diesem Buch danken, und sollte ich jemanden vergessen haben, dann bitte ich um Entschuldigung.

Zunächst ein herzlicher Dank an Rebecka Teglind, Forensische Anthropologin und Doktorandin für Rechtsmedizin am Karolinska Institut, die mir mit großer Geduld alles erklärt hat – von der Radiokarbonmethode bis zu Leichensäcken für Körperteile – und deren Erläuterungen zum Alltag einer Forensischen Anthropologin unschätzbar waren. Vielen Dank auch an den Hundeführer Jörgen Modin von der Polizei Östersund, der mir so viele Dinge über die Zusammenarbeit zwischen diesen wunderbaren Tieren und ihren Hundeführern beigebracht hat.

Für die Hilfe mit allem, was die Polizei betrifft, möchte ich mich bei den Kriminaltechnikern der Forensiker-Gruppe 3, Polizeiregion Nord, Niklas Stjernlöf, Polizei-inspektor/diensthabender Voruntersuchungsleiter, Polizeigebiet Jämtland, und Anna Jinghede, Forensische Zahnmedizinerin, Doktorandin und Polizistin/Kriminal-technikerin (und inzwischen sogar Schriftstellerkollegin) in der Polizeiregion Bergslagen bedanken. Ebenfalls danken möchte ich Gisela Pettersson, Oberärztin und Spezialistin in der rechtsmedizinischen Abteilung in Umeå.

Mit das Tollste beim Schreiben dieser Ulvön-Krimireihe sind alle Menschen, mit denen ich auf der Insel in Kontakt und ins Gespräch komme. Ich möchte Lissie Bergström und ihrer Tochter Ulla Skantz danken für die Einblicke in das Leben auf der Insel um 1959. Auch Göran Björkland will ich danken für die Hilfe bei allem, was den frühen Erzbergbau betrifft und für all die spannenden Geschichten im Zusammenhang mit der Grube in Marviksgrunnan. Dank auch an Bettan Nordqwist und Marinette Wallin für sowohl physische als auch mentale Wanderungen um die Insel. Danken will ich auch Sven Bodin für alle interessanten Zeitungsartikel über die Gruben von Ulvön in den Dreißigerjahren und danach.

Dank auch an Torgny »Yngve Myrslock« Svedberg für Informationen zur Geocaching-Community sowie an Peter Wik, Archivar im Riksarkivet Härnösand, und an das Ulvö-Museum und das Örnsköldsviks-Museum.

Nicht zuletzt möchte ich meiner fantastischen Familie und meinem zukünftigen Ehemann für all eure Liebe und Unterstützung auf dieser Reise danken. Auch meinen wunderbaren Kindern möchte ich danken, die immer wieder phänomenal beim Kochen und Aufräumen helfen, während ihre Mutter Schriftstellerin spielt. Der Collén-Clan hat auch dieses Mal mit Informationen unterschiedlichster Art zu diesem Roman beigetragen, wofür ich ewig dankbar bin.

Wie immer möchte ich daran erinnern, dass alle Charaktere in diesem Buch frei erfunden und eventuelle Ähnlichkeiten mit lebenden Personen oder tatsächlichen Ereignissen reiner Zufall sind. Ich habe mich bemüht, die Gegend von Ulvön und um Örnsköldsvik herum wirklichkeitsgetreu wiederzugeben, mir jedoch manchmal auch gewisse Freiheiten erlaubt.

Es war eine Ehre und ein Vergnügen, genau dieses Buch zu schreiben. Die Suche nach Fakten hat mich zu einigen Abenteuern geführt, und ich hoffe, dass auch du, liebe Leserin und lieber Leser, diesen Roman so spannend gefunden hast, wie es für mich gewesen war, ihn zu schreiben.

Lina Areklew
Stockholm, den 16. Januar 2023

Autorin

Lina Areklew, geboren 1979 in Stockholm, wuchs an der schwedischen Höga Kusten auf und kennt die Küstenregion, die als Schauplatz ihrer Krimireihe um die Kommissarin Sofia Hjortén dient, wie ihre Westentasche. Sie lebt auf einem kleinen Bauernhof in Örnsköldsvik und in Stockholm.

Lina Areklew im Goldmann Verlag:

Schärennacht. Kriminalroman. (Sofia Hjortén 1)
Schärensturm. Kriminalroman. (Sofia Hjortén 2)
Schärentod. Kriminalroman. (Sofia Hjortén 3)

(📷 Alle auch als E-Book erhältlich)

Unsere Leseempfehlung

512 Seiten
Auch als E-Book
erhältlich

Halb versteckt im Wald und überragt von dunkel drohenden Gipfeln war Le Sommet schon immer ein unheimlicher Ort. Einst diente es als Sanatorium für Tuberkulosepatienten, dann verfiel es mit den Jahren. Nun hat man es zu einem Luxushotel umgebaut, doch seine düstere Vergangenheit ist noch immer spürbar. Als Detective Inspector Elin Warner zur Verlobungsfeier ihres Bruders anreist, beginnt der Albtraum: Erst verschwindet Isaacs Verlobte, dann geschieht ein Mord. Schließlich schneidet auch noch ein Schneesturm das Hotel von der Außenwelt ab, und die Gäste sind mit einem Killer gefangen ...

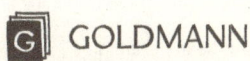

Unsere Leseempfehlung

512 Seiten
Auch als E-Book
erhältlich

Am Ufer eines Sees in Norwegen wird die Leiche einer jungen Frau gefunden. Kriminalkommissar Anton Brekke von der Polizei Oslo beschleicht ein fürchterlicher Verdacht: Hat der flüchtige Serienmörder Stig Hellum sein grausames Werk wiederaufgenommen und bereits sein nächstes Opfer im Visier? Für Brekke beginnt ein Kampf gegen die Zeit und gegen unvorstellbar Böses. Denn der Fall ist mit einem Mann verbunden, der in Texas in der Todeszelle sitzt und nun sein Schweigen über eine verhängnisvolle Nacht vor über zehn Jahren bricht …

Unsere Leseempfehlung

Unsere Leseempfehlung

592 Seiten
Auch als E-Book
erhältlich

Randal Korn hat mehr Menschen auf den elektrischen Stuhl geschickt als jeder andere Staatsanwalt in Amerika. Und er genießt es, bei Hinrichtungen zuzusehen. Sein nächstes Opfer: Andy Dubois, ein junger Afroamerikaner, der wegen des Mordes an einem weißen Mädchen zum Tode verurteilt werden soll. Korn hat bereits alles für einen möglichst kurzen Prozess vorbereitet. Doch er hat nicht mit Eddie Flynn gerechnet. Dem New Yorker Anwalt bleiben sieben Tage, um Andy vor einer korrupten Justiz zu retten und den wahren Täter zu finden.